KB074968

인생이라는 이름의 연극

일러두기

— 이 책은 《Lakorn Haeng Chiwit》(2002)을 옮긴 것이다.

— 인명, 지명 등은 한글맞춤법 외래어표기법을 따르되, 국내에서 이미 굳어져 사용
  되거나 현지의 발음과 너무 다른 경우에는 예외를 두었다.

— 본문의 각주는 옮긴이가 작성한 것이다.

THAILAND
동남아시아
문 학 총 서
3

인생이라는 이름의 연극

아깟담끙 라피팟Akaddamgeng Rapipat 지음 | 김영애 옮김

HANSAE YES24
FOUNDATION

목차

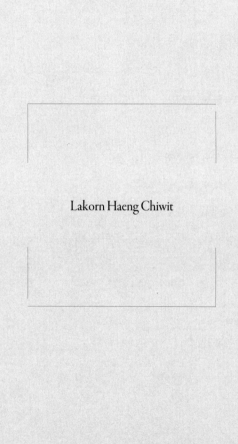

Lakorn Haeng Chiwit

1. 어린 시절

1

오마르 하이얌[1]은 말했습니다. "영화를 보든 연극을 보든 자기 자신을 돌아보라. 꿈속에서처럼 비웃고 조롱하거나 깔깔대며 장난치고 희롱하라."

이 구절이 함유하고 있는 진실은 항상 내게 깊은 인상을 주었습니다. 더군다나 그 시인은 이 글을 쓸 때 근심 없는 평온한 상태여서, 뛰어난 지성으로 인류의 바로 그 진실, 꿈, 기쁨과 고통을 지각할 수 있었던 것 같습니다. 아, 연극! 인생이라는 이름의 연극! 세상에서 벌어지고 있는 연극!

비록 나는 겨우 스물여덟이지만, 내 인생이라는 연극은 벌써 1막의 커튼이 내려졌습니다. 여러분에게는 아마도 신비롭고 흥미롭게 보일지 모르는 내 인생 이야기를 이제는 허심탄회하게 할 수 있겠군요. 어쩌면 여러분은 이 이야기 속의 슬픔과 기쁨에 흠뻑 빠져들지도 모릅니다. 그렇다고 나는 특별한 사람이 아닙니다. 그냥 평범한 젊은이 중의 한 사람일 따름입니다. 다만 어떤 운명의 손에 끌려 색다르고 별난 삶을 경

---

1   1048~1131년, 페르시아의 시인, 천문학자, 수학자.

험했다는 것이 다를 뿐입니다. 운명은 나를 세상 여러 나라를 떠돌며 경험하게 해 도전자, 모험가, 도박꾼으로 살게 했습니다. 그렇게 되기까지는 태국에서 가장 유명한 가문에서 태어났다는 사실에 어느 정도 영향과 도움을 받긴 했습니다만.

그러나 내가 백조 무리 속에서 태어난 말썽꾸러기 백조라는 건 틀린 말이 아닙니다. 문중 사람들과 다르게 나는 어려서부터 느슨하고 반항적이었습니다. 운명은 이런 나를 외국으로 유학 가서 일하고, 일하면서 거의 모든 국가를 직접 가보도록 해 세계의 여러 민족, 각계각층에 속한 사람들을 알게 했습니다. 잦은 정권 교체와 경제공황으로 무섭게 경제가 침체되던 시대의 프랑스에 머물렀고, 노동자가 판을 치던 시절에 영국에서 살았으며, 세계 최초로 대서양 무착륙 횡단비행에 성공한 찰스 린드버그가 대대적으로 환영받던 때 미국에 있었습니다. 이외에도 바다나 대양을 건너는 데 성공한 남녀 조종사를 만나보는 행운을 누렸습니다. 현재 할리우드의 매력적인 여배우이자 비행사인 루스 엘더도 만났는데, 그냥 보기만 한 게 아니라 워싱턴에서 대화까지 나누었습니다. 한때 나는 아주 대단한 행운아였지요. 태국 젊은이 중 정말 몇몇만 누릴 만한 행운이었습니다.

부당하고 불공평한 대접을 받는 것보다 더 나쁜 것이 있다면 무엇일까요? 나이 든 말썽꾼은 대부분 어렸을 때 불행했고 생각이 많았습니다. 당연히 받아야 할 사람대접을 못 받는 처지를 고민하는 거지요. 그래서 가슴에 맺힌 감정을 비정상적인 행동으로 대신하는 것입니다. 그 결과, 자신은 물론이고 다른 사람도 믿지 못하는 염세적인 인물이 됩니다. 누구를 탓해야 할까요? 불평등이나 불공평은 부처님이 계셨을 때부터 이 세상에 존재하는, 우리가 절대 피할 수 없는 삶의 원칙 중 일부입니다.

이 경우와 다른 사람들도 있습니다. 그들은 어려서 불운했지만 많은 세상을 보고 경험한 뒤 자신은 물론 다른 사람의 고통과 불공평, 그리고 불평등을 도리어 무시하거나 사람의 삶에서는 있을 수 있는 거라고 웃으며 무심히 받아들입니다. 세상 구경을 하며 알고 배운 사실은 고통을 하도 많이 경험하고 가슴앓이를 한 이런 이들의 답답한 가슴을 즐거움으로 가득 차게 합니다. 비록 인정머리 없다 해도 다른 사람의 행복과 불행을 보고, 가끔은 손을 내밀어 도와주기도 합니다.

나는 두 가지 경우를 다 경험했습니다. 눈물이 마를 새 없는 불행을 겪었고, 기회만 있으면 세상을 조롱하고 비웃었습니다. 내 이야기를 다 읽고 나서 여러분이 이 이야기의 주인공을 얼마나 미워하게 될지는 아직 헤아리지 못하겠습니다.

2

여러분이 이 소설을 읽는 내내 나는 즐거움을 전할 생각입니다. 내가 다녀온 여러 나라로 여러분을 안내하고, 내가 만난 사람들을 소개해 여러분도 그들을 알고 사랑하고 존경하도록 할 겁니다. 이야기를 전개하기 전에 먼저 내 어린 시절을 이야기하려니 슬프고 유감스럽습니다. 왜 어린 시절에 대해 써야 하는지를 수없이 자문했습니다. 그러나 찰스 디킨스가 데이비드 코퍼필드의 슬픈 어린 시절을 써서 세상 사람들이 다 읽게 한 일에 생각이 미치자 결심했습니다. 왜 나는 안 되지?

어린 시절을 떠올리자 웃음부터 나옵니다. 나는 잘 웃는 사람입니다. 아니 슬픈 이야기라면서? 가련한 아이 이야기라면서? 여러분은 그렇게 생각할 수 있겠지만 이건 아주 커다란 연극, 인생이라는 이름의 연극에서는 아주 작은 일부분일 뿐입니다.

열대여섯 살까지 유모인 프럼 할멈이 나를 돌봐주었습니다. 할멈은 내가 어떤 아이인지를 세상에서 제일 잘 아는 사람입니다. 어려서부터 사랑으로 나를 키워주면서 내 삶에 닥친 행복과 불행을 죽 지켜보았습니다. 뿐만 아니라 내 미래를 점쳐주기도 했습니다. 할멈은 내가 어떻게 성장했는지에 대해 다른 사람에게 하소연하며, 나를 사랑하고 가엾게 여기는 마음에 울었습니다. 프럼 할멈의 예상이 맞는 것도 있었지만 내 장래에 대한 예언은 확실히 틀렸습니다. 내가, 나 같은 말썽꾸러기가 유럽과 미국에서 유학하고, 중국, 일본을 방문해서, 신비한 마음 치료약을 가지고 귀국할 거라는 사실은 맞추지 못했거든요. 할멈이 이 소식을 들었다면 아주 기뻐했을 텐데!

당시 귀족 가문의 다른 유모처럼 프럼 할멈도 생각하는 게 아주 구식이었습니다. 얼굴은 정말 못생겼으나 눈빛만은 어느 때고 나를 위해 자신을 희생할 각오가 되어 있다는 것을 말해주었습니다. 할멈은 여름이고 겨울이고 항상 낡아빠진 치마 끝을 말아 허리춤에 끼워 넣고, 몸에 꼭 끼는 긴소매 윗옷을 입었습니다. 빈랑잎을 씹어서 입이 빨갰고, 빨갛다 못해 검었습니다. 나중에는 검다 못해 불에 탄 것처럼 타버렸으며, 담배도 피웠습니다. 할멈은 내가 본 사람 중에서 밥과 반찬을 제일 많이 먹었습니다.

열한 살 때 나는 아주 장난이 심했고 건들거렸으며 화도 잘 냈습니다. 프럼 할멈은 나를 데리고 자주 파둥² 운하 입구에 있는 중국인 조카사위 띠의 뗏목에 가서 바람을 쐬며 쉬었습니다. 이 뗏목에 가면 분히앙이라는 이름의 여자애가 우리 시중을 들었고 나랑 얘기했던 게 생각납니다. 그 애는 띠의 딸

---

2   짜오프라야강의 지류.

11

로 열한두 살쯤 되었는데 늘 옆에서 재잘댔습니다. 어느 날 뗏목에 앉아 배가 드나드는 것을 구경하고 있는데 분히앙이 말했습니다.

"위쏫 도련님, 여기 쌀이 잔뜩 실려 있는 커다란 배가 모두 도련님네 건데, 전부 도련님댁 정미소로 가요. 도련님은 엄청나게 큰 부자라는데… 모르세요?"

나는 대꾸하지 않고 계속해서 운하로 들어오는 대형 목조선만 바라보았습니다. 비록 나이는 어렸으나 난 생각이 많은 아이였습니다. 분히앙은 그저 아는 애에 불과했고요. 만일 걔가 부글부글 끓고 있는 내 가슴속을 들여다볼 수 있었다면, 듣기 좋으라고 한 말이었겠지만 분명히 미안하다고 사과했을 겁니다.

가끔 새벽녘에 분히앙이 파둥에 있는 우리 아버지 집으로 오기도 했는데, 그러면 프럼 할멈과 나는 개랑 대문 앞 울타리에 핀 피꾼꽃이나 반부리꽃을 따서 함께 커다란 꽃목걸이를 만들었습니다. 분히앙은 그 목걸이를 목에 걸고 집으로 갔습니다. 어떤 때는 오후에 우리를 자기네 뗏목으로 데려가서 자기가 할 수 있는 음식을 만들어주기도 했습니다. 그때는 그 작은 뗏목이 어디서도 찾을 수 없는 천국처럼 행복한 곳이었습니다. 아침 7시면 나는 어쌈션 학교[3]에 가서 공부하고 오후 4시가 좀 지나 집에 왔는데, 집에 도착하자마자 프럼 할멈은 서둘러 나를 목욕시켜서 띠네 뗏목으로 데려갔습니다. 거의 매일 이런 생활이 지속되다 보니, 아버지와 어머니는 일주일에 한 번 마주칠까 말까 할 정도였습니다. 하지만 아무렇지 않았습니다. 나 같은 애는 꼭 필요한 경우가 아니면 부모님을 만나지 않아도 되었으니까요. 아무 일도 없는데 왜 만나나요? 이런 운명을 항상 즐거운 마음으로 받아들였습니다. 내 곁에는 재잘대며 나를 즐겁게 해주는 친구 분히앙과 프럼 할멈이 있어서 외롭지 않았거든요.

아버지는 내무성 고위 관료여서 자주 지방 출장을 갔습니다. 짠타부리, 롭부리, 펫부리 등 우리나라 남북을 누볐습니다. 한번 가면 여러 주 동안 머물러야 해서 가족을 대동하기도 했지만 나는 매번 프럼 할멈과 집에 있었습니다. 돌아온 형제와 하인들은 만나기만 하면 보고 들은 것을 얘기해주는 바람에 신물이 날 지경이었습니다. 하도 들어서, 한 번도 가보지 못했으나 눈만 감아도 상상으로 다 그릴 수 있을 정도였습니다. 펫

---

3   1885년 프랑스 신부가 방콕에 설립한 가톨릭계 남학교. 초등부터 대학 과정까지 갖춘 교육 기관으로 지방에 일곱 곳의 캠퍼스가 있다.

부리의 카오왕,[4] 라차부리의 카웅우,[5] 쁘라쭈압의 카오쌈러이엿,[6] 푸껫의 주석 광산 등등을 머릿속으로 상상하며 그곳에서 그들이 무엇을 어떻게 했는지를 그려봤습니다. 한 번도 거기에 가본 적 없는데도 지겨운데, 만일 내가 같이 다녀왔다면 그들의 이야기가 얼마나 지겨울까요?

집에는 보통 친척인 상인과 관료들이 아버지를 만나러 왔습니다. 관료들은 각 행정 관청의 장관이나 청장, 국장들이었지만 나는 한 번도 불려가 인사하지 못했기에 다른 형제들과 달리 그분들과 안면이 없었습니다. 소통하는 사람은 그저 분히앙과 프럼 할멈, 띠뿐이었으나 나는 만족했습니다.

3

프라야[7] 위쎗 쑤팔락에 대해 말하자면, 내 아버지인 그분과 별로 애틋한 관계에 있지는 못했지만, 아버지가 이룬 나라를 위한 위업은 자랑스럽게 생각합니다. 아주 순수한 마음으로 나는 아버님을 존경하고 또 존경합니다. 마치 직접 눈으로 보듯 우리나라의 미래를 내다본 아버지의 예지력과 능력을

---

4   펫부리에 있는 라마 4세 궁전.
5   라차부리에 있는 국립공원.
6   봉우리가 300개인 산으로 이루어진 국립공원.
7   최고급 관리에게 붙여지는 작위명인 '짜오프라야' 다음의 작위명.

존경합니다. 프라야 위쎗 쑤팔락은 태국에서 존경받는 학자이자 현인 중 한 사람입니다. 아버지가 집필한 학술 서적이 도서관마다 비치되어 있다는 사실이 바로 그 증거입니다. 아버지는 태국과 태국인을 위해 태어났다고 말할 수 있습니다.

아버지는 태국의 법 제정에도 참여했습니다. 외국에서 학위를 받은 법학 분야 외에 경제 분야까지 매우 해박해서 무엇이든 놀랄 만한 성과를 거두었습니다. 나, 위쑷 쑤팔락 나 아유타야는 능력을 갖춘 사람들을 사랑하고 좋아합니다. 비록 아버지가 이룬 위업의 혜택을 아무것도 받지 못한 입장이지만, 나는 아버지를 사랑하고 존경합니다. 누구도, 이 세상 전지전능한 존재라 해도 이 자긍심을 없애지는 못할 겁니다. 아버지는 정말 뛰어났습니다.

사랑에 대해 말하자면 내가 기억하는 한(기억하는 바가 적은 것을 이해해주시길요), 내 부모님, 두 분의 사랑은 세상 그 어느 부부의 사랑보다 특별했습니다. 두 분이 사랑을 키워가는 행복의 정원은 영원할 것 같았습니다. 누구든 그 행복의 정원에 발을 디디면 항상 손잡고 나란히 서로 인도하듯 가는 두 분의 모습을 볼 수 있었습니다. 그곳에서 두 분은 고개를 들어 사랑과 행복의 한가운데서 빛을 발하는 은은한 달빛을 바라보았습니다. 아버지가 힘들여 이룬 업적은 어머니의 사랑이 아버지를 격려한 결과입니다. 그 결과는 우리 쑤팔락 가문의 영원한 영예가 되었습니다.

어머니는 처녀 시절에 태국에서 가장 아름다운 아가씨 중하나여서 유명한 가문의 어른들이 며느릿감으로 지켜보았다고 합니다. 갸름한 얼굴에 하얀 피부, 검은 눈, 그리고 부드럽고 상냥한 언행으로 청혼이 끊이지 않았다고 들었습니다. 그러다가 아버지를 선택했다고요. 어머니의 결정은 옳았습니다. 어머니는 결혼 뒤 아버지의 훌륭한 아내이자 친구가 되었습니다. 아버지가 아플 때는 어머니 유핀 부인의 간호와 상냥한 말씨가 치료약이 되었다고 합니다.

이 대목에서 좀 우스운 얘기를 하나 하겠습니다. 열두세 살 즈음 나는 부모님의 안마사였습니다. 안마를 아주 잘했는지, 집안에서 나보다 더 잘하는 형제나 하인이 없다고 했습니다. 밤마다 나는 아버지를 안마했습니다. 저녁 식사 후 형이나 누나들은 각자 자기가 하고 싶은 걸 했지만 나는 아버지를 주무르고 밟고 해서 몸을 풀어드려야 했습니다. 일요일은 낮에도 했습니다. 어린 마음에 그 일이 속상해서 어떤 때는 눈물을 흘렸습니다. 이처럼 해도 나는 다른 형제들처럼 상은커녕 제대로 된 칭찬 한마디조차 듣지 못했습니다. 내 몸무게가 무겁지도 가볍지도 않아서 등을 밟거나 문지르거나 발꿈치로 누르는 안마에는 적당했는지, 안마를 한번 시작하면 한 시간 반이나 두 시간씩 했습니다. 지치기도 하고 꾀도 났고 아무런 보

16

상도 없었으나, 안마를 해야 했습니다. 매일매일 했습니다. 나는 불운을 안고 태어났으니까요. 언젠가는 전생에 무슨 일을 했기에 이번 생에서 이토록 불공평하고 부당한 대접을 받느냐고, 어떻게 하면 부모님의 귀여움을 받을 수 있느냐고 프럼 할멈에게 물은 적이 있었습니다.

"다 도련님 업보예요." 프럼의 대답이었습니다. "쇤네 눈에는 귀염을 받을 방도가 없어 보입니다만, 괜찮아요. 도련님이 착한 일을 하면 보는 사람은 없어도 언젠가 신은 볼 테니까요." 신이라고요! 어린애인 나조차 웃지 않을 수 없었습니다. 가슴 아픈 일을 당하는 처지에 익숙했기에 아무 감정 없이 내 삶에 대해 웃을 수 있었습니다.

과연 이 세상에 신이 있을까요? 자문했습니다. 그때 나는 또래보다 더 불교에 심취해 있었습니다. 외할머니와 자주 절에 가서 법문도 듣고 불경도 외웠기 때문입니다. 어린아이답게 부처님이 신들에게 우리의 고통을 보살피는 일을 배분했다고 믿었습니다. 그러나 프럼 할멈의 말을 듣는 순간, 집안에서의 내 처지가 불쌍하다고 진심으로 느꼈습니다. 그 이후로 나는 절에 가지 않았습니다. 부처님에 대한 믿음과 신뢰가 조금씩 옅어졌습니다. 정말 신은 있는 걸까요?

축제가 있는 날이면, 보통 왓벤짜[8]나 푸카오텅 같은 큰 사원에서는 야시장이 섭니다. 저녁나절이면 부모님 시중을 드는 하인이 내려와서 우리 형제들에게 얼른 올라가서 용돈을 받으라는 말을 전했습니다. 사원에서 벌어지는 야시장에 놀러 가서 쓸 용돈을 받는 것이었습니다. 우리가 줄을 서서 위층으로 올라가면 아버지는 등나무 의자에 기대어 앉아 책을 보고 있었습니다. 아버지는 형제들을 한 명씩 가까이 오라고 불렀는데 나는 항상 제일 마지막으로 남겨두었습니다. 내 차례가 되어 다가가면, 아버지는 "위쑷, 넌 엄마한테 가서 달라고 해라. 돈이 남지 않았구나"라고 했습니다. 늘 이랬습니다. 풀이 죽은 나는 되돌아 계단을 내려오며 각자 하던 일을 하러 가는 다른 형제들을 물끄러미 바라보기만 했습니다. 그날 밤새도록 있는 힘을 다해 저녁에 있었던 마음 아픈 일을 잊어보려 애썼지만 허사였습니다.

왓벤짜에 놀러 가고 싶은 마음에 나는 어머니 방으로 갔습니다. 꼭 돈이 필요하다고 말할 생각이었습니다. 어머니는 어린 동생에게 목욕을 시키고 있었습니다. 애초에 마음먹은 대로 돈을 달라는 말은커녕 뭔가 나무토막 같은 것이 목에 걸리는 느낌에 아무 말도 꺼내지 못했습니다. 그날 밤 부산을 떨

---

8   대리석으로 지어져 일명 '마블 템플'이라고도 불리는 유명한 사원.

며 옷을 차려입던 형제들이 침대에 누워 있는 나를 보고 의아해하며 왜 안 가느냐고 물었습니다. 나는 몸이 안 좋다고, 두통이 있다고 대답했습니다. 10여 분 뒤에 떠들썩하던 형제들은 집 앞에 세워져 있던 큰 차를 타고 행사가 있는 사원으로 갔습니다. 차가 집을 떠나면서 형제들의 웃음소리가 사방에서 커다랗게 들려왔습니다. 행복이여!

4

좀 있으려니까, 남루한 옷을 걸친 프럼 할멈이 오른손에는 커다란 타구를, 왼손에는 걸레를 들고 들어왔습니다. 침대에 누워서 울고 있는 나를 보자 노파는 대번에 상황을 알아차리고, 타구와 걸레를 옆에 놓고 내 등을 다독다독하면서 물었습니다.

"도련님은 용돈을 받지 못했어요?"

"응, 할멈."

"아니 그만한 일로 울다니요. 쉰네랑 가요. 쉰네에게 6바트가 있으니 같이 가요. 하지만 그런 절엔 입장료가 비싸서 못 가요. 우린 쌈펭[9]으로 가는 게 좋겠어요. 가서 낚시놀이도 해요. 중국인이 모는 인력거를 타면 금방 도착해요." 할멈이 내

---

9   방콕에 있는 중국인 거리.

마음을 다독여주려고 한다는 걸 알았습니다. 그렇게 말하는 할멈의 축 늘어진 양 볼에서 눈물이 흐르는 모습을 본 나는 덥석 할멈을 껴안았습니다. 그때 내게는 프럼 할멈 외에 아무도 보이지 않았습니다!

그날 밤 나와 할멈은 중국인이 끄는 인력거를 타고 쌈펭 사원에 갔습니다. 가기 전에 할멈은 내가 목욕하고 옷을 갈아입도록 했습니다. 사원 앞에서 내린 우리는 절 안에 죽 늘어선 가게를 구경했습니다. 할멈은 다른 집 하인들처럼 내기를 좋아해서 처음에는 낚시 뽑기를 하는 곳으로 나를 데리고 갔습니다. 무슨 행운이 따랐는지 내가 낚싯대를 내릴 때마다 물건이 걸려 할멈의 양손 가득 딴 물건을 들린 채 주사위 놀이를 하는 곳에 갔습니다. 씨 옹우 락이라는 게임이었는데 처음에는 서서 지켜보다 할멈이 두 번 던졌으나 돈을 잃었습니다. 할멈이 내게 던져보라고 해서 세 번 던졌는데 두 번 돈을 땄습니다. 집을 나설 때 할멈은 6바트를 가지고 있었는데, 돈을 따서 주사위 게임 가게를 나올 때는 20여 바트가 주머니에 있었습니다.

"할멈, 다른 노름도 해봐." 내가 졸랐습니다. 할멈은 나를 데리고 화투놀이 하는 가게로 갔습니다. 노름인 이 십 엣에 대한 설명을 듣자 곧 방법을 알 수 있었습니다. 할멈은 내게 패를 쥐게 하고, 도박장 주인에게 패를 부르라고 하고, 자기는 옆에서 나를 도왔습니다. 그날 밤 행운의 신이 옆에 있었는지 무슨 도박을 하든 모두 땄습니다. 인력거를 타고 집에 오면서 할멈이 돈을 세어보니 40바트가 넘었습니다.

"도련님이 아무리 불운하다고 해도 노름에는 행운이 따르나 봐요. 계속하면 분명히 부자가 될 거예요." 할멈의 칭찬이었습니다.

나는 대꾸하지 않았습니다. 잠자코 앉아 내가 노름에서 운이 좋았다는 것만 생각했습니다. 그날 이후 눈만 감으면 주사위, 화투, 낚시 등이 보였습니다. 아! 인생의 속임수여.

그날 밤 다음 날부터 나는 할멈에게 쌈펭 축제 도박판에 가자고 졸랐습니다. 다음 날 밤에도, 그다음 날 밤에도 또 그다음 날 밤에도, 장이 서는 닷새 동안 매일 갔습니다. 운이 따라서 돈을 제법 땄습니다. 나는 부모님에게 용돈을 달라고 하지 않았습니다. 하룻밤 새 20바트를 따기도 했습니다. 나는 다른 형제들과 우리 집 자동차를 타고 가지 않았습니다. 할멈과 중국인이 끄는 인력거를 타고 갔습니다. 집안 식구들은 내가 누구랑 어딜 가서 무엇을 하는지 전혀 관심이 없었습니다.

절에서 열리는 축제가 끝나자 할 일이 없어진 나는 심심해졌고, 다시 어려서부터 당해온 불평등에 대해 생각하기 시작했습니다. 흥밋거리가 없어진 나는 형제들과 다른 대우에 대해 전보다 더 심각하게 여기게 되었고, 그럴수록 더 우울해지고 속도 상했습니다. 그러다 마음을 달래기 위해 언제 어디서 도박판이 열리는지를 수소문하기 시작했습니다. 운이 좋으면 도박에서 돈을 딸 텐데 왜 답답하게 앉아서 고민만 하나 하는 생각에서였지요.

집에서 부리는 아이 두세 명이 내게 정미소에서 태국인과 중국인 노동자들이 몰래 도박판을 벌인다고 알려주었습니다. 나는 하루도 빠지지 않고 몰래 그곳에 갔습니다. 갈 때마다 운이 따랐습니다. 처음에는 가진 돈이 적어 조금씩 걸고 했으나 딴 돈이 많아지자 판돈을 두 배로 올려 걸었습니다. 그러다 보니 돈을 더 많이 따게 되어 나는 도박판의 큰손이 되기도 했고 오지랖 넓게 다른 사람을 도와주는 사람이 되기도 했습니다. 도박판에서는 가끔 싸움이 일어나 경찰이 와서 노름꾼을 잡아가기도 했습니다. 그럴 때마다 나는 잽싸게 도망쳤습니다. 좋지 않은 모험이었지만 재미가 쏠쏠했습니다. 여러분, 나는 노름에서 딴 돈을 할멈에게 주지 않고 모아두었습니다. 어느 날은 50바트를 손에 쥐고 띠의 뗏목으로 가서 띠의 아내를 시켜 쌈펭에 가서 색깔이 곱고 아름다운 비단 바지를 사 오게 했습니다. 분히앙도 데리고 가라고 했습니다. 그리고 비단 치마도 몇 장 사 오라고 했습니다. 내가 비단 바지 두세 장과 비단 치마를 들고 가자 할멈은 놀랐습니다.

"내가 노름 이잇을 해서 땄거든. 그래서 유모가 입을 치마를 샀지."

"네? 어디서 했어요?" 놀란 할멈이 물었습니다.

"어마나! 다시는 그런 데 가지 마세요. 아버님이 알면 도련님은 큰일 나요."

정말 할멈 말이 맞았습니다. 2~3일 후에 아버지는 정미소의 노름판에 대해 알게 되었습니다. 사람을 시켜 조사해서 만일 잡히면 호된 벌을 내리겠다고 했습니다. 나는 매를 맞을까 봐 은근히 겁났습니다만 믿는 구석이 있었습니다. 부모님은 한 번도 때린 적이 없었거든요. 노름판에 간 것을 들키면, 아마도 벽을 향해 두세 시간 앉아 있거나 캄캄한 방에 갇히는 벌을 받았을 겁니다.

하지만 나는 태어나서 프럼 할멈을 제외하고는 그 누구에게도 다른 형제들과 대등한 대접과 사랑을 받아보지 못했고, 여러 가지 벌을 받는 일이 다반사여서 아무렇지 않았습니다. 잘못된 점을 고쳐야 한다는 마음이 조금도 일지 않았습니다. 오히려 아버지에게 벌받는 내 자신이 측은했고 반항심만 일었습니다. 그래서 계속 축제 때 열리는 노름판이나 정미소 노름판에 몰래 다녔습니다.

지금 이야기한 것은 내 어린 시절의 일부입니다. 비록 서글픈 이야기지만 사실이지요. 진실은 아마도 슬픈 것인가 봅니다. 그렇다고 해도 눈물로 어린 시절 이야기를 쓰지는 않겠습니다.

2. 쁘라딧 분야랏

1

텝씨린 학교[10]에서 나는 말썽쟁이, 건달, 오지랖 넓은 아이, 고집쟁이, 운동 좋아하는 학생, 일 잘 저지르는 아이 등으로 통했습니다. 학교에서 무슨 종류든 경기가 열리면 나는 꼭 거기에 끼었습니다. 학교 뒤나 텝씨린 사원 경내에서 학생들 간에 싸움이 일어날 때도 나는 당사자거나 목격자였습니다. 그날의 운과 힘에 따라 이기기도 하고 지기도 했는데, 지면 피를 흘리며 집에 왔습니다.

열일곱 살 때 나는 몸이 제법 다부지고 체격까지 좋았습니다. 놀기를 좋아하고 의리가 있었기에 친구들 사이에서 널리 인기가 있었지요. 공부하는 것을 제일 싫어했는데, 내가 열을 올리며 공부할 때는 모의고사와 한 학년을 올라가기 위해 진급 시험을 치르기 2~3일 전뿐이었습니다. 그 결과 나는 우수한 성적이 아닌 그런저런 성적으로 진급했습니다. 이참에

---

10 1885년 라마 5세가 설립한 태국 최초의 공립 중학교로 남학교. 작가, 언론인을 다수 배출했고 라마 8세도 이 학교 출신이다. 태국에서는 신교육 보급 차원으로 공립 학교를 원래 교육 기관이 있던 사원 자리에 설립했고 학교명에 사원 이름을 붙였다.

내가 왜 학교에서 말썽쟁이가 되고 공부에 힘쓰지 않는 아이가 되었는지 말하겠습니다. 다 이유가 있답니다.

　내가 생각이 많아서 작은 일도 놓치지 않고 허공에 상상으로 누각을 짓곤 했다는 이야기는 진작 했습니다. 집안에서 가슴 아픈 일이 자주 생길수록 혼자서 더 생각에 몰두했습니다. 생각하고 또 생각했더니 머리가 돌 것 같더군요. 그러다가 사는 것이 무가치하다는 생각으로 귀결되고 실망과 회한에 찼습니다. 나는 아무런 쓸모가 없는 인간이라는 생각과 공정하지 못한 세상에서 왜 살아야 하나 하는 의문에 빠졌습니다. 주변의 모든 것에 싫증 나고 나 자신도 지겨워졌습니다. 총으로 나를 빵 쏴서 죽이고 싶을 정도로 나를 미워하는 사람이 생기기를 바랐습니다. 그러면 그 많은 고통에서 벗어날 테니까요. 강하고 단단한 주먹이 내 턱이나 급소를 한 대 쳐서 영원히 잠들게 해주기를 바랐습니다. 그것이 바로 내가 겪어왔고 또 앞으로 겪어야 할 고통의 마지막이 될 거라면서요. 만일 여러분이 당시의 나를 알았다면, 분명히 '위쑷 쑤팔락 나 아유타야'라는 이름의 사람에게 언짢은 감정을 품었을 겁니다.

　누구나 분명히 알아챌 수 있는 상대방에 대한 불공평한 처사, 또는 다른 사람을 대하는 것과 전혀 다른 행동은 창녀와 마찬가지로 사회와 주변 사람들에게 해를 끼칩니다. 창녀는 자기와 관계있던 남성을 파멸의 구렁텅이로 몰고 갑니다. 파멸의 깊이가 얼마나 깊든 개의치 않기 때문입니다. 태국 여성은, 내가 직접 보고 느낀 바에 따르면, 대부분이 남성에게 순종하는 정숙한 반려자입니다. 태국 여성은 자기가 사랑하고 순종하며 상냥하게 대하는 남성을 존경하고 신뢰합니다. 남편이 야비하고 비열한 행동을 하더라도 그저 앉아 울면서 자기에게 다가올 마지막을 기다립니다. 결국에는 남편이 아무리 비열한 짓을 해도 믿고 사랑한다는 명목으로 용서합니다. 태국 여성은 아무 소리 못 하고 고통을 감내하도록 세상에 태어났습니다. 이것이 내가 어린 시절부터 지금까지 지켜보고, 알아왔고, 사랑했던 태국 여성의 모습들입니다. 유럽이나 미국 여성은 태국 여성과 다른데, 적당한 때에 어떻게 다른지에 대해 말하도록 하겠습니다.

텝씨린 학교에 다닐 적에는 내가 옹졸하고 이기적이어서 그 학교가 얼마나 좋은지 나쁜지, 내 장래에 어느 정도의 영향을 끼칠지 생각해보지를 않았습니다. 성인이 된 지금에야 나는 텝씨린 학교가 태국에서 제일 좋은 학교임을 인정할 수 있습니다. 학창 시절을 떠올리면 학교는 학생들의 학업과 장래 행복을 위해 최선을 다했습니다. 교사 간에 약간의 이견이 있었지만 학생들에게 남을 배려하도록, 비록 시합에서 이기고 지는 한이 있어도 태국의 신사, 즉 사내대장부답게 처신하도록 가르쳤습니다. 이 점은 바로 태국을 구성하는 민족(타이족),

종교(당시는 불교), 그리고 (태국) 왕실을 위하여 헌신한 텝씨린의 도덕적 잣대이자 교훈이었습니다. 이 세상에 있는 학교가 모두 텝씨린과 같아야 한다고 확신합니다. 사실 오늘날 모든 학교가 다 그렇지 않을 수 있다는 걸 압니다.

텝씨린 학교는 이 소설에서 중요한 몫을 합니다. 여러분이 내가 살아온 자취를 읽어보면 어릴 적, 그 힘들 때 텝씨린 학교 시절이 열악한 내 처지에서 희미한 빛이었다는 사실을 알게 될 겁니다. 학교생활과 친했던 학교 친구 몇몇이 염세적이고 고집 셌던 내 성품을 어느 정도 부드럽고 낙관적으로 만들어준 치료약이었답니다.

2

쁘라딧 분야랏은 잘생겼고 항상 단정한 차림이었습니다. 열일곱 살이었으나 체구가 컸고 어른스러웠으며 공부도 아주 잘했습니다. 말수가 적었지만 입을 열면 교과목의 핵심만 골라 말했습니다. 쁘라딧은 체육실에는 들르지 않았고 다른 친구들과 다투지 않았으며 축구 시합도 구경하지 않았습니다. 그의 일과는 아침에 와서 수업을 받고, 수업이 끝나면 전차를 타고 곧바로 집에 가는 것이었습니다.

쁘라딧과 내가 한 반이 된 지 2주가 채 되지 않았을 때였습니다. 여러분은 우리 둘이 매우 다른 부류의 학생이라는 것

27

을 알 수 있을 겁니다. 하나는 단정하고 예의가 발라 어른들이 훌륭하다고 칭찬하는 아이고, 다른 쪽은 말썽꾼인 데다가 고집만 세고 거칠어서 뭘 해도 곱지 않아 보이는 아이니까요. 쁘라딧 같은 애가 뭘 하든 내게는 전혀 관심 밖이었습니다. 나랑 1미터도 떨어지지 않은 책상에 앉아 있었는데도 나는 그런 애가 세상에 있는지조차 몰랐습니다. 그러나 쁘라딧은 나를 눈여겨보았던 모양입니다. 말썽 부리고 안하무인인 내게 관심을 갖고 원인을 살피려는 듯 교실 안팎에서 내 행동을 유심히 지켜보았던 거죠. 내가 무얼 하다가 이상해서 고개를 들면 거의 매번 그와 눈이 마주쳤습니다. 그럴 때마다 나는 심기가 아주 불편했습니다. 그가 왜 엷은 웃음을 띠고 내 행동 하나하나를 눈여겨보는지, 어떤 감정으로 내게 그러는지 그때는 몰랐습니다.

그러다 어느 날 눈이 마주쳤을 때 시비조로 물었습니다. "야! 쁘라딧, 자꾸 날 쳐다보는데 왜 그러는지 모르겠다. 사람 첨 보냐?"

쁘라딧은 온화한 웃음을 띠며 대답하더군요. "그렇지 않아, 위쏫. 널 계속 지켜본 것은 네가 좀 더 우리 반과 우리 학교의 명예에 맞게 예의 있는 행동을 하면 좋을 것 같다는 생각에서야. 누군가 한 사람쯤은 네게 말해줘야 할 듯도 하고."

그때는 오후 수업이 시작되기 2~3분 전이었습니다. 교실에는 우리 두 사람 외에 다른 애들도 여러 명 있었습니다. 쁘라닷처럼 과묵한 애가 여러 사람 앞에서 내게 날카로운 말을 할 줄은 한 번도 생각지 못했었습니다. 꿈에도 생각지 못했었지요. 화가 나서 얼굴이 빨개진 내가 세게 받아쳤습니다.

"넌 뭐 그리 잘났는데? 여태까지 네가 학교를 위해 한 일이 뭐 있니? 체육관에 가거나 같이 축구를 해본 적이나 있어?"

"왜 안 가봤겠어? 나도 어쌤션 학교에 다닐 때 자주 축구를 했어. 비록 시합에 나갈 만큼 잘하지 못했지만." 쁘라닷이 당돌하게 겁도 없이 대답했습니다.

"으응, 그래서 이리로 쫓겨 왔구나." 내가 빈정댔습니다.

"야, 위쑷. 넌 그런 말로 날 멸시할 권리가 없어. 너도 잘난 것 없잖아. 네가 패거리가 많고 오지랖이 넓어 사방으로 다니며 해결사 노릇을 하는 거 알아. 내가 새로 전학 왔다고 너 같은 애를 겁낸다고 생각하지 마. 나도 사내대장부라서 건달패들을 두려워하지 않아. 네가 나한테 어쌤션 학교에서 쫓겨 와서 이 학교에 아무 도움이 못 된다고 했는데, 너 한번 나하고 붙어볼래?"

"그래, 네가 원하면 좋아." 내가 진지하게 받았습니다.

"넌 집에서 오냐오냐 커서 그렇게 안하무인이고 불량배 같구나. 네가 절 뒤에서 애들과 싸우는 것을 두세 번 봤는데, 정말 창피했어." 쁘라닷이 정말 겁도 없이 내뱉었습니다.

내가 몇 마디 대꾸하려는데 선생님이 교실에 들어왔습니다. 우리는 입을 다물었습니다. 나는 분을 삭이려고 책을 펴서 읽는 척했습니다.

"넌 집에서 오냐오냐 컸지"라는 말이 귓가에서 맴돌았습니다. 속이 상했고, 쁘라딧이 무슨 뜻으로 그런 말을 했는지 알 수가 없었습니다. 이윽고 나는 공책을 한 장 찢어서 "쁘라딧, 우리 다툼을 끝내고 싶으면 한 가지 길밖에 없어. 오늘 수업이 끝나고선 절 뒤에서 만나"라고 적은 다음 돌돌 말아 옆자리 친구에게 부탁해서 쁘라딧에게 전달되도록 했습니다.

쁘라딧은 내가 보낸 쪽지를 읽고 고개를 내게로 돌려 보일 듯 말 듯 웃으면서 고개를 끄덕였습니다. 조금도 겁 안 난다는 표시였습니다. 그날 오후 선생님이 교실을 나가자 쁘라딧이 한 손에는 책을, 다른 손에는 모자를 들고 미소를 띤 채 다가오더군요.

"가자, 위쏫. 절 뒤로 가자." 말을 마친 그는 책상 옆에서 나를 기다렸습니다. 말 없는 아이라고 알려졌던 쁘라딧이 갑자기 건달 같은 투로 말하니 정말 이상하게 들렸습니다. 인정사정없는 냉철한 경쟁자처럼 보였습니다. 밖으로 나가려고 내가 책상에서 일어서자 그가 따라왔습니다. 같은 반 아이들은 무리 지어 우리를 따랐습니다. 교장 선생님이나 훈육 선생님이 이상하게 생각할까 봐 은근히 겁났습니다만 다른 방도가 없었습니다. 쁘라딧은 여전히 내 옆에서 걷고 있었고, 마침내 우리는 야와만우팃 교사동 밖으로 나와 맨나르밋 교사동 앞에 있는 운동장을 가로질러 왼쪽으로 꺾어서 절 정문으로 들어갔습니다. 고개를 돌려 보니 20명쯤 되는 반 아이들이 따라오고 있었습니다.

3

우리가 대결해야 할 싸움터는 원래 스님의 승방이었지만 지금은 사용하지 않는 건물 뒤의 보리수나무 아래 잔디밭이었습니다. 둘이 마주 보고 서자 친구들은 우리를 둥그렇게 에워쌌습니다. 쁘라딧의 얼굴에서는 웃음기가 천천히 사라지더니 정말로 싸울 준비가 다 되었다는 태세를 취했습니다. 결연한 의지가 떠오르더군요. 우리는 교복 상의를 벗어서 잔디 위에 올려놓고 기세등등하게 주먹을 날려 맞대결했습니다.

처음에는 쁘라딧이 내가 날린 주먹 몇 대를 맞아 불리한 듯했습니다만 그는 끈기를 가지고 있는 힘을 다해 내게 대들었습니다. 서로 주먹 몇 대씩을 치고받은 끝에 우리 둘은 풀밭에 나가떨어졌으나 일어나 다시 싸웠습니다. 그러다 약 10분 만에 서로 부둥켜안은 채 잔디밭에 쓰러졌습니다. "그만둬! 당장 그만둬!"라는 말이 들리더니 친구들은 우리 둘을 떼어놓았습니다. 마침내 우리는 떨어졌습니다만 우리 앞에 버티고 선

훈육 선생님을 발견했습니다.

"너희 둘 정말 대단하구나. 너희가 날 무서워하지 않아도 좋다. 그렇지만 조금이라도 학교의 명예를 생각해봐라. 우리는 서로 단결해야 한다. Esprit de corp.[11]" 선생님은 버럭 화내며 계속 말했습니다. "우리 학교가 다른 학교보다 더 낫다는, 적어도 다른 학교에 뒤지지 않는다는 신념이 있어야 하는데, 이렇게 싸우기나 하니 어떻게 하겠나?"

훈육 선생님은 커다란 몸집에 이마가 좀 벗어졌고, 자상해서 학생 모두가 존경하고 경외하는 대상이었습니다. 비록 화가 난 말투였지만, 진심으로 우리를 위한다는 걸 잘 알 수 있었습니다.

"얼른 옷을 입지 못해? 그리고 나랑 학교로 돌아간다." 선생님은 잔디 위에 놓인 상의를 가리키며 지시했습니다.

우리는 몸에 묻은 먼지를 대강 털어낸 후 옷을 입고 선생님 양쪽에 서서 학교로 향했습니다. 우리를 둘러쌌던 반 친구들은 뿔뿔이 흩어졌습니다. 맨나르밋 정문으로 들어가 중앙홀 옆 계단을 올라가서 선생님의 연구실로 갔습니다. 우리 둘을 책상 옆에 서게 한 채 선생님은 의자에 앉아 탐색이라도 하듯 우리를 한참 쳐다보았습니다.

------

11   육체는 정신이다.

바로 그때, 내가 미처 어떻게 할 틈도 주지 않고, 쁘라딧이 선생님 앞으로 걸어가 자기가 잘못한 장본인이라고 고백했습니다.

"제가 오늘 낮에 위쑷한테 절에서 만나자고 했습니다. 그간 사소한 시빗거리가 쌓여서 그랬습니다. 그러니 잘못을 말씀드려야 한다고 생각합니다. 문제를 일으키지 않은 위쑷이 벌받게 할 수는 없습니다." 그가 똑똑히 말했습니다.

나는, 나는 너무 놀라서 한마디 말은 물론, 어떤 행동도 하지 못했습니다. 그저 그 자리에 서 있기만 했습니다. 평생 쁘라딧 같은 애는 처음 봤거든요. 세상에 그런 애가 있다는 건 생각조차 못 했습니다.

"너는 정말 훌륭한 신사, 사내대장부다. 하지만 사내답게 일을 처리하지 못하고 싸움까지 하게 된 이유를 알고 싶구나."

"그렇게 하려고 노력했습니다만 효과가 없었습니다. 오늘 교실에서 말다툼을 했는데 방과 후에 절에서 만나자고 위쑷에게 말했습니다."

"너처럼 얌전하고 과묵한 애가 어떻게 불량배들이나 하는 짓을 했는지 정말 이상하다. 도무지 네 말을 믿을 수가 없다." 그러더니 선생님은 내게 물었습니다. "위쑷 군, 이 말이 사실인가? 쁘라딧 군이 네게 대들었고, 일을 벌인 장본인이란 말이 정말인가?"

당시 내 기분을 제대로 표현할 수 있을지 염려가 됩니다만 해보겠습니다. 그때 마음속에서는 두 감정이 전쟁을 벌였습니다. 그 자리에서 쁘라딧의 훌륭한 성품을 보고 솟아난 선의의 감정과 어려서부터 맘속에 자리 잡은 잔인한 감정 말입니다. 그래서 갑자기 선생님이 그런 질문을 하자 얼른 대답을 찾지 못하고 멍하니 있었습니다.

"아닙니다. 제가, 제가…." 나는 더 이상 말을 이을 수 없었습니다.

"내가 들은 바로는 네가 불량학생이라는 것이다. 그러나 이번에는 쁘라딧 군이 잘못을 시인했고, 너는 더 보태서 할 말이 없다고 하니 가도 좋다. 다시 문제를 일으키면 그때는 엄벌에 처할 것이다."

나는 선생님의 말씀을 들었지만 확신이 안 섰습니다. 그래서 긴가민가하는 의심에 찬 눈으로 선생님을 바라보며 잠시 머뭇거렸는데, 얼른 가보라는 선생님의 눈총을 받자 연구실에서 천천히 나올 수밖에 없었습니다. 머릿속이 복잡했으나 그냥 나오고 말았습니다. 계단을 걸어 내려와 아래층 교실에 들렀다가 차를 타고 집에 갈 생각이었지만 이내 행동으로 옮기지 못하고 주저주저했습니다. 내 잘못 탓에 쁘라딧이 벌을 받을까 봐 겁났습니다. 마음속에서는 두 마음이 여전히 갈피를 못 잡고 다투다가 마침내 선한 마음이 이겼습니다. 나는 단

숨에 층계를 다시 올라가서 훈육 선생님 연구실로 가서 쁘라 딧이 벌을 받지 않게 하려고 했습니다. 그런데 내가 층계를 반쯤 올라갔을 때 그만 멈춰 서고 말았습니다. 쁘라딧이 얻어맞는 소리가 들려왔거든요. 내 잘못으로 하나, 둘, 셋, 넷, 다섯, 여섯 대를 맞았습니다. 그러고는 고요해졌습니다. 나는 층계를 도로 내려와 중앙홀에 혼자 서서 쉴 새 없이 눈물을 흘렸습니다. 그동안 해온 나쁜 행동들을 떠올렸습니다. 그때까지 내가 저지른 비열하고 천박한 행동들을 떠올리며 거울 속 한가운데에 있는 자신을 보았습니다.

좀 있으니 쁘라딧이 내려왔습니다. 나는 내 눈으로 직접 본 쁘라딧의 선행에 감복한 나머지 한달음에 달려가서 포옹하고 싶었습니다. 하지만… 쁘라딧은 아주 태연하게, 내게 아무런 관심조차 보이지 않고 한마디 말도 건네지 않은 채 그냥 나를 지나쳐 갔습니다. 나는 어찌할 바를 몰랐습니다. 무작정, 정신 나간 것처럼 쁘라딧의 뒤를 쫓아가 소리쳤습니다. "쁘라딧! 쁘라딧! 거기 서!"

못마땅한 얼굴로 쁘라딧이 발걸음을 멈추었습니다. 그때 우리는 학교 정문 앞에 서 있었습니다.

"왜… 왜 혼자서 책임을 졌어?" 뛰어오느라 숨이 찼던 나는 헐떡거리며 물었습니다.

"내가 안 지면 누가 질 건데? 매를 혼자만 맞아도 되니 그

러기로 했어. 우리 둘이 다 맞는 것보다는 나으니까." 쁘라딧
이 살짝 웃으며 한 대답이었습니다.

그 말만 하고 쁘라딧은 교문을 나갔습니다. 그러곤 때마
침 천천히 다가오는 전차에 뛰어올랐습니다. 전차는 눈앞에서
사라졌습니다. 교문 앞에 놀라 서 있는 나 혼자만 남겨둔 채.
이 세상에 쁘라딧 같은 사람이 있다니! 차를 타고 집에 오는
내내 생각했습니다.

4

다음 날은 아침 일찍 학교에 갔습니다. 쁘라딧과 만나 무
슨 얘기든 해야겠다는 생각이 들었기 때문에 그를 찾아 학교
구석구석을 다녔습니다. 도서관에도 갔고 맨나르밋 뒤에 있는
식당에도 가봤으나 쁘라딧은 눈에 띄지 않더군요. 교실에 들
어가서야 오늘 그가 학교에 오지 않았다는 걸 알았습니다.

교실에서 공부하는 오전 내내 마음이 편치 않았습니다.
혹시 어제 매를 맞아서 아픈 게 아닌가 싶어서 걱정스러웠습
니다. 점심시간에 어떤 애가 쁘라딧에 대해 물어보자 점점 더
마음이 불편했습니다. 나와 그 애 사이에 있었던 일을 곰곰이
생각하니 마치 쁘라딧이 내가 태어났을 때부터 서로 알고, 친
한 데다가 아끼는 친구인 것처럼 가깝게 느껴지기 시작했습
니다. 좀 더 일찍 그 애와 알았다면 내 성격이 이토록 우울하

고 비관적이지 않았을 것 같기도 했고요. 쁘라딧은 책임질 줄 아는 대범하고 따뜻한 마음으로, 공평하게 대접받지 못한 데서 비롯된 내 고통을 다독여주었을 것입니다. 그날 나는 쁘라딧에 대한 생각과 걱정으로 하루를 보냈습니다. 쁘라딧은 내게 그리움, 존경, 사랑, 그 자체였습니다.

수업이 끝나자 나는 학교 경리를 찾아가서 쁘라딧의 주소를 물었습니다. 나는 전차를 타고 방쿤프롬[12] 테웻 다리에서 내려 배를 한 척 빌렸습니다. 나를 태운 배는 톤부리 쪽에 있는 방짝[13] 입구에서 얼마큼 가더니 작은 선착장[14]에 내려놓았습니다. 뱃사공은 그 집의 이름이 짜오쿤 반르뎃암누어이[15]라고 가르쳐주었습니다. 나는 뱃삯을 지불하고 집 쪽으로 나 있는 계단을 올라갔습니다. 커다란 마당을 지나니 엷은 베이지색 칠을 한 태국식 건물이 있었습니다. 누군가 나와서 마중할 거라는 생각으로 한동안 거기 서 있었습니다만 조용했습니다.

---

12 방콕 서남쪽의 행정 구역명.

13 방콕의 행정 구역명.

14 짜오프라야강은 지류와 운하가 거미줄처럼 발달해서 방콕 사람들은 물길로 왕래해왔다. 예전의 태국 가옥은 하천 쪽으로 대문이 나 있고, 집마다 작은 선착장과 선착장 계단 위에 작은 정자를 갖추었다. 그러다 자동차가 주요 교통 수단이 되면서 당시의 뒷문은 대문으로 바뀌었다.

15 태국 저택은 대체로 대문 옆에 옥호(屋號)가 있다. 이를 보아 쁘라딧의 아버지가 관리임을 알 수 있다.

집을 둘러싼 나뭇잎들이 바람에 나부끼는 소리만 들렸습니다. 집에는 아무도 살지 않는 것처럼 고요했습니다. 그러다 마침내 귀엽고 예쁘게 생긴 여자아이가 나왔습니다.

"쁘라딧 오빠는 집에 없어요. 아침부터 아버지랑 아유타야에 갔거든요." 내 방문 목적을 들은 어린아이의 대답이었습니다.

"그럼 언제 오니?"

"밤에 오나 봐요."

"그럼 내일은 학교에 가겠구나?"

"꼭 갈 거예요."

나는 고맙다는 인사를 하고 선착장에서 배가 오기를 기다렸습니다. 쁘라딧이 아프지 않다니 마음이 놓이고 가슴이 후련했습니다.

다음 날 아침 쁘라딧을 학교에서 만났습니다. 나를 보자 그가 물었습니다.

"위쑷, 어제 우리 집으로 날 찾아왔었니?"

뭐라 말해야 좋을지 몰라서 나는 고개를 끄덕였습니다.

"미안해. 아유타야에서 볼일이 있었어. 아유타야에서는 재미있었어. 내 동생이 아주 커다란 물고기를 잡았거든."

쁘라딧을 만나면 몹시 미안하고 부끄러워서 어색하고 서먹서먹할 줄 알았습니다. 그런데 평상시 친한 친구를 대하듯

하는 그의 태도와 목소리에 그런 어색함이나 서먹함은 순식간에 사라져버렸습니다.

"어제 집으로 널 찾아간 것은 할 말이 좀 있어서야. 네가 학교에서 안 보여서 아픈가 하고 걱정도 됐고."

"너 무슨 얘기를 하는 거야?"

"네가 혼자서 잘못했다고 하고, 또 매도 혼자 맞게 내버려둔 내가 너무 야비하고 염치없었어. 사실은 내가 문제를 일으킨 장본인이잖아. 그 일을 생각하니 밤에도 잠이 안 왔어. 그래서 훈육 선생님을 찾아가서 실은 내가 잘못했다고 말하려고 해. 나 같은 겁쟁이는 적어도 열두 대는 맞아야 마음이 편해질 것 같아."

"뭐라고? 벌써 다 지나간 얘긴데, 왜 신경 쓰고 그래? 쓸데없이 왜 매를 또 맞아?"

"괜찮아, 쁘라딧. 이미 매를 많이 맞아봐서 열두 대쯤 맞아야 마음이 편해진다는 건 이상하지도 않아."

이건 거짓말입니다. 우리 부모님은 자식을 때리지도 않을뿐더러 잘못해도 야단치고 벌을 주는 정도에 그치거든요. 절마당에서 애들과 치고받고 싸우곤 했어도 훈육 선생님에게 붙잡힌 적도, 불려간 적도 없었고요. 쁘라딧과의 일이 처음인데 그건 너무 시끄럽게 소동을 벌인 탓이죠.

"위쑷, 공연히 미친 짓 하지 마. 그 일은 진작 조용해졌으니까 그냥 내버려둬."

"하지만 학교에서 네 명예와 관계된 일이잖아. 선생님이 널 불량배로 보는 걸 참을 수 없어. 곧바로 선생님을 찾아갈 거야."

"그러지 마, 위쏫. 선생님은 아마 날 그렇게 보지 않을 거야. 선생님은 내가 어떤 놈인지 잘 알거든. 오늘 저녁에 우리 집에 놀러 갈래?" 쁘라딧이 내 손을 잡으며 한 말이었습니다.

수업 시간을 알리는 종이 울렸습니다. 우리 둘은 나란히 교실로 들어갔습니다.

3. 람쭈언

1

미리 약속한 대로 나는 짜오쿤 반르뎃암누어이에 갔습니다. 저녁 5시 조금 넘어서 배가 선착장에 도착했는데 쁘라딧이 벌써 마중을 나와 기다리던 중이었습니다. 그는 엷은 갈색 비단 프래[16]와 목이 둥글게 파인 흰색 면 셔츠를 입고 있었습니다. 우리는 마당을 지나 화려하게 꾸민 응접실로 들어갔습니다. 벽에는 적당한 거리를 두고 반야랏 가문의 선조 사진이 두세 장 걸려 있었습니다. 전통식과 신식이 한데 어우러진 방에서는 독특한 아름다움이 느껴졌습니다. 쁘라딧은 나를 데리고 한쪽으로 가서 장에 진열된 작은 물품을 보여주었습니다. 작게 만든 스핑크스, 파피루스 성경, 피라미드, 파라오 두상, 그리고 고대 이집트인이 만든 물건의 모조품이 여러 점 있었습니다. 진열장 앞에서 그 아름다운 물건들을 관심 있게 보고 있는데, 어깨에 누군가의 손이 닿는 게 느껴졌습니다. 매 순간 좋아지고 있는 쁘라딧의 손이었습니다.

"좀 있으면 우리가 이웃이 된다는데, 알고 있니? 너희 어

16　태국인이 집에서 입는 중국식 헐렁한 비단 바지.

머니가 우리 집 옆에 땅을 사서 집을 짓고 계셔. 식구 여러 명이 여기 와서 살 거라고 하더라." 쁘라딧은 마침 열려 있는 창문 밖을 가리키며 말했습니다. 거기엔 공사가 거의 다 마무리된 건물이 보였습니다.

"뭐라고? 난 모르는 일인데⋯ 완공되면 세를 줄 거라고만 알고 있어."

"아냐, 그렇지 않아." 바로 그 순간에 한 여성이 막 방문 앞을 지나가더군요.

"람쭈언! 람쭈언!" 쁘라딧이 느닷없이 소리쳤습니다.

"왜요, 오빠?"라고 대답하며 그녀가 방문 앞에서 멈춰 섰습니다.

"어디 가니? 이리 와서 이야기 좀 같이하자." 그러자 그녀는 좀 부끄러운 낯으로 조용히 걸어와 쁘라딧 옆에 섰습니다.

"여기는 위쑷이고, 얘는 내 동생 람쭈언이야." 쁘라딧이 우리를 소개시켰습니다. 소개가 끝나자마자 람쭈언은 얼른 와이[17]를 했고 나는 인사를 받았습니다. 그러면서 우리는 서로를 묘한 감정으로 쳐다보았습니다.

"오늘은 달빛이 환한 날이라 저녁 먹고 뱃놀이를 하려고 해. 위쑷, 너도 같이 갈래?"

---

17   태국식 합장 인사.

"너무 폐 끼치는 건 아니니?"

"폐를 끼치다니요? 우린 오빠 식사까지 다 준비해놨어요. 바로 어제 아버지가 배 한 척을 구입했는데, 아주 근사해요. 같이 가면 아마 좋아하게 될 거예요." 람쭈언이 대답했습니다.

갑자기 그녀가 썩 괜찮다는 생각이 든 나는 람쭈언을 바라보았습니다. 목소리는 청아해서 듣기 좋은 데다가 조신한 태도 또한 아름다웠습니다. 람쭈언은 그때까지 알던 태국 여성 중 가장 아름다운 여성이었습니다. 피부가 달빛처럼 하얗고, 얼굴은 계란형이며, 커다란 눈은 초롱초롱했습니다. 긴 머리칼은 뒤로 한데 묶어 올렸고요. 내 기억에 그날 그녀는 가장자리에 레이스를 댄 푸른색 상의에 엷은 살구색 치마를 입고 있었습니다.

"함께 가요." 내가 웃기만 하고 대답을 안 하자 람쭈언이 재차 권했습니다. "우리랑 같이 식사하고 나서 뱃놀이 가요."

"그래요, 갈게요. 아주 재미있겠네요." 내가 대답했습니다.

"람쭈언, 아버지는 퇴근하셨니?"

"아니, 아빠는 엄마와 같이 오겠다고 하셨어요. 요새는 어른들이 더 많이 놀러 다닌다니까요." 람쭈언이 우습다는 듯이 깔깔대며 대답했습니다.

그날 밤 우리는 아름다운 배를 타고 강에서 뱃놀이를 즐겼습니다. 나는 배 뒤쪽에, 람쭈언은 한가운데, 그리고 쁘라딧은 앞에 앉았습니다. 보름날이라 그날 밤은 보름달이 환했습니다. 하늘에는 구름 한 점 없었고 강물은 잔잔했습니다. 아주 가끔씩 모터보트나 증기선이 지나가면서 잔잔한 물결을 요동치게 만들었고 우리가 탄 배를 흔들리게 해서 더 재미있었습니다.

여기까지 읽었다면 독자 여러분은 그날 밤 내가 매우 행복하고 마음이 편했다는 걸 알 수 있을 겁니다. 쁘라딧을 제대로 알게 된 첫날이었습니다. 상냥한 람쭈언의 목소리와 부드러운 바람은 내 기억 속에서 잊히지 않는 달콤한 음악이었습니다.

"네가 어머니와 함께 우리 옆집에 와서 살 것 같아, 위쑷." 쁘라딧이 말했습니다.

"어머니가 정말 여기에 산다면 좋지. 우리가 함께 학교도 가고 자주 만날 수 있을 테니. 근데 너 우리 어머니가 오는 거 확실히 아는 거지?"

"무슨 얘기예요? 아직도 모르고 있었어요?" 그것도 모르냐는 식으로 람쭈언이 끼어들었습니다.

"난 아무것도 몰라요." 솔직하게 인정했습니다.

"집안에서 일어나는 일을 다 알지는 못하나 봐요." 비웃는 투가 아니라 놀리는 투로 람쭈언이 물었습니다.

"난 집안에서 일어나는 일에 관심이 없거든요."

"우리에게 말하지 않고 감추려는 거겠지만 이 동네에서는 다 아는 얘기예요."

"진짜 난 몰랐어요."

"정말 이상하네." 쁘라딧의 말이었습니다.

배를 타고 집에 오는 동안 내내 쁘라딧과 람쭈언의 말을 생각했습니다. 엄마가 방짝에 와 산다면 아버지는 어떻게 하려는 걸까? 쁘라딧과 람쭈언이 그토록 자세하게 알고 있는 걸 보면 분명히 좋지 않은 일이 집안에 일어나는 중일 텐데, 왜 나는 낌새를 전혀 알아채지 못했을까?

2

집에 도착하자마자 나는 은밀하게 알아보기 시작했습니다. 사실 나는 부모님이나 형제들의 이야기에 관심을 갖지도 않고 또 알려고도 하지 않는 편이었습니다. 이런 버릇은 아주 어렸을 때부터 생겼습니다. 꼭 필요한 경우가 아니면 다른 사람들 일에 참견하거나 개입하지 않고 혼자 지냈기 때문입니다.

열일곱 살이 되던 그해 나는 이미 3년여 동안 외할머니와 작은 별채에서 살고 있었습니다. 그래서 부모님이 사는 본채에서 무슨 일이 일어나도 그 일은 내게 중요한 일이 아니거나 내가 알기에는 너무 중요한 일일 따름이었습니다. 그래서 같은 울타리 안에서 살더라도 일가친척이나 형제들과 나는 다른 세상에 사는 셈이었습니다.

외할머니와 살면서도 행복했던 것은 외할머니가 나처럼 박복한 아이를 불쌍히 여겨서 오냐오냐하며 키워준 덕분입니다. 게다가 외할머니는 수십 년간 절에서 수행한 분이라 욕심이 없고 불자로서 수행 속에 지낼 뿐 이 세상사에 관해서는 한마디도 하지 않았습니다. 외할머니는 속세의 일에 대해 몰랐고 또 알려고도 하지 않는 분이었습니다.

어머니가 20년 이상이나 살던 곳을 떠나 톤부리로 가는 건 사실 태국 고관대작의 집안에서는 별로 대수로운 일이 아니었습니다. 아내가 나이가 들어 전처럼 남편을 보필하지 못하면 이렇게 내쳐지는 게 보통이었기 때문입니다. 아내와 거의 동갑이라고 해도 아직 힘이 넘치고 돈이 많은 남편은 새로운 것을 추구하고 새 여성을 찾았습니다. 뜻에 맞는 여성을 구해 집에 들이면, 수십 년간 동고동락해온 본처의 마음은 쓰라리다 못해 멍들고 맙니다. 본처가 따로 분가하든지 남편이 밖에서 살림을 차리지 않으면, 본처는 어쩔 수 없이 남편의 행태를 견디며 지켜봐야 합니다. 아내의 가슴속에선 쉴 새 없이 피가 뚝뚝 떨어질 것입니다. 이것이 태국 아내들의 운명입니다. 남편의 그런 모습을 참지 않을 방도는 인연을 끊는 겁니다. 수십 년간 함께 공들여 일군 재산을 옛것에 싫증 내고 새것만 찾는 남편에게 다 내줘야 합니다. 그 재산은 결국 얼굴이 예쁜 어떤 여성에게 가겠지요. 본처와 그 자녀들은 가난과 고통 속에서 살게 되고요. 오, 인생이여! 인생이여!

내가 우리 부모님의 사랑은 그 어느 것에 비할 수 없을 만큼 아름답다고 말했던 걸 기억하고 여러분은 이상하게 여길지도 모르겠군요. 이제 가슴 아프게 그 사랑에, 태국의 다른 가정과 달리 20여 년간이나 이어왔던 아름답고 순수했던 사랑에 금이 가는 때가 왔습니다. 이처럼 나이 들어서 사랑에 금이 갈 줄은 아무도 생각지 못한 일이었습니다. 아버지가 이 집 안에서 그 사랑에 버금가는 뭔가를 찾았냐고요? 물론입니다.

어느 날 내가 학교에서 돌아와 목욕을 끝냈을 때 어머니가 당신의 침실로 부른다는 전갈을 받았습니다. 벌써 어느 정도 얘기를 들어 짐작하고 있었지만 조금은 겁이 나서 조심스럽게 어머니 방으로 올라갔습니다. 어머니는 침대 한쪽에 앉아 있다가 나를 보고 서글픈 미소를 지으며 말을 걸었습니다.

"위쑷, 요즘 좀처럼 얼굴을 볼 수가 없는데 어디서 뭘 하는 거니?"

"놀러 다녔어요. 어머니… 전에도 그런 것처럼요." 어머니에게 가까이 다가가며 대답했습니다.

"놀러 다니는 게 그리도 재미있니?"

"그냥 그렇지요, 뭐."

"얘야, 내가 좀 떨어진 시골에 있는 집으로 가서 살려고 하는데…." 어머니는 내 표정에서 무언가 찾으려는 듯 뚫어지게 쳐다보며 입을 열었습니다.

"나도 귓결에 조금은 들었어요."

"여기 있어도 널 찾는 사람이 없을 것 같으니 나와 함께 가서 살겠느냐?"

"가요. 다른 사람들도 같이 가는 거 아니에요?"

"아니다. 너와 쌈루어이뿐이다. 다른 사람이 왜 나와 가겠느냐?"

어머니가 겉으로는 부드럽게 웃었지만 속으로는 가슴 아픈 고통을 참는 게 분명히 느껴졌습니다.

그런 일이 있은 지 한 달쯤 후에 방짝에 아름다운 집이 완성되었습니다. 어머니와 막내 여동생 쌈루어이는 이사를 한 다음 부자들이 보통 그러듯 화려하면서도 눈에 거슬리지 않게 집을 꾸몄습니다. 나는 우리 가족이 계속 부유하게 살 수 있을지 확신이 서지 않았습니다. 어머니는 비교적 돈이 없고 수입도 조금밖에 없었습니다. 언제고 쪼들리게 되면 어머니가 지닌 보석이나 금을 팔아야 생계를 유지할 수 있을 겁니다. 그리고 금과 보석은 점점 줄어들 테고요.

당시 우리가 살게 된 톤부리는 방콕에서 아주 가깝지만 방콕과 달리 조용하지 않았습니다. 도둑과 강도가 들끓어서 집 마당에 들어와 물건을 훔쳐가거나, 집 안까지 들어와 사람을 해치기도 했습니다. 집 밖으로 한 걸음만 떼어도 소란했습니다. 처음에는 좀 겁났으나 살다 보니 익숙해졌습니다. 사면이 위험에 노출된 시골집이었지만 방콕 쌈쎈[18] 집에서보다 말할 수 없이 행복했습니다. 쁘라딧과 람쭈언이 사는 집이 바로 보이는 곳에 있어서 위안이 되었거든요. 그 남매에 대한 내 우정 속에 두려움 없는 사랑, 행복, 편안함이 모두 들어 있던 때였습니다.

그해 말 아버지가 돌아가셨습니다. 아버지는 어머니와 쌈루어이, 그리고 내게 유산을 남기지 않았습니다. 우리 세 식구를 누구의 도움도 없이 세상과 싸워 스스로 헤쳐 나가도록 방치한 겁니다. 진작 그럴 줄 알고 각오했기에 조금도 섭섭하지 않았습니다. 나는 어려움과 싸우며 열심히 살 각오가 된 사내대장부입니다. 용모가 뛰어난 여동생은 성장해서 처녀가 되면 길을 찾을 수 있을 테고요. 어머니가 가장 안됐습니다. 연세도 있고 20여 년간 어려움을 감내하며 아버지의 시중을 들어온 대가가 이렇다니요. 지금도 어머니의 삶을 떠올리면 내 고통은 어머니 고통의 만 분의 1도 안 된다고 생각합니다. 슬픕니다! 연극, 인생이라는 이름의 무대가!

---

18   방콕 서남쪽에 위치한 부촌.

3

람쭈언과 자주 만나 대화하면서도 감히 그녀를 사랑할 엄두를 못 냈습니다. 이유는 내 성격 때문이 아니라, 대화하고 가끔 둘이 놀러 가면서 그녀의 성격을 알게 되어서입니다. 내가 장래에 그녀에게 든든한 기둥이 되고 안식처가 되기 어려운, 경제적으로 가난한 사람이라 우리는 그저 친구로 지낼 수밖에 없다는 생각이 들더군요. 여러 면에서 영리하긴 했어도, 람쭈언은 내 형편을 보지 못하고 있었습니다. 그녀가 내게 얼마나 마음이 있는지는 잘 모르지만, 내가 마음먹고 애걸하면 사랑을 받아주기는 할 것 같았습니다. 그녀와 만난 첫날부터 나는 그녀와 세상을 위해 착한 사람이 되려고 애썼습니다. 그녀와 내 장래를 위해 과거를 잊으려고 노력했습니다. 그녀에 대한 사랑을 억누르는 건 내가 훌륭한 사람이 되려는 노력의 일부였습니다만, 그 와중에 아무리 생각해봐도 내겐 그녀를 사랑할 권리가 없다는 결론에 이를 뿐이었습니다. 다른 이웃들처럼 람쭈언네도 우리 가족이 부자라고 여겼습니다. 만일 결혼 뒤에 진실을 알면 그녀는 물론 그 집안 모두가 몹시 실망하겠죠. 내가 부자여서 람쭈언이 날 사랑한다고 믿고 싶지는 않았지만, 어쩌면 그녀는 그렇게 생각할 수 있는 평범한 여성입니다. 그녀는 내가 지금까지 본, 가장 순진한 마음을 가진 여성입니다.

젊은 남녀가 함께 있으면 사랑하게 된다는 일반적인 법칙은 바로 그녀의 오빠 쁘라딧이 있어서 극복해낼 수 있었다고 생각합니다. 사랑의 법칙은 흔히 사랑에 빠진 사람을 장님으로 만들어 순간 자신의 지위나 사는 형편을 잊게 만든다고 하더군요. 쁘라딧은 자신이 스스로 정한 삶의 좌우명에 따라 사는 사람이고, 그 좌우명을 친한 친구인 내게 가르쳐서 흐트러짐 없이 함께 실천하고 따르도록 했습니다. 내 성품 중에서 훌륭한 점이 있다면 바로 쁘라딧이 당시에 내게 심어주어서 뿌리내린 겁니다. 나는 그때까지 쁘라딧 이상으로 훌륭한 친구를 둔 적이 없었습니다.

우리 두 사람이 이야기를 나눈 지 벌써 10여 년이 지났지만, 나는 람쭈언을 잊지 못합니다. 그녀는 다른 사람과는 다른 삶을 살아왔습니다. 그녀는 남이 생각하는 행복이란 행복은 다 갖추어진 세계에 살아서 갖고 싶은 게 있다면 방해받지 않고 모두 취할 수 있는 입장에 있었는데도 많이 바라지 않는 겸손한 여성이었습니다. 해달라는 대로 다 해주는 부모님이 바로 그녀 곁에 있었습니다. 선량하고 행복하게 살아왔으나, 주변에서 다른 사람들이 겪는 고통과 불평등함을 직접 보았습니다. 그녀는 열여섯이었습니다만 또래보다 조숙해서 인생의 부조리와 불평등에 대해 많이 알고 있었습니다. 이미 많이 보았고 많이 알고 있었습니다. 람쭈언 아버지는 아내를 여럿 두었고 모두가 한 울타리 안에 살았습니다. 그래서 람쭈언은 조강지처인 어머니의 마음과 입장을 누구보다도 잘 알았습니다. 그녀는 한 울타리 안에 사는 아버지의 여성들, 첩의 삶과 형편도 모두 꿰고 있었습니다. 아버지를 둘러싼 여성들 간의 시샘과 질투, 혼란, 불평등, 다툼, 모함 등등은 그녀로 하여금 일찍부터 삶을 혐오스럽고 지겨운 것으로 받아들이게 했습니다. 아버지의 사랑을 듬뿍 받는 데다가 부도덕적이고 외설스러운 일들이 직접 영향을 미치지는 않았음에도 불구하고, 그녀는 인생을 지루하고 귀찮고 성가신 것으로 여겼습니다.

"위쑷 오빠, 오빠 어머니가 여기로 이사 나와 사는 이유를 알고 있어요?" 우리가 단둘이 그녀 집 앞에 있는 선착장에 앉아서 얘기할 때 람쭈언이 물었습니다.

"그럼요, 어머니는 당신 어머니처럼 첩들을 한집에서 볼 인내심이 없어서 이리로 피해 온 거예요."

"그렇게 말하지 말아요. 우리 어머니가 피할 수 있는 곳이 있었다면 그런 꼴을 보고 살겠냐고요. 밤낮 가리지 않고 첩들과 마주쳤던 어머니는 매일 내게 '가자, 어디든 같이 가자'라고 했지만, 정작 어딜 가려고 해도 돈이 없었고, 또 나랑 오빠를 생각해서 참아왔어요. 결국 어머니는 매일 눈물만 흘리다 오늘까지 왔어요. 나는 남성을 증오해요. 우리가 받는 교육도 어머니나 아버지 문제를 해결하는 데는 아무 소용이 없잖아요." 그녀가 아주 덤덤하게 말했습니다.

"남성을 증오할 이유가 당신에겐 충분하네요." 내가 그녀의 마음을 안다는 뜻을 비쳤습니다.

"밖으로 드러내지 않고 몰래 하는 것은 참을 수 있어요." 람쭈언은 여느 때와 달리 아주 강경한 투로 말했습니다. "선진국 남성들은 그렇게 한다고 들어본 적이 없어요. 아버지는 서양인 친구가 여럿 있는데, 우리 집으로 아이들을 데리고 자주 와요. 그분들은 아버지의 첩이 낳은 피안, 반쯧, 쌈릿을 만나면 이 애들이 누구냐고 물어요. 그러면 나는 '집에서 일하는 하인들'이라고 대답해요. 그 애들이 나를 대하는 걸 보면 태도가 남달라서 그분들도 금방 알아챘다는 걸 나도 알지만요."

"안됐네요, 그렇죠?" 반은 묻는 조로 내가 말했습니다.

"위쑷 오빠도 언젠가 결혼해서 처자식을 거느릴 거라고 믿어요. 그러면 우리 아버지처럼 할 건가요?"

"아니요, 람쭈언. 그럴 생각이 조금도 없어요. 첩을 많이 둔 남성은 전혀 행복하지 못해요." 나는 힘주어 대답했습니다.

"오빠도 앞으로 외국에 나갈 기회가 있을 거예요. 그곳에서 직접 남성들이 어떻게 하는지 보겠지요?"

"람쭈언, 당신은 내 말을 믿지 않나 봐요. 난 사실 처첩제를 제일 싫어하는 사람이에요. '야만스러운' 거라고 보거든요. 아마 20~30년 전에는 괜찮았을지 모르지만, 지금은 일본을 보고 따라야 해요. 그들이 어떻게 해서 발전했을까요? 인도는 지옥입니다. 인도 남성들이 인도를 지옥으로 만들었어요. 열한두 살짜리 여자애와 결혼해서 하렘을 만들고 아름다운 것들로 화려하게 장식합니다. 그토록 비천하고 야만스럽게 처신한 결과 영국 식민지로 전락했죠."

"영국인은 인도인을 아주 멸시해요." 람쭈언이 덧붙였습니다.

"그래요, 태국 처첩제에 대해선 나는 당신 편이에요. 태국 사람들이 지위를 가리지 않고, 왜 부부끼리도 서로 믿지 않고 첩을 두는지 압니까? 그건 어려서부터 비열하고 비천한 것 외에는 본 게 없어서 성장해서도 그렇게 하는 거예요. 태어나면서부터 골수에 박혀 있어서 당연한 것처럼 생각하니까요."

"만일 우리나라가 일부일처제를 법으로 정한다면 그 자식들은 좀 더 낫게 살 거라고 믿나요?"

"그럼요, 다른 나라에서 온 사람이 우리 모습을 보면 비천하다고 할 게 분명해요. 우리 후손들에게 좋은 것을 보고 배우게 하면 훌륭한 사람이 될 거라고 확신합니다. 적어도 훌륭한 사람을 믿고 따르는 법을 배울 거예요. 당신이나 나나 모두 첩의 숫자가 적은 집안과 많은 집안의 갈등과 혼란이 어떻게 다른지 봐서 잘 알고 있잖아요."

"정말 그래요, 위쑷 오빠. 나는 오빠가 태국의 발전을 위해 외국에 가서 많이 보고 배우고 공부해 오기를 바라요. 오빠, 지금 생각을 잊지 않고 지키겠다고 약속해요."

"약속할 수 있어요." 나는 자신 있게 대답했습니다.

"이 믿음을 지키기 위해 개인의 즐거움은 희생할 거죠?"

"그렇고말고요."

"태국인에게 모범이 되고자 아내를 한 사람만 두는 걸 말하는 거 맞죠? 그래서 우리 후손들이 행복하고 자신의 삶에 자신감을 갖도록 할 거죠?"

"우리가 가난하다고 해서 자신의 삶에 자신감이 없고 또한 나라의 인재가 되는 등 뭔가 확실하게 일할 소신조차 갖추지 못할 거라고 생각해요?"

"무슨 말이에요?"

"가정을 꾸리는 데 도덕적으로 해이한 성격 말입니다. 이런 것들이 바로 확실한 방해 요인이죠. 우리의 소신을 해치려고 호시탐탐 노리는 놈이거든요."

"정말 그러네요. 전적으로 찬성해요. 오빠 아내가 되는 여성은 행운을 거머쥔 행복한 사람일 거라고 믿어요."

"난 결혼하지 않을 것 같아요."

"왜요?"

"난 가난… 당신이 생각지 못할 정도로 가난하거든요. 앞으로 내 장래가 어떻게 될지 모르겠어요. 공부도 잘하지 못했고요."

"알았어요. 오빠가 결혼하든 안 하든 늘 잊지 마세요. 이 세상에서 오빠를 잘 알고 이해하는 친구 같은 동생이 여기 있다는 걸요. 나는 오빠가 늘 생각하는 그 이상을 태국인들에게 알려줄 때를 기다리는 친구예요." 분명한 어조로 람쭈언이 말했습니다.

나는 그녀의 눈 속에서 나에 대한 확실한 믿음을 분명히 보았습니다.

그때는 우리 둘이 다 어려서 대체로 집안 어른들의 이야기를 나누었습니다. 비록 조목조목 예를 들어가며 분명하게 이야기하지는 않았지만 우리가 생각하고 느끼는 바는 같았으므로 이해하는 데 아무 문제가 없었습니다. 그때부터 람쭈언과 나는 점점 더 친해졌지만 어디까지나 친구였습니다. 우리가 서로 사랑하기에는 너무 많이 알았기 때문입니다. 그녀는 친오빠인 쁘라딧을 '오빠'라고 부르듯이 나한테도 '오빠'라고 불렀습니다. 사랑하는 다정한 람쭈언은 내게는 그저 친구여야 했습니다.

4. 유학길에 오르다

1

쁘라딧 남매와 다정하게 지낸 지 18개월여 동안 나는 단한순간도 행복하지 않았던 때가 없었습니다. 세상의 어느 것도 우리 셋 사이를 갈라놓을 수 없을 만큼 우리는 조금도 서로를 의심하지 않았습니다. 주변의 것이 달라짐에 따라 일상도 이전의 생활과 판이하게 달라져 나는 밝고 쾌활해졌습니다. 활짝 핀 신선한 꽃과 다 시든 꽃처럼, 하늘과 땅처럼 달라졌습니다.

그 남매가 내게 준 진정한 사랑은 순수하고 숭고했습니다. 중환자를 치료하는 의사의 손길 그 자체였습니다. 남매의 사랑은 내 과거를, 그 아프고 쓰라렸던 과거를 모조리 잊게 해주었습니다. 그들과 같이 지내면서 어떤 신비한 힘이 내 고집스러운 성격을 부드럽게 바꿔주었고 세상의 변화를 돌아보고 적응할 줄 아는 사내대장부로 성장시켰습니다. 나는 가끔 무엇인가가 우리 셋을 갈라놓는다면, 과연 내가 살 수 있을까 하고 염려할 정도로 그들을 의지했습니다. 그 남매는 내게 꼭 있어야 하는 존재였고, 내 삶의 일부였습니다. 여태까지 그런 행복을 느껴보지 못했으며 몸과 마음 어느 면에서든 이렇게 홀

룽한 관계를 맺어본 적이 없었습니다. 나는 영원히 그들이 곁에 있기를 바랐습니다. 순간순간 그들의 사랑과 협조가 필요했습니다.

쁘라딧 남매와 다정히 지내면서 진정한 사랑은 권력이나 돈, 또는 명예에서 비롯되는 게 아니라는 걸 배웠습니다. 사랑은 마음에서 나오는 겁니다. 우리 중 어떤 사람은 인생에서 엄청나게 불공평한 처사에 시달리고 고통 속에서 살지만, 마음을 행복하게 만들어줄 따뜻한 정이 여전히 적어도 조금은 있음을 알게 되었습니다.

여러분에게는 이런 친구가 있나요? 전혀 부족함 없는 부유함이 사랑의 일부가 아니라는 것을 스스로 잘 알았으나, 이 넓은 세상에서 그 무엇보다도, 목숨보다도 람쭈언을 사랑한다는 사실을 나는 겉으로 드러내지 않았습니다. 이 이유를 여러분은 아는지요? 바로 람쭈언과의 우정 때문이었습니다. 나는 사랑하는 사람이 행복하기를 바랐습니다. 내가 빈곤한 처지라 장래에 평탄한 삶이 보장된다는 희망이 없는데, 그녀에게 어찌 속마음을 털어놓을 수 있을까요? 나는 그녀가 나 때문에 고통을 참으며 고생하지 않기를 바랍니다. 그녀가 행복하기만을 바랍니다.

마침내 우리 세 사람이 헤어져야 할 시기가 왔습니다. 세상이 돌고 돌 때마다 우리의 행복과 불행도 그렇게 돌고 돌았습니다. 쁘라딧은 우리가 언제 다시 만나 같이 지낼 수 있을지 모를 만큼 멀리 떠났습니다. 람쭈언은 쁘라딧보다 더 심하게 도 평생 만날 기약이 없이 가버렸습니다. 함께 지내던 우리는 그 마지막 순간에 도달했습니다. 쁘라딧은 외국으로 떠났고, 람쭈언은 결혼했습니다.

지난 9년간 지켜보았는데, 태국에서 쁘라딧보다 더 공부를 잘하는 학생은 없었습니다. 그 증거로 그는 고등학교를 졸업한 해에 왕실 장학생을 선발하는 시험에서 1등을 했고, 철도공사 장학금 선발 고사에서도 역시 1등을 했습니다. 그 결과, 그는 영국으로 공학 공부를 하러 가게 되었습니다. 나는 유일한 절친의 뛰어난 능력이 기쁘고 자랑스러웠습니다. 하지만 한편으로는 오랫동안 떨어져 있어야 한다는 생각에, 또 나자신은 쁘라딧처럼 외국 유학을 갈 수 없다는 생각에 글로 표현하기 힘든 슬픔도 느꼈습니다. 쁘라딧이 유학을 마치고 귀국하면 외국 유학생인 그와 그렇지 못한 나는 다른 세상에서 살겠구나 생각했습니다. 우리가 다시 만난다고 해도 예전처럼 서로 존경하고 사랑할 수 있을까요?

마침내 쁘라딧이 떠나는 날이 왔습니다. 새벽부터 쁘라딧의 아버지 쿤반르는 멋지고 커다란 모터보트를 준비해서 쁘라딧이 유학 중에 사용할 물건과 쁘라딧부터 쁘라딧을 전송할 나, 쁘라딧의 어머니, 람쭈언을 태웠습니다. 우리가 탄 배는 보르네오 해운[19]에 도착했습니다. 우리는 쁘라딧의 짐을 선착장에 정박된 배, 델리호에 실었습니다.

"위쑷, 적어도 한 달에 한 번씩 편지를 쓸게. 답장하는 거 잊지 마." 아주 잠깐이었지만 우리 둘만 선실에 있을 때 쁘라딧이 한 말이었습니다.

"한 달에 두 번 쓸게, 쁘라딧." 나는 친구의 등을 다독이면서 침울하지만 확실하게 대답했습니다.

"내가 없는 동안에 람쭈언에게 무슨 일이 생기면 네가 날 대신해서 책임져줘. 내 말 잊지 마."

"그런 일이 생기면 난 람쭈언을 위해 죽을 테야."

우리는 즐거운 얼굴로 웃으면서 작별 인사를 나누었습니다. 하지만 누군가 내 속을 들여다보았다면 눈물이 끊이지 않고 흐르는 걸 보았을 겁니다. 이윽고 닻이 올려진다는 신호가 울리자 우리는 배 위에서 보르네오 해운의 시멘트 선착장을 잇는 임시 계단을 걸어 내려왔습니다. 잠시 서 있던 우리는 배가 천천히 움직여 부두를 떠나는 것을 보고 손수건을 흔들었습니다. 내 양쪽에서는 람쭈언과 쿤반르 부인이 내 팔을 잡고

---

19 태국이 문호를 개방한 이듬해인 1856년 영국 런던에 설립된 기업으로 같은 해에 방콕에 지사를 냈다. 짠타부리에서 생산되는 후추를 유럽에 수출한 것을 시작으로 백화점, 금융, 건설, 해운 등 사업을 확장하여 1920년대 태국의 최대 외국계 기업으로 성장했다.

있었는데, 두 사람 모두 울었습니다. 델리호가 시야에서 멀어져 안 보이게 되자 일행은 귀가하려고 타고 온 배에 다시 올랐습니다.

"위쑷 오빠, 난 우리 오빠가 유학 가는 게 정말 기쁘지만 눈물은 참을 수 없었어요." 배 선미에 나 혼자 서 있을 때 람쭈언의 목소리가 들렸습니다.

람쭈언은 내 옆에 서 있었습니다. 람쭈언이 사용하는 향수 향이 풍겨 왔습니다. 아무런 느낌 없이 나는 람쭈언을 안아 주었습니다. 람쭈언은 머리를 내 가슴에 기댔습니다. 우리가 탄 배는 달리고 또 달렸습니다.

2

쁘라딧을 전송하고 온 날, 나는 람쭈언과 종일 같이 있으면서 오빠가 떠난 외로움을 잊도록 달래고 위로해주었습니다. 그러다가 잠잘 시간에 집으로 돌아왔습니다. 침실에 들어갔는데 온몸이 쑤시고 아팠습니다. 쁘라딧이 떠난 후, 앉거나 일어나는 작은 동작도 내키지 않아서 억지로 하는 듯한 느낌이 들더군요. 눈을 감기만 하면 '쁘라딧은 떠났다. 넌 어떻게 할 거냐? 네가 람쭈언에게 맞는 착한 사람이냐?' 등등의 질문이 나를 괴롭혔습니다.

그렇습니다. 쁘라딧 외에 나도 람쭈언을 염려했습니다.

그녀는 외롭거나 고통스러우면 나를 친구이자 오빠로 찾았습니다. 그 이상도 그 이하도 아니었습니다. 쁘라딧이 있을 때 우리 둘은 만나고 싶으면 만날 수 있는 관계였지만, 쁘라딧이 떠나고 없는 지금은 나 외에는 람쭈언의 현재와 미래의 행복을 위해 헌신하도록 도와줄 사람이 없었습니다. 그러나 내가 과연 자연의 법칙을 이겨낼 수 있을까요? 이렇게 가까이 지내면 우리는 사랑하는 사이가 될 수밖에요!

그렇게 시간이 흘렀습니다. 나는 내 감정, 뒤로 물러설 줄 모르는 가슴속의 어리석음을 완전히 이겨냈습니다.

어느 날 쿤반르 씨 댁에 갔을 때 젊은 중위 한 사람을 봤습니다. 그는 람쭈언의 부모님과 이야기를 나누고 있었습니다. 나도 소개를 받았습니다. 그는 까몬 쩻쁘리디 중위였습니다. 영국에서 귀국한 지 겨우 12일이 되었고, 람쭈언 부모님은 그를 어렸을 때부터 알았습니다.

"까몬, 자네 람쭈언을 기억하나?" 람쭈언의 아버지가 까몬 중위에게 물었습니다.

"네, 기억하고 있습니다. 하지만 지금은 아주 많이 변했겠지요." 까몬은 서양인이 태국어를 하는 듯한 말투로 대답했습니다. "영국으로 갈 때만 해도 람쭈언은 아직 어린애였는데 어디 있습니까?"

"조금 있으면 내려올 거네." 람쭈언 어머니의 대답이었습니다.

까몬 중위는 키가 크고 얼굴도 잘생긴 스물다섯쯤 된 훤칠한 청년이었습니다. 람쭈언의 부모님 바로 앞자리에 앉아 있던 중위는 방을 두리번거렸습니다. 마치 방을 장식하고 있는 가구나 다른 장식물을 눈여겨보는 것 같았습니다. 그러다가 나를 바라보며 이야기했습니다.

"태국은 별로 변한 것 같지 않아 보입니다."

"오래 있다 보면 변한 걸 알게 될 거네. 저기 람쭈언이 내려오는군." 람쭈언 어머니가 말했습니다.

그때 람쭈언이 상냥한 미소를 입가에 띠며 다가왔습니다. 까몬이 벌떡 일어나 그녀를 반기며 방금 자기가 일어난 의자에 앉으라고 권했습니다.

"앉으세요. 의자는 많아요." 그러더니 람쭈언은 방 한쪽에서 의자를 끌고 와서 "날 기억하세요?"라고 물었습니다.

"어쩌면 못 알아봤을 겁니다. 많이 변했네요." 웃으면서 까몬이 대답했습니다.

8년여 못 만난 사람들이 나누는 그런 내용의 대화가 이어졌습니다. 여러분이 생각하는 것처럼 그저 듣기 좋은 말들이었습니다. 까몬은 직설적인 편이긴 해도 유머스러웠습니다. 태국어가 조금 어눌한 듯했고, 중간중간 길게 외국어로 말하다가 아차 싶으면 다시 태국어로 했습니다. 그때 나는 까몬의

63

뒤쪽에 앉아 있을 뿐 대화에 끼지 않았습니다. 아무도 내게 관심을 두지 않았고 말도 걸지 않았습니다. 람쭈언의 어머니는 부지런히 먹을 것을 가져다 대접했고, 아버지는 서양 담배를 까몬에게 건네며 이런저런 이야기를 관심 있게 들었습니다. 람쭈언도 미소 띤 얼굴로 까몬의 이야기에 귀 기울이며 내게는 눈길 한번 주지 않았습니다.

"우리나라에서 공부를 마친 아이들 모두에게 외국에 나갈 기회가 없는 것이 유감스럽습니다. 많은 것을 보고 배워 와서 우리나라에 적용해야 하는데요. 아버님, 외국은 우리나라와 비교하면 천국입니다. 여기는 지옥과 다름없습니다." 까몬의 말이었습니다.

"외국에 나가본 적이 없는 사람들은 우리나라가 살기 좋은 곳이라고 여길 거라고는 생각해보지 않았나요?" 처음으로 나는 그 대화에 끼어들었습니다.

까몬은 기분 나쁜 표정으로 날 쳐다보더니, 바로 람쭈언 아버지 쪽으로 고개를 돌려 대화를 계속했습니다.

"다투지 말죠. 우리나라도 괜찮다고 할 수 있지만 난 모기, 먼지, 콜레라 등이 정말 싫습니다. 요즘은 음식을 아무거나 먹지 않습니다. 먹기만 하면 설사를 하거든요." 까몬이 웃으면서 말했습니다.

"그럼 쓰나! 여기 와서 식사를 하게. 우리 집에서는 무얼

먹든 탈이 난 적이 없으니까. 내가 장담하지." 람쭈언 어머니의 말이었습니다.

"고맙습니다. 오늘은 여기 더 있다가 식사를 하겠습니다."

"그럼, 그래야지. 언제 오든 환영하네." 어머니가 웃으며 말했습니다.

"외국에서 지낼 때와 달리 귀국해서는 좀 적적했습니다. 퇴근한 뒤에 어디를 가야 할지 몰랐는데, 잘됐네요. 자주 오겠습니다. 과수원 구경도 좋아하는데, 여기 과수원에는 뭐가 있나요?"

"지금은 과일 철이에요. 우리 과수원에는 람부탄, 산톨, 리치 등이 아주 많아요. 한번 과수원에 가요." 람쭈언의 대답이었습니다.

"그래요. 재미있을 것 같습니다."

좀 더 있다가 나는 인사하고 그 댁을 나왔습니다. 아무도 눈길을 주지 않았기에 인사는 나 혼자 하는 것과 다름없었습니다. 람쭈언의 어머니도 식사하고 가라고 날 붙잡지 않았습니다. 조용히 그 방을 나오면서 아주 이상하고 묘한 기분이 들었습니다. 뭐라 표현할 수 없는 느낌이었습니다. 집으로 걸어오는 내내 생각했지만 답을 찾지 못했습니다.

집에서 식사가 끝나자 어머니가 팟타나껀 극장으로 영화를 보러 가자고 해서 같이 갔지만 영화 내용이 들어오지 않더군요. 스크린에서 이리저리 움직이는 배우들의 모습은 그저 눈앞에 나타났다가 사라지는 그림에 불과했습니다. 중요하지도 재미있지도 않았습니다. 아까 람쭈언네 집에서 있었던 일과 까몬 중위의 모습만 아른거렸습니다. 나는 사랑하는 이웃의 태도와 언행이 예전과 달라진 이유를 생각해보았지만 알 수가 없었습니다. 세상 물정을 알기에는 너무 어렸거든요. 우리 인생이 어떤 것인지 몰랐습니다.

까몬이 왔다고 람쭈언 부모님이 내게 데면데면한 것은 마음에 담지 않았으나, 람쭈언에 대해서는 말할 수 없이 뭔가 허전하고 슬펐습니다. 까몬이 그 집에 온 첫날에 람쭈언이 그런 태도를 보이니 더 자주 오면 내 처지가 어떻게 변할지 빤하다는 생각이 들었습니다. 쁘라딧은 람쭈언이 가장 훌륭하고 뛰어난 여성이라고 종종 말했죠. 그런 여성이 오늘 내게 그런 행동을 보이다니… 슬프군요, 인생이라는 이름의 연극이여!

"위쑷, 왜 조용히 있니?" 집으로 돌아오는 배 안에서 어머니가 물었습니다. 이사 온 후 나는 어머니와 가까이 지내면서 친해졌습니다. 사랑하는 다른 모자들처럼 나도 어머니를 믿고 따르게 되었습니다. 나는 그날 오후에 일어났던 일들을 자세히 이야기했습니다. 끝까지 내 이야기를 들은 후 어머니는 웃으며 말했습니다.

"애야, 그건 지극히 평범한 일이란다. 누가 가난한 우리에게 관심을 갖겠니?"

"람쭈언 부모님이 우리를 멀리한다는 거예요?" 의아해하며 내가 물었습니다.

"그럼, 그 댁은 이미 오래전부터 우리를 멀리했단다. 그 댁에서 언제부터 우리 집에 발걸음을 안 했는지 생각해보렴. 까몬이 그 댁을 방문할 거라는 사실을 알면서부터 아니니? 그전에는 우리보고 집으로 놀러 오라고 하거나 같이 놀러 가자고 했지만 지금은 어떠냐? 그런데 왜 그런 걸 묻냐? 람쭈언 때문이니?"

"아녜요. 쁘라딧과 한 약속을 생각하느라고요. 사실 난 람쭈언을 사랑하지도 않고, 사랑한다고 하지도 않았어요. 그런데도 좀 허전해요."

"얘야, 세상에 여자는 많고 많단다."

3

그 후 한 달쯤 지나자 람쭈언과 까몬은 가까워졌는지 거의 매일 둘이서 놀러 다녔습니다. 까몬은 치앙마이에서 목재상을 하는 루엉 싸티엔까몬판의 장남으로, 방콕에는 쁘라째찐 거리에 집이 있었습니다. 그의 집에는 하인과 하녀 외에 아무도 없었으므로 람쭈언과 람쭈언 어머니는 자주 가서 집 정리도 하고 살림도 들여놨습니다.

날이 갈수록 두 집안은 더 가까워졌습니다. 까몬은 모녀를 자기 집으로 초대해서 식사를 대접하고 식사가 끝난 후에는 람쭈언네 집까지 바래다주었습니다. 람쭈언은 쾌활해졌고 행복해했습니다.

집이 붙어 있었지만 람쭈언의 아버지와 나는 만날 기회가 없었고, 그 결과 두 집안의 왕래는 뜸해지다가 마침내 끊겼습니다. 우리가 가난하다는 이유로 그 댁 두 분은 우리와 거리를 둔 것이 분명합니다. 어쩌면 까몬에게 나는 만나기 싫은 존재였겠죠. 람쭈언은 아주 까맣게 나를 잊었습니다. 나를 생각할 어떤 것도 남아 있지 않았습니다. 죽을 때까지 내 가장 친한 친구가 되겠다는 약속을 잊었습니다. 쁘라딧이 람쭈언을 잘 돌봐달라고 내게 한 부탁도 잊었습니다. 모두 잊었습니다. 그녀가 내게 한 말들, 그래서 내가 행복했던 일들을 모두 잊었습니다.

어느 날 예고도 없이 람쭈언이 우리 집으로 찾아와서 나와 어머니는 놀랐습니다. 한 달 동안 그녀가 찾아온 적이 없었거든요. 그날은 월요일이었고, 람쭈언이 연노랑색 옷을 입고 온 것을 기억합니다. 여전히 아름다웠습니다. 하얀 얼굴에 생글생글 미소를 띠고 있었고요.

"어마나, 오늘은 큰비가 내리려나 봐. 우리 집에 다시 올 거라고는 생각지 못했는데." 어머니가 약간 상기된 태도로 먼저 말했습니다.

"왜 이모[20]님은 우리 집에 통 안 오세요? 뵙고 싶어서 왔어요." 람쭈언이 어머니 가까이 있는 방석에 앉으면서 말했습니다.

"어떻게 가겠니? 요즘은 집이 자주 비는 것 같던데."

"위쑷 오빠도 근 한 달 동안 오지 않고… 아마 날 잊어버렸나 봐요."

내가 예의를 차려 점잖게 있으려 했지만 이 말에 웃지 않을 수 없었습니다. 람쭈언이 자기가 한 말이 혹 잘못되었나 하고 부끄러워할 정도로 크게 웃었습니다. 그녀는 고개를 돌려 좀 화가 난 눈초리로 나를 바라봤습니다.

"위쑷 오빠, 좋은 소식 하나 전할 게 있어요."

"나도 있는데… 우리 번갈아 얘기해요."

"오빠가 먼저 해요."

"어머니가 말씀하시는 게 좋을 것 같은데요."

"람쭈언, 내일 이 집을 팔기로 했단다. 우리는 방콕으로 가서 살 거란다."

"네? 이 집을 팔아요? 이사 오신 지 1년도 안 됐는데요? 왜요? 우리랑 가까이 사는 게 싫으세요? 아니면 저쪽, 반대쪽

---

20 친척은 아니지만 가까운 사이라는 표시로 부르는 호칭.

이 시끄러우세요?" 정말 의외라는 듯 람쭈언이 말했습니다.

"아냐. 우리 집을 사려는 사람이 값을 잘 쳐준다고 해서 파는 거야. 또 방콕 생활이 그립기도 하고." 어머니가 아무 감정도 담지 않고 대답했습니다.

"방콕 어디로 가실 거예요?"

"파야타이의 라차담는 거리로."

"집은 구하셨어요?"

"임대했어."

"자주 찾아뵈도 되지요?"

"아무 때나 와. 널 보면 반가울 거야."

"당신이 가지고 온 소식은 뭐예요? 람쭈언, 언제 얘기할래요?" 내가 끼어들었습니다.

"부끄러워서요…." 창피한 듯 몸을 꼬는 모습이 아주 귀여웠습니다.

"뭔데? 무슨 소식인지 어서 말해보렴." 답답하다는 듯 어머니가 재촉했습니다.

"어머니가 절보고 말씀드리라고 하셔서 왔어요."

"어쩐지… 그렇지 않았으면 우리 집에 안 왔을 뻔했네."

"아녜요. 좀 부끄러워서 얼른 말씀 못 드리는 거예요…, 이모님."

"뭐 부끄러운 게 있다고. 우린 가까운 사이 아니니?"

"우리, 까몬 오빠와 제가… 약혼하기로 했어요. 그래서 다음 주 월요일에 이모님과 오빠가 약혼 연회 준비를 도와주실 수 있느냐고 엄마가 여쭤보라고 하셨어요. 그리고 두 분을 저희 쪽 손님으로 초대하셨어요."

"람쭈언, 약혼을 정말, 진심으로 축하한다. 네가 까몬 중위와 행복하기를 바란다. 평생 해로해라." 어머니가 람쭈언을 포옹하며 말했습니다.

"그런데 이모님이 여기를 떠나신다니…."

"아주 멀리 있다 해도, 아무리 멀어도, 네 약혼식에는 가서 도와야지. 네 행복과 발전을 위해서라면 난 뭐든지 할 수 있단다."

그러면서 어머니는 람쭈언의 양 볼에 입맞춤을 했는데, 난생처음 보는 어머니의 모습이었습니다. 그때 어머니의 가슴에 얼굴을 묻고 있던 람쭈언의 두 눈에서 눈물이 흐르는 걸 나는 보았습니다. 그녀가 기쁨으로 웃고 있음에도 불구하고 말입니다.

"아, 얼른 가봐야겠어요. 까몬 오빠가 기다리고 있어서요." 급한 듯이 람쭈언이 말했습니다.

"위쑷, 네가 바래다주렴."

"아네요, 공연히 번거롭게 해드려 죄송해요…." 그녀의 말이었습니다.

나는 어머니의 말씀을 듣고도 그냥 그 자리에 앉아 있었습니다. 람쭈언이 직접 우리 집에 와서 나와 거리를 둬야 한다는 점을 알린 것이 묘했습니다. 곧 람쭈언이 약혼하고 결혼하게 될 테고, 그러면 앞으로 친구로도, 지인으로도 나를 받아들이지 않겠지요. 사랑은, 어떤 사랑이든 순수한 사랑은, 희생이고 행복이며 고통입니다. 내가 쁘라딧 남매와 친구가 된 이래 사랑은 내 삶이 되었습니다. 나는 겨우 18개월 동안 사랑에서 비롯된 행복을 맛봤습니다. 천국을 느낄 수 있을 정도의 사랑이었지만, 그다음에는 고통과 희생이 따랐습니다. 내가 목숨처럼 아낀 두 남매의 행복과 평안을 위해 왜 희생하면 안 되겠습니까?

시간은 자꾸 흘러 람쭈언은 까몬 찟쁘리디 중위와 약혼하고 결혼했습니다. 쁘라딧과 나는 변함없이 매달 편지를 주고받았습니다.

4

나는 외국 유학을 떠나려고 전심전력으로 방법을 찾은 끝에 성공했습니다. 유학하려고 결심한 데는 여러 가지 이유가 있습니다만 쁘라딧의 편지가 무엇보다 큰 영향을 끼쳤습니다. 그는 편지마다 람쭈언의 안부를 물으며 외국의 삶과 상황도 들려주었습니다. 영국과 프랑스에 대해 이야기했습니다.

쁘라딧은 우리나라와 그곳의 갖가지 문화와 상황을 비교해서 설명했습니다. "중요한 건, 너나 까몬이 생각하는 것처럼 외국이 천국이 아니라는 걸 알아야만 한다는 거야." 그는 편지에 "국적도 다르고 언어도 다른 사람들 속에서 혼자 당면해야 하는 모든 고통과 궁핍을 감내해야 해. 나는 정신없이 일을 찾아서 하고 있어. 그렇지 않으면 아마 집 생각에 견디지 못할 거야. 하지만 외국 생활이 힘들다 해도 우리를 진정한 사내대장부로 태어나게 만든다고 생각해. 혼자 있는 것에서 비롯된 외로움은 우릴 스스로 성장하게 만들어. 다른, 의지할 데가 없으니까. 우리가 받는 7파운드(태국 돈으로 75바트)로는 근검절약해야 살 수 있거든. 그래서 늘 움직여야 해. 이런 점이 우리를 훌륭한 사람으로 성장시킨다고 봐. 네가 유학을 생각한다면… 꼭 영국으로 와서 직접 봤으면 해. 그러면 우리도 만날 수 있고"라고 썼습니다.

아버지는 쌈쎈 본가의 내 남자 형제들이 모두 외국 유학을 갈 수 있는 유산을 남겨놓았습니다. 그러나 어리석은 자식으로 찍힌 나는 외국에 보내면 낭비라고 여겼는지 아무것도 남겨놓지 않았더군요. 형제들은 모두 한 사람씩 유학을 떠나 공부하고 돌아왔습니다. 나는 유학하고 돌아온 형제들의 처분만 바라는 처지가 되었습니다.

쁘라딧도 유학을 떠났고, 람쭈언도 다른 사람, 유학생과 결혼해서 살림을 꾸렸습니다. 람쭈언은 내가 행복을 훼방하는 것을 바라지 않았습니다. 당연하죠. 한때 내가 쁘라딧의 본가를 자주 드나들었지만 람쭈언이 결혼한 뒤로는 전에 자주 다녔던 것조차 잊을 정도로 멀어졌습니다. 솔직히 이야기하자면 나는 쁘라딧의 부모님을 만나고 싶지 않았습니다. 그 결과 나는 다시 지인은 좀 있지만 친구가 없는 외톨이가 되었습니다. 견딜 수 없는 외로움과 적적함에 싸여 있었습니다.

라차담는 집으로 이사한 뒤, 외국 유학생과 만날 기회가 자주 생겼습니다만, 가보면 내가 있어서는 안 되는 자리인 듯한 느낌만 들었습니다. 지구가 아닌 화성에 있는 것 같았거든요. 그들은 나를 발전된 신식 문화를 모르는 야만인으로 봤습니다. 물론 그 신식 문화는 우리가 배우고 따라야 할 문화지만 말입니다. 그들은 나를 어색해했고, 서양 언어로 이야기를 나누었는데, 알아듣기는 했어도 대답하려고 하면 얼른 입이 떨어지지 않았습니다.

나는 태국의 명문 텝씨린을 졸업했습니다. 취직하려고 했으나 외국 유학생이 아니라는 이유로 아무도 내 능력을 믿지 않으려 했습니다. 월급도 하루하루 살기 어려운 정도로 적었습니다. 슬펐습니다, 태국 학교의 처지가. 우리나라의 학교는 정말 뭐라 할 수 없을 정도로 한심합니다.

반드시 유학을 가야 했습니다! 나는 어머니에게 유학 갈 방법에 대해 매일 물었습니다. 어머니가 한창때에는 잘나가는 집안의 지인들이 아주 많았습니다. 아버지가 돌아가신 후 우리가 가난해지자 아무도 눈길을 주지 않았지만요. 그래도 어머니는 나를 위해 유학 자금을 구하려고 체면 불고하고 그분들을 방문했습니다. 그들은 어쩔 수 없이 어머니를 환대했지만 돈에 대해서는 모르는 척했습니다. 좀 기다리면 도와주겠다는 분이 있어서 나는 기다렸습니다. 여러 달을 기다리게 하더니 마지막에는 도울 수 없다고 손을 내저었습니다. 방법이 없다더군요.

기다리는 동안 내내, 나는 유학을 꿈꾸었고 모래 위에 수없이 많은 궁전을 세웠습니다만 결과적으로 그 거짓말에 모두 허사가 되었습니다. 그들이 돕겠다고 인사치레한 것은 우리와 거리를 두기 위한 과정이었습니다. 그들은 우리를 기다리게, 희망을 품게 하다가 마침내 우리의 가슴을 평생 멍들게 했습니다. 나는 인생이란, 살아야 하는 세상이란 고통스럽고 잔인하고 야박한 거라고 생각했습니다. 나는 가난한 자의 불운에 분노한 나머지 눈물까지 흘렸습니다. 고통의 눈물이 아니라 가슴에 맺힌 분노의 눈물이었습니다!

다른 사람의 도움을 받는 일이 좌절된 후, 나는 스스로 해결하기로 결심했습니다. 쌈쩬에 있는 맏형을 찾아가서 내게 남겨진 돈이 있느냐고 물었습니다. 형은 할아버지가 유산으로 남겨준 돈이 2만 바트 있지만, 내가 스물한 살이 될 때까지 손을 댈 수 없다고 대답했습니다. 더구나 아버지가 돌아가시기 2~3일 전에 그 돈을 재단 성립 밑천으로 하라고 했다고 덧붙였습니다. 나는 그 돈은 할아버지가 내게 주신 게 확실한데, 아버지가 무슨 권리로 그렇게 했냐고 따졌습니다. 나는 유학을 가야 하고 그 돈을 유학 경비로 사용해야겠다고 했습니다. 두세 시간 상의한 끝에 형은 돈을 주겠지만 단 2만 바트뿐이라고 못박았습니다. 외국에 간다 해도 몇 년 못 가 있을 테고, 귀국한 뒤에는 무일푼이라고 했습니다.

결과가 어찌 되었든 나는 유학을 가게 되었습니다. 나는 선진 외국의 발전 비밀을 알고 싶었습니다. 유학생들이 귀국하면 왜 멋지고 똑똑하고 영민해져서 좋은 월급을 받고, 명예도 얻고 출세가 빠른지 그 이유를 알고 싶었습니다. 태국인 유학생이 온몸에 금칠을 하다시피 해서 오는 그 황금 원천 혹은 신비한 호수가 어디 있는지도 알고 싶었습니다. 내가 그들처럼 도금을 못 해 오는 한이 있더라도 그 원천을 보는 것만으로도 만족할 겁니다. 죽어도 원 없이 죽을 겁니다.

그날 형님과 얘기를 마친 후 방락에 사는 친구를 만나려고 전차를 탔습니다. 쌈액에서 전차를 갈아타려고 내렸을 때 람쭈언을 보았습니다. 남편과 대형 뷰익에 타고 있던 그녀가 나를 먼저 보았습니다만, 내가 모자를 벗고 알은체하자 람쭈언은 고개를 다른 데로 돌려 못 본 척했습니다. 그녀도 나를 곁에서 잘라냈습니다. 금생에서의 인연이 조금도 없었다는 듯이 그냥 싹 쳐냈습니다. 사랑하는 친구, 람쭈언이여, 안녕. 죽을 때까지 안녕. 까몬은 외국에 있으면서 나처럼 불운하고 오만하고 자존심 강한 사람을 얕봐도 된다고 배웠나 봅니다. 내가 유학을 가면 그런 점은 그저 눈으로 보기만 하고 배우지 말아야겠죠?

내가 유학 간다는 소문이 지인과 친구들 사이에 삽시간에 퍼져서 출발하는 날에는 놀랍게도 아주 많은 사람들이 나를 배웅해주었습니다. 콸라호를 타려고 나는 어머니와 라차담는 집에서 차를 타고 보르네오 해운으로 갔습니다. 차에서 내리니 람쭈언과 까몬이 미소를 띠고 우리를 맞아주었습니다. 그 옆에는 람쭈언의 부모님도 있었습니다. 모두 내 장도를 축하해주었습니다. 람쭈언은 줄곧 나를 놀렸습니다. 나는 가면을 쓰고 연극을 해대는 이들이 정말 역겨웠습니다. 그들의 일상적이고 상투적인 축하에 일일이 웃음으로 대하며 역겨움을 참았지만, 람쭈언 가족의 인사는 한층 더 역겨웠습니다. 이 세상에서 어머니를 제외하고는 그 누구도 내게 진실로 대하지 않습니다. 만일 쁘라딧이 태국에 있었더라면 그도 이들과 같았을까요? 아마 그랬겠지요. 어머니를 제외한 이 세상 모든 사람을 의심하게 됩니다.

콸라호가 항구를 출발하여 강을 따라 내려갔습니다. 안녕 친구여, 안녕 람쭈언이여!

5. 신천지는 천국?

1

콸라호가 페낭과 싱가포르를 향해 천천히 타이만을 지날 때 나는 갑판 위 등나무 의자에 길게 누워 기분 좋게 흔들거렸습니다. 내가 살아온 인생과 운세에 대해 처음으로 가슴을 비우고 담담하게 생각해봤습니다만, 나를 힘들게 한 사람들을 용서하게 한 것이 무엇인지 알 수 없었습니다. 출발 두세 달 전까지만 해도 태국이 싫었습니다. 견딜 수 없을 만큼 태국에서의 삶이 지루하게 느껴졌습니다. 태국에는 내게 고통 주는 것만 있었습니다. 과욕과 체면, 그리고 불공평이 초래하는 추악한 모습만 보였습니다. 태국은 내가 살 곳이 아니라는, 아무도 나를 필요로 하지 않는다는 생각이 들었습니다. 언제고 여기에서 벗어날 기회가 닿으면, 그날이 바로 가장 행복한 날이라고 여겼습니다. 태국만 아니면, 어디든 신천지일 것 같았습니다. 그러나 출발한 뒤 공간적인 변화가 불러온 적막감 한가운데에서 뒹굴며 조국과 나를 사랑하거나 좋아했던 친지를 다시 돌아보니 모두가 철학자가 줄 수 있는 기쁨 이상의 것으로 다가왔습니다. 내가 운이 좀 나쁜 아이로 태어났다고 하지만 나보다 더 불운한 사람이 많았습니다. 어려서부터 클 때까지 겪었던 불공평과 부당한 대우는 장래에 더 나은 시민으로 성장하도록, 진정한 삶을 보게 해주었습니다. 아버지로부터 한 푼도 상속받지 못한 일은 내가 어려움을 인내하며 열심히 노력해서 스스로 벌어 생활하도록 용기를 주었습니다. 내 돈 한 푼 한 푼은 어렵게 번 것이니 아주 자랑스러울 겁니다. 배운 게 많고 대범하기만 하면 가난은 아무것도 아닙니다.

외국에 가는 사람 중 나처럼 아무 걱정 없이 편하게 가는 운 좋은 사람은 없을 것입니다. 집에 있는 형제들은 모두 부유하고, 어머니는 맏형님과 살며 보살핌을 받게 되어 걱정할 필요가 없었습니다. 콸라호가 계속 대양을 달리듯이 내 마음과 생각 또한 달렸습니다.

배는 페낭에 여섯 시간 머물렀습니다. 나를 영국으로 데려가는 안내자 격인 관리, 루엉 위쳇이 페낭을 구경시켜주었습니다. 말레이인 운전기사는 어찌나 빨리 달리는지 위험할 정도였습니다. 천천히 달리라고 주의를 주었지만 소용없었습니다. 말레이시아 대부분의 운전기사처럼 우리 기사도 그랬습니다. 페낭 거리는 두 시간이면 다 돌아볼 수 있었는데, 도로 표면이 울퉁불퉁한 데다가 도로가 좁고 가파르고 구불구불해서 위험한 곳이 한둘이 아니었습니다. 그때마다 가슴이 철렁, 오싹했습니다. 우리가 다시 돌아와서 무사히 콸라호를 탈 수 있었다는 게 지금까지도 아슬아슬하고 스릴 있게 느껴집니다.

배는 저녁에 출발했습니다. 하루쯤 더 항해하면 싱가포르에 닿고, 우리는 거기서 좀 더 큰 배를 타고 프랑스 마르세유로 출발할 것입니다.

싱가포르 운전기사의 운전 솜씨도 페낭과 마찬가지였습니다. 싱가포르에 체류하는 3일 동안 차를 타고 밖에 나가는 게 겁이 났습니다. 낮에는 호텔에 머물거나 근처로 산보를 나가 식물원을 구경했습니다. 밤엔 길버트와 설리번[21]의 〈곤돌라 사공〉과 〈미카도〉 등의 오페라를 봤습니다. 싱가포르의 도로는 아주 깨끗했습니다. 차이나타운과 중국인 거주지는 무척 흥미로웠으나, 음식점 안은 귀가 아플 정도로 시끄러웠습니다. 젓가락이 음식 담은 그릇에 닿는 소리와 연주하는 음악 소리가 꽝꽝 울렸습니다.

이틀 후 프랑스 선박 앙드레 르 봉호가 승객을 실었습니다. 이 배는 원래 전쟁 중에 물건을 나르는 화물선으로 제작되어 모양이 아름답지 않았습니다. 배에 타자마자 적지 않게 흥분한 나는 내부 구석구석을 둘러봤습니다. 그때 프랑스어는 "고맙습니다"는 말밖에 몰랐습니다만 배 안에서 고개만 돌려도 종업원이나 선원들이 프랑스어로 뭐라고 쉴 새 없이 물었

---

21   빅토리아 시대에 활동한 오페라 작곡가 콤비인 W. S. 길버트와 아서 설리번.

습니다. 나는 겁내지 않고 손짓 발짓을 해서 소통했습니다. 그들은 내가 크메르인이나 베트남인이라고 생각했다가 내가 프랑스어를 못 하는 것을 알자 그냥 중국인이라고 짐작했던 모양입니다. 당시에는 나와 같은 피부색의 사람을 태국인이라고 알아보는 이가 어디서도 없었습니다. 싱가포르와 가까이 있지만 태국이라는 나라는 세계에 알려지지 않았었으니까요. 배에 타서 세수를 마쳤을 때 종소리와 함께 뱃고동 소리가 들렸습니다. 배의 출발을 알리는 신호였습니다. 이렇게 나는 내 평생 제일 넓은 바다를 향한 첫발을 디뎠습니다.

여행 중 알게 된 사람에 대해 아직 이야기하지 않았군요. 승객은 대부분이 서양인이었습니다. 내가 의사소통이 안 되었기 때문에 그들은 자기들끼리 지냈습니다. 서양인 여성도 두세 명 있었습니다. 호기심 많은 나는 그들이 뭘 하나 보려고 자주 돌아다녔습니다. 그들은 가끔 내게 미소를 보내며 뭐라 말을 했지만 내가 못 알아들으니 고개를 돌렸습니다. 낮에 그들은 오락실에서 카드놀이나 브리지 게임을 했고, 밤에는 파도가 심하지 않으면 춤을 추었습니다.

2

여행 중에는 인도의 여러 항구를 들렀습니다. 도중에 나는 시 한 구절을 떠올렸습니다. "나쁜 일은 하긴 쉬우나 악업은 지옥으로 인도하고, 착한 일은 하기 어려우나 선업은 천국으로 인도한다"라는 글귀였습니다. 외국을 천국으로 친다면, 인도는 두말할 것 없이 지옥에 해당됩니다. 태어난 이래로 나는 콜롬보, 지부티, 포트사이드보다 더 난삽하고 수치스러운 도시를 보지 못했습니다. 이 세 도시에서는 어딜 가든지 소매치기를 당하거나 도둑을 맞았습니다. 위험에 처할 정도로 크게 속임과 사기를 당하기도 했고요. 우리가 만난 사람들은 외모가 험상궂게 생겼을 뿐 아니라 동물과 다를 바 없이 잔인하고 야비했습니다. 그들은 여행객이 점잖게 생겼거나 순진해 보이면 붙잡고 구걸을 했습니다. 세 도시 중 콜롬보가 제일 심했습니다. 시내 구경을 나갔는데 우선 큰 배에서 내린 뒤 뾰족하고 긴 배로 갈아타고 20여 분간 노를 저어 뭍에 도착할 수 있었습니다. 노를 젓는 뱃사공은 몸집이 거인처럼 크고 인상이 험한 스리랑카 사람이었습니다. 일단 개인당 운임을 정한 뒤에 루엉 위쎗과 나, 그리고 서양인 두 명이 시커먼 뱃사공이 젓는 배를 탔습니다. 중간쯤 갔을 때 그 뱃사공은 노를 내던지더니 운임의 두 배를 요구하더군요. 안 내면 우리를 물속에 빠뜨리겠다고 했습니다. 바로 그 순간 루엉 위쎗 옆에 앉아 있던 미국인이 재빨리 총을 꺼내 위협하며 얼른 우리를 육지까지 데려다 놓으라고 했습니다. 미국인의 태도가 장난이 아닌 걸 느낀 그 못된 사공은 하얀 이를 다 드러내 보이며 웃더니 시키

는 대로 했습니다. 육지에 도착하자마자 벌떼처럼 사기꾼들이
몰려와 구걸하는 바람에 기분이 잡쳤습니다. 돈을 바꿔달라는
사람도 있고, 자기 차로 시내 구경을 하라는 사람도 있었습니
다. 모두 한꺼번에 밀어닥치는 바람에 시끌벅적했습니다.

　　루엉 위쎗과 나는 차 한 대를 흥정해서 시내 구경을 하기
로 했습니다. 운전기사는 한참 가다가 차를 야자 농원에 세우
더니, 흥정한 값의 두 배를 주지 않으면 안 가겠다고 협박했
습니다. 아니면 우리에게 걸어가라고 했습니다. 우리는 그곳
이 어디인지도 모르고 총도 없었으므로 그대로 따르는 수밖
에 없었습니다. 돈을 더 건넨 후에야 겨우 차에 탈 수 있었습
니다.

　　'실론'이라고 불리는 스리랑카에는 세계적으로 유명한 불
교 사원이 한 곳 있는데, 내국인 외국인 가리지 않고 누구든
참배합니다. 이 신성한 사원이 바로 그 괴물 같은 인간들이 자
신들의 각종 부정행위를 숨기고 숨겨주는 곳이었습니다. 비싼
운임으로 우리를 유인한 일당들은 눈앞에서 뻔뻔하게 우리
것을 훔쳤습니다. 운임 내는 데 필요한 잔돈을 거스르려고 하
면 그들은 늘 이렇게 말하더군요. 잔돈을 바꿔 와야 한다고요.
그러고는 돈을 받아 아주 사라져버렸습니다. 반나절을 기다려
도 거스름돈을 가지러 간 괴물은 오지 않았습니다.

　　호텔에서도 마찬가지였습니다. 흰 치마에 흰 상의를 입고

머리를 묶어 올려 커다란 굽은 빗을 꽂고 있는 직원들에게 또 속았습니다. 스리랑카 호텔에서 집으로 편지를 붙이려고 우표를 달라고 하자 그들은 우표가 없다고, 다 팔렸다고 말했습니다. 그리고 조금만 있으면 구해 올 테니 편지를 직원에게 맡기면 꼭 우표를 붙여서 보내주겠다고 했습니다. 돈과 편지를 그들에게 준 건 그냥 돈만 날리는 셈이었습니다. 직원이 편지를 쓰레기통에 버렸기 때문입니다. 이것이 스리랑카의 현실이었습니다.

콜롬보를 출발해서 6일 동안 더 가서 지부티에 도착했습니다. 지부티는 동아프리카에 있는 프랑스 통치하의 작은 항구로 모래와 산만 있는 곳입니다. 날씨가 무척 덥고 콜롬보 못지않게 사기와 속임수가 판을 쳤습니다. 그래서 우리는 육지로 나가지 않기로 했습니다. 배가 항구에 정박하자마자 부두 노동자들이 연료와 음식 자재를 분주하게 운반할 때, 아프리카 어린이 여러 명이 떠들썩하게 헤엄을 치며 놀고 있었습니다. 애들은 하나같이 깡마르고 눈이 빨갰으며 또 머리카락이 마른 야자 껍질처럼 빨갰는데, 아마 거의 매일 물속에서 지낸 탓일 것입니다. 물속에 있는 애들은 돈을 던지면 잠수해서 눈 깜짝할 사이에 입으로 돈을 건져오겠다고 소리쳤습니다. 갑판에 있는 애들은 돈을 달라고 소리 질렀습니다. 돈을 받으면 배 맨 위까지 올라가 바다로 다이빙했습니다. 어떤 애는 머리부터 들어가고 어떤 애는 다리부터 들어갔습니다. 우리가 하라는 대로 했습니다. 지부티에서 네 시간 정박했던 배는 수에즈를 향해 곧바로 출발했습니다.

지부티에서 출발한 뒤 우리는 큰 태풍을 만나 여덟 시간가량 풍랑에 흔들렸습니다. 바람도 심하고 비도 세차게 왔습니다만 나는 다행히 멀미를 하지 않았습니다. 바다가 요동칠때면 갑판으로 나갔습니다. 갑판에서 기계공을 만나기도 했고 선장을 만나기도 했습니다. 그들은 배를 처음 타고 항해하는데 멀미를 하지 않는 것은 정말 다행이라고 덕담을 했습니다. 태풍이 지나간 후 홍해는 잔잔해졌지만 날씨는 무더웠습니다. 햇볕이 쨍쨍 내리쬤습니다. 왼쪽 오른쪽 어디를 봐도 크고 작은 여러 종류의 물고기들이 가까이서 멀리서 헤엄치는 모습만 보였습니다. 배가 홍해로 완전히 진입하면서 날씨는 더욱더 뜨거워졌습니다. 밤이 되어도 선실에서 잠을 잘 수가 없을 지경이라 갑판에 있는 헝겊 의자에 누워 잤습니다. 승객들은 수십 명씩 줄지어 나란히 누웠습니다. 내 옆에는 루엉 위쎗과 콜롬보에서 같이 배를 탔던 미국인이 누웠습니다. 우리는 밤 늦게까지 보아온 것들에 대해 얘기를 나눴습니다.

"왜 당신네 사람들은 영국으로만 유학을 가지요? 영국이 미국보다 얼마나 더 낫다고, 이해할 수가 없군요."

"태국 학생들 사이에 알려진 바로는 미국인들이 유색인을 싫어한다고 해요. 우리는 피부가 검잖아요." 내가 이유를 설명했습니다.

"그래요. 우리가 피부색 문제에서는 비교적 편협하지요." 정중하게 그가 대답했습니다. "우리가 동양인을 만나거나 알 기회가 적어서 그래요. 다른 곳을 가보지 않은 데다가 교육도 제대로 받지 못해서 마음이 좁아요. 하지만 당신의 피부는 그렇게 검지 않아요. 사람들이 당신을 인도인이라고 추측하는 건 말이 안 돼요. 중국인이나 일본인에 더 가까운 걸요. 당신이 미국으로 유학을 가도 영국처럼 만족할 거예요. 미국인이라고 해서 모두 유색인을 혐오하는 건 아니에요. 보스턴, 샌프란시스코, 메인에서 함께 살 미국인을 구할 수 있을 거예요. 아마도 당신을 무척 좋아할 겁니다."

윌리엄 W. 허친슨은 밤늦도록 미국의 아름다움과 발전상에 대해 들려주면서 내게 미국 유학을 하고, 태국에 미국의 교육을 전파해달라고 했습니다. 미국인은 정직하다고 말을 보탰습니다. 그가 직설적으로 간단간단히 설명했으므로 쉽게 이해할 수 있었습니다. 미국인에게 단점과 나쁜 점이 많이 있다 해도 설탕을 입힌 독약은 아니라고 했습니다. 미국 유학은 피상적으로 미국인과 그 밖의 어떤 것을 공부하러 가는 것만 의미하는 게 아니라, 미국인 가슴속의 마음, 미국인의 순수하고 진실한 감정을 배우려는 것입니다. 유색인을 싫어하는 미국인은 깊이 따져보면 그러는 것이 옳은지, 그른지 또는 왜 그런지 이유를 생각해보지 않은 무조건적인 혐오감인지를 알 수 있을 것입니다. 만일 많은 미국인에게 우리 태국인에 대해 이해시킬 수 있다면, 그들에게 우리가 누구인지를 설명해서 이해시킨다면, 미국인은 절대로 우리 피부색을 문제 삼지 않을 것입니다.

잠자리에 누운 채 허친슨은 계속 말을 했고, 그러다가 결국 우리 두 사람은 지쳐 잠들고 말았습니다. 영국에 가서 법학을 공부하려는데, 돈이 2만 바트밖에 없는 내가 과연 미국에 가서 공부할 기회를 얻을 수 있을런지요?

3

나흘 뒤 이집트의 도시 수에즈에 도착했습니다. 이곳에서는 홍해에서 지중해로 넘어가는 통과세를 내는 데 필요한 서너 시간만 정박했습니다. 여기까지 같이 온 승객 중 여러 명이 기차를 타고 카이로까지 가서 포트사이드에서 유럽으로 가는 배를 탄다고 내렸습니다. 내 기억에 저녁나절에 우리 배는 수에즈 운하로 들어갔습니다. 그날 낮에는 날씨가 너무 뜨거웠는데, 밤에는 시원한 바람이 불었습니다. 달빛도 환했습니다. 배가 천천히 앞으로 나아갔는데 운하 양측으로 보이는 사막이 아름다웠습니다. 나무나 그 무엇도 보이지 않고 하늘과 모래만 있는 적막 자체였습니다. 하얀 달빛에 비치는 먼 곳의 사막은 반짝이는 맑은 호수처럼 보였습니다. 정말 그랬습니다. 새벽에는 알렉산드리아를 지났습니다. 로마제국의 줄리어스 시저와 관련한 이집트인의 기록에 따르면 이곳을 방문한 클레오파트라가 마음에 들어 했다고 합니다. 10시쯤 포트사이드에 도착했습니다. 항만에 배가 닿자 수에즈 운하를 완성시킨 드 레셉스[22] 상이 보였습니다. 배는 지중해를 통과하여 그리스의 크레타와 이탈리아로 향했습니다.

배가 유럽에 가까워질수록 날씨는 점점 쌀쌀해졌습니다. 하늘은 구름 한 점 없이 투명했고, 달빛은 한층 더 맑아졌습니다. 바다는 이런 모습을 더 아름답게 만들어주었습니다. 지나치게 더운 기후의 지역을 모두 통과했으므로 승객들은 격식 있게 옷을 갖추었습니다. 거의 도착할 즈음에는, 여기가 천국이다 싶을 정도로 그들은 춤을 즐겼습니다. 나는 사람들이 춤추는 모습을 지켜보았습니다. 루엉 위쎗은 유럽 출장을 여러 번 경험했으므로 그들과 즐겁게 춤을 추었습니다.

2~3일 후에는 크레타를 지났습니다. 스트롬볼리 화산을 지나 이탈리아의 메시나 해협으로 들어갔습니다. 이 해협은

---

22 페르디낭 마리 비콩트 드 레셉스. 프랑스의 외교관으로 수에즈 운하를 개
   발하는 데 큰 역할을 했다.

내가 본 경치 중 제일 아름다웠습니다. 한쪽은 산지로, 지형의 높고 낮음에 따라 각종 귤을 재배하는 과수원이 있었습니다. 반대쪽은 시칠리아 화산, 그리고 보루와 고색창연한 건물이 늘비한 오래된 도시 메시나입니다. 이곳을 지나자 배는 프랑스의 마르세유로 향했습니다.

태국에 있었을 때는 물론 여러 나라를 거쳐 여기까지 오는 동안 내내 나는 영국, 프랑스, 독일, 이탈리아 등의 외국은 모두 천국이라고, 아름답고 부유하고 부족함이 없는 곳일 거라고 믿고 생각하고 꿈꾸었습니다. 그곳 사람들의 삶을 고통스럽게 만들 것은 전혀 없을 거라고 여겼습니다. 내가 가고자 했던 신천지는 진정한 천국일 테지요. 하지만 나는 충분히 교육을 받지 못한 어린애에 불과했습니다. 1914년부터 1919년 사이 유럽에서 벌어졌던 세계대전에 대해 알게 되자마자 전쟁으로 인한 참상과 곤란함을 똑바로 바라볼 수가 없었습니다. 마르세유에 도착하자 그 현실이 적나라하게 나타났습니다. 마르세유, 마르세유여!

아침 7시경 배가 항구에 도착했습니다. 승객을 마중 나온 사람들과 하역 노동자들로 부두가 꽉 차 있었습니다. 노동자들은 부지런히 배가 움직이지 않게 정박시킨 후 짐을 운반했습니다. 손수건이 휘날리고 서로 이름을 부르는 소리로 가득했습니다. 이윽고 의사와 담당 직원 몇 명이 올라와 배를 조사한 뒤 우리를 내리게 했습니다.

"오늘 두 분은 호텔에 머무나요? 혹시 오늘 밤 기차를 타고 파리로 가는 건 아닌지요?" 여기까지 같이 온 미국인이 루엉 위쎗에게 물었습니다.

"네. 하지만 어디 머물지는 아직 정하지 않았습니다."

"나와 함께 더윌 호텔로 가요. 그리 비싸지 않은 편인 데다가 재미있는 곳이에요." 허친슨이 권했습니다.

"그래요." 우리는 동의했습니다.

"그러면 두 분은 공무로 왔으니 파리 주재 태국 공사관[23]에 전보를 쳐서 역으로 마중 나오라고 하지요."

"좋습니다."

"잘됐네요. 호텔에서 내가 처리해줄게요. 오늘 마르세유 구경을 하도록 합시다. 내가 안내를 하겠습니다. 난 마르세유와 프랑스를 제일 잘 아는 사람 중 하나거든요."

"고맙습니다." 우리는 차 한 대를 불러서 짐을 싣고 허친슨과 호텔로 갔습니다. 미국인 친구가 프랑스어를 잘했으므로 기사는 잘 알아들었습니다. 부두에서 호텔까지 아주 가까웠는데 가는 동안 양쪽으로 보이는 도시의 모습에 나는 이게 정말 천국의 모습인가 의심하며 여러 번 자문했습니다. 전쟁 중에

---

23   당시는 아직 세계적으로 대사관이 없었다.

프랑스와 벨기에는 다른 나라보다 더 심한 고통을 당했습니다. 전쟁 초기부터 마지막까지 이 두 나라는 전쟁터 자체였는데 당시까지 그 피폐한 모습을 고스란히 남겨 세계가 보고 전쟁의 아픔을 느끼도록 하고 있었습니다. 내가 도착했을 즈음 마르세유는 파괴된 모습을 간직하고 있었습니다. 도로는 울퉁불퉁하며 먼지가 일고 지저분했습니다. 가난해 보이는 사람들이 도시 곳곳을 왕래했습니다. 굶는 사람도 있고 하루하루 벌어 근근이 먹는 사람도, 기회만 닿으면 행인을 괴롭히는 건달과 불량배도 있었습니다. 이 도시에 대한 설명은 여러분을 슬프게 할 것 같아 그만하렵니다. 저녁 8시에 우리는 기차를 타고 파리로 출발했습니다.

4

기차를 타고 열여섯 시간 만에 파리에 도착했습니다. 역으로 젊은 직원이 나와 우리를 마중했습니다. 기차가 역에 멈추자 호루라기 소리, 짐꾼 소리, 마중 나온 사람들의 반가워하는 소리 등으로 왁자지껄했습니다. 아직은 한낮인데도 불구하고 역사 안은 어둡고 연기와 기차 연료의 냄새가 뒤섞여 푹푹 쪘습니다. 쉴 새 없이 왕래하는 자동차 소리에 나는 적지 않게 놀랐고 겁도 났습니다. 좀 있으니 신문 파는 아이들의 소리까지 들렸습니다.

"어디로 가나요? 태국 공사관으로 가나요?" 미국인 친구가 악수를 나누고 헤어질 때 물었습니다.

"네. 거기로 오면 날 만날 수 있어요." 내 대답이었습니다.

"파리 구경을 시켜줄 사람이 있나요?" 조심스럽게 그가 물었습니다.

"그 생각은 못 했는데요?"

"그럼 내일 아침 11시에 내가 갈 테니 기다려요."

그리고 우리는 헤어져서 각자 갈 길로 갔습니다. 마중 나온 보좌관 라으어는 그뢰즈 8번가에 있는 공사관으로 우리를 데리고 갔습니다. 공사관은 어둡고 침침했고 공기도 맑지 못했습니다. 공사와 한 시간여 만났는데 기절할 정도로 머리가 어지러웠습니다. 아버지와 친했던 프라옹짜오 짜른 공사는 깊은 관심을 보이며 호의적으로 말했습니다. 언제든지 필요하면 도와주겠다고요. 우리는 거의 일주일간 공사관에서 편하게 머물렀습니다.

도착한 다음 날 아침 11시 정각에 미국인이 날 찾아왔다고 침실로 연락이 왔습니다. 여기서는 아직 아는 외국인이 없었으므로 허친슨이라고 직감했습니다. 그는 파리 여러 곳을 구경시켜주었습니다. 우리는 그랑 불바르[24]에 있는 포카디 레

---

24   파리 센강 연안에 있는 번화가.

스토랑에서 점심을 먹었습니다. 그런 곳에까지 갈 줄은 예상하지 못했기 때문에 매우 행복하고 황홀했습니다. 전생에서 얼마나 훌륭한 공적을 많이 세웠기에 내가 외국인으로부터 이렇게 융숭한 대접을 받는가 하고 하루 종일 여러 번 자문했습니다. 우리는 영어로 대화했습니다. 당시 나는 알아듣는 데는 문제가 없었으나 말할 때는 아직 더듬었습니다. 자주 틀렸지만, 그때마다 허친슨은 친구처럼 고쳐주었습니다. 우리는 저녁때까지 즐겁게 구경했습니다.

밤에 공사관에 도착해서 응접실에 들어가니 유학생 여러 명이 대화를 나누고 있었습니다. 그들은 내가 새로 온 학생이라는 것을 알고는 아무것도 물어보지 않았습니다. 내 방에서 나는 여기가, 외국이 정말 천국인지 아닌지 하는 문제를 두고 계속 생각에 잠겼습니다.

6. 런던과 쁘라딧

1

파리를 떠나기 3일 전에 쁘라딧에게 편지를 썼습니다. 런던 랭햄 가든 13번지로 보냈습니다. 나와 루엉 위쎗이 도착할 때 역으로 마중 나와달라고 했습니다. 파리를 떠나는 날, 공사님에게 하직 인사를 하고 런던으로 출발했습니다. 파리 북역에서 차를 타고 칼레로 가서 배를 타고 영국 해협을 지났습니다. 바람이 불어서 파도가 심했습니다. 한 시간 반 후에 영국 도버에 도착했습니다. 거기서 우리는 기차를 타고 런던으로 갔는데, 파리에서 런던까지 약 일곱 시간 걸렸습니다.

저녁 7시 정각에 런던에 도착했습니다. 역에는 공사관 직원이 루엉 위쎗을, 쁘라딧이 나를 마중 나왔습니다. 내 기억에 도착한 계절은 가을이었습니다. 날씨가 제법 싸늘했고 축축했습니다. 이런 날씨 때문인지 쁘라딧의 얼굴은 내가 거의 알아보지 못할 정도로 유난히 하얬습니다. 쁘라딧은 기쁜 나머지 달려와서 내 손을 꼭 잡고 흔들더니 나를 얼싸안고 루엉 위쎗에게 가서 허락을 구했습니다.

"루엉 위쎗 씨, 오늘 밤에 위쑷을 집으로 데려가도 좋다고 공사관 직원에게 허락을 받았습니다. 내일 아침에 뵙겠습니다. 위쑷을 데려가도 되겠지요?"

"위쑷과 어떤 사이인가요?" 루엉 위쎗이 물었습니다.

"친형제나 다름없습니다." 쁘라딧의 대답이었습니다.

"그럼 그래요. 하지만 내 말을 새겨들어요. 당신 친구는 이제 막 도착해서 전혀 뭘 모르니까 엉뚱한 곳에 데려가지 말아요." 루엉 위쎗이 놀렸습니다.

"알겠습니다. 안녕히 가세요."

역 밖으로 나오자 쁘라딧은 다른 세 명의 태국인 유학생을 소개해주었습니다. 분추에이, 짬랏, 그리고 마니였습니다. 우리 다섯 명은 택시를 잡아타고 랭햄 가든 13번지로 갔습니다. 3층짜리 셋집이 있었는데, 분추에이, 짬랏, 마니, 그리고 쁘라딧이 3층을 공동으로 빌려 살고 있었습니다. 작은 침실이 두 개, 거실, 부엌과 화장실이 있었습니다. 집기와 가구는 낡았고 학생답게 검소하게 지내고 있었습니다.

"쁘라딧, 오늘은 위쑷을 데리고 중국집에서 식사하자." 집에 도착해서 채 5분도 안 되었는데 분추에이가 제안했습니다.

"너 돈 있니? 난 없는데." 마니의 말이었습니다.

"괜찮아, 있는 대로 내면 되지, 뭐." 분추에이의 대답이었습니다.

"그러자. 위쑷, 너 얼른 세수부터 해. 같이 나가게." 쁘라딧이 나를 보며 한 말이었습니다.

준비가 끝나자 친구들은 나를 얼스 코트 역으로 데리고 가서 엘리베이터를 타고 내려가 지하철을 탔습니다. 지하철은 터널 속을 매우 빠르게 달렸습니다. 역마다 멈추더니 마침내 피커딜리에서 옥스퍼드로 환승했습니다. 역에서 올라가 오른쪽으로 돌자 커다란 문이 하나 눈에 들어왔습니다. 군인처럼 제복을 입은 종업원이 우리를 안으로 안내했습니다. 문을 들어가 다섯 계단을 올라가니 우리가 가려던 곳이 나왔습니다. 연주되는 음악 소리와 함께 사람들의 웃음소리와 말소리가 들렸습니다.

태국인들 사이에서 '옥스퍼드 중국 댄스장'이라 불리는 그곳은 안이 매우 넓고 2층으로 되어 있었습니다. 중앙에 무도장이 있고 그 주변을 따라 회랑이 있었습니다. 위층에 서서 베란다 난간 쪽으로 고개를 돌려 내려다보면 아래층에서 춤을 추는 사람들을 정확하게 볼 수 있었습니다. 악사들은 위층 회랑에서 음악을 연주했고, 불을 밝게 켜놓은 것 외에는 이렇다 할 장식은 없었습니다. 중국 댄스장으로 보일 만한 것은 아무것도 없었습니다. 중국인은 주인과 손님을 접대하는 두세 명의 종업원뿐이었습니다. 장소나 음식은 중국적이지도 않고 서양적이지도 않았으며, 음식 맛이 별로였습니다. 내가 보기엔 거기 있는 사람들은 즐겁게 여성들이랑 춤추고 술 마시고 대화를 나누려고 온 것 같았습니다.

그날은 객장에 사람이 많지 않았습니다. 월말이라 사람들 주머니에 돈이 마른 탓인지 인도인, 일본인, 중국인 등 15명가량만 있었습니다. 서양인은 두세 명 보였습니다. 죽 훑어봐도 단번에 뭘 하는 사람인지 알 수 있는 여성들로 넘쳤습니다. 그 여성들은 남성들이 다가와 밥을 사거나 춤추자고 권할 때를 기다리며 앉아 있었습니다. 얼굴이 밝고 유쾌해 보이는 여성도, 지치고 힘든 얼굴을 한 여성도 있었습니다. 이 중국집에서 배우처럼 얼굴이 예쁜 여성은 춤 신청이 들어와 계속 춤을 춥니다만, 그렇지 못한 여성은 그냥 앉아 있다가 어쩌다 춤을 춘다고 했습니다.

우리 다섯 명은 위층 가운데 테이블에 앉아 있었는데, 어떤 여성도 와서 합석하지 않았습니다. 친구 네 명은 번갈아 춤을 추었고, 나는 앉아서 물끄러미 친구들을 바라보기만 했습니다. 나는 그곳에 막 도착한 새내기였습니다. 춤도 못 추고, 영어도 잘 못하니 앉아서 구경만 했습니다. 가끔 테이블을 지나는 여성이 나를 곁눈질하며 추파를 보냈지만 나는 조금도 응대하지 않았습니다. 그 여성은 단번에 나를 꿔다놓은 보릿자루라고 생각하고 지나가버렸습니다.

2

다음 날 오전 11시에 쁘라딧은 나를 데리고 공사를 만나러 갔습니다. 공사는 한창 바빴는데, 비서가 최선을 다해 내 일을 도와주겠다고, 보호자의 역할을 해주겠다고 친근하게 말했습니다. 나는 100파운드를 그에게 건넸습니다. 그는 공사와의 저녁 식사에 나와 쁘라딧을 초대했습니다.

"중요한 건 무슨 과목을 공부할지 정하는 겁니다. 대학에 가서 공부한다면 우선 퍼블릭스쿨에 들어가는 게 순서인데, 당신은 자비 유학생이니 마음대로 선택할 수 있습니다. 법학을 전공한다면 우선 서양인 가족과 생활하면서 훌륭한 영어를 익힌 다음에 런던으로 와서 법률 학교에 입학하면 됩니다." 공사의 제안이었습니다.

이어서 공사는 공부하는 데 드는 비용에 대해 자세하게 설명했습니다. 나는 어디든 영국인 가족과 살면서 먼저 영어를 훌륭히 구사하게 되면 런던에 와서 법학을 공부하기로 마음먹었습니다. 공사는 내 뜻대로 하루라도 빨리 믿을 만한 가족을 주선하겠다고 했습니다.

공사관에서 나오자 쁘라딧은 '버스'라고 하는 큰 차에 나를 태웠습니다. 아래층과 위층으로 된 2층 버스였는데, 2층에는 지붕이 없었습니다. 버스 양쪽에는 영화, 연극 등의 광고가 잔뜩 붙어 있어서 장난감처럼 보였습니다. 그날은 다행히 날씨가 좋았습니다. 좀 쌀쌀하기는 했어도 햇볕이 따뜻해서 2층에 탔습니다.

"오늘은 쉬는 날이야?" 버스에서 내가 물었습니다.

"아니. 같이 지내는 우리 넷은 모두 런던 대학교에 합격했는데, 다음 달까지는 학교에 가지 않아도 돼. 특별한 일이 없어서 쉬고 있어." 쁘라딧이 설명했습니다.

"외국에서 사니 어때? 솔직히 말해줘. 난 몹시 겁이 나."

"돈이 궁색한 것 빼고는 다 좋아. 공사관에서 매달 7파운드를 주는데, 그걸로 한 달 동안 세탁비, 필요한 옷 구입비, 차비 등으로 써. 너도 조금 있다 보면 알게 될 거야. 난 아버지가 서너 달에 한 번씩 돈을 따로 보내주셔서 그리 쪼들리지는 않아. 쓸 만큼은 돼."

나: "서양인과 살아본 적 있어?"

쁘라딧: "가족… 패밀리와 함께 사는 거 말이니?"

나: "맞아."

쁘라딧: "나는 1년 동안 함께 지내면서 영어를 공부한 뒤 대학 시험을 봤어. 서양인 가족과 지낼 때 아주 외로웠어. 나는 노인 목사 부부와 지냈어. 다른 사람은 없었고, 그 두 분은 독실한 기독교인이라서 목사가 되셨대."

나: "그럼 잘 배웠겠네."

쁘라딧: "그렇지 않아. 쓸쓸했어. 밥도 맛이 없고 배불리 먹지도 못했어. 영화를 보려면 버스를 한 시간이나 타야 했어. 내가 영어를 빨리 익힌 것은 어서 그곳을 벗어나고 싶어서였

을 거야."

나: "왜? 공사관에서 마음에 드는 더 좋은 곳을 골라주지 않았어?"

쁘라딧: "운이 따라줘야 하는 건가 봐. 훌륭한 가족과 사는 경우도 있고, 기막히게 지독한 경우도 있고. 난 운이 좀 나빴던 경우야."

나: "너희 집에서 책을 여러 권 보냈는데, 모두 내 여행 가방 속에 있어."

쁘라딧: "잘됐다. 우리가 집에 도착할 때쯤이면 네 가방이 올 거야. 벌써 내가 보내달라고 부탁해뒀거든."

버스를 타고 구경하는 동안 나는 쁘라딧과 태국에 관한 얘기는 하지 않으려고 했습니다. 개인적으로 다 잊고 싶었기 때문입니다. 이상하게 쁘라딧도 묻지 않았습니다. 부모님에 대해서도, 사랑하는 동생인 람쭈언에 대해서도 입조차 떼지 않았습니다.

"쁘라딧, 집을 떠난 지 오래되었는데도 집 소식을 전혀 묻지 않다니 이상해." 참다못해 내가 먼저 물었습니다.

"람쭈언의 편지를 자주 받고 있거든. 집 얘기는 거의 다 알고 있어."

"람쭈언이 내 얘기도 하든?"

"전에는 했지만 지금은 안 해. 아마 결혼해서 그렇겠지."

쁘라딧의 간단한 대답에 나는 의아했고 이해할 수가 없었습니다.

"네 말은 동생이 결혼한 뒤에 나랑 동생 사이에 무슨 일이 있었다는 거야?" 내가 확실히 알고 싶어 되물었습니다.

"아니. 람쭈언은 자기가 결혼한 뒤에 네가 자기를 다 잊었으면 하더라. 네 행복을 위해서. 사람 사는 건 정말 이상하다. 그렇지 않니?"

좀 생각한 뒤에 내가 대답했습니다. "솔직히 말하면, 난 람쭈언을 여동생이나 친구 이상으로 사랑한 적이 없어. 걔가 결혼한다고 했을 때 난 몹시 기뻐서 만나면 어디서든지 축하해주려고 했는데 만나지 못해서 말할 기회가 없었어. 까몬 중위가 너희 집에 처음 왔을 때 람쭈언이 내게 정말 이상한 태도를 보였어."

"난 널 이해해, 위쑷." 쁘라딧이 씁쓸하게 대답했고, 그러는 사이 버스는 길을 따라 계속 달렸습니다.

3

런던은 세계적으로 방대하고 아름다운 도시라고 합니다. 세계대전이 끝난 이후 영국처럼 조용한 나라는 없습니다. 런던은 의회가 있는 영국의 수도입니다. 영국의 발전과 위대함의 중심이고, 여기서 모든 힘이 사방으로 뻗어나갑니다. 런던이 그런 힘이 있는 도시라는 것을 알고 난 후에 나는 변함없이 런던이 천국 같은 도시고, 적어도 내가 보고 온 프랑스 파리와 대등한 도시라고 생각했습니다. 그러나 애석하게도 내가 보고 느낀 런던의 진면목은 그렇지 않았습니다. 런던이 깨끗하고 사람이 넘쳐나는 도시라는 것은 사실입니다만, 세계가 인정하는 훌륭한 예술가에 의해 아름답게 설계되고 건설되었다는 점에는 반대표를 던집니다. 사람의 영혼을 매료시키고 자극하는 아름다움이라는 관점에서 런던과 파리를 비교하면, 런던은 예술성과 동떨어져 있습니다. 파리에는 샹젤리제 거리가 있고 에투알 광장, 콩코르드 광장, 마들렌 광장 그리고 그랑 불바르가 있습니다. 영국에는 꼽는다고 하면 리젠트와 피카딜리, 그리고 옥스퍼드 광장 정도가 있을 뿐이고, 파리처럼 아름다운 거리나 장소가 없습니다. 파리 네거리에 있는 기념탑나 동상은 하나같이 매우 짜임새 있고 아름다웠습니다만, 런던 곳곳에 서 있는 동상과 기념탑은 너무 어둡고 칙칙해서 무엇인지 제대로 알 수 없었습니다. 소위 '넬슨 동상'이라고 하는 넬슨 제독의 기념상은 트라팔가 광장에 서 있는데, 하늘을 찌르는 높이의 아주 거대한 대리석 기둥 위에 상이 있습니다. 넬슨을 보려면 고개를 등 뒤로 바짝 젖혀야 합니다. 겨울이면 아침 내내 안개가 서려 망원경으로도 보이지 않습니다. 넬슨 상을 그렇게 하늘 높이 세운 영국인의 의도를 이해할 수 없습니다. 런던에 있는 대형 건물들은 어둡고 너무 크기만 해서 아름다움을 찾아보기 힘듭니다. 아마 영국이 과거 적의 괴롭힘을 많이 당한 섬이었기 때문이 아닌가 합니다. 늘 적의 공격을 막아내는 데에만 급급해서 세계적으로 아름다운 건물을 짓는 것에는 마음 쓸 겨를이 없었나 봅니다. 버스를 타고 한두 시간쯤 구경하다가 채링크로스 스트랜드에 있는 중국집에서 점심을 먹었습니다. 여기는 맛은 괜찮았는데, 중국 음식 특유의 냄새가 많이 났습니다. 그 집의 주인이자 주방장이고 매니저인 사람은 일본인이었습니다. 태국인 유학생들은 이 가게를 '채링크로스 중국집'이라고 불렀습니다. 그 가게에 처음 들어갔을 때 우리와 중국인 그리고 동양에서 온 외국인들만 보였습니다. 이 집에 사람이 많이 모이는 이유는 주인이 미녀 서너 명을 고용해서 손님에게 음식 시중을 비롯해 대화도 하게 했기 때문입니다. 그래서 그곳에는 밤낮 가리지 않고 끼니때마다 가는 단골이 매우 많다고 했습니다. 이런 상술로 이 영리한 음식점 주인은 돈을 많이 번다고 했습니다.

점심 식사를 마친 후에 쁘라딧은 나를 데리고 스트랜드 거리를 걷다가 홀번으로 가더니 스톨 극장에서 낮에 하는 영화를 보여주었습니다. 영화가 끝나니까 티타임이 되어 지하철을 타고 클러스터로 가서 공사관 부근에 있는 라이언스 찻집으로 갔습니다. 그 찻집에 태국 관리 여러 명이 함께 앉아 있는 것을 발견했습니다. 그분들은 우리에게 와서 같이 앉자고 불렀습니다(초대한 것은 아닙니다). 거기서 나온 후 우리는 카드놀이를 하러 랭햄 가든으로 갔습니다.

집에 돌아와 어둡도록 이야기를 나눈 우리는 약속 시간이 되자 옷을 갈아입고 공사와 식사하러 갔습니다. 식사 후에 짜오쿤 쁘라파꺼라웡 공사는 한가하다며 우리를 밤늦게까지 붙들고 이야기를 했습니다.

4

3~4일이 지나서 람쭈언으로부터 편지 한 통을 받았습니다. 느낌이 이상했습니다. 그녀는 길게, 편지지마다 꽉꽉 채워서 여러 장을 썼습니다. 쁘라딧과 내 안부를 물으면서 얼른 답장하라고, 오빠에 대해 자세하게 써달라고 했습니다. 그리고 자기의 새 생활에 대해, 행복에 대해, 까몬에 대해 썼습니다. 편지에서 그녀는 나를 아직도 친한 친구로 생각하고 있다며 내가 귀국하면 다시 만나 교류하자고, 우리 둘의 우정은 아직 공고하다고 했습니다. 끝으로 우리가 늘 얘기했던 일부일처를 강조했습니다. 그녀의 편지 일부는 다음과 같습니다.

"위쑷 오빠, 요즘 우리는 재미있게 지내요. 까몬의 유학생 친구들이 매일 우리 집에 와서 즐겨요. 오빠가 귀국하면 내가 이 모임에 오빠를 끌어들일 거예요. 재미있겠지요. 당신은 람쭈언이 사랑하는 친구이자 오빠예요…."

람쭈언에 대한 내 순수한 사랑을 람쭈언 자신이 다 깨버린 것을 그녀가 과연 알고 있을까요? 다른 사랑과 비교할 수 없는 친구로서의 사랑. 그녀가 쓴 미사여구 한마디 한마디가 바위에 떨어지는 물방울 정도의 가치는 있겠지만, 그 물방울은 하나도 가슴속에 와 닿지 않았습니다. 그녀는 내가 외국에 나갈 기미가 보이지 않자 나를 곁에서 잘라버렸습니다. 까몬이 날 멸시하도록 내버려두었습니다. 그러나 그녀는 이런 이야기를 한마디도 언급하지 않았습니다. 미안하다고도 하지 않았습니다. 스스로를 높였고 나와 만난 첫날부터 지금까지 나를 가장 친한 친구로 여긴다고 했습니다. 슬픕니다. 인생이라는 이름의 연극이 슬픕니다. 우리는 늘 가면을 쓰고 서로를 대해야 하는군요.

배가 대양을 가르고 달릴 때, 프랑스와 영국에 도착했을 때에는 그녀를 용서할 기분이 들기도 했습니다. 그녀가 나를 그렇게 대한 것은 다른 사람의 부추김이 있었고, 그녀는 마치 스스로 돛과 키가 없이 부표하는 배와 같아서 바람이 부는 대로 파도가 치는 대로 휩쓸렸을 거라고 생각했습니다. 또 하나, 까몬이 람쭈언에게 걸맞은 남성이 아니라는 생각이 있기 때문이기도 했습니다. 까몬은 쉽게 사람을 멸시하는 습성이 있는 데다가 결혼 생활이 길어지면서 그녀의 실수를 보았을 테니 해외 유학을 하지 않은 태국인을 멸시하듯이 그녀도 천대했을 것입니다. 까몬 같은 인물은 진실한 사랑이 무엇인지 모릅니다. 람쭈언은 돛과 키가 없는 배처럼 깊고 넓은 대양을 바람 부는 대로 혼자 떠다니는 여성이 아닙니다. 편지를 읽으면서 그녀가 예전에 나랑 같이했던 일들을 남의 도움 없이 혼자서 척척 해내고 있음을 분명히 알 수 있었습니다. 그녀는 이제 자기 마음을 들여다보고 알 수 있을 정도로 성장해서 과거의 일에 집착하지 않을 것입니다. 나만 스스로에게 그녀를 용서할 수 있는 날이 언제 올까 하고 묻고 또 물었습니다.

앞으로 4~5년 후에 집에 가게 되면 만날 텐데, 그녀는 얼마나 변해 있을지 전에는 자주 생각해봤었습니다. 태국에서 여성은 빨리 늙거나, 아니면 아직은 젊고 예쁜데도 스스로 늙었다고 생각합니다. 람쭈언은 아이가 몇은 있고, 얼굴이 전처럼 맑고 탱탱한 대신에 스스로 새 생활이라고 부르는 생활에서 오는 고통이나 지루함으로 조금은 초췌해질 것입니다. 새로움은 늘 옛것이 됩니다. 람쭈언은 어찌 변했을까요?

편지를 다 읽고 난 뒤 침대에 앉아서 양말을 신고 있는 쁘라딧을 바라보다가 눈이 마주쳤습니다. 그는 "람쭈언이 뭐라고 썼어?"라고 물었습니다.

"이것저것 많이 썼어." 나는 하는 수 없이 대답했습니다.

"재밌어?"

"그런대로."

"여자들은 정말 어쩔 수 없어. 조금도 진지하지 않아서 나는 좀 부담스러워. 서양 여성들은 더 해."

나는 아무 대꾸도 하지 않고 람쭈언의 편지를 서랍 속에 던져 넣었습니다.

그런 것 같습니다. 외국은 쁘라딧의 성격을 바꿔놓았습니다. 재미있게 늘어놓았지만 내용 없는 말을 하고 건달이나 쓰는 단어, 고상하지 않은 단어를 사용했습니다. 전에는 점잖은 말인 '너'를 사용했는데 지금은 중국인이 사용하는 저질의 '니'를 사용합니다. 그래도 쁘라딧은 행복해 보였고 하는 행동이 더 아이 같아졌습니다.

7. 벡스힐에서 시작한 새 생활

1

내 지나온 얘기를 쓰면서 이 대목처럼 행복감에 젖어 쓴 대목이 없습니다. 나는 아주 자랑스럽게 씁니다. 쓰고 싶은 마음에서, 행복해서 씁니다. 새 삶이란 예전 삶보다 나은 법이라는 게 흔한 일이겠지요…?

런던에서 한 2주 머물던 중에 공사관 직원이 내게 영국 남쪽에 있는 벡스힐이라는 작은 도시에 사는 영국인 가정에 가 지내라고 했습니다. 앤드루 대위와 지내는 것이 아주 재미있을 거라고 장담했습니다. 이분은 쁘라딧이 같이 살았던 목사가 아니라고 했습니다. 약속한 날, 아침 10시에 출발하는 기차를 두 시간 반쯤 타고 가니 내가 내릴 벡스힐이었습니다. 기차가 도착했을 때 골프복 차림의 한 어른이 다가와 "태국 공사관에서 왔습니까?"라고 물었습니다. 나는 "그렇습니다"라고 대답했습니다.

"나는 앤드루 대위요. 같이 갑시다." 그분은 자신을 소개했습니다.

내가 기차에서 내리자 앤드루 대위는 엄청나게 큰 손을 내밀어 악수를 청했습니다. 어찌나 꽉 잡고 흔드는지 손이 아플 지경이었습니다. 그러는 사이 인부들이 자잘한 물건과 여행 가방들을 기차에서 내려주었습니다.

"저리로 가서 학생 짐이 어떤 건지 확인해요. 자동차 앞에 모두 모아놨으니까." 그분의 말이었습니다.

그분과 나는 나란히 걸어서 트럭 앞까지 갔습니다. 나는 거기 있는 물건 중 커다란 여행 가방 하나를 가리키며 "제 가방은 저겁니다"라고 했습니다.

내 말이 떨어지자마자 그분은 뭔가 확인하려는 듯이 뚫어지게 날 보더니 "학생은 영어를 아주 잘하네요"라고 했습니다.

"아닙니다. 집에 있을 때와 여기까지 오는 배 안에서 좀 배웠을 뿐입니다."

"잘했군요."

그리고 인부에게 내 짐을 트럭 짐칸에 싣도록 하고 집 주소를 가르쳐준 후 나를 데리고 역사 앞에 세워놓은 근사한 승용차 앞으로 갔습니다. 제복을 말쑥하게 차려입은 기사가 그 앞에 서 있었습니다.

"이게 우리가 탈 차랍니다."

앤드루 대위는 50대 남성으로 체구가 무척 컸습니다. 머리는 약간 벗어지고 피부는 젊었을 때의 팽팽함을 조금 잃은 듯했습니다. 술을 많이 마시는 사람처럼 눈이 빨갰지만 성품은 아주 좋았습니다. 해변을 따라 난 길을 가며 차 안에서 앤드루 대위가 곁눈으로 나를 찬찬히 살피는 것을 느꼈습니다.

"학생은 내가 교사를 해본 적도 없고, 여태껏 외국인 학생을 받아본 적도 없다는 걸 알고 있어요?" 그분은 아주 친근하게 물었습니다. "학생은 아마 우리가 맞이하는 첫 번째이자 마지막 학생일 겁니다."

"왜요?" 내가 물었습니다.

"전쟁 중에 나는 태국에 두 달간 있었는데 아주 융숭한 대접을 받았어요. 태국이 우리나라처럼 발전하지는 않았지만 조용하고 편안한 나라라는 인상을 받았어요. 태국 사람은 여러 모로 날 도와줬어요. 나는 높은 분 여러 명을 알고 있어요. 학생 아버지도 압니다. 태국에서 훌륭한 대접을 받았으니 뭔가 보답해야겠다는 생각에서 학생을 맡았고요."

"제가 오는 건 어찌 아셨어요?"

"아, 그건… 작년 여름에 태국 공사님을 여기로 일주일간 휴양 오시라고 초대한 적이 있었는데, 우린 거의 매일 태국에 대해 얘기를 나눴어요. 공사님이 이제 곧 신입 학생 하나가 온다고 하셔서 그 학생을 이리로 보내달라고 부탁했거든요."

"제가 아주 복이 많군요." 내가 기뻐하며 대답했습니다.

"학생이 그렇게 생각해줘서 고맙군요. 우리가 할 수 있는 한 학생을 편안하고 행복하게 해줄게요. 아내가 학생을 잘 돌봐줄 겁니다. 우리 집에는 어린 딸이 하나 있는데, 열한 살이고 이름은 스테파니랍니다. 말을 잘하고 예쁜 아이라서 보면 학생도 좋아할 거요."

"그럴 거예요." 내가 확실하게 대답했습니다.

2

벡스힐은 깨끗하고 아름다운, 그러면서도 한적한 곳이었습니다. 천천히 해변을 달릴 때면 정말 공기가 상쾌하게 느껴졌지만 약간 쌀쌀했습니다. 해변에는 파도가 박자 맞추듯이 밀려와 하얀 거품으로 깨져 흩어졌습니다. 한낮에도 볕이 뜨겁지 않아 기분이 좋았습니다. 우리가 탄 차는 작은 클럽을 두세 곳 지나고, 서블 레스토랑을 지나 미들섹스 쪽으로 구부러져 들어가더니 금방 아담하고 예쁜 2층집 앞에 멈추었습니다. 담장을 따라 초록색 덩굴식물이 자라고 있었습니다. 이 집은 전에 영국 빅토리아 여왕의 여름 별장으로 사용되어서 '여왕 별장'이라고 불린다고 했습니다. 곧바로 정복을 입은 집사 젱킨스가 문을 열고 나와 우리를 영접했습니다.

"겉옷과 모자는 벗어서 여기다 놔요." 우리가 집 입구에 있는 작은 방으로 들어가자 앤드루 대위가 알려주었습니다. 나는 외투와 모자를 벗어 걸고 나서 뭘 어떻게 해야 하는지 몰라 머뭇거리며 서 있었는데, 대위가 큰 소리로 누군가를 불렀습니다.

"엘시! 엘시!"

"왜요? 버티." 위층에서 대답이 들려왔습니다.

"우리 친구가 왔어요. 이리 내려와봐요."

그러자 엘시라는 여성이 계단을 뛰어 내려왔습니다. 나이는 남편과 비슷해 보였고 체구도 뚱뚱했습니다만 얼굴은 인정이 넘쳐 보였습니다. 그분은 곧바로 내 앞으로 오더니 손을 내밀어 악수를 청했습니다. 나는 고개를 숙여 인사부터 한 다음 부인의 손을 잡고 천천히 흔들었습니다.

"악수는 이렇게 천천히 하는 게 아니에요, 위쑤뜨라 씨. 만나서 기쁘다는 표시로 꽉 잡고 흔들어야 해요. 다시 잡아봐요." 웃으면서 부인이 내게 주의를 주었습니다. 나는 선선히 따라 했습니다. 이런 내 모습이 이 착하고 마음씨 좋은 부인을 만족스럽게 했나 봅니다.

"스테파니는 어디 있어요?"

"곧 내려올 거예요. 먼저 거실에 가서 얘기 나누면서 기다려요."

주인 부부는 나를 화려하게 꾸며진 응접실로 안내했습니다. 벽에는 빅토리아 여왕의 사진을 비롯해서 현재 여왕의 사진과 다른 사진이 죽 걸려 있었고, 안락의자, 마호가니 책상, 책장 등의 가구는 반듯하게 잘 손질되어 있었습니다.

"오늘 피곤했죠?" 앤드루 부인이 물었습니다.

"한 게 없어서 피곤하지 않습니다. 두 시간여 차를 타고 왔을 뿐인 걸요." 내가 대답했습니다.

"오늘 저녁에 이스트본까지 드라이브 갔다가 거기서 차를 마실 건데 어때요? 같이 가죠? 스테파니도 함께 가는데." 부인이 내 의향을 물었습니다.

"가겠습니다. 아주 재미있을 것 같습니다." 내가 대답했습니다.

"학생은 영어를 이렇게 잘하는데 왜 여기까지 와서 배워야 해요? 학생 이름은 '위쑤뜨라'라고 써요? 우리가 학생을 어떻게 부르면 좋을까요?" 내 영어를 듣고 놀란 표정을 지으며 앤드루 부인이 물었습니다.

"제 이름은 위쑷입니다."

"그럼 우리가 그렇게 부르면 되죠?"

"예."

그때 노크하는 소리에 이어 "엄마, 엄마" 하는 어린애 목소리가 들렸습니다.

"들어오렴, 스테파니." 맑고 다정한 목소리로 부인이 대답했습니다.

그러곤 문이 천천히 열리더니 소녀가 달려와서 내 앞에 섰습니다.

"우리 외동딸이에요, 위쑷. 스테파니, 이분은 엄마가 얘기한 네 친구란다."

스테파니와 악수할 때 이 어린 소녀의 아름다움과 귀여움에 적지 않게 놀랐습니다. 내가 여태껏 본 아이 중에서 제일 예쁘고 귀여웠습니다. 열한 살인 그 애는 몸집이 아주 작고 얼굴은 계란형이며 하얬습니다. 갈색 눈은 초롱초롱했고 양 볼은 발그레했으며 입과 코는 작고 귀여웠습니다. 예상외로 놀랍고 아름다운 것은 허리까지 구불거리는 긴 금발이었습니다. 악수하는 동안 그녀는 내 얼굴을 유심히 바라보았습니다. 스테파니에게 나는 피부색이나 얼굴 생김새, 태도 등이 보아왔던 사람들과는 다른 이방인이었을 것입니다. 그녀가 내게 보인 호기심은 혐오감이나 비호감이 아니라 사랑과 친근감, 그리고 호감의 단초였습니다. 악수를 한 뒤 스테파니는 엄마 옆의 의자 팔걸이에 앉아 엄마 허리에 팔을 감았습니다.

"우린 1시에 점심을 먹을 거니까 올라가서 손 씻고 세수하고 좀 쉬어요. 사용할 방을 아주 근사하게 꾸며놨어요. 여보, 위쑹을 방으로 안내해줘요."

"알겠어요." 앤드루 대위는 자리에서 일어나서 응접실 밖 위층으로 날 데려갔습니다.

그는 화장실을 보여주고 화려하게 꾸민 침실로 안내했습니다. 방은 좀 작은 듯했지만 편안했습니다. 방에 있는 옷장과 침대, 그리고 다른 가구 사용법을 설명한 그는 벽 한쪽으로 날 데리고 가더니 궤짝 모양의 작은 장롱을 가리켰습니다. 장롱 옆 벽에는 새 한 마리가 붙어 있었습니다.

"이건 돈을 넣어두는 금고요. 이 단추를 누르면 새가 고개를 들고 울면서 상자 뚜껑이 열리지요. 금고에 물건을 넣은 후 단추를 다시 누르면 새가 울면서 뚜껑이 닫히고." 내게 한번 해보게 한 뒤, 우리는 웃었습니다. 새소리가 마치 닭이 우는 소리 같았기 때문입니다.

3

세수하고 준비를 끝내자, 도착했을 때 문을 열어준 집사 젱킨스가 내 방으로 들어와서 "점심이 다 준비되었습니다. 앤드루 대위님이 모셔오라고 하셨습니다"라고 하고 앞장을 섰습니다. 나는 집사의 뒤를 따라 계단을 내려가서 식당으로 향했습니다. 주인 내외와 딸 스테파니가 기다리고 있었습니다. 나는 옷을 천천히 입었고 아직 익숙하지 않아서 늦게 내려왔다고, 죄송하다고 했습니다.

"걱정하지 말아요. 우리가 2~3일 안에 옷을 빨리 입는 법을 가르쳐줄 테니." 부인이 말했습니다.

앤드루 대위가 내게 한 자리를 가리키며 앉으라고 했습니다. 식탁을 바라본 나는 정말 깜짝 놀랐습니다. 식탁은 검정색 나무에 윤을 낸 후 기름칠을 해서 반짝반짝 빛났는데 식탁보를 깔지 않았습니다.

"식탁보를 깔아 식탁을 보호하지 않나요?" 내가 궁금해하며 물었습니다.

"이건 신식 식탁이에요. 식사하면서 음식을 떨어뜨리거나 국물을 흘리지 않도록 조심해야 해요. 흘리면 그때마다 6페니씩 내야 해요. 남편은 매달 거의 1파운드를 내고 있어요."

나는 스테파니와 마주 보고 앉았습니다. 앤드루 대위가 왼쪽에, 앤드루 부인이 오른쪽에 앉았습니다. 식사한 지 얼마 안 되어 나는 그만 실수로 물컵을 엎질렀습니다. 집주인 세 명은 이런 나를 보고 깔깔대고 웃으며 놀렸습니다.

"위쑷, 얼마를 내야 할까요?" 앤드루 대위가 말했습니다.

"괜찮아요, 위쑷. 젱킨스를 불러 닦으라고 해요. 갑작스러운 사고도 있을 수 있어요. 이번만은 봐주겠어요." 나를 대신해서 부인이 변명해주었습니다.

식사를 마친 후 집에서 좀 대화를 나누다가 차를 타고 밖으로 나갔습니다. 길을 가면서 내가 기억해야 할 중요한 곳은 앤드루 부인이 친절하게 가르쳐주었습니다. 스테파니는 언제쯤 이스트본에 도착하느냐고 아빠에게 계속 물어댔습니다.

차가 달리고 있을 때 앤드루 부인이 이야기했습니다. "우리 집에 와 있게 되었으니 우리가 어떤 사람인지 알아야겠군요. 버티와 나는 늙어서 결혼했지만 어려서부터 사랑하는 사이였어요. 중간에 일이 생겨 수십 년간 헤어져 있다가 전쟁 중에 인도에서 결혼했고요. 스테파니는 인도에서 전쟁 중에 태어났지요. 버티는 3년간 프랑스에서 전투를 하다가 세 번 총에 맞아서 전역하게 됐어요. 전역 후 태국에 2년간 가 있었는데 태국을 무척 사랑했지요. 바로 2년 전에 유럽으로 돌아와서 한동안 런던에서 살다가 여기 벡스힐에 집을 사서 이사했어요.

우리가 학생을 받은 것은 태국인을 알고자 해서이기도 하고, 남자아이가 없어서 적적하기도 해서예요. 나중에 우리를 좋아하게 되면 버티를 '아빠', 나를 '엄마'라고 불렀으면 해요. 그러면 지금보다 훨씬 더 즐거울 거예요."

독자 여러분은 이 다정한 앤드루 부인의 말이 얼마나 나를 즐겁고 행복하게 했는지 잘 알 겁니다. 당시 나는 그 감사한 마음을 앤드루 부인에게 말로는 표현할 수 없을 만큼 기뻤습니다. 다정하고 따뜻하고 순수한 이 두 분의 자식이 되다니요…. 꿈속에 있는 것 같았고, 또 내 귀가 의심스러웠습니다. 사랑하는 친구들이여, 이 세상에서 앤드루 부인이 내게 한 말보다 더 진실한 게 무엇이 있겠습니까? 믿기지 않을 정도로 기뻤습니다. 앤드루 대위가 아빠가 되고, 앤드루 부인이 엄마가 되고, 스테파니가 여동생이 되다니…. 지금보다 더 행복한 천국이 또 어디 있을까요? 그 순간 태국에서 지냈던 어릴 적

기억이 주마등처럼 지나갔습니다. 쌈쩬 본가, 프럼 할멈, 중국인 띠의 뗏목, 분히앙, 도박과 집 뒤 정미소 일꾼들, 방짝 집, 람쭈언…. 내가 과거에 흘렸던 눈물이 지금의 행복을 가져다주었나 봅니다. 고통과 행복, 진실과 꿈을 비교하니, 앤드루 대위 가족과의 행복이 더 찬란하게 느껴졌습니다.

두 시간쯤 달려 이스트본 구역에 진입했습니다. 영국 남부에서는 큰 도시고 화려하며 사람들로 붐비는 생기가 넘치는 곳입니다. 우리는 그랜드 레스토랑에 차를 대고 손을 씻고 옷매무새를 바로잡은 다음 큰 홀에서 음악을 들으며 차를 마셨습니다. 홀은 사람들로 꽉 차 있었습니다. 5시까지 앉아 쉬다가 집으로 돌아왔습니다.

그날 밤 앤드루 부인은 내 침실로 와 직접 이것저것 챙겨준 뒤 내가 할 일을 알려주었습니다. 세수할 때는 비누를 사용하고, 치약은 어떤 것이 좋고, 식사 시간은 언제인지 등등 알려주다가 시간이 되자 잘 자라는 인사를 건네고 방을 나갔습니다. 이것이 여왕 별장에서의 첫날, 모자람 없는 행복의 끄트머리였습니다.

4

여왕 별장에 있으면 있을수록 끝이 없을 정도로 더욱더 행복해졌습니다. 나는 그 부부를 각각 '아빠', '엄마'라고 불렀

습니다. 스테파니는 유일한 내 동생이 되었습니다. 우리 네 식
구는 의심할 여지없이 순탄하게 화목했습니다. 아빠와 엄마는
내 행복을 위해 노력했고, 같이 살고 있는 이 집을 내 집처럼
느끼게 해주었습니다. 나 역시 받고 있는 사랑에 보답하려고
착한 아들이 되었습니다. 벡스힐이 너무 조용해서 외로움을
느끼기도 했지만, 이 외로움을 유용하게 사용할 줄 알게 되었
으며 행복한 순간으로 만드는 법도 터득했습니다. 내게 외국
은 천국입니다! 나는 금과 은의 원천을 찾았고 그 달콤한 맛
을 보았고 또 온몸에 칠했습니다. 내가 장래에 착한 일을 한다
면, 그 선량함과 공덕은 모두 내가 영국에서 앤드루 가족과 살
면서 배운 것이기 때문에 다 그분들에게서 비롯된 것입니다.

　여기서 행복해지자 나는 나 하나만 생각하게 하는 게 아
니라 다른 사람의 행복과 불행도 생각하게 되었습니다. 행복
은 진실한 사랑도 가르쳐주었으며 과거에 받았던 상처와 고
통도 잊게 해주었습니다. 업보는 업보로 가라앉혔습니다!

　나는 여기 여왕 별장에서 영국인처럼 생활했습니다. 내
몸이 태국인인 것 외에는 태국 것이 없었습니다. 가르치는 대
로 쉽게 바르게 교정되는 내 성품 때문에, 또 그 교정은 내가
원하는 것이었으므로 나는 금방 언행이 바르고 심성이 좋은
사람이 되었습니다. 누구랑 만나도 어색하지 않았습니다. 1년
여 앤드루 가족과 지내고 여행하면서 태국인과 만나지 않았

고, 태국어를 한마디도 하지 않았습니다.

　이곳 생활에 대해 말하라고 하면 끝도 없이 말할 수 있습니다. 모두 좋은 내용의 말이며 천국의 이야기입니다. 앤드루 부부는 아침저녁으로 내게 안부를 물었고, 마치 내가 무슨 귀중한 보석이라도 되는 양 애지중지해주었으며, 일요일 아침이면 함께 교회에 갔습니다. 교회에서 돌아오면 아빠랑 말을 타고 해변을 달리거나 엄마와 스테파니랑 낚시를 즐겼습니다.

　나는 교인이 아니었지만 교회 가는 것을 싫어하지 않았습니다. 교회에서는 "대범한 사람이 되어 남의 행불행도 배려해라. 그렇게 하면 네 자신도 행복해질 것이다"라는 삶의 진실을 배웠습니다. 세인트 마리아 교회에서 일요일마다 듣는 앙드레 메나리스트 신부의 설교로 모든 종교는 가치가 있고 의미가 있다고 믿게 되었습니다. 비록 종교마다 수행하는 방법이 다르기는 하나, 종국에는 모두 하나로 통합니다. 모든 종교는 우리가 행한 범위와 결과에 따라 살면서 보상을 받는다고 합니다. 그래서 아빠와 엄마의 종교인 기독교와 내 종교인 불교는 전혀 다르지 않았습니다.

　지극한 행복과 올바른 사고방식 외에 앤드루 일가는 내게 또 다른 위대한 영향을 주었는데, 바로 정말 소수나 받을 수 있는 교육이었습니다. 이 세상에 있는 모든 예술 방면에 걸친 교육, 문예, 음악, 그리고 삶의 지혜 등에 대한 교육이었습니다. 앤드루 대위는 해로우 스쿨과 케임브리지 대학교를 졸업했습니다. 교사는 아니었지만 내가 유일한 아들이자 제자가 되면서부터 당신의 모든 것을 가르쳐주었습니다. 아빠는 내게 세계적인 문예인과 음악가에 대해 알려주었습니다. 톨스토이, 월터 스콧, 디킨스, 브라이언, 셰익스피어, 멘델스존, 슈베르트 등이 세계사에 기여한 목적과 의미를 말입니다.

지금도 눈을 감고 앤드루 일가를 떠올리면 아직도 그 은혜에 보답하지 못했다고 느낍니다. 그분들이 내게 베푼 행복과 가르침은 무슨 방법으로 보답한다 해도 늘 부족합니다.

8. 모이라 던 부인과 마리아 그레이

1

어느 날 아빠가 침실에 있던 나를 불러 물었습니다. "여기가 너무 외지고 적적한 곳이라 가끔은 외로울 것 같은데, 행복하니?"

"아빠, 평생 여기에서보다 더 행복했던 적은 없어요. 죽을 때까지 아무 데도 가지 않고 여기서만 살고 싶어요." 내가 대답했습니다.

"네 친구가 될 만한 두 사람을 초대했다. 다음 주 수요일에 이곳에 도착할 거란다. 파리에서 곧장 이리로 온다는구나. 넌 아직 어리니까 젊은 여성과 얘기도 하고 춤도 추고 싶겠지. 철없는 스테파니를 비롯해 우리 같은 늙은이들하고만 사는 건 나라도 재미가 없을 거거든." 웃으며 아빠가 놀렸습니다.

"아빠, 스테파니도 괜찮아요."

"그건 알지만 걘 아직 너무 어리잖니."

"누가 수요일에 오는데요?"

"모이라 던 부인이란다. 《런던타임스》 신문을 대표하는 기자 중 한 사람인데, 마리아 그레이라는 이름의 젊은 여성과 온단다. 역시 《런던타임스》 기자지."

"모이라 부인은 젊나요? 나이가 지긋한가요?" 나도 웃으며 아빠에게 스스럼없이 물었습니다.

"그녀는 우리 친척인데 서른다섯 살쯤 되었지. 함께 오는 친구는 아마 젊은 것 같더라. 자기네가 여기 머무는 동안 널 아주 즐겁게 해주겠다고 내게 약속했거든."

"오면 오래 머무나요?"

"신문사 사람들은 어디서든 오래 있을 수 없단다. 그들은 여기저기 다니며 일해야 해서 오래 못 있지. 아마 한 일주일 있을 거다. 휴가를 받아서 오는 거거든."

그때 문을 노크하는 소리가 들려서 내가 누구냐고 물으니 엄마였습니다. 엄마는 스테파니와 들어왔습니다.

"여보, 벌써 모이라가 오는 걸 다 말해버렸어요?"

"응, 위쑷이 아주 좋아하는군요."

"모이라는 말을 아주 잘 타고, 골프도 잘 치고, 글도 아주 잘 쓴단다, 위쑷. 특별한 사람이니 너도 그녀를 아주 좋아할 것 같구나. 친구랑 함께 온다는데, 그 친구와 사랑에 빠지면 안 된다. 그렇게 되면 네가 우리를 까맣게 잊고 그녀를 따라갈 테니까."

"모이라 부인의 친구분은 아름다운가요?"

"우리도 아직 만나지 못해서 모르지만 모이라 말로는 팀에서 제일 예쁘다고 했어. 모이라 팀은 《런던타임스》 기자 팀인데, 내 생각에 그 친구가 가장 예쁠 것 같구나."

"그런데 겨우 일주일만 머문다면서요?"

"네가 대학에 진학하거나 법학을 공부하러 런던에 가면 그들을 다시 만날 수 있을 거야. 그럼 친구가 되지 않겠니? 하지만 주의를 주는데, 사랑에는 빠지지 마라."

그날 아침부터 나는 모이라 부인과 마리아 그레이가 올 다음 주 수요일을 기다리며 그들과 즐겁게 지내기를 꿈꿨습니다. 두 분은 내가 처음으로 만나 사귀는 영국 여성이 될 것입니다. 기다리는데… 다음 주 수요일, 시간이 정말 더디게 갔습니다.

2

수요일 아침, 나는 그 두 숙녀가 와서 묵을 방을 식구들과 꾸미고 정리했습니다. 여왕 별장은 집이 작아서 침실이 세 개밖에 없습니다. 다른 방보다 조금 큰 방은 엄마와 스테파니가, 다른 방은 아빠가, 그리고 제일 작은 방은 내가 사용하고 있었습니다. 두 숙녀가 와서 함께 머물게 되자 엄마와 스테파니가 아빠 방으로 옮겨가 같이 생활하고, 그 방을 손님에게 내주기로 했습니다. 방을 제법 멋지게 꾸미고 정리도 끝냈습니다. 11시쯤 두 숙녀가 도착할 예정이었습니다. 그때는 이미 겨울이 완연한 때라서 길에는 안개가 자욱했습니다. 기차역에서 숙녀

분들을 기다릴 때 제법 추웠습니다. 차 안에 앉아 한 20분쯤 기다리니 기차가 도착했습니다.

"이모, 이모!" 기차 차창 너머로 여성의 목소리가 들렸습니다. 그러자 엄마가 "모이라, 어서 와라" 하면서 기차 쪽으로 달려갔습니다. 두 여성이 서로 포옹하고 키스한 뒤 기차에서 내리는 모습을 나는 지켜보았습니다. 다른 여성이 그 두 사람의 뒤를 따라왔습니다.

"안녕하세요? 앤드루 대위님." 모이라 부인은 쾌활하게 인사하며 악수를 청했습니다.

"모이라, 나를 버티라고 부르는 걸 잊지 말아요. 앤드루 대위라고 하지 말고."

"알았어요, 버티."

"모이라, 내가 편지에서 항상 말했던 우리 아들이야"라며 나를 엄마가 소개했습니다.

나는 아주 기쁘게 모이라 부인과 악수를 했습니다. 안개와 거의 눈까지 내려오는 베일이 달린 모자 때문에 얼굴이 잘 보이지 않았지만, 부인이 무척 아름답다는 것을 알 수 있었습니다. 얼굴이 하얗고, 눈은 검고 빛났습니다.

우리가 악수 나눌 때 부인은 귀여운 몸짓을 하며 "위쑷"이라고 내 이름을 부르더니 "엘시 이모가 편지로 얘기를 아주 많이 해서 만나지는 못했어도 당신 얼굴이 어떻게 생겼는지 모

126

습이 어떤지 꿈까지 꿀 정도였어요. 보지 않고도 당신 얼굴을 그릴 것 같은데, 믿어져요?"라고 했습니다.

그 말에 나는 너무 기쁜 나머지 모이라 부인을 똑바로 바라보았지만 대답은 하지 않았습니다. 바로 이어 부인은 함께 온 친구를 소개해주었습니다. "여긴 내 친구이니 알고 지내요. 위쑷 친구도 되니까. 이름은 마리아 그레이예요." 그렇게 말하면서 친구 쪽으로 고개를 돌리더니 "마리아, 위쑷이에요"라고 했습니다.

마리아와 나는 기쁘게 악수를 했습니다. 그녀는 모자를 쓰지 않았습니다. 긴 머리를 단정하게 빗어 앞가르마를 타고 뒤로 올려 묶었습니다. 그녀는 비교적 통통했지만 모이라 부인 못지않게 매력적이고 아름다웠습니다. 크고 검은 눈이 반짝였고, 보통 사람보다 코가 좀 높았고, 피부는 윤이 났습니다. 그녀를 보기만 해도 기분이 좋아졌습니다. 마리아는 살짝 웃으면서 잠자코 나와 마주 보았습니다. 모이라 부인이 모두에게 마리아를 소개시킨 뒤에 우리는 승용차 오스틴을 타고 여왕 별장으로 곧바로 갔습니다.

우리 여섯 명이 다 타기에 차가 좀 좁았습니다만 아빠와 스테파니는 운전기사 옆좌석에 타고, 엄마와 모이라 부인은 뒷좌석 등받이 쪽에, 나와 마리아는 그 반대편 작은 의자에 앉았습니다. 차가 달리는 중에 모이라 부인은 나를 자주 응시하다가 "우리나라의 쌀쌀한 날씨를 좋아해요? 태국은 더운 나라 니까 어쩌면 싫어할 텐데…"라고 물었습니다.

"이 정도 날씨는 아직 춥지 않습니다. 좋아합니다." 조금 은 우물우물하며 내가 대답했습니다.

"진짜 겨울이 되면 우리나라 날씨를 좋아하지 않을 것 같 은데. 이제 곧 한겨울이 되면…" 부인이 계속 이어서 말했습 니다. "우리나라 겨울은 정말 참혹하고 잔인해요. 비, 안개, 그 리고 눈밖에 없지요. 외출도 쉽지 않고 감기가 끊이지 않아요. 런던은 더 심하지만 벡스힐은 그래도 나은 편이에요."

"겨울 대비는 진작 모두 해뒀습니다."

"뭘 공부할 생각이에요?"

"내년에 런던에 가서 법학을 공부하려고 합니다."

"법학이라… 변호사가 되고 싶나 봐요? 변호사는 말을 정 말 잘해야 하는데, 말하는 걸 듣지 못했네. 태국에서 법과 관 련한 직업은 돈을 벌기가 쉽고 경쟁이 그리 치열한 게 아닌가 봐요?"

"아닙니다. 그 방면의 직업은 태국에서도 경쟁이 심합니 다. 태국에는 법학 전공자들이 많아서 일자리를 구하기 쉽지 않아요. 그래도 여기서 법학을 공부하려는 것은 적은 시간에 공부를 마칠 수 있기 때문입니다."

"난 법과 관련된 직업이 그리 맘에 들지 않아요. 에드워드 마셜 경이나 엘리스 흄스 윌리엄 경처럼 되는 건 정말 어렵잖아요. 게다가 법이란 게 어디 공정한가요? 나는 그렇게 보지 않아요. 생각해봐요. 맡은 사건마다 이긴다는 것은 명예고 돈이지만, 아주 훌륭한 변호사여야만 그렇게 돼요. 돈이 많은 사람만 훌륭한 변호사를 고용할 수 있고, 그런 사람들은 어렵지 않게 승소하지요. 그 사람이 더럽고 깨끗하고는 문제가 되지 않아요. 온 세상이 단번에 다 알 수 있는 몹시 나쁜 잘못을 저질렀어도 재판에 회부되면 그 범죄자는 저지른 죄에 비해 정말 가벼운 형벌만 받아요. 이건 능력 있는 변호사 때문이지요. 여러 가지 사례를 들어 설명할 수 있어요." 모이라 부인이 자신 있게 한 말이었습니다.

나는 아무 대답도 하지 않고 잠자코 듣기만 했습니다. 그러는 사이에 자동차는 세빌 레스토랑을 지나 미들섹스 쪽으로 꺾어 들어가 여왕 별장에 도착했습니다.

3

2층에 준비해놓은 방으로 엄마가 두 숙녀를 안내해주러 간 사이, 나는 아빠와 아래층 거실에 있었습니다.

"마리아 그레이 어떠냐? 예쁘지?" 아빠가 내게 넌지시 물었습니다.

"정말 아름다워요, 아빠. 그런데 얼굴이 영국인 같지가 않아요." 내 대답이었습니다.

"마리아 엄마가 이탈리아인이라고 모이라가 말했지. 얼굴이 엄마 젊었을 때와 똑같다고 하더라. 모이라는 어떠니? 아름답지? 좋은 사람이지?"

"좋은 분이에요. 이야기 나누는 걸 즐기시나 봐요." 정리가 끝난 후 두 숙녀는 엄마와 같이 거실로 내려와 대화를 나누었습니다.

모자를 벗은 모이라 부인의 모습은 모자를 썼을 때만 못했습니다. 앞머리를 가지런히 잘랐는데, 머리카락 색깔이 너무 옅어서 눈 색깔이나 피부색과 맞지 않았습니다. 나이는 서른이 좀 넘어 보였는데, 키가 크고 마른 체형의 부인은 움직임이 기품 있고 우아했습니다. 전 세계를 거의 다 다니면서 취재한 여성이며 《런던타임스》를 대표하는 인물로 문예와 정치에 해박했습니다.

마리아 그레이는 스물한두 살가량의 애티 나는 여성으로 신입 기자였습니다. 모이라 부인이 경험한 얘기를 하면 관심 있게 경청했는데, 가끔씩 의심되는 부분이 있으면 질문을 했습니다.

"위숏, 왜 신문에 관계된 학문을 공부해볼 생각을 하지 않죠? 재미있어요. 보통 사람들은 볼 수 없는 것을 볼 수도 있고요. 영어를 아주 잘하는데, 쓰는 것도 잘하나요?" 부인이 내게 물었습니다.

"위쑷은 단편 쓰는 걸 좋아하고, 아주 글을 잘 써요." 아빠가 나를 치켜세웠습니다.

"그러면 아주 잘됐네요. 런던에 있는 프레스 클럽에 들어갈 길만 찾으면 될 것 같아요. 헤이마켓 프레스 클럽이라는 곳이 있는데, 일단 회원이 되면 신문에 기사를 쓸 수 있어요. 내가 도우면 우리가 만드는 신문에 기사를 낼 수도 있어요." 곧 모이라 부인이 말을 이었습니다. "세상 이곳저곳을 여행하면서 뭔가 이야깃거리를 찾아내 신문사로 보내는 일에 재미를 느끼게 될 거예요, 위쑷. 우리는 미국, 일본 등 세계 여러 나라를 갈 기회가 있고, 믿을 수 있는 소식을 전하는 업무를 잘 해내면 특파원도 될 수 있답니다. 매달 괜찮은 월급을 받을 수 있으니 소득을 걱정할 필요도 없어요."

"왜 신문 기자가 되라고 하시는 거죠?" 내가 물었습니다.

"태국에는 언론계에서 유명한 사람이 누가 있나요?" 모이라 부인이 물었습니다.

"없습니다. 태국 신문 업계의 현황은 아직 낮은 수준에 있는 데다가 신문 만드는 일을 직업으로 생각지 않습니다. 그래서 신문사에 기사를 보내는 사람의 월급은 많아야 3파운드입니다."

"우리나라에서도 약 10년 전만 해도 기자들을 사람으로 보지 않았어요. 노스클리프 경이 우리 처지를 오늘날처럼 끌어올렸어요. 난 전부터 태국에도 국민과 정부의 목소리를 싣는 훌륭한 신문이 있어야 한다고 생각해왔어요. 독립국인 태국은 버마나 인도, 크메르와는 달리 스스로 자치를 할 수 있기 때문이에요."

"우리가 스스로 자치할 수 있는 건 신문 분야가 아니라 다른 분야의 능력이 있어서입니다."

"스칸디나비아 쪽 작은 나라들은 인구가 고작 500~600만 명뿐인데도 신문이 잘 성장했어요. 태국 인구는 얼마인가요?"

"한 900만 명쯤 되지만 우리나라와 스칸디나비아 국가들은 비교가 안 됩니다. 우리나라는 겨우 라마 5세 때부터 선진국으로 발돋움하려고 일어섰습니다. 백성들이 사랑하는 그 왕은 태국을 선진화하려는 개혁 정책을 많이 폈지만 돈과 시간 문제로 아직 그 효과가 나타나지 않고 있습니다. 모이라 부인, 우리나라는 아주 가난합니다. 우리가 교육과 신문 발전에만 주력하면 다른 중요한 문제는 손을 댈 수가 없어요."

그 순간 점심 식사를 알리는 종소리가 울렸습니다.

"난 아직 태국에 가보지 못해서 당신과 이야기를 나눌 정도는 아니지만, 태국에 훌륭한 신문이 아직 없다니 당신이 신문학을 공부해서 태국의 노스클리프 경이 되었으면 해요." 부인은 반은 농담처럼 의견을 피력했습니다.

"이모, 이 소린 점심 먹으라는 소리 아녜요? 너무 배가 고프네요." 모이라 부인이 엄마에게 하는 말에 우리는 일어나서 식당으로 갔습니다.

4

식사 도중에 내가 모이라 부인에게 물었습니다. "모이라 부인, 기자와 특파원은 무슨 일을 합니까? 뭔가 한마디로 설명해주실 수 있나요?"

좀 생각한 뒤에 부인이 대답했습니다. "훌륭한 시민이 자기 나라의 발전을 위해 충성하고 믿는다면, 신문을 만드는 사람들도 그만큼 자기가 만드는 신문에 충실하고 신심을 가지고 일해요. 신문과 국가는 하나예요. 기자가 이름을 날릴 정도로 자기 일을 잘하면 지독히 자기 나라를 사랑하지 않는 것으로 보이기도 해요. 하지만 반드시 이해해야 할 점인데, 우리 기자들이 조국을 미워한다는 말은 개인의 생각일 뿐이에요. 정작 기사를 쓰는 기자 자신은 조국을 사랑한다고… 자동적으로 무조건적으로 사랑한다고 생각하거든요."

모이라 부인이 계속해서 말했습니다. "기자가 신문에 쓰는 모든 것은 자기 생각이고, 견해고, 느낌이에요. 기사를 쓰는 사람의 나라에 대한 사랑이나 미움은 자기가 쓰는 기사와 별개가 아니에요. 그렇게 할 수 있다 해도 자발적으로 하지 않아요. 누구든 기자가 되려면, 그 사람은 우선 스스로 개인, 국가, 민족, 그리고 세계에 대해 어떻게 생각하느냐를 고민해야 해요. 그리고 자기가 선택하려는 신문사가 '어떤 방향의 지침'을 가지고 있는가에도 우선적으로 확신을 가져야 해요."

"그러면 신문 기자의 모토는… 무엇입니까?" 내가 질문했습니다.

"기자는 늘 체계를 유지해야 하지요. 외부 환경이 우리의 생각과 생활을 위협한다고 생각해도 기자들은 늘 자신을 자유롭다고… 행복하면서도 정말 자유롭다고 생각해야 해요. 그러면 신문 기자의 모토는 체계를, 자신이 몸담고 있는 신문사의 '방향'이라는 체계와 나라의 체계를 철저하게 지킴으로써 자유는 비롯된다라는 것이 돼요."

"기자들은 충분한 월급을 받나요?"

"개인의 능력에 따라 달라요. 똑똑하고 훌륭한 사람에게 기자직은 이 세상에서 가장 돈을 많이 버는 직업이에요. 그런 사람의 기사 하나는 500파운드나 돼요. 전에 유명세를 날리던 사람은 문필로 버는 수입이 한정이 없어요. 게다가 기자들은 거의 모두 소설을 쓰고 있어요. 세상을 다니면서 남다르게 폭넓은 경험을 했으니 기자로서 기사를 쓰는 일 외에 한가할 때는 소설을 써서 돈을 벌 수도 있어요."

"신문학을 공부하는 게 법학을 공부하는 것보다 재미있을 것 같구나. 태국에서 정기 발행하는 신문사를 차린 첫 번째 사람이 네가 될지도 모르잖니." 엄마가 옆에서 거들었습니다.

"위쑷, 신문학을 공부하면 우리랑 플리트 스트리트에서 함께 지낼 수 있어요." 옆에 앉아 있던 마리아가 권했습니다.

"내가 신문학을 공부할 수 없는 이유는 여러 가지가 있습니다. 우선, 신문학은 언제 학업을 마쳤다는 증명서와 학위증이 없습니다. 태국은 외국 유학을 하고 학위증이 없이 귀국하면 체면이 안 섭니다. 외국에서 공부는 안 하고 놀기만 하다가 빈손으로 돌아왔다고 나무랍니다. 학위증 없이는 일자리를 구했다 해도 월급이 형편없이 적습니다. 하루하루 살기에도 모자라는 월급입니다. 과연 누가 날 실력 있다고 하겠습니까?"

"그럼 먼저 옥스퍼드나 케임브리지에서 공부한 뒤 신문학을 공부하는 건 어떨까요? 그런 다음 귀국해서 신문사를 하나 차려 훌륭한 신문이 나라에 얼마나 도움이 되는지를 보여주는 것은 어때요? 그렇게 할 수 있을 정도의 자금은 있을 것 같은데요." 부인이 제안했습니다.

"부인, 나는 형제 중에서 그런 행운이 없는 사람입니다. 옥스퍼드나 케임브리지에서 공부할 돈이 없습니다. 태국에서 신문사를 차릴 돈도 없고요. 비록 가난하지만 조금도 유감스럽지는 않습니다. 이제 스물셋이니 가지지 못한 거나 받지 못한 거에 대해 섭섭해하지 않습니다."

내 말에 모이라 부인은 실망하면서도 "참 훌륭한 생각을 가졌군요"라고 했습니다.

말을 마친 다음에 마리아 그레이를 쳐다보았습니다. 나를 마주 보는 그녀의 눈 속에서 내가 숨기지 않고 용감하게 처지를 밝힌 데 대해 만족해하는 느낌을 분명하게 읽었습니다.

"위쑷이 이야기하는 동안에 그가 태국인이라는 생각이 안 들고 영국인이라는 생각이 들었어요. 체구와 얼굴 외에는 태국인 같지가 않네요. 위쑷이 아들이라면서 왜 영국식 이름을 주지 않으세요? 그럼 부르기도 쉬울 텐데요." 마리아가 엄마를 보고 말했습니다.

"그러네요… 뭐라고 부르는 게 좋을까요?" 엄마는 의논조로 물었습니다.

"내겐 전쟁 중에 사망한 오빠가 하나 있어요. 오빠 조물주가 이 세상에 만들어낸 사람 중 제일 좋은 사람이었어요." 마리아가 입을 열었습니다.

"오빠 이름이 뭐였어요?" 엄마가 물었습니다.

"바비였어요."

"그럼 우리 위쑷을 '바비'라고 부르면 어때요? 괜찮아요?"

"그러세요. 좋아요." 그러면서 그녀는 나를 곁눈으로 보았습니다.

9. 지극히 행복했던 7일간

1

앤드루 대위 가족과 나는 순조롭고 행복하게 지냈습니다만 그건 묘한 축복이었습니다. 나 같은 사람에게는 분수에 넘친 행운이었고, 내가 누릴 거라고는 전혀 생각지 못했던, 아무런 의무와 권리가 없는 행운이었습니다. 천국에나 있을 몸과 마음에 지극한 행복의 집인 여왕 별장에서 나는 살았었습니다. 요즘은 그곳에서 매우 멀리 떨어져 있지만 내 마음은 아직 그곳에 있습니다. 여왕 별장을 잊을 날은 없을 것입니다.

내 주변을 둘러싼 벡스힐의 환경은 늘 조용했지만, 그 조용함은 결코 고통이나 외로움을 주지 않았습니다. 도리어 책을 읽고 공부하게 하여 과거와 현재의 세상이 돌아가는 것을 알게 해주는 기회가 되었습니다. 독서를 통해 나는 찰스 디킨스과 필립 기브스 경들을 비롯해 다른 소설가를 친구로 사귀었습니다. 나는 그분들과 매일 대화했고, 대화 속에서 글로 표현할 수 없는 행복은 물론 사는 것이 무엇인지를 알게 되었고, 내가 싫어해야 하는 몇몇 사람들을 도리어 동정하고 측은하게 생각하게 되었습니다. 고요함에 파묻혀 책을 읽고 공부하면서 나는 멋진 꿈을 꾸었고, 뭔가 세상이 지켜보는 일을 하고

137

싶다는 욕망도 품었으며, 그렇게 함으로써 동시대를 살아가는 다른 사람들을 행복하게 해주고 싶어졌습니다. 나는 우리에게 훌륭한 삶이 과연 무엇이고, 어떤 글을 써야 내 꿈과 부합하는지 등을 꿈꾸고 생각했습니다. 나는 심각하게 생각했습니다…. 세상의 존재하는 온갖 아름다움에 대해 생각했고 한동안 그것을 글로 써보려고 노력했습니다. 그러나 이런 생각들은 공중에 떠 있을 뿐 어떤 형태로도 나타나지 않았습니다. 숲의 나무 사이를 날고 있는 새와 같았습니다. 어느 가지를 잡아야 할지 확신이 서지 않았습니다. 망설임은 상당히 오래 지속되었습니다…. 모이라 부인과 마리아 그레이를 만날 때까지 지속되었습니다.

모이라 부인은 영국이나 어느 한 나라만의 시민이 아니라 세계 시민입니다. 그분의 생각은 곧 세계의 생각입니다. 그런데도 그분의 영국 사랑은 그분의 글을 보면 알 수 있습니다. 그분이 영국인이기 때문입니다. 언제고 나라를 위해 온몸을 희생할 준비가 되어 있습니다. 영국 정부와 영국이라는 나라가 아주 많은 잘잘못을 저지르고 있지만, 그 잘잘못마저 사랑합니다. 스스로 영국이라는 나라와 민족의 한 부분이라고 믿고 있어서 그 잘잘못 역시 자신의 행위라고 믿습니다.

나는 태국 사람입니다. 태국에서 태어났고, 타이족이고, 태국인의 성품을 지녔습니다. 이 세상 어느 힘도 나를 다른 나라 사람으로 바꿀 수 없습니다. 태국에 대한 내 의무도 역시 영국에 대한 모이라 부인의 의무와 같습니다. 내가 쌈쎈의 짜오쿤 위쎗 쑤팔락의 아들 중 하나로 태어나기 전에 앤드루 부부를 비롯해 모이라 부인과 마리아 그레이를 먼저 만나지 못한 것이 정말 안타깝습니다. 진작 만났더라면 어떻게 살아야 하는가를 분명히 알지는 못했어도, 적어도 아버지가 나를 좀 더 사랑하고 아껴줄 수 있도록 행동했을 테지요. 뿐만 아니라 부모님을 비롯해 일가친척과 친구들을 전보다 더 사랑하고 이해했을 것입니다. 정말 안타깝습니다.

외국에 가면 뭔가로 도금하듯이 온몸이 새로워져 온다고 하는 말은 아마도 좋은 서양 사람들과 사귈 기회를 가진 태국 젊은이를 가리킬 것입니다. 외국에 있는 태국 젊은이는 태국에 있는 태국 젊은이들과 같습니다. 행불행이라는 운에 따라 외국에 다녀온 젊은이들은 그 평범했던 인격이나 성품이 좋아지거나 나빠져서 귀국합니다. 신중하고 사려 깊게 생각하게 되면 본인에게 도움이 되고 세인의 사랑을 받습니다. 이들은 외국에 있을 때 서양의 언행과 인품이 고상하고 훌륭한 교육을 받은 고귀한 가문의 인사들과 만나 교류하는 훌륭한 기회를 가졌을 것입니다. 외국에 가기 전, 태국에서 아무 데서나 가래침을 뱉고, 야비하고 비천한 언사만 늘어놓던 인격의 몇몇 젊은이는 귀국한 뒤에도 그 품성은 여전합니다. 조금도 변하지 않고 귀국합니다. 이런 인물들은 나라의 발전과 평안에 해가 됩니다. 우리 모두에게 위험한 존재입니다. 아마도 그들은 외국에서 좋고 훌륭한 것을 보지 못했겠지요. 혹은 훌륭한 사람을 만났어도 그 성품이나 버릇이 고쳐지지 않아 결국에는 그냥 되는 대로 놔두었을 것입니다. 태국인이 잘 가는 중국인이 경영하는 댄스홀이나 그 비슷한 곳에 갈 때마다 나는 댄서 사이에 그런 야비한 성품의 태국 젊은이들이 섞여 있는 것을 종종 봅니다. 술에 취해 큰 소리를 내거나 거칠게 주정하는 태국인 젊은이를 하루도 빼놓지 않고 봅니다. 그들은 야비하고 천한 말을 하는 자신의 언행에 조금도 부끄러움을 느끼지 않습니다. 이는 그 불운한 태국인 젊은이만의 잘못이 아니라고 생각합니다. 무조건 외국으로 보낸 어른들의 잘못이라고 봅니다. 돈이 많거나 힘이 있는 사람은 자녀의 성품이나 인격은 살피지도 않고 무조건 외국으로 보냅니다. 아마도 그런 젊은이들이 태국에 얼마나 해를 끼칠지 잊어버렸나 봅니다. 고칠 수 없는 야비한 인격을 가진 젊은이는 외국이 아니라 태국에서 고치는 것이 낫습니다. 정 고치지 못하면 감옥으로 보내면 됩니다. 서양인에게 인격 고치는 것을 맡기는 데는 어려움이 따르고 그 젊은이의 체면을 깎는 일입니다. 그 젊은이의 부모는 물론 태국의 체면을 손상시키는 것입니다.

그렇습니다. 외국이 천국이라는 사실은 외국에 다녀온 일부 태국 젊은이에게만 가능하다는 사실을 알아주시기 바랍니다. 나는 가장 운이 좋은 태국인 중 하나라고 생각합니다. 외국에 겨우 6년여 있었지만 그동안 아름답고 좋은 것만 보고 경험했습니다. 다른 나라 발전의 진면목을 보았습니다. 황금 원천을 보았고 신비한 호수도 보았습니다. 어느 날 죽는다 해도 행복하게 죽을 것입니다. 아름다움을 말한다면 앤드루 부부와 스테파니, 모이라 던 부인, 마리아 그레이를 빼놓을 수 없습니다. 만일 이분들과 만날 기회가 없었다면 내가 어찌 이 소설을 쓰겠습니까? 절대로 쓸 수 없었을 것입니다.

앤드루 대위 가족은 영국인의 생활 속의 아름다움과 온정 등을 알게 해주었습니다. 부모님과 형제들에게 잘해야 하는 자녀의 의무에 대해 일깨워주었으며 같이 공부하고 배우는 즐거움이 그 어떤 즐거움보다 우선한다는 것을 가르쳐주었습니다. 모이라 부인은 아빠 엄마가 알려준 것과는 또 다른 아름다운 세상으로 나를 안내해주었습니다. 내가 좋아하고 잘하는 길로 가도록 생각을 깨우쳐주었습니다. 나뭇가지에 새가 앉아 둥지를 틀게 하는 방법을 가르쳐주었습니다. 마리아 그레이는 내가 이 소설을 완성하도록 큰 힘을 준 원동력입니다.

2

벌써 헤어진 지 1년이 지났지만, 마리아 그레이의 이름과 따뜻한 마음씨는 내 기억 속에서 지워지지 않고 남아 있습니다. 그 기억은 나를 행복하게 하고, 앞으로 어떤 일이 인생을 가로막아도 살 만한 가치가 있을 거라는 생각을 갖게 합니다. 그녀는 내 친구이자 애인이며, 나를 오늘날까지 이끌어주었고 또 앞으로도 이끌어주어 아름다운 삶을 살게 할 길잡이입니다. 마리아 그레이여!

모이라 부인과 마리아가 여왕 별장에 도착한 다음 날 새벽, 나는 아래층에 내려가면 누구든 만날 거라고 생각하며 부지런을 떨었습니다. 거실에 들어가는 순간 창가에 서 있는 마리아를 보았습니다. 그녀는 여성 운동선수들이 입는 진한 밤색 치마에 검은 줄무늬 점퍼를 입고 있었습니다. 당시 유행하던 스타일이었습니다.

아주 친한 친구에게 말을 걸 듯 "굿모닝, 바비, 정말 일찍 일어났네요" 하고 마리아가 내게 인사했습니다.

"굿모닝, 그레이 양, 정말 일찍 일어났군요." 내가 점잖게 대답했습니다.

"나 같은 일을 하는 사람은 도시에서만 지내다가 아주 가끔 휴가를 받을 수 있어요. 그래서 일찍 일어나 새벽 바다의 순수한 공기를 마셔야 해요. 나랑 해변으로 나가지 않을래요? 오늘 아침은 별로 춥지 않지만 얼른 올라가서 외투를 가지고 와요." 웃음 띤 얼굴로 그녀는 물었습니다.

약간은 강요하는 투였지만 그녀의 감미로운 말은 내가 바라는 바였습니다. 마리아처럼 귀엽고 예쁜 여성과 산보하는 것은 난생처음의 기회인데, 감히 어떻게 거절하겠습니까?

"그레이 양, 갈 테니 잠깐만 기다려줘요. 올라가서 옷을 바꿔 입고 올게요. 5분만 기다려요."

"기다릴 테니 서둘러요."

한달음에 방으로 간 나는 당시 영국인이 산보할 때 입는 차림을 했습니다. 아빠가 가르쳐준 대로 구색 맞춰 얼른 갈아입고 점퍼도 입은 후 마리아가 기다리는 곳으로 갔습니다. 나를 보더니 마리아가 예상외의 모습이라는 듯 놀람을 표했습니다. "어머, 바비. 아주 멋지네요. 하지만 점퍼가 좀 얇지 않아요? 추울 텐데요."

"추워도 좀 걸으면 더워져요." 집 옆에 있는 나무 위로 떠오르는 해를 가리키며 나는 대답했습니다. "봐요. 해가 조금만 더 올라오면 볕이 두꺼워져서 따뜻해져요. 요즘 한 일주일간 햇살을 못 봤는데, 오늘은 볕이 나네요. 특별히 그레이 양을 환영하나 봐요."

"오, 태국에서 온 작가님은 다 이렇게 말하나 봐요? 태국은 보나마나 천국일 것 같아요. 이봐요, 날 그레이 양이라고 부르지 말아요. 어색하니까요. 난 당신을 바비라고 부를래요. 내 이름은 마리아예요."

"좋아요, 앞으로 마리아라고 부를게요."

그리고 산보를 나갔습니다. 미들섹스까지는 걷기도 하고 뛰기도 하면서 운동을 하고, 해변에 다다른 다음에는 이야기를 나누며 천천히 걸었습니다.

벡스힐은 여전히 조용했습니다. 모래톱에 와 부딪치는 파도 소리만 들렸습니다. 우리는 음식점, 클럽, 교회, 임대주택 등을 지나갔습니다. 우리가 걷는 길 앞에는 세인트 레오나드와 헤이스팅스[25]가 있었지만, 이 거대한 장소들은 모두 비어 조용했습니다.

"바비, 당신은 정말 가난해요?" 마리아가 물었습니다.

"당신 생각은 어떤데요?"

"당신이 거짓말을 한 것 같다고 어젯밤에 모이라랑 얘기했어요. 아마 돈이 많고 거대한 궁전을 가진 태국의 왕자일 거라고요."

"아니에요, 마리아. 어제 저녁을 먹으면서 한 얘기는 모두 사실이에요. 나는 가난해요. 앤드루 부부와 만나 이곳에 와서 지내지 않았다면, 예전의 삶이 얼마나 쓰디쓰고 고통스러웠는지 몰랐을 겁니다. 아마 벌써 오래전에 죽었을지도 몰라요."

"난 가난하지만 많이 배운 학식이 높은 사람을 좋아해요.

---

25 해안 이름.

그런 사람들은 항상 날 행복하게 하거든요. 나는 가난을 수없이 봤어요, 바비. 런던의 이스트 엔드와 파리의 몽마르트르에 가서 본 적이 있어요."

"그렇지만 당신은 메이 페어와 드 라 페²⁶ 거리의 넘치는 부유함도 보았겠지요." 내가 말을 보탰습니다.

"기차역에서 처음 본 순간부터 당신이 좋았어요. 바비, 당신 눈썹은 부처님의 눈썹과 닮았어요. 당신 검은 눈은 총명함과 순수함으로 가득 차 있고요. 난 처음부터 우리가 정말 좋은 친구가 될 거라고 느꼈어요."

나는 기쁨에 차서 이 여성 친구인 마리아를 바라보았습니다. 그녀가 내 팔을 잡더니 자기 팔을 끼고 걸었습니다. 크고 작은 바위가 몰려 있는 바닷가까지 걸었습니다. 마리아의 제안대로 우리는 바위에 앉아 계속 얘기했습니다. "여긴 정말 좋군요, 바비." 마리아가 말했습니다.

3

"바비, 내게 진실을 얘기해줘요. 하고 싶은 게 있나요? 이 세상이 모두 알아볼 수 있는 그런 위대한 욕망 말이에요. 당신

---

26 메이 페어는 런던의 고급 주택가, 드 라 페는 프랑스의 유명 상점들이 많은 거리다.

이름을 세상에 알릴 수 있는 그런 욕망."

"있어요, 마리아." 나는 마리아의 손을 쥐고 대답했습니다. "아주 욕망이 많아요. 내 조국, 태국에서 유명한 소설가가 되고 싶어요. 나는 가난해요. 글을 써서 돈을 벌어서 처지에 맞는 삶을 살고 싶어요. 하지만 태국에서는 힘들 거예요. 책을 읽는 사람의 수가 적거든요. 글을 써서 출판해도 독자들이 적어 손해만 볼 거예요."

"그럼 왜 미국이나 유럽에서 소설가로 활동하려고 하지 않나요?"

"여기는 글을 쓰는 일에 경쟁이 매우 심하잖아요. 게다가 기존의 영국이나 미국의 소설가처럼 훌륭한 작품을 쓸 수 있을 정도로 내 영어가 훌륭하다고 생각하지 않아요. 나는 어느 누구도 해내지 못한 훌륭한 이야기를 쓰는 최초의 사람이 되고 싶어요. 그런 일을 하기에 태국이 가장 좋은 기회의 나라죠. 하지만 그렇게 성공하기 위해서는 먼저 독자들이 날 좋아하도록 광고도 해야 해요."

"듣고 보니 그러네요, 바비. 나도 당신 생각에 찬성해요. 무슨 일이든 성공하려면 광고가 중요하죠. 제일 중요해요. 어쩌면 태국에는 읽을 만한 가치가 있는 소설이 두세 권밖에 없을 수도 있어요."

"마리아, 당신은 아직 어리지만, 태국에 대해서는 아주 많이 알고 있군요. 태국에는 읽을 만한 책이 두세 권밖에 없다는 말은 거의 맞아요."

"그냥 추측해본 거예요. 만일 그렇다면, 당신이 생각하는 훌륭한 일을 하는 곳으로는 태국이 가장 적합하네요. 당신이 인지도를 높여두면 그 일을 잘 해낼 수 있다고 믿어요. 난 이 정도까지만 말하려는데 그 이유를 알겠어요?"

"모르겠어요, 마리아."

"어젯밤 자기 전에, 앤드루 부인이 당신이 지은 단편 두세 편을 우리에게 가져다줘서 읽었어요. 몇 작품은 내용이 훌륭해서 감동했지요. 글에서 당신의 고상한 생각과 따뜻한 마음씨가 그대로 느껴졌어요. 모이라가 당신 글을 가지고 가서 우리가 아는 월간지 편집인에게 읽고선 평가해달라고 하겠다고 했어요. 어쩌면 활자로 나올지도 몰라요."

"내가 그럴 정도로 잘 썼나요?" 놀란 내가 던진 질문이었습니다.

"아주 잘 썼어요. 하지만 너무 자만하지는 마요. 더 노력해서 더 잘 써야 하거든요. 그런데 태국에서 가장 훌륭하고 새로운 소설을 쓰는 소설가가 되는 꿈이 있다면, 왜 언론계를 피하려고 하나요?"

"무슨 말이죠?"

"유익하고 훌륭한 소설을 쓰려면 먼저 많은 인생을 보고 알아야 해요. 그런데 기자가 되면 세상 여러 곳을 다니고, 다른 직업에서 일하는 사람들보다 더 많은 삶의 모습을 봐요. 당신은 변호사나 판사가 될 생각이 없는데 왜 법학을 공부하려고 하죠?"

"태국에서 소설가로서의 삶은 매우 위험하기 때문이에요, 마리아. 정말 소설만 쓴다면 굶어 죽을 수밖에 없어요. 생각만 해도 겁이 납니다."

"바비, 뭐든지 성공하는 데에는 수없이 많은 방해와 위험이 앞을 가로막고 있는 법이에요. 나라의 평안과 안정을 위해서는 악당과 도둑을 없애야 하는데, 악당과 도둑을 진압하는 건 형사나 경찰에게는 바로 위험 그 자체잖아요. 우리도 무얼 하든지 가로놓인 위험을 극복해야 해요. 나는 당신이 나아가고자 하는 방면에서 크게 되기를 바라요. 바비, 난 당신을 좋아해요. 당신이 나와 세상 모두에게 훌륭한 사람이 되리라고 믿기 때문이죠."

"그러면 내가 어떤 이야기를 썼으면 해요? 마리아."

"기자가 되어서 제일 먼저 세상을 돌아다니며 보고, 당신이 본 갖가지 삶에 대해 쓰는 거죠. 그 소설 제목은 '인생이라는 이름의 연극'이라고 하고." 그녀가 내게 가까이 다가앉으며 한 말이었습니다.

나는 아무 대답도 하지 않았습니다. 한동안 우리는 조용히 침묵만 지켰습니다. 우리가 나란히 앉아 있는 바위 밑으로 밀려와 부딪치는 파도를 구경하면서 말입니다.

4

마리아와 함께 지내는 동안 나는 지극히 행복한 시간을 보냈습니다. 사랑하는 마리아와 머지않아 헤어질 거라는 느낌은 내 심장을 계속 찔러댔습니다. 헤어지면 언제 또다시 만날지 기약이 없고, 만날 수 있는지 없는지도 불투명합니다. 우리가 안 지 겨우 3~4일밖에 안 되었지만 마리아는 나에 대한 감정이 어떤 것인지를 분명하게 표현했습니다. 그녀는 내 능력을 신뢰했습니다. 머지않아 내 꿈이 실현될 거라고 믿었습니다. 그녀는 나를 '나의 바비'라고 불렀습니다. 나는 그녀의 유일한 바비입니다. 우리는 서로의 마음을 알고 있었습니다. 그렇지만 나는 끓어오르는 사랑을 억눌러야 했습니다. 내게는 그럴 권리가 없으니까요. 하지만 마리아는 우리가 사랑한다는 사실을 세상에 알리고 싶어 했습니다. 순수한 우리의 사랑이 전혀 부끄러운 게 아니라고 생각하기 때문이었습니다.

"마리아, 당신이 내게 잘해주면 나도 당신을 사랑할 수밖에 없게 됩니다. 내 목숨보다 더 사랑하게 될 거예요. 하지만 난 알아요. 내겐 그럴 자격이 없으니 그래서는 안 된다는 걸."

내 말에 마리아는 슬픈 눈으로 나를 바라보면서 살짝 웃더니 말했습니다.

"바비, 왜 우리가 사랑할 권리가 없어요? 왜 우리는 사랑할 수 없나요?" 그녀가 팔로 나를 감싸며 물었습니다.

"정말 많은 이유가 있어요, 마리아." 나도 역시 그녀를 안으면서 대답했습니다. "중요한 건 당신은 유럽인이고, 기후가 선선한 지역에서 살며 문화가 다른 지역 출신이라는 점이에요. 반면에 나는 태국 사람이고 매우 더운 지역의 다른 문화 속에서 살죠. 우리 두 사람이 속한 문화는 아주 차이가 많습니다. 당신은 태국에 있는 내 형제들과 어울리지 않아요. 게다가 나는 가난해서 당신을 행복하게 해줄 수도 없어요."

"바비, 조물주께서 이 세상 만물을 모두 쌍으로 만들었다고 생각해보지 않았어요? 하나는 또 다른 하나를 위해 만들어졌어요. 반려자가 어디에 있는지는 서로 만나기 전에는 모르는데, 왜 우리가 사랑하면 안 되나요?" 그녀가 재차 물었습니다. "막일하는 사람도, 거지들도 결혼을 하죠. 그들보다 우리가 훨씬 낫다고 생각해요. 우리는 훌륭한 교육을 받아서 뭐든지 생각할 수가 있기 때문이죠. 바비, 당신을 사랑해요. 정말 당신을 사랑해요. 내 말을 알아듣겠어요?"

그 순간 우리는 사랑의 키스를 했습니다.

"당신을 알게 된 지 겨우 4일밖에 안 됐어요, 바비. 하지만 당신이 태어났을 때부터 알아왔던 것처럼 느껴져요." 그녀가 천천히 말했습니다.

"마리아, 기차역에서 당신을 처음 본 순간부터 나는 앞으로 일주일간 천국에 있을 거라고 느꼈어요. 그 일주일이 지나면… 당신은 떠나겠죠." 그녀를 가슴에 안은 채 내가 말했습니다.

그러자 마리아가 감미로운 목소리로 말했습니다. "바비, 세상에서 일어나는 사건과 기자로서의 내 의무는 아마 우리를 헤어져서 멀리 있게 할지 몰라도 사랑은 우리 가슴에 항상 있을 거예요. 우린 다시 만날 거예요. 이 세상은 우리 둘에게 자비를 베푼 그런 장소예요. 하느님은 절대로 우리 둘을 가슴 아프게 하시지 않을 거고요."

"모이라 부인이 어제 기자와 언론인의 삶에 대해 이야기해주었습니다. 그래서 당신이 어떻게 살고 있는지 잘 알아요. 일에 따라 이 세상 여기저기를 다니니 내가 만나려고 해도 찾기 힘들겠지요. 당신이 이곳을 떠나면 죽을 때까지 못 만날까봐 두렵습니다."

"헤어져서 죽을 때까지 못 만난다는 건 사실이 아니에요. 바비, 절대로 있을 수 없어요. 우리 꼭 다시 만나요. 당신은 런던에 갈 거잖아요? 나도 항상 런던에 있으니 런던에서 만날 수 있어요. 당신이 원하면 매일 만날 수 있어요." 내 말에 놀랐는지 마리아가 재빨리 반박했습니다.

"우리가 런던에서 만날 수 있다고 믿습니까?"

"정말 당신을 사랑해요. 당신이 가고 싶어 하지 않는 길로 당신을 데리고 가고 싶은 생각이 굴뚝같아요."

"마리아, 내가 뭘 했으면 좋겠어요?" 진지하게 그녀를 향해 물었습니다.

"태국에서는 아무도 당신을 중요하게 여기지 않아요. 아무도 도와주려는 사람이 없잖아요. 게다가 당신은 체면을 세워줄 지위나 뭐 그런 것도 없어요. 자유롭지가 못해요."

"자유롭… 마리아, 나는 자유로운 사람이에요."

"그런데, 왜 법학을 공부하고 귀국하려고 하나요? 누가 오라고 하나요? 가면 거기서 뭐 할 건데요? 왜 당신은 우리와 함께 신문 만드는 일을 하지 않으려고 하나요? 우리랑 함께해요, 나랑 함께해요. 바비, 난 당신이 있으면 해요. 이 세상 무엇보다 당신이 더 필요해요. 여기에서는 누구든 당신을 원해요. 앤드루 부부, 그러니까 아빠 엄마가 있고, 친구가 있잖아요. 당신을 사랑하는 여인도 있고요. 당신을 자기 생명보다 더 아끼는 여성 말이에요. 사랑하는 바비, 당신은 신문 만드는 사람이 되어야 해요. 평생 반려자인 나와 우리 행복을 위해서 그래야 해요."

눈물로 호소하는 그녀는 내게 행복이었고, 그 행복은 바로 고통이었습니다. 당시 나는 누구와도 비할 수 없이 행복했습니다. 마리아를 사랑하기 때문에 행복했습니다. 누가 오든 내게 몸과 말, 그리고 온 마음을 다해 나를 사랑하는 여성이 한 사람 있다는 확신이 있어서 행복했습니다. 그 여성은 나와 는 언어와 피부색이 다른 외국인이었습니다. 사랑을 위해 목 숨을 희생할 수 있는 여성과 이별해야 했기에 고통스러웠습 니다. 그녀와 이런 얘기를 하며 사랑을 확인하는 동안 이유를 설명할 길이 없는 눈물이 끊이지 않고 흘렀습니다.

"마리아, 잊지 않았지요? 전에 내게 훌륭한 사람이 되어 서 태국으로 귀국하기를 바란다고 한 말, '인생이라는 이름의 연극'을 써서 태국인에게 읽게 하라는 말 말입니다."

"그땐 당신을 잘 몰랐기 때문에 그렇게 말했어요. 당신 성 품과 당신 마음을 다 알게 된 지금은 당신을 그냥 태국으로 가 게 내버려두고 싶지 않아요. 당신이 태국에서 공연히 시간만 낭비할 거라는 생각이 들어요." 마리아는 잠시 말을 멈추더니 이내 절망스러운 투로 말을 이었습니다. "하지만, 그래요. 바 비. 당신이 당신 나라인 태국으로, 당신 집으로, 당신 가족이 있는 곳으로 돌아가길 원한다면 막을 사람은 없어요."

"아니요, 난 그럴 생각이 아닙니다. 난 당신을 떠나서 다 시는 보지 못한다는 사실을 받아들이지 못할 만큼 당신을 사 랑해요. 하지만 당신이 날 기자로 만들려는 건 두렵군요. 아직 은 영어를 잘 못하니까요."

"영어는 익히기 쉬운 언어예요. 당신은 벌써 영어를 아주 잘하고 있는걸요. 걱정하지 않아도 될 정도예요."

"시간이 많이 지나 늦었습니다. 집으로 돌아가야 할 것 같군요. 안 그러면 엄마가 걱정할 거예요."

"그래, 가요. 바비."

우리는 팔짱을 낀 채 해변을 따라 걸어서 여왕 별장으로 되돌아왔습니다. 나는 마리아가 내게 골을 내고 있는 것을 느꼈습니다만 그 이유를 알 수 없었습니다.

10. 벡스힐을 떠나야 하는 슬픔

1

모이라 부인과 마리아가 런던으로 떠나기 전날 밤, 아빠는 우리를 헤이스팅스에 있는 알렉산드라 댄스홀로 데려갔습니다. 엄마는 늙었다는 핑계를 대고 안 가고 모이라 부인과 마리아, 아빠와 나만 가라고 했습니다. 그날은 이미 겨울에 들어선 터라 무척 추웠습니다. 비가 내리고 쉴 새 없이 찬바람이 불었습니다. 창문을 다 닫았지만 댄스홀로 가는 동안 아주 추웠습니다. 알렉산드라 댄스홀은 집에서 한 시간여 거리에 있었습니다.

헤이스팅스에서 제일 화려하고 고급이라는 그 댄스홀은 빅토리아 스트리트의 서쪽에 자리했습니다. 우리가 차에서 내리자 제복을 입은 보이가 달려와 영접하며 안으로 안내했습니다. 제법 화려하게 장식된 홀 안에는 30여 명의 사람들이 있었습니다. 지방에 있는 댄스홀인 것을 감안하면 사람이 많은 것이었습니다. 음식도 그저 그랬고 음악도 별로였지만 나는 모이라 부인, 마리아와 춤을 추었으므로 무척 재미있게 즐겼습니다.

모이라 부인은 나와 춤을 추면서 "바비, 기자가 되어 활동

하다가 고향에 가면 '인생이라는 이름의 연극'을 쓸 건가요?"
라고 물었습니다.

나는 부인이 그렇게 물을 줄은 전혀 생각도 못 했기에 깜
짝 놀랐습니다.

"놀랍습니다. 어떻게 부인이 '인생이라는 이름의 연극'을
아시죠? 마리아가 말했나요?"

"왜? 부끄러워요? 순수한 사랑은 전혀 부끄러워할 게 아
니에요."

"부끄러워서가 아닙니다. 어떻게 아시는지 그게 궁금해섭
니다."

"난 이 세상에서 마리아의 유일한 친구예요. 마리아가 당
신 이야기를 모두 들려주었어요. 나도 당신의 훌륭한 친구 중
한 사람이라는 걸 알아주었으면 좋겠군요."

"부인, 나는 부인의 나에 대한 순수한 신뢰를 무엇보다도
믿습니다. 부인이 내게 가장 훌륭한 친구라는 것도, 내가 변하
지만 않으면 영원히 그러실 거라는 것도 알고 있습니다."

"당신이 변하지 않으면… 당신을 알고 난 후 지금까지 당
신은 항상 착하고 좋은 사람이었어요, 바비."

모이라 부인이 말을 마치자 음악도 끝났고, 더 연주하라
고 재촉하는 박수 소리가 들렸습니다.

"바비, 기자가 되고, 소설을 쓸 생각이에요?"

"잘 모르겠습니다. 아직 결정을 못 했습니다. 내가 어떻게 했으면 좋을지를 말씀해주셨으면 좋겠습니다."

"내 생각에 당신은 귀국해서 '인생이라는 이름의 연극'이라는 제목의 소설을 쓰는 것이 다른 일을 하는 것보다 수월하고 편할 듯해요. 기자라는 직업은 힘들고 위험하기도 하거든요. 당신이 이런 어려움을 견뎌낼 수 있을지 모르겠군요."

"부인은 날 그리도 유약한 사람으로 보셨습니까?"

"아니에요, 바비. 또 하나, 당신과 마리아는 이제 만난 지 겨우 일주일밖에 안 되었고, 게다가 둘은 아직 어리잖아요?"

"우리 둘은 아주 사랑합니다, 부인. 만난 지 겨우 일주일밖에 안 된 건 사실이지만, 처음 본 순간부터 우리는 마음이 통했고 행복했습니다. 내 말 알아들으시죠?"

"당신은 마리아를 사랑할 자격이 없다는 걸 알고 있죠?"

"네, 아마 자격이 없을지 모릅니다만 난 신이 아니라 평범한 인간입니다. 부인은 내가 스스로 내 마음을 잘 다스릴 수 있을 거라고 생각하나요? 지난 일주일간 안 마리아가 그렇게 착하고 좋은데. 난 그녀를 향한 마음을 억누를 수 없습니다."

"당신이 한 말은 옳아요. 하지만 내게 조언을 부탁하지 않았어요? 그래서 당신에게 귀국해서 그 소설을 쓰는 게 낫다고 조언한 겁니다."

"부인은 런던에서 마리아와 한집에 살지 않나요?"

"맞아요. 우리는 한집에 살고 있어요."

"댁으로 마리아를 보러 가도 될까요?"

내 물음에 한참 생각하더니 부인이 대답했습니다. "당신과 마리아의 행복을 위해, 진심에서 말하는데, 런던이고 어디고 간에 우리랑 만나지 않았으면 좋겠어요."

"왜인가요?" 난 조금 성난 투로 물었습니다.

"내게는 4년 전에 인도 왕자와 결혼한 친척이 하나 있는데 6개월 전에 자살했어요. 죽기 2~3주 전에 자신의 고통을 적은 편지를 내게 남겼지요. 그 편지 내용을 생각만 해도 슬퍼져서 말해주지는 못하겠어요."

음악은 다른 음악으로 바뀌었습니다. 우리는 아빠와 마리아가 기다리고 있는 테이블로 돌아와서 앉았습니다. 가만히 앉아 있는데도 머릿속이 복잡해서 어지러웠습니다. 귓속에서는 "당신과 마리아의 행복을 위해 런던이고 어디고 간에 우리랑 만나지 않았으면 좋겠어요… 내게는 인도 왕자와 결혼한 친척이 하나 있는데 6개월 전에 자살했어요…"라던 모이라 부인의 말이 윙윙거렸습니다.

슬프구나, 연극이라는 세계는! 서양과 동양!

2

다음 날 아침, 런던에서 온 두 숙녀는 런던으로 돌아가기 위해 짐을 꾸리기 시작했습니다. 나는 그들을 참견하지 않고 모르는 척했으며 도와주지도 않았습니다. 아침 식사 전에 나는 거실로 내려가서 신문을 읽고 있었으나 기사는 하나도 눈에 들어오지 않았습니다.

"이 창문을 좀 열어도 되겠습니까? 오늘은 날씨가 좋습니다."젱킨스였습니다.

"여세요." 내 대답이었습니다. 바깥공기가 아무리 좋아도 난 그저 슬픔, 외로움, 망설임으로만 가득 차 있었습니다.

"당신과 마리아의 행복을 위해 런던이고 어디고 간에 우리랑 만나지 않았으면 좋겠어요… 내게는 인도 왕자와 결혼한 친척이 하나 있는데 6개월 전에 자살했어요…."이 말이 계속 내 기억 속에서 맴돌았습니다.

젱킨스가 식사 종을 울리자 집안 식구들이 내려와 얼굴을 맞댔습니다. 아빠와 엄마는 늘 그렇듯이 아주 밝은 얼굴이었습니다.

엄마가 "바비가 정말 안됐어요. 친구들이 다 가버리니…. 하지만 바비가 런던에 가면 다시 만날 수 있으니까 괜찮겠죠"라고 했습니다.

나는 미소를 지으면서 모이라 부인 쪽으로 고개를 돌렸으나 부인은 내 눈을 피하며 아빠에게로 고개를 돌렸습니다. 식사가 끝나자 마리아는 죄송하다며 짐을 꾸린다고 2층으로 먼저 올라갔습니다.

"바비, 올라가서 마리아가 짐 싸는 걸 좀 도와줘요. 마리아가 당신과 얘기하고 싶어 하네요." 모이라 부인이 재촉했습니다.

"네, 일이 끝나면 다시 내려오겠습니다."

나는 마리아 방문을 노크했습니다. 이윽고 "들어오세요"라는 말이 떨어졌습니다. 문을 열고 안으로 들어가니 그녀는 문을 등지고 앉아 있었습니다. 내가 들어갔지만 누가 들어왔는지 그녀가 고개를 돌려 바라보지 않았기 때문에 직감적으로 무슨 일이 있었다는 것을 알아챘습니다. 난 천천히 다가가서 그녀의 어깨를 잡고 "마리아, 어디가 불편해요?"라고 물었습니다.

바로 그 순간 마리아는 내게로 고개를 돌렸습니다. 얼굴은 슬퍼 보였고, 두 눈에는 눈물이 글썽거렸습니다. 나는 그녀가 여전히 날 사랑하고 있다는 사실을 단번에 알아챘습니다. 나는 고개를 숙여 그녀의 입술에 키스했습니다. 그녀는 순순히 키스에 답했습니다.

"런던으로 우리를 만나러 와야 해요, 바비." 그녀가 흐느끼듯 물었습니다. "모이라가 우리 주소를 줬죠?"

"주소는 무슨…." 내가 의아해하며 말했습니다. "모이라는 당신 주소를 알려주지 않을 겁니다."

"뭐라고요? 왜요?"

"어젯밤 댄스홀에서 나랑 나눈 대화를 부인이 말해주지 않았나요?"

"아니, 당신이 아주 착하고 훌륭한 사람이라는 거 외에는 아무 말도 하지 않았어요."

"그럼, 당신은 우리 둘 사이에 있었던 일을 모두 부인에게 말했지요…?"

"그럼, 했죠. 바비, 당신은 모이라가 좋아하고 또 내 인생의 반려자니까요."

"부인은 내가 런던이나 다른 곳에서 당신을 만나는 것을 원치 않아요."

"그래요? 모이라가 약간 이상하네요. 하지만 당신은 날 사랑하죠? 우리는 피커딜리 314번지에 있는 맨션 2층에 살아요. 런던에 오면 오후 3시나 4시경에 와요. 그때는 모이라가 집에 없으니."

"그래요, 그렇게 할게요. 피커딜리 314번지 맨션 2층으로 찾아가겠습니다."

"당신 수첩에 기록해둬요, 내 사랑. 당신이 잊지 않기 바라요. 나도 늘 편지를 쓸게요."

나는 주머니에서 수첩을 꺼내 주소를 적어두고 입을 뗐습니다. "말할 게 있어요. 여기를 떠난 뒤에 나와 함께 2~3일 동안 즐겁게 지냈다는 사실이, 내게 당신이 늘 솔직해야 한다는 등등의 생각이 당신을 구속하지 않기를 바랍니다. 당신이 훌륭한 젊은이를 만나 사랑하게 되고, 또 그도 당신을 사랑하면, 날 잊어줘요. 나는 당신의 행복을 막는 장애물이 되고 싶지 않습니다. 난 당신을 사랑하고, 또 당신이 지고한 행복을 누렸으면 해요. 나는 당신과 다른 가난한 외국인일 뿐 아니라 장래가 불투명하고 평탄치도 않아요."

"뭐라고요! 바비. 모이라 말이 맞나 보네요. 모이라가 당신은 다른 사람의 행복만을 생각하는 이 세상에서 제일 좋은 젊은이라고 했어요. 난 이미 당신을 확실히 사랑하게 됐어요. 변하지 않을 거예요. 내가 당신을 알고 사랑하게 된 것은 정말 행운이에요. …그럼 당신도 나랑 같은 거죠? 만일 내가 떠난 후에 좋은 여자를 만나 사랑하게 되면 얼른 결혼해요, 내 생각은 절대로 하지 말고."

그렇게 말하는 그녀의 안색과 태도에서 그녀가 가슴 아프게 말하는 것이 느껴졌습니다.

"마리아, 진심으로 말하는 건 아니지요?"

"아니에요. 그래요." 진지하게 말하는 그녀의 웃던 얼굴은 그냥 무덤덤한 얼굴로 변했습니다. "난 당신이 행복하기만을 원해요. 하지만 우리는 다시 만날 거죠? 우린 런던에서 만나야 해요."

3

기차가 출발할 시간이 가까워지자 우리는 오스틴에 짐을 싣고 기차역으로 향했습니다. 가는 동안 내내 나는 '이제 마리아가 가면 언제 다시 만날 수 있을까' 하고 골똘히 생각했습니다. 마리아가 모이라 부인과 도착하던 날 마중 나가서 이 차로 집까지 왔던 일을 떠올렸습니다. 그때 아빠는 스테파니와 앞 좌석에서 기사와 바짝 붙어 앉아 있었고, 엄마와 모이라 부인은 뒷좌석 한쪽에, 나는 마리아와 그 반대편에 겨우 붙어 앉아서 차 안이 꽉 찼었습니다. 오늘도 그렇게 앉았지만, 내 마음은 그때와 다릅니다. 그날은 행복한 마음으로 여왕 별장으로 갔으나 오늘은 적막감, 쓸쓸함, 그리고 그리움만 있는 텅 빈 역으로 가는 길입니다. 행복과 불행, 즐거움과 적막감은 정말 다정한 친구처럼 붙어 있습니다.

"모이라 부인." 내가 일부러 입을 열었습니다. "두 사람이 가고 나면 정말 쓸쓸할 겁니다."

"바비, 그럴 정도로 나를 좋아하는군요."

"나는 부인을 아주 좋아합니다. 말씀도 재미있게 하시고 가르침도 주셨습니다."

"그건 당신이 아직 어려서 그렇게 생각하는 거겠지요. 일반적으로 남성들이 여성들보다 빨리 배우고 배울 기회도 많은 법입니다. 당신이 내 나이쯤 되면 나보다 더 박학다식할 거라고 믿어요."

"아닐 겁니다. 나는 부인만큼 세상 돌아가는 걸 볼 수도 배울 수도 없다고 생각합니다." 그때 엄마가 말했습니다.

"네가 가고 나면 바비가 여러 날 풀 죽어 지내며 쓸쓸해할 것 같아서 겁이 난다. 적어도 외로움은 느낄 거야."

"이모도… 참, 그게 모두 내 탓이라고 생각하세요? 마리아에게 한번 물어보세요."

"괜찮아요, 엄마." 내가 중간에 끼어들었습니다. "외로움은 그리 심하게 느끼지 않을 거예요. 이미 조용한 삶에 익숙하니까요. 계속해서 이 조용한 삶이 내게 도움되도록 하고 싶어요. 그래도 모이라 부인과 마리아가 많이 보고 싶을 거예요."

"바비가 말하는 투가 왠지 슬픈 것 같아요." 모이라 부인이 말했습니다.

"보고 싶긴 하겠지만 그렇게 심하지는 않을 겁니다. 부인을 만난 이후로 마음공부를 많이 하게 되었습니다. 스스로 자제해서 버릴 건 내려놓을 줄 알게 되었어요."

"처음 만나서부터 오늘까지 당신은 정말 딴사람이 됐군요. 전에는 말수가 적은 조용한 젊은이였는데, 지금은 말도 잘해서 내가 당신을 조금 더 영리하게 만드는 데 한몫한 것처럼 느껴져요. 훌륭한 변호사가 되고 또 글을 쓰는 소설가도 될 거라고 믿어요."

당시는 아직 모이라 부인의 진짜 속마음을 제대로 읽을 수가 없었기에 기차역에 도착할 때까지 꼭 필요한 경우가 아니면 입을 다물었습니다. 하지만 나는 우리가 바로 커다란 극장의 주인공임을 잘 알고 있었습니다. 그래서 나는 내 역할을 연기하기만 하면 되었습니다…. 내 역할이 있는 막까지 연기하고 연극을 끝내면 됩니다.

기차역에 도착했습니다. 사람이 별로 없어서 우리는 짐을 플랫폼까지 운반한 뒤 기차가 들어오기를 기다렸습니다.

마리아가 내게 속삭였습니다. "잊지 말고 날 생각해줘요. 내가 떠난 오늘부터 잊지 마요."

"어떻게 잊겠어요? 당신이 떠난 후의 벡스힐은 분명히 쓸쓸할 거예요. 당신이 여기 있었을 때의 행복을 잊게 할 건 아무것도 없습니다. 하지만 당신은 런던에서 즐거울 거잖아요. 모르긴 몰라도 어디를 가든 즐거운 일이 넘치겠죠. 친구도 많고요. 도리어 당신이 런던에 도착하자마자 나를 잊어버릴 것 같아 걱정입니다."

"이번 생에서 절대로 당신을 잊지 않을 거예요, 바비."

"그러면 다행입니다. 가끔씩은 생각하고 완전히 잊지는 마요. 어쩌면 생각보다 빨리 런던에서 만날지도 모르니까요."

"그렇지! 조만간에 우리 만나요." 그녀가 확신에 차서 말했습니다.

금방 기차가 들어와 우리 앞에 정차했고 짐도 실었습니다. 모든 작업이 끝났을 때 기차가 출발한다는 호루라기 소리가 들렸습니다. 나는 모이라 부인과 먼저 작별 인사를 하고 마리아에게 돌아섰습니다. 우리는 두 눈을 마주 보며 서로를 확인한 뒤 힘차게 악수했습니다.

"잘 가요, 마리아. 안녕!" 떨리는 목소리로 내가 인사했습니다.

"사랑하는 사람, 안녕. 런던으로 날 찾아오기를 바라요. 우리 주소 잊지 마요, 바비."

나는 기차에서 내렸습니다. 이윽고 기차는 천천히 움직이기 시작하더니 우리 앞을 지나갔습니다. 내 친구와 연인을 태우고 가버렸습니다. 기차는 점점 빨리 달렸습니다. 우리가 흔드는 손수건이 시시각각 멀어졌습니다. 안 보이게 될 정도로 멀어졌습니다.

집으로 돌아오는 도중에 엄마가 내게 말했습니다. "바비, 슬퍼하지 마라. 앞으로 만날 여성은 얼마든지 있단다. 모이라가 마리아를 데리고 와서 겨우 일주일 동안 머물다 가다니 정말 아쉽구나. 너만 허전하게 만들었어."

"엄마, 난 조금도 허전하지 않아요. 오히려 행복해요. 엄마 아빠랑 함께 있게 되어 행복하고 모이라 부인과 마리아를 알게 되어서 행복해요."

4

모이라 부인과 마리아가 떠난 다음에 느껴지는 적적함은 전과 많이 달랐습니다. 이번의 적적함은 나를 안절부절못하게 했습니다. 나는 들떠 있는 마음을 가라앉히려고 노력했습니다만 그렇게 하지 못했습니다. 마리아가 보고 싶었고, 나에 대한 그녀의 확신 있는 사랑이 그리웠습니다. 그 후 벡스힐에 있는 이웃 여러 명과 만났지만 마리아를 대신할 사람은 없었습니다. 마리아는 내 기억 속에 영원히 지워지지 않을 순수한 사랑으로 확고하게 각인되었습니다. 시간은 흘러갔지만 내 들뜬 기분은 조금도 가라앉지 않았습니다.

오랜만에 나는 마리아 편지를 한 통 받았습니다. 여러 곳을 다니며 취재 다닌 이야기가 써 있었습니다. 그녀는 기자 생활을 즐겨서 이 세상 그 어떤 다른 직업과 바꿀 의사가 전혀 없다고 했습니다. 편지 마지막 부분에는 "바비, 나는 특파원으로 승진해서 봉급이 거의 두 배로 올랐어요. 여러 곳을 다니면서 유럽과 미국 등지 상류층의 모든 방면의 기삿거리를 찾아내는 업무를 맡았어요. 언제 우린 만날 수 있을까요? 바비"라고 되어 있었습니다.

"당신이랑 헤어진 후 남성 여러 명과 알게 되었지만 내 기억 속의 당신을 대신할 사람은 없었어요. 그들은 지나치게 나한테 진지해서 기자 일을 그만두고 결혼하자고 했거든요. 기자를 관두는 건 절대로 안 돼요. 난 아직 독신으로, 기자로 더 살아야 하나 봐요. 다른 사람과 결혼할 필요 없이 당신을 만나고 싶어요. 우리 둘은 연인이고, 서로에게 진지하니 당신과 있고 싶어요. 우리는 결혼할 수 없겠죠? 당신은 나랑 결혼할 생각이 없죠?

바비, 당신은 아직도 날 조금이라도 사랑하고 있나요? 아직 사랑한다면 나를 만날 길이 있어요. 그건 바로 당신이 기자가 되는 거예요. 그 길이 항상 당신을 만나고 함께 있을 수 있는 방법이에요. 당신이 우리와 일할 수 있는 방법은 아주 간단해요. 당신 엄마와 아빠가 언젠가 당신을 놀라게 할 거예요. 난 두 사람의 계획을 망칠 생각이 없으니 여기서는 설명하지 않을게요.

당신이 기자가 되든 안 되든, 또 내가 당신에게서 멀어지든 아니든 당신이 죽을 때까지 깨끗한 마음으로 당신을 사랑한다는 걸 알아줘요. 바비, 안녕."

마리아는 어머니가 이탈리아인인 영국인입니다. 내가 태국인인데도 그녀는 나를 이토록 깊이, 순수한 마음으로 사랑합니다….

내가 아주 간단히, 쉽게 기자가 될 거라고 마리아가 말했습니다. 엄마랑 아빠가 나를 깜짝 놀라게 할 거라 했습니다. 오래지 않아 그날이 왔습니다. 엄마가 거실에 있는 내게 오더니《런던타임스》를 보여주었습니다. 그때 나는 약 한 달 전에 아빠에게 검토해달라고 했던 '국제연맹과 독일'이라는 제목의 글 한 편을 발견했습니다. 그 글 아래에는 글쓴이가 '바비'라고 되어 있었습니다. 나는 너무 기쁜 나머지 선 채로 기절할 뻔했습니다. 이런 일이 일어날 수 있다는 것을 생각해보지 않았기 때문입니다.

"바비야, 이것도 받아라. 이건 네 거란다."

나는 엄마 손에서 종이 한 장을 건네받았습니다. 그 종이가 영국은행에서 발행한 수표며, 내게 30파운드 15실링을 지불하라는 내용임을 알자 너무 놀란 나머지 말이 나오지 않았습니다. 나는 엄마에게 달려가 포옹하고 양 볼에 키스했습니다. 사랑과 존경으로 가득 찬 키스였습니다.

"바비야, 타임스 주간이 네 글을 읽고 너를 알게 되었단다. 수표에 네 이름을 제대로 썼던데, 봤니?"

그 후 나는 앉아서《런던타임스》에 실린 그 글을 읽어보았습니다. 읽으면서 어딘지 내용이 더 풍부해지고 좋아졌다는 느낌이 들었습니다. 그래서 엄마에게 누가 그 글을 다듬었냐고 물었더니 모이라 부인이라고 했습니다. 모이라 부인이 비록 듣기 싫은 소리를 하긴 했지만, 그녀도 내가 크게 되기를 바라는 친구임을 분명히 알게 되었습니다.

"다음 주 금요일에 또 다른 네 글 '서식스에서의 삶'이 실릴 거야. 그럼 넌 또 수표를 받게 되고." 엄마가 말했습니다.

"정말요, 엄마? 꿈만 같아요."

"바비야, 영어도 훌륭해졌고, 세상사도 제법 알게 되었으니 이젠 런던에 가서 법률 학교에 입학하든지 아니면 다른 일을 할 때가 된 것 같구나. 런던에 가 있어도 휴가 때에는 꼭 여길 와야 하는 거 잊지 마라."

2~3일 후에 타임스에 실린 공고 하나를 봤습니다. "태국 신사 유학생 한 명이 런던에서 함께 지낼 영국인 가정을 찾습니다. 이 학생은 법학을 공부하는 학생으로, 매주 3기니 반을 지불할 것입니다. 관심 있는 분은 벡스힐 온 씨, 여름 별장에 사는 앤드루 부인에게 연락하기 바랍니다."

일주일쯤 지나자 많은 지원자가 나왔고, 엄마는 며칠 동안 고심한 끝에 런던 북부 햄프스테드에 있는 프린드리치 부인의 하숙집으로 결정했습니다. 그런 후 나는 벡스힐을 떠나 런던으로 가서 신문에 관한 일을 하지 않고 법학을 공부하기로 마음먹었습니다.

11. 런던 생활

1

벡스힐을 떠나기 2~3일 전, 나는 마리아와 쁘라딧에게 런던에 가게 되었다고 편지를 썼습니다. 내가 런던을 모르는 데다가 1년여를 못 가본 곳이니 역으로 마중 나와달라고 부탁도 했으나 두 사람에게서는 아무 답장이 없었습니다. 운이 좋으면 누구라도 나올 거라고 생각하며 출발해서 오후 5시경 빅토리아역에 도착했습니다. 차에서 내리기 전에 마중 나온 사람들 속에서 마리아나 쁘라딧이 있나 하고 두리번거렸습니다만 아무도 보이지 않았습니다. 기다려봐도 아무도 오지 않았습니다. 아무래도 나 혼자 찾아가야 했습니다. 결국 택시를 불러 기사에게 짐을 싣게 한 뒤 햄프스테드 로즐린 힐 95번지 프린드리치 부인의 집으로 가자고 했습니다.

런던 북쪽의 햄프스테드는 구릉이 많은 지역이었습니다. 로즐린 힐은 가파른 언덕이어서 기어를 2단으로 놔야 했습니다. 택시가 한 30분쯤 달리자 목적지에 닿았습니다. 귀신이나 살 듯한 아주 낡은 집이었습니다. 집에 들어가니 더욱더 스산하고 음산해서 깜짝깜짝 놀랐습니다. 집 안은 어둡고 을씨년스러웠으며 더러웠을 뿐 아니라 그곳에서 나를 맞으러 나온 두세 명은 더 무서워 구역질이 날 것 같았습니다. 프린드리치 부인은 거의 귀신처럼 보였습니다. 뭐라도 있으면 뜯어먹을 듯 얼굴이 험악했습니다. 그녀가 아무리 부드럽게 격식을 차려 이야기해도 나는 런던에서 모험이 시작되었다는 생각을 떨쳐버릴 수 없었습니다. 한눈에도 그녀가 정직하지 않은 사람인 것을 알 수 있었습니다. 부인이 엄마에게는 그 집이 새로 지은 신식 집으로 깨끗하고, 겨울에도 따뜻하다고 했다고 하니 말입니다. 훌륭한 영국인과 프랑스인이 그 집에 묵고 있다고도 했지만 거짓임이 확실했습니다. 부인은 하인에게 택시 기사와 함께 내 짐을 2층으로 옮기라고 지시했고, 나를 데리고 2층으로 갔습니다. 방은 다른 방보다는 그런대로 깨끗했고 있을 만했습니다. 숨을 쉴 수 있을 정도로 넓어서 다행이었습니다.

쁘라딧은 편지로 랭햄 가든에서 퍼트니의 그레이엄 마치 로드로 이사했다고 했습니다. 나는 퍼트니에 있는 친구를 방문하려면 어떻게 가느냐고 프린드리치 부인에게 물었습니다. 그녀는 퍼트니가 햄프스테드에서 아주 멀다며, 지하철로 가도 한 시간 이상 가야 한다고 했습니다. 내가 꼭 가야 한다고 했더니 찾아가는 방법을 가르쳐주었습니다. 나는 바로 쁘라딧이 사는 집으로 출발했습니다. 지하철을 거의 한 시간 반쯤 타고 퍼트니역에서 내려 약 10분간 걸어 도착했습니다. 집 앞에 있는 초인종을 누르니 하녀가 나와 문을 열어주었습니다. 쁘라딧이 있냐고 물으니 있다면서 들어오라고 길을 비켜 거실로 안내하고 내게 말했습니다. "여기서 잠깐만 기다리세요. 쁘라딧 씨에게 알리겠습니다."

잠시 있으니 쁘라딧이 방으로 뛰어 들어왔습니다. 우리는 1년여 만에 만나는 것이었습니다. 그동안 쁘라딧이 벡스힐에 오지 않았고, 나 또한 쁘라딧을 보러 런던에 오지 않았기 때문입니다.

"시간 맞춰 기차역으로 마중 나가지 못해서 미안해. 저녁까지 학교에 수업이 있어서 끝나자마자 달려갔더니 기차가 벌써 오래전에 도착했다고 하더라고."

"실은 상의할 일이 있어서 왔어. 내가 간 집이 살기가 아주 무서워. 귀신이 사는 집 같아."

"집이 어떤데?"

나는 본 대로 자세히 얘기해주었습니다. 집주인의 거짓말도 얘기했고, 내가 느낀 무서움에 대해서도 얘기했습니다.

"네가 귀하게만 자라서 지나치게 예민한 거 아냐? 좀 있어보면 네 생각과 다를지도 몰라. 내가 너랑 같이 있을 형편이 못 돼서 미안해. 이 집은 다른 사람은 받지를 않아." 쁘라딧이 강경한 투로 말했습니다.

쁘라딧이 나를 나무라는 말투로 언짢은 내색을 하며 말할

173

줄은 꿈에도 생각지 못했기 때문에 나는 온몸이 떨릴 정도로 놀랐습니다.

"난 너랑 여기서 같이 있을 생각이 아니야, 쁘라딧. 내 마음을 얘기하면서 하소연하는 것뿐이야. 난 너밖에 아는 사람이 없잖니." 마음을 약간 가라앉히고 부드럽게 말했습니다.

쁘라딧은 아무 대꾸도 하지 않았습니다. 내가 사랑하는 친구인 쁘라딧이 내게 이토록 싫어하는 내색을 하며 나무라는 말투로 말하는 이유를 생각하려고 애썼습니다. 그러는데 갑자기 그 답이 나왔습니다. 누군가 문을 두드리더니 젊은 여성의 목소리가 들려왔습니다. "쁘라딧, 나 들어가도 돼요?"

들어오라는 말이 떨어지자 그 여성이 들어왔습니다. 나이가 열일곱쯤 되는 예쁜 금발의 여성이었습니다. 눈은 인형처럼 파랬습니다. 쁘라딧이 살고 있는 집의 주인 딸로 쁘라딧과 아주 친해 보였습니다. 쁘라딧이 소개해주었는데 그녀 이름은 캐슬린 마일스라고 했습니다.

아름다운 목소리로 그녀가 쁘라딧에게 물었습니다. "쁘라딧, 식사하러 갈 준비가 되었나요?"

그러더니 나를 보고 "우리랑 함께 식사하러 가시겠어요?"라고 물었습니다.

나는 정중하게 대답했습니다. "고맙습니다, 마일스 양. 볼일이 있어서 바로 가야 합니다." 그때 집주인이자 마일스 양의 어머니가 방으로 들어왔고, 그 바람에 나도 소개를 받았습니다. 마일스 양의 어머니는 성품이 좋아 보였습니다.

"위쑷 씨는 어디에 살고 있어요? 왜 여기 와서 쁘라딧하고 같이 지내지 않아요? 방이 하나 빈 게 있는데."

"고맙습니다, 마일스 부인. 벌써 숙소가 정해 있어서 유감입니다."

"거긴 있을 만해요?" 마일스 부인이 물었습니다.

"아주 편안합니다." 내 대답이었습니다.

그 집을 나오면서 다시는 쁘라딧을 만나러 마일스 부인 집에 방문하지 않겠다고 마음먹었습니다. 전에는 쁘라딧을 아주 좋아했습니다. 그가 그렇게 겁을 내니 그의 행복을 해치고 싶지 않았습니다. 나는 진작 람쭈언을 잊었고, 람쭈언을 위해서도 희생했는데, 어찌 쁘라딧을 위해 희생하지 않겠습니까!

2

그날 밤 나는 소호에 있는 작은 음식점에서 저녁을 먹고 그 근처에서 영화를 봤습니다. 오늘 프린드리치 부인 집에서 있었던 일과 마일스 부인 집에서 있었던 쁘라딧과의 일을 잊고자 노력했습니다. 런던이 나를 환영한 첫날에 일어난 일들이었습니다. 런던, 영국의 수도!

영화가 끝나고 집까지 걸어가는 동안에 한참 길을 잃고

헤맸습니다. 집에 도착했을 때는 이미 자정이 지났습니다. 집 안은 불빛 하나 없이 캄캄했습니다. 다행히 주머니 속에 성냥 이 있어서 내 방까지 제대로 찾아갔습니다. 방 안은 몸이 마비 될 정도로 추웠고 사방이 축축했습니다. 나는 얼른 옷을 갈아 입고 이를 닦고 세수를 한 뒤 이불 속으로 들어갔습니다. 지독 히도 힘들었던 하루를 빨리 보내려고 잠을 청하며 한 시간여 를 뒤척였지만 소용이 없었습니다. 계속 이 집에 있게 되면 앞 으로 어떤 일이 일어날지에 대해 생각했습니다. 생각하다 지 쳐서 나는 마침내 잠이 들었습니다.

다음 날 나는 새벽에 깼습니다. 그날은 아주 추웠습니다. 햄프스테드는 런던의 북쪽에 있는 데다가 높은 산 위에 있어 서 다른 곳보다 더 춥습니다. 창문을 내다보니 밖에서 흰 눈 이 쏟아지고 있었습니다. 들어오는 찬바람을 견딜 수 없어 방 을 덥힐 불을 찾았지만 보이지 않아서 포기하고 다시 이불 속 으로 들어갔습니다. 너무 추워서 침대에 있을 수밖에 없었습 니다. 일어나서 아무것도 할 수 없었습니다. 늦은 아침에 일하 는 사람이 더운 세숫물을 가져다주며 식당에 가면 거긴 난로 가 있다고 했습니다.

옷을 갈아입고 아래층으로 내려가 식당으로 들어가자마 자 나는 온몸이 떨릴 정도로 놀랐습니다. 내가 본 것이 과연 무엇이었을까요? 식당은 난로에서 나오는 연기로 꽉 차 있었

습니다. 보건 위생과는 거리가 멀었습니다. 그 난로 주위에 인
도인 일고여덟 명이 서서 시끄럽게 뭐라고 떠들면서 불을 쬐
고 있었습니다. 이 집은 좁고 작은 집입니다. 이 많은 사람들
이 도대체 어디서 자는지 알 수 없었습니다. 나를 보자 그들은
다가와서 자신을 소개했습니다. 기차가 지나가듯이 영어로 빨
리 말해서 무슨 말인지 알아듣지 못했습니다. 그러고 있는데
집주인이 나와 인도인들이 앉을 자리를 정해주고 식사를 차
렸습니다. 아무리 고상한 척해도, 다른 사람과 좀 다르게 해준
다고 해도, 그 비천해 보이는 인도인들 때문에 구역질이 날 만
큼 기분이 나빴습니다. 그들은 훌륭한 학생들이면 지켜야 하
는 매너가 전혀 없었습니다. 나처럼 외국인이 있다는 것도 개
의치 않고 자기네 말로 떠들썩하게 대화했습니다. 나랑 이야
기하는 사람들은 모두 거칠고 난폭한, 이상한 사람들이었습니
다. 내 지위를 물었고, 부모님에 대해 물었으며, 부자인지 가
난한지를 물었습니다. 불쾌한 질문만 했습니다. 나는 대충대
충 대답했습니다. 성가시게 자꾸 물어서 미칠 것 같았습니다.
마음을 단단히 먹고 빵에 버터를 발라 한 조각을 먹고 서양 홍
차 한 잔을 마신 후 시내에 볼일이 있어 먼저 일어나서 미안하
다는 인사를 하고 그 자리를 떠났습니다.

　　이런 일들은 영국에 오면서 콜롬보, 지부티, 포트사이드
에 들렀을 때 만났던 인도인을 생각나게 했습니다. 나를 사랑

으로 보살펴준 앤드루 대위 아빠가 전에 했던 말이 생각났습니다. 언제고 훌륭한 인도인이나 힌두교인을 만나려면 델리, 캘거타,[27] 마드라스로 가야 한다고 말입니다. 영국에 있는 인도인들은 대부분이 나라를 망치는 볼셰비키인데, 근본이 천하고 가난해서 인색하기 짝이 없고, 이기적이며, 서로를 속이고 기만할 뿐만 아니라 외국인을 이용해서 이득을 취한다고도 했습니다. 그러니까 그들을 만나면 조심하라고 주의를 주었습니다. 여기서 단 15분간 인도인들을 만났을 뿐이지만, 직접 만나고 나니 아빠의 말이 하나도 틀리지 않는다는 사실을 절감했습니다.

숙소를 나와 걷는데 정말 추웠습니다. 눈은 계속 내렸고 사방은 온통 하얀 안개였습니다. 어디로 누구를 찾아가야 할지 몰랐습니다. 그러다가 공사관으로 가기로 결정했습니다. 거기서도 무엇을 해야 할지 모르겠고, 아는 사람마저 없어 다른 이와 오래 이야기할 수도 없는 데다가 모두 일을 하고 있어서 결국 거기서도 나왔습니다. 라이언스 찻집에서 쉬면서 무엇을 하는 게 좋을까 생각했습니다.

마침내 생각해냈습니다. 내게는 친구가 한 명 더 있었습

---

27 현재의 콜카타(Kolkata)를 가리킴. 1995년 이전에는 캘커타(Calcutta)라고 했다.

니다. 죽을 때까지 나를 사랑한다고 약속한 친구, 마리아 그레이입니다. 그녀는 분명히 여전히 좋은 친구일 것이고 나를 행복하게 해줄 것입니다. 차를 타고 피커딜리로 가서 한참 동안 찾아 헤매다가 모이라 부인과 마리아가 살고 있는 큰 대문의 초인종을 눌렀습니다. 조금 있으니까 어린 소녀가 나오더니 무슨 일로 왔느냐고 물었습니다.

"모이라 부인과 마리아는 오래전에 여기를 떠났어요. 지금은 아마 파리에 있을 거예요."

"언제쯤 돌아오는지 알아요?"

"몰라요. 이제는 여기 살지 않아서요. 요즘 그 방을 세놓으려고 청소를 하고 있어요."

"아직 여기 살고 있는 줄 알고 2~3일 전에 마리아에게 편지를 보냈는데…."

"아! 잠깐만 계세요. 그 편지 가져다드릴게요."

조금 있으니 그 소녀가 내가 보낸 편지를 가지고 왔습니다. 내 사랑 마리아는 떠났습니다. 현재 '자기의 연인인 바비'가 런던에 와 있다는 것을 어찌 알까요? 하늘에 계신 조물주여! 과연 누구에게 도움을 청해야겠습니까?

모든 게 끝났습니다. 나는 다시 로즐린 힐에 있는 지옥 같은 집으로 돌아가서 아무에게도 말을 걸지 않고 곧장 내 방으로 올라갔습니다. 처음에는 아빠에게 편지를 쓰려고 했으나,

생각해보니 이유가 불충분해서 한 2~3일 더 견뎌보리라 생각했습니다. 게다가 아빠를 너무 성가시게 하는 것 같기도 했습니다. 이미 그 많은 행복을 내게 주었으니까요.

아빠! 엄마! 스테파니! 여왕 별장! 지극한 행복의 집!

3

어려서부터 나는 모험과 도전을 즐겼습니다. 위험에 처해도 어떻게 하든 그 위험에서 빠져나왔습니다. 프린드리치 하숙에서도 그리 유쾌하지 않은 갖가지 위험에 당면해 있었습니다. 비천한 성품과 비열한 욕망을 가진 몇몇 사람과 알게 되는 위험이었습니다. 우리가 사람들과 사귀고 관계를 맺는 것은 사람들의 성품에 대해 배우고 알고자 할 때입니다. 나는 일주일 동안 견디며 살았습니다. 마음을 억누르고 다스리면서, 같이 한집에서 지내면서 눈에 보이는 많은 술수와 싸웠습니다. 추위와 싸워 견뎌냈고, 독약 수준인 음식을 견뎌냈습니다. 하루도 거르지 않고 해대는 프린드리치 부인의 거짓말을 견뎌냈고, 허락도 받지 않고 마구 방으로 들어와서 말을 거는 볼셰비키 인도인들의 도전도 견뎠습니다.

그들의 생각은 오직 인도로 돌아가려는 준비에만 있었습니다. 그들의 목적은 돌아가서 자기의 고향을 아무것도 남아있지 않게 만드는 것이었습니다. 나보고도 태국으로 돌아가서 자기네들이 하듯 조국과 내가 사랑하는 왕족을 없애라고, 부수라고 했습니다. 조금만 얘기해보면 그들은 내가 자신들의 말을 듣지 않는다는 것을 알게 되어 씩씩대며 나를 경멸했습니다. 나는 그런 사람들과 프린드리치 하숙집에 살았습니다. 그렇게 산 것을 후회하지 않습니다. 나는 관심 있게 그들의 이상한 삶을 지켜봤습니다.

우리가 뭔가를 제대로 익히고 배우려면 그 과정에서 비롯되는 고통을 감내해야 합니다. 그렇지 않으면 아무것도 제대로 배울 수가 없습니다. 나는 비천하고 비열한 프린드리치 부인과 인도인들의 성품을 파악하기 위해 고통을 참아야 했습니다. 런던에서 함께 놀러 다닐 친구가 쁘라딧 외에는 아무도 없었습니다. 로즐린 힐에 있는 하숙에서뿐만 아니라 어디서든 혼자였습니다. 처음 한 3일간은 마음이 편치 않고, 겁나고, 고통스럽고, 불안해서 거의 미칠 것 같았습니다만 오래 있으면서 생각을 정리했습니다. 내가 배워야 할 점이라 여겼기 때문에 다 참았습니다.

일주일이 지나자 프린드리치 하숙에서 더 배울 게 없다는 생각이 들었습니다. 아침에 기차를 타고 벡스힐로 갔습니다. 부모님 두 분은 나를 따뜻하게 맞아주었습니다. 나는 런던에서 있었던 일을 자세히 말했습니다. 그랬더니 아빠가 화가 난 투로 나무랐습니다.

"바비야, 왜 도착한 바로 그날 우리한테 와서 얘기하지 않 았니? 일주일씩이나 있었다니. 프린드리치 노파가 비열하게 우리한테 거짓말을 했구나. 내일 같이 가서 하루라도 빨리 너 를 그 굴 속에서 꺼내야겠다. 그리고 그 노파랑 몇 마디 해야 겠구나."

"여보, 그렇게 충동적으로 말하지 말아요. 그런 사람들과 싸워봤자 아무 소용 없어요. 바비도 이젠 커서 그런 지옥에 있 었다고 해서 아무런 일도 일어나지 않아요. 바비는 오히려 인 생 공부를 했어요. 그렇지 않니, 바비? 당신은 가서 그 부인이 랑 좋게 얘기하고 거짓말을 했다는 둥 그런 얘기는 말아요. 바 비만 조용히 거기서 데리고 나와 다른 곳에 있게 해요. 어때 요?" 엄마가 나를 포옹하면서 아빠에게 건넨 말이었습니다.

"듣고 보니 그러네요, 엘시. 나도 동감이오."

"바비야, 오늘 밤은 우리랑 자고 내일 아빠랑 같이 런던에 가서 새 집을 구하렴." 나는 감사의 뜻으로 온 마음을 다해 엄 마 양 볼에 키스했습니다. 그 이후 다른 이야기를 나눴습니다.

다음 날 아침, 아침 식사를 하고서 아빠는 나랑 런던으로 갔습니다. 도착했을 때 프린드리치 부인과 인도인 일고여덟 명이 방에서 이상한 그림을 서서 구경하고 있었습니다. 아빠 가 서 있는 여성이 프린드리치 부인이냐고 물어서 그렇다고 대답했습니다.

아빠는 우리를 보게 하기 위해서 "안녕하십니까? 프린드리치 부인"이라고 인사를 했습니다. 집주인은 고개를 돌려 우리 두 사람을 보았습니다.

"난 앤드루 대위로 위숏의 보호자입니다."

그리고 프린드리치 부인은 위층에 올라가 아버지랑 둘이서 이야기를 나눴습니다. 아버지가 좋은 말로 이야기한 게 분명했습니다. 집주인이 웃으면서 내려오더니 내게 방으로 가서 짐 싸는 아빠를 도우라고 했습니다. 그리고 그녀는 전화를 걸어 택시를 불렀습니다. 우리가 그 집을 나올 때 인도인들은 줄 서서 우리를 보고 있었습니다. 어떤 이는 곧장 내게로 와서 '어디로 갈 거냐? 왜 가냐? 여기가 살기 편하지 않느냐?' 등등을 질문했습니다. 내가 채 대답하기도 전에 아빠는 그들에게 "당신들과 상관없는 일이오"라고 말을 잘랐습니다.

4

그날 아빠는 나를 사우스켄싱턴에 있는 작은 호텔에 있게 하고 직접 내가 머물 숙소를 찾아다녔습니다. 밤 9시쯤 호텔로 온 아빠는 나랑 바클리 레스토랑에서 식사를 한 뒤 런던 히포드롬 극장에서 연극을 봤습니다. 우리는 3일 동안 사우스켄싱턴에 있는 호텔에서 묵은 후 4일째 되는 날 풀럼에 있는 해리스 부인의 집으로 갔습니다. 그 집은 깨끗했고 언덕에 있었으며 조용했습니다. 하숙비를 높게 받아서 하숙인을 선별했습니다. 내가 이 하숙집에 만족해하는 모습을 보고선 아빠는 벡스힐로 돌아갔습니다. 앤드루 부부만큼 외국인인 나를 감싸주고 사랑해준 분들이 이 세상에 또 어디 있을까요?

해리스 하숙집은 아침에 출근해서 저녁에 귀가하는 직장인들만 받아서 일요일을 제외하고 낮에는 조용했습니다. 외출하지 않을 때는 나와 해리스 부인 단둘이 있었습니다. 날이 어두워지면 서양 신사인 직장인들이 귀가하여 식탁에서 대화하며 즐기거나 브리지 게임을 했습니다.

나는 집에서 조용히 공부를 하거나 글을 쓰거나, 아니면 하고 싶은 일을 할 수 있어서 이 집이 점점 좋아졌습니다. 해리스 부인은 인색하지 않았고 성품도 훌륭했으며 음식이 맛있고 깨끗했습니다.

나는 공사에게 편지를 써서 법률 학교의 입학 시험을 볼 준비가 되었다고 알렸습니다. 그러고선 무사히 시험에 붙어서 미들 템플[28]에서 공부하게 되었습니다. 영국의 법률 학교가 어떤지 아직도 생생하게 기억하고 있습니다. 좁고 작은 길

---

28 영국의 대표적인 법학원 중의 하나. 영국에서는 변호사가 되려면 반드시 미들 템플, 그레이스 인, 링컨스 인, 이너 템플 등의 법학원에 들어가 공부하고 시험을 치러야 한다.

을 따라가면 하도 고색창연해서 곧 수리를 해야 할 것 같은 커다란 교문이 있습니다. 교문을 지나 들어가면 길 양쪽으로 줄지어 비좁게 죽 늘어선 교사가 보였는데, 이 교사 건물들 역시 곧 무너질 듯이 낡았습니다. 교사 안에는 교실이 많았습니다. 교실마다 문에는 유명한 법률가의 이름이 붙어 있었는데 매우 낡았습니다. 교실 안은 어두웠고, 바닥과 벽 역시 오래되어 금방이라도 부서져 내릴 것 같았습니다. 법률 조항 외에는 배울 것이 거의 없어 보였습니다.

　미들 템플은 동양에서 온 외국인을 받았는데, 인도인, 중국인, 일본인 등이 섞여 공부하고 있었습니다. 여기서 나는 두세 명의 인도인을 알게 되었습니다만, 그들은 지나치게 인색해서 아무도 가까이하지 않았습니다. 늘 친구보다 앞서거나 친구를 이용해서 이득을 취하려고 했기 때문입니다. 일본인은 다른 일본인이 함께 있지 않을 때만 훌륭한 벗이었고, 중국인은 호방하고 직설적이며 똑똑하고 언변이 좋았습니다. 태국인 학생이 여러 명 늘면서 더 많은 친구들과 알게 되었습니다.

　법률을 공부하는 태국 학생을 위한 '코칭'이라는 이름의 특강은 퇴역한 소령이 1년여 동안 우리를 가르쳤습니다. 그는 영국 변호사였지만 명성은 그저 그래서 초심 법정에서 소소한 사건만을 맡았다고 했습니다. 법률 학교에서 가르치게 된 후, 그가 태국 학생이나 태국에 얼마나 공헌했는지는 모르지만 태국인에 대해 너무 잘 알고 있어서 강의할 때 몰인정하게 우리를 얕보는 투로 말했습니다. 그는 태국에 대해서 알아서는 안 되는 점까지 속속들이 잘 알아서 강의에서 가르치는 내용과 다른 이야기로 시간을 다 보냈습니다. 우리가 강의 내용에 대해 얼마나 이해하는지는 상관하지 않았습니다. 그는 누가 가난하고 누가 부유한지 잘 파악하고 있었지만, 가난한 유학생도 같은 액수의 수업료를 냈기 때문인지 차별 없이 한 강의실에서 가르치기는 했습니다.

어느 날 내가 강의 내용을 이해하지 못해서 질문하자 그는 "자넨 돈이 그 정도밖에 없는데 무엇을 더 바라나?"라고 했습니다. 나는 잠자코 있었으나 그가 비록 어려서부터 영국에서 성장했고 늙을 때까지 법을 공부했어도 인류에게는 조금도 보탬이 되지 못할 거라고 생각했습니다.

런던은 태국인이나 외국인이 생활하기에는 위험 요소가 제법 많아 안전하지 않았습니다. 외국인의 입장에서 보면, 런던에는 이 세상의 다른 선진국들 이상으로 영국이 발전할 수 있는 기회를 가로막는 요소가 많았고, 모르는 사람을 기만하는 사람과 좀도둑도 적지 않았습니다. 국가 발전의 중요한 지표가 된다는 과학 발전은 이런 옳지 못한 사람의 잘못된 성품을 바꿀 수 없었습니다.

런던에 오래 있게 되면서 친구가 많아졌습니다. 런던에는 영화관도 아름다운 극장도 많아 생활이 즐겁고 편했습니다만, 나는 외로웠고 가끔 지루해서 외국인에게 친구가 되고 행복을 줄 수 있는 지금보다 다른, 더 좋은 무언가가 있어야 한다고 느꼈습니다.

12. 큰 무대 위의 연극

1

시간이 나면 나는 단편이나 기사를 한 편씩 써서 아빠에게 보내 아빠가 검토한 뒤《런던타임스》나 월간지를 발행하는 곳에 전해달라고 부탁했습니다. 생각하고 있는 바를 문자로 옮긴 후 아빠의 도움을 받아서 완성한 글이 신문사의 환영을 받는다는 사실은 내 기분을 묘하게 했습니다. 아빠는 수표를 받으면 신경 써서 사용하라는 조언을 적어 내게 보냈습니다. 그즈음 신문에서 자주 '바비'라는 필명으로 서명된 글을 보게 되었습니다.

글을 써서 보내기만 하면 그 수고의 대가로 돈이 생겼고, 영국에서 유명한 일간지와 월간지에 글이 실렸다는 사실은 내게 적지 않은 힘이 되었습니다. 법률을 공부하는 동안에 쓸 만큼의 돈을 벌었습니다. 내가 생명을 유지할 수 있는 돈을 벌게 되어 행복했습니다. 다른 학생들처럼 쪼들리지 않아서 행복했습니다.

그동안 나는 언젠가 아빠와 엄마에게 보답해야 한다고 매일같이 생각했습니다. 두 분에게 의미 있는 물건을 선물하려고 버는 돈을 저축했습니다만 무엇을 사야 좋을지 결정하기가 어려웠습니다. 그러던 중 어느 날 벡스힐로 내려갔을 때, 아빠와 엄마가 타는 오스틴이 기차역 옆에 세워져 있는 것을 보았습니다. 트럭과 충돌하는 바람에 고장이 난 거였습니다. 오스틴을 보는 순간 두 분에게 필요한 뭔가가 떠올라 여왕 별장으로 가지 않고 바로 그 길로 되돌아서 다시 런던으로 왔습니다. 런던에 도착하자마자 나는 벤틀리 자동차 매장으로 가서 커다랗고 근사한 벤틀리 한 대를 사서 벡스힐, 여왕 별장으로 보내달라고 했습니다. '아빠, 엄마의 외아들이 두 분에게 사랑과 존경을 보냅니다'라고 쓴 카드도 함께 보냈습니다.

자동차가 도착한 다음 날, 오후 4시쯤에 아빠와 엄마가 그 차를 타고 내가 사는 런던 집으로 왔습니다. 나를 보자마자 엄마는 한달음에 와 "번 돈을 저축해야 하는데 자동차 사는 데다 써버렸으니 낭비벽이 이만저만 심한 게 아니구나, 엄마한테 엉덩이를 맞아야겠구나" 하면서 여러 번 내게 키스를 했습니다.

"무슨 말씀이세요, 엄마! 자동차를 사드린 건 제가 받은 사랑의 발끝에도 미치지 못해요. 엄마는 자동차 값의 수천수만 배를 주셨어요."

"자동차 사느라고 돈 다 썼지?" 엄마가 물었습니다.

"딱 찻값이 되어서 정말 다행이었어요." 내가 아주 솔직하게 대답했습니다. "하지만 괜찮아요. 글을 잘 쓰면 두 달 뒤엔 돈이 생겨요. 지금은 특별히 돈 쓸 데도 없어요."

엄마는 지갑을 열더니 100파운드짜리 지폐를 한 줌 꺼내 "받아. 다시 돈이 생길 때까지 이거 쓰렴" 하며 내 손에 쥐여주었습니다.

나는 고맙다는 인사를 하고 지갑에 그 돈을 넣었습니다. 그날 밤 부모님은 나를 데리고 켄싱턴 호텔에서 함께 주무셨습니다. 그리고 사보이 식당에 가서 저녁도 먹었습니다. 피커딜리 극장에서 연극도 봤습니다. 뉴프린세스 카바레에 들러 간식을 먹고 호텔로 돌아와 우리는 밤새도록 이야기꽃을 피웠습니다. 부모님은 런던에서 이틀 밤을 더 지낸 뒤 벡스힐로 돌아가셨습니다.

나는 런던에서 태국인들이 '빠이훼'라고 하는 창녀를 찾는 일은 일체 하지 않는 모범생이었습니다. 런던 곳곳에 있는 그런 곳을 가지 않은 이유는 사랑하고 존경하는 아빠와 엄마가 계시기 때문이었습니다. 혹시 병이라도 옮으면 그 두 분이 걱정할 테고, 내가 결혼하면 맞이할 아내와 자손까지도 벌을 받을 텐데… 얼마나 상심이 크시겠습니까? 나는 창녀에게 옮는 병이 아주 지독하고, 치료약조차 없다는 것을 글로 읽어서 잘 알고 있었습니다.

2

법률을 공부하는 동안 나는 기사와 단편을 런던에 있는 출판사로 계속 보내면서 신문사와 출판사 사람들이 '바비'가 누구인지 알고 있을지를 자주 생각했습니다. 사람들이 '바비'를 알거나 만나고 싶어 하지 않을까 하는 생각도 해봤습니다. 글을 써서 보냈으나 나는 신문사와 한 번도 교류한 적이 없었습니다. 출판사로부터 수표를 받은 것이 다였습니다. 점점 일로 관계를 맺는 편집자의 수가 늘어났지만 그들과 직접 만날 기회는 없었습니다.

한 달, 두 달, 세 달이 세월 따라 흘렀습니다. 그동안 내 삶과 사는 모습은 전과 같았습니다. 아무런 변화가 없었습니다. 사랑하는 마리아가 아무 말 없이 그냥 떠나버린 뒤 한 줄 소식도 없어서 마리아도 람쭈언과 같다고 여기고 있었습니다. 여성은 어쩌면 모두 같을 거라고 여겼습니다. 마음이란 쉽게 변해, 새 사람을 사귀면 옛 사람을 잊어버린다고 생각했습니다. 우리가 전에 서로 확인한 대로 나와 마리아는 자유롭습니다. 자유롭게 누구든 만나 사랑할 수 있습니다. 지금쯤 마리아는 누군가를 만나 사랑하고 있어서 날 잊어버렸을 것입니다.

어느 날 오후, 하숙집에서 일하는 사람이 명함 한 장을 가지고 왔습니다. 명함은 이랬습니다.

이유도 없이 그 명함을 보는 순간 무한한 기쁨을 느꼈습니다. 런던에 도착한 첫날부터 이 명함을 기다리고 있었던 것 같았습니다. 이 명함이 돌고 돌아 이제야 내게 왔다는 생각에 기뻤습니다. 나는 아널드 베링턴을 만나러 아래층 거실로 한달음에 내려갔습니다.

《런던타임스》특파원이라는 사람은 작은 체구의 젊은이였습니다. 파도처럼 구불구불한 검은 머리카락이 자연스러웠습니다. 나를 본 그는 일어나 다가오더니 악수를 청하며 말했습니다.

"당신이 우리의 '바비' 아닌가요?" 전에도 자주 만났던 것처럼 친숙하게 말했습니다.

"그렇습니다." 내가 웃으며 대답했습니다.

"부편집장인 에드워드 벨 벤슨 씨가 내일 20시에 헤이마켓 프레스 클럽에서 열리는 생일 파티에 당신을 참석시키라고 날 보냈습니다. 꼭 가야 합니다. 내일 데리러 오겠습니다."

"어떻게 벤슨 씨가 날 알까요?" 내가 물었습니다.

"우리 신문사에서는 누구나 '바비'를 안답니다." 베링턴 씨가 웃으면서 대답했습니다. "지금까지 찾아오지 않았던 건 당신이 제 발로 찾아오기를 기다렸기 때문이에요."

"내가 그동안 찾아가지 않았던 이유에 대해선 어떻게 생각하나요?"

"글쎄요. 왜 그러시는데요?"

"난 태국인입니다, 베링턴 씨."

"모이라 부인과 마리아가 그렇듯이 나도 당신을 '바비'라고 부를게요. 당신은 나를 '아널드'라고 부르는 게 좋겠고요." 모이라 부인과 마리아의 이름을 거론하면서 그가 웃었습니다.

"좋습니다, 아널드."

"우리는 외국인 기자와 특파원을 여러 명 두고 세계 여러 나라로 파견하여 취재해요. 왜 당신이 우리와 함께 일하지 않는지 이해할 수가 없네요."

"난 한 번도 신문사나 프레스 클럽에 가본 적이 없습니다."

"그게 바로 당신이 우리랑 함께 일해야 하는 이유죠."

"아널드, 신문이란 뭐고, 내가 할 일이 뭔지를 먼저 알아듣게 얘기 좀 해줘요."

그때 우리는 방 안에 있는 테이블에서 얘기했는데, 아널드가 담배를 꺼내 불을 붙이더니 설명하기 시작했습니다. "신문은 커다란 연극 무대예요. 사회에서, 상류 계층이든 하류 계층이든 사람이 사는 곳에서 일어난 일은 모두 신문에 있어요. 오마르 하이얌의 말을 기억해요? '영화를 보든 연극을 보든 자기 자신을 돌아보라. 꿈속에서처럼 비웃고 조롱하거나 깔깔대며 장난치고 희롱하라.'

난 이 구절에 이끌려 신문에 뛰어들었어요. 커다란 연극 무대인 신문을 읽는 것 외에도 내 자신을 돌아볼 수 있어서예요. 바비! 여긴 항상 재미가 있을뿐더러 사랑과 슬픔도 넘쳐나요."

"그런데 왜 나한테 기자가 되라고 하나요?" 내가 물었습니다.

"당신은 기자에 맞는 사람이에요. 훌륭한 생각이 무궁무진하고, 인생에서 비롯된 여러 문제를 속속들이 알기를 좋아하잖아요. 이렇게 큰 무대의 연극에는 많은 인생 이야기가 있죠. 그런데 왜 기자를 안 하려고 해요?"

"기자를 하라는 또 다른 이유가 있나요?"

"있어요. 첫 번째는 당신이 가난하다는 거예요. 우리랑 일하면 편하게 살 수 있는 수입이 생겨요. 두 번째로는 장래에 당신은 유명 인사가 될 거란 거예요. 세 번째가 가장 중요한데, 모이라 부인과 마리아 그레이를 만날 수 있다는 거죠."

"마리아 그레이를 잘 아시나요?"

"우리는 전에 2주 동안 유럽 대륙에 가서 함께 취재한 적이 있어요. 당신과 마리아는 연인 사이 맞죠?"

"아뇨, 우리는 그저 친구 사이일 뿐이에요."

"그냥 친구 사이라고요? 마리아는 당신을 너무나 사랑해서 매일 당신 얘기만 하는데…."

"지금 마리아는 어디 있어요?"

"파리에 있어요. 하지만 내일 축하 파티에 참석하기 위해 7시에 런던에 도착해요. 역에 내리면 바로 파티 장소로 이동할 거예요." 그러고는 떠날 것처럼 외투와 모자를 집었습니다. "이만 인사를 해야겠네요. 앞으로 우리와 일하는 행운아가 되길 바랄게요. 거대한 무대에서 벌어지는 연극입니다, 바비. 잊지 말아요! 잘 있어요."

"안녕히 가세요, 아널드." 나는 문까지 그를 배웅하고 그가 안 보일 때까지 서 있었습니다.

3

약속 시간에 아널드가 야회복을 입고 나를 데리러 왔습니다. 우리는 택시를 타고 신문 이야기를 하면서 행사장으로 갔습니다. 헤이마켓 극장을 지나자 작은 길이 나왔고, 거기서 오른쪽으로 돌아가자 커다란 2층 건물이 나왔습니다. 황금색으로 칠해진 '프레스 클럽' 간판이 보였습니다. 안으로 들어가자 홀 안은 야회복을 입은 사람들로 붐볐고 연주 음악이 밖에까지 들렸습니다.

"안녕? 아널드." 입구에서 누군가 아널드에게 말을 걸었습니다. 아널드는 몇 마디 인사를 나눈 뒤 나를 데리고 안으로 들어갔습니다. 커다란 중간 홀로 들어가니 사람이 나와 우리의 모자와 외투를 받아 갔습니다. 에드워드 벨 벤슨 씨의 생일을 위해 마련된 장소의 아름다움과 화려함에 나는 기가 막힐 정도로 놀라서 주눅이 들었습니다. 홀 안에는 오색이 영롱한 샹들리에가 중앙에 매달려 있었으며 등이 밝게 비추고 있었습니다. 벽에는 각국의 아름다운 그림이 죽 걸려 있었고 각양각색의 꽃으로 아름답게 장식된 식탁이 방 한가득 준비되어 있었습니다. 잠깐 서서 방 안을 둘러보는데, 아널드가 나를 위층으로 데리고 갔습니다.

아널드는 나를 작은 방으로 데려가 잠깐 기다리라고 하더니 베란다 쪽으로 사라졌습니다. 잠시 있자 아널드가 키가 크고 풍채가 훌륭한 남성과 들어왔습니다. 그 남성은 머리가 벗어졌고 눈이 크고 둥글었으며 입술이 비교적 두툼했습니다.

"이분이 바비고, 이분은 우리가 '에디'라고 부르는 에드워드 벨 벤슨 씨입니다." 아널드가 소개시켜주었습니다.

부편집장과 악수를 나눈 다음 잠깐 이야기를 하는데, 벤슨 씨가 아널드에게 "아널드, 어서 가서 '팻말'을 준비하라고 해줘요"라고 했습니다. 아널드는 얼른 말을 전하러 방 밖으로 나갔습니다.

"무대 위에 올라가서 서요." 벤슨 씨가 내게 말했습니다. "커튼이 열리면 이곳에 있는 사람들이 모두 박수 치며 환영할 겁니다. 그럼 우아하게 인사를 하면 돼요. 잊지 말아요."

"벤슨 씨…." 놀란 내가 입을 열었습니다. "무슨 일을 했다고 이렇게 영광스러운 대접을 해주십니까?"

"그건 당신이 《런던타임스》의 '바비'라 그래요. 당신은 이제 정식으로 우리의 일원이 되는 겁니다."

"벤슨 씨, 난…."

"당연한 일이니 거절하지 말아요. 이제 우리 프레스 클럽 회원이 되었어요. 여기는 회원만 들어올 수 있는 곳이에요. 이 원칙에서 자유로운 사람은 아무도 없어요."

바로 그 순간에 우리는 종이 울리는 소리를 들었습니다.

"종소리는 바로 식사 시간을 알리는 소리예요. 날 따라와요." 벤슨 씨였습니다.

벤슨 씨는 나를 데리고 계단을 내려가 작은 방으로 갔습니다. 빨간 커튼이 드리워진 방이었습니다. 옆은 큰 홀로 연결되어 있는지 사람들이 웃고 얘기하는 소리가 들렸습니다.

"팻말 들여와요." 벤슨 씨가 크게 말했습니다.

그 순간 벨보이 차림의 젊은 남성이 하얀 팻말을 들고 들어왔는데, 팻말에는 커다란 글씨로 "바비를 소개합니다"라고 씌어 있었습니다. 팻말이 준비되자 벤슨 씨는 신속하게 방에서 나갔습니다.

"준비되셨습니까?" 벨보이가 물었습니다.

"준비됐어요." 내 대답이었습니다.

그러자 홀을 밝게 밝히고 있던 등이 점점 흐려지더니 아주 꺼져버렸습니다. 내 앞의 붉은색 커튼이 천천히 열리자 축하하는 환성과 박수 소리가 홀이 떠나갈 정도로 울렸습니다.

"바비를 소개합니다." "바비를 소개합니다." 홀 안에 있는 사람들은 내 옆에서 벨보이가 들고 있는 팻말을 그치지 않고 계속해서 읽어댔습니다. 나는 정중하게 허리를 굽혀 방향을 바꾸어가며 인사했습니다. 연세가 많은 어른 한 분이 두꺼운 공책을 들고 와서 내게 프레스 클럽 회원으로 서명하라고 했습니다.

"난 로널드 리츠턴, 협회장입니다." 그 어른이 말했습니다.

나는 어른에게 머리를 숙여 인사하고 악수를 나누었습니다. 벨보이로부터 건네받은 만년필로 리츠턴 씨의 말에 따라 서명했습니다. 박수 소리와 함께 환영의 함성이 다시 오랫동안 이어졌습니다. 마침내 커튼이 닫혔습니다. 방에서 나와 보니 아널드가 밖에서 기다리고 있었습니다.

"바비, 연세 많은 분들 사이에 앉아 같이 식사하고 싶지 않죠? 우리랑 식사하는 게 낫겠어요. 마리아랑 앉게 할 수도 있고요."

"정말 마리아를 데리고 올 수 있어요?"

"좀 어렵긴 해요. 마리아는 우리 기자들 사이에서 상당히 인기 있어서 데리고 오는 게 쉽지는 않겠지만 힘써볼게요."

우리가 홀 중간쯤 걸어갔을 때 아직 빈자리가 있는 테이블에서 우리를 불렀습니다. "아널드, 바비를 데리고 이리로 와 앉아요. 당신도 같이 앉고요. 빈자리가 많아요."

"어! 필립, 우린 자리가 따로 있어요. 고마워요."

우리는 아무도 앉아 있지 않은 테이블로 왔습니다. 아널드는 나한테 거기서 기다리라고 하더니 모이라 부인과 마리아를 찾으러 갔습니다. 잠시 뒤에 돌아온 아널드는 "에디가 모이라 부인과 마리아를 데리고 자기 테이블로 갔어요. 어른들 몇몇은 정말 알다가도 모르겠어요. 일단 마리아에게 갔다 옵시다. 내가 이미 말해뒀어요. 나중에 우리 테이블로 다시 오면 돼요"라고 했습니다.

나는 아널드를 따라 우리 테이블 반대쪽에 있는 벤슨 씨 테이블로 갔습니다. 그 테이블에 앉아 있는 사람들은 모두 연세 많고 직책이 높은 분들이었습니다. 영국에서 가장 부유할 뿐 아니라 신문사 사주인 비버브룩 경과 러더미어 경과 《데일리익스프레스》 신문사 편집장인 더글러스 씨를 비롯해 모이라 부인과 마리아가 앉아 있었습니다. 나를 보자 마리아가 일어나서 환영했습니다. 우리는 기쁨에 차서 악수를 했습니다. 그녀는 여전히 아름다웠습니다. 그녀의 초롱초롱한 크고 검은 눈은 내가 사랑했고 봤던 그대로였습니다. 그녀는 검은 비로드 야회복에 은은히 빛나는 기다란 진주 목걸이를 하고 있었습니다. 한눈에 나는 그녀가 여전히 나를 사랑하고 있다는 것을 알아챘습니다. 마리아는 람쭈언과 달랐습니다. 나랑 헤어져서 파리에 가 있는 동안 나를 의심하고 미워할 일이 전혀 일어나지 않았습니다.

마리아가 내게 속삭이듯 "오늘 밤 나랑 제일 첫 번째로 춤을 춰요"라고 했습니다.

"물론이에요." 내가 대답했습니다. 그러고 나서 아널드와 나는 우리 테이블로 돌아왔습니다.

4

연회는 다른 연회와 같은 순서로 진행되었습니다. 숟가락과 포크가 부딪치는 소리와 담소하는 소리로 가득 찼습니다. 러더미어 경이 벤슨 씨의 행복한 생일을 위해 건배하자 우리도 모두 마셨습니다. 두 번째는 거대한 무대인 신문을 위해 건배하면서 벤슨 씨의 생일을 축하했습니다. 그리고 유명한 인사들이 번갈아가며 일어나 농담을 섞어 관심사를 말하고 건배를 들었습니다. 벤슨 씨가 생일 파티에 와서 축하해준 사람들에게 감사의 말을 하더니 간략하게 신문과 《런던타임스》의 역사에 대해 설명했습니다. 그리고 "이 거대한 연극은 나를 자랑스럽게 만들었으며 젊어서부터 늙은 오늘까지 행복을 안겨 주었습니다. 사랑하는 친구 여러분, 내게 행복하라고 축하해 주려면 이 거대한 연극 극장을 위해 축배를 듭시다"라고 끝을 맺었습니다.

"만세! 만세! 만세! 거대한 연극이여 만세!" 동시에 외쳐 댔습니다. 누군가가 질문했습니다. "벤슨 씨, 왜 여태 결혼하지 않으셨습니까?" 그러자 부편집장이 바로 일어서서 답변했습니다. "결혼은 적어도 두 사람이 합니다. 혼자인 나는 다른 사람을 찾아 둘이라는 수를 채우지 못했습니다. 내가 결혼한 상대는…."

"결혼했다고요?" 먼저 질문한 사람의 목소리였습니다.

"거대한 연극과 결혼했습니다." 벤슨 씨의 답이었습니다.

"만세, 거대한 연극 만세!" 사람들이 일제히 외쳤습니다.

우리는 각자 계단을 올라가서 특별히 화려하게 꾸며진 댄스홀로 갔습니다. 도착하자 폭스트롯[29]이 한 곡조 연주되기 시작했습니다. 나는 마리아를 찾으러 한동안 홀을 돌아다녔으나 사람들 틈에서 그녀를 찾지 못했습니다. 어디선가 "바비,

---

29　1910년대 초에 미국에서 시작된 사교 춤곡.

이리로 와요!"라는 소리가 들려 바라보니 내 영원한 사랑이 아름다운 자세로 나를 기다리고 있었습니다. 마리아는 떨어져 있는 동안 조금도 달라지지 않고 여전히 아름다웠습니다. 전보다 더 아름다워졌습니다. 하얀 피부는 색깔을 바뀌가며 홀전체를 비추는 불빛에 더 빛났습니다. 반짝이는 목걸이와 귀걸이는 검은 비로드 드레스와 함께 어울려 말로 표현할 수 없을 정도로 아름다웠습니다. 머리 위에 삐뚜름하게 올려놓은 로빈후드 모자 때문에 그녀의 얼굴은 더 앳되어 보였습니다.

우리가 가까이 서 있을 때 "마리아, 내게 두 번째로 춤출 수 있는 영광을 주시기 바랍니다"라는 말소리가 들렸습니다.

"안됐지만 좀 기다려줘요, 아널드. 벤슨 씨랑 추기로 했거든요. 기다렸다가 세 번째 파트너가 돼줘요."

"기다릴게요, 마리아." 말을 마친 아널드는 인사를 하고 사라졌습니다.

"우리가 못 만났던 사이에 행복하게 지냈어요?" 춤을 추면서 마리아가 한 말이었습니다.

"편안했어요. 신문사가 원하는 글을 써 보낼 수 있어서 행복했고요."

"당신은 내가 어떻게 지냈다고 생각해요?"

"내가 만났던 여성과 같을 줄 알았어요. 쉽게 마음이 변해서 날 잊어버린 줄 알았습니다. 새 사람을 만나니까 옛 사람은 잊어버린 줄로요."

　"언젠가 당신이 우리랑 함께 일하게 될 줄 알았어요. 신문사에서 원하면 아무도 쉽게 빠져나가지 못하거든요. 그동안 당신에게 연락하지 않은 건 신문사에 들어오기 전에 당신이 자유인이라는 걸 느끼게 하고 싶어서였어요. 기자가 되든 특파원이 되든 당신은 자유를 원할 거라고 생각했거든요. 일하다가 전에 보지 못했던 다른 민족이나 매력적인 여성을 많이 볼 텐데, 당신이 어디 누구엔가 매인 사람이라는 생각을 갖게 되면 정직한 당신은 날 떨쳐버리지 못할 거니까요. 그럼 난 지나치게 불공평한 사람이 되잖아요. 기자든 특파원이든 항상 멋진 여성을 만날 기회가 많고, 때로는 함께 지내지 않으면 이 세상에 왜 태어났는가를 고민할 정도로 정말 섭섭하고 안타까운 여성이 분명히 있을 거예요."

　"그런 경우는 당신도 마찬가지겠지요? 당신도 꼭 만나 사귀고 싶은 남성을 만나기를 바랄 테니까요."

　"여자는 남자와 다르죠. 여자는 엄격하고 신중하게 도덕과 윤리라는 잣대를 가지고 행동해요. 여성은 아기를 낳아야 하잖아요."

　"정말 사랑하고 싶은 사람을 만나고 싶지 않아요? 많이 변했군요."

　"난 신문사에서 일하는 사람이고, 거대한 연극에 속한 사람이에요, 바비."

　음악이 끝나자 춤을 추던 사람들은 사방으로 흩어졌습니다. 나랑 헤어진 마리아가 다른 사람과 이야기를 하는 사이, 나는 아널드와 한잔하러 갔습니다.

　그날 사람들이 너무 많아서 마리아와 한 번밖에 춤을 못 췄습니다. 집에 가기 전에 아널드가 나를 집까지 바래다주겠다고 했지만 너무 늦어서 혼자 갈 수 있다며 사양했습니다. 내가 탄 택시가 출발하기 전에 아널드는 "거대한 연극이에요, 바비. 잊지 마요"라고 했습니다.

　"그래요, 거대한 연극. 아널드"라고 나도 맞받았습니다.

13. 거대한 연극에서 지낸 이야기

1

이야기하기 전에 내가 왜 신문사에 들어가게 되었는지를 우선 말해야겠습니다. 나, 위쑷 쑤팔락 나 아유타야는 신문사에 들어가서 일간지의 기자, 특파원, 기사 쓰기, 교정 등등 돌아가면서 여러 가지 일을 하고 배웠습니다. 태국인 유학생으로서는 누구도 해본 적이 없는 일로, 내가 최초였습니다. 그러면 왜 그렇게 하라고 하지도 않았는데 스스로 법률 공부를 포기했을까요? 어떤 독자는 내가 여자에게, 마리아 그레이에게 빠져 그랬다고 여길지도 모르겠습니다. 또는 헤이마켓 프레스 클럽에서 경험했던 화려하고 즐거운 생활을 좋아하게 되어 기자들과 일하려고 마음먹었다고 할 것입니다. 학위증을 비롯해 내 능력을 보증해줄 그 어떤 확인서조차 나오지 않는 신문 일인데도요. 나는 독자 여러분의 비평을 다 받아들이겠습니다만 이 모든 비평이 옳았다거나 틀렸다는 데에는 전혀 관심이 없습니다.

내게는 2만 바트가 있었는데, 태국에서 영국 벡스힐로 오는 교통비로 사용하고 1만 5천 바트가 수중에 남았습니다. 법을 공부할 때 3년 만에 공부를 반드시 마쳐야 할 만큼 빠듯

한 금액이었습니다. 시험에 한 번이라도 떨어지면 안 되었습니다. 한 번이라도 실수하면 돈이 부족해 학업을 마칠 수 없는 상황이었던 겁니다. 떨어지면 학력 증명이나 학위증 없이 곧바로 빈손으로 귀국해야 했습니다. 나처럼 돈이 없는 학생이 런던에서 법을 공부하려면 외롭고 또 가난이라는 어려움에서 비롯될 수 있는 경멸과 멸시를 견뎌야 했으며, 런던에만 콕 박혀서 공부만 해야 하는, 다른 곳에는 단 한 발짝도 갈 기회가 없는 삶을 살아야 했습니다. 한마디로 운이 좋아 3년간 모든 시험을 통과해서 바라던 학위증을 받게 되면 몰라도 단 한 번이라도 실수하면 내 삶은 무너질 것이었습니다. 영국 런던 외에는 다른 나라나 도시는 발도 못 디뎌본 채로 빈손 귀국을 하는 셈이었습니다. 어느 정도까지 할 수 있을까 생각하며 인간의 두뇌 능력을 고려하면 실망과 장래에 대한 두려움이 앞섰습니다. 법률 공부를 3년 안에 마칠 자신이 없었습니다. 프레스 클럽 모임에서 본 기자들의 즐거운 인생, 모이라 부인, 마리아, 그리고 내가 신문사에 발표했던 기사 등을 떠올리면 (내가 잘하고 즐겨 하는 것인데) 왜 제대로 된 기자직에 지원하지 않겠습니까? 태국인들이 믿을 만한 증명서나 학위증이 없이 귀국하겠지만 조금도 후회하지 않을 것입니다. 신문학이 나를 과대한 욕심을 억누르게 가르쳤고, 성숙한 어른이 되게 해주었습니다. 세상에 과연 어떤 학문이 이보다 더 행복을 안겨줄 수 있을까요?

　기자 일은 내게 세상을 다니게 해주었고, 언어와 피가 다른 여러 사람들을 알게 했습니다. 왕족, 평민, 대부호, 거지, 군인, 잔인한 도적, 선진국 사람, 그리고 세상의 삶의 법칙을 배반하고 사는 사람들을 만났습니다. 매일 거대한 연극의 맨 앞자리에 앉아서 조사하고 기사를 써서 신문사로 보냈습니다. 세계를 돌아다니며 취재한 것은 사실이었지만, 매우 힘들고 어려운 삶이었습니다. 나는 젊은이에게 절대로 이 직업을 권하지는 않겠습니다. 삶의 진실은 고통스럽고 잔인하고 불공평합니다. 기자나 뉴스를 쓰는 사람은 이 진실을 직시하는 사람입니다. 그래서 마음을 단단히 먹고 대면하여 인간을 멸망으로 몰고 가는 삶의 진면목에 약해지지 않습니다. 일정한 수입을 원하는 사람은 먹고 자는 시간이 정해져 있고, 행복한 안식처가 있습니다만, 신문은 이런 삶과는 거리가 멀었습니다.

　기자는 어느 때고, 한밤중이라도 프리트 스트리트에 있는 부편집장실에서 전화가 오면 즉시 일어나서 신문사에서 원하는 뉴스를 찾아 취재하고 인쇄소로 달려가 기사를 씁니다. 펜이 부러질 정도로 기사를 씁니다. 삶의 종이 마지막으로 울릴 때까지 항상 깨어 있어야 합니다. 어떠한 사건이 일어나도 절대로 놀라거나 한탄하지 않는 신경 체제를 유지하고 있어야 합니다. 업무를 다하고 있을 때 하도 피곤하고 지쳐서 얼른 집에 가고 싶다는 생각을 한 적이 한두 번이 아니었습니다만, 위험에 도전하는 기자 생활에 뛰어든 지 1년 후부터는 제법 익숙해져서 잘 버텼고 성공했습니다.

심신이 아무리 피곤하고 힘들어도 신문 일은 이 세상에서 가장 멋진 도전이었습니다. 두뇌 회전이 빠르고, 천성이 명랑하고 낙천적이며, 아름다운 어휘를 골라 사용할 줄 아는 글재주가 있는 젊은이라면 인생이라는 연극이 성공한 인물로, 사람다운 사람으로, 명예롭고 자신감 있는 사람으로 만들어줄 것입니다.

내가 좋아하고 사랑하는 삶인 신문사에서 퇴직하고 태국으로 온 것은 가장 슬픈 사건이었습니다. 퇴직해야만 했던 것은 신문을 위해 쉬지 않고 움직이며 적응해야 하는 내 건강에 문제가 있었기 때문입니다. 영국에서 출발하기 전에 나는 건강이 안 좋아 병원에 두 달여 입원했습니다. 병세가 호전되자 미국에 가서 《뉴욕타임스》와 《보스턴가제트》의 기자들과 만나 어울렸습니다만 다시 병세가 악화되었습니다. 의사 말이 나는 천성적으로 몸이 약해서 한 2년간은 쉬어야 한다고 했습니다. 의사 말이 너무 믿기 어려워서 이를 무시하고 미국을 떠나 하와이, 일본, 중국에서 취재하고 기사를 썼습니다. 당시 중국 베이징에서는 반외국인 시위가 아주 심각했으므로 영국과 일본이 공동으로 이들 중국인을 제압했습니다. 베이징 주변에서 소요가 있었는데 기자들은 한시도 눈을 떼지 않고 그 사태를 지켜봐야 했습니다. 한번은 우리가 누구인지 모르는 그룹 속에 끼어 있다가 그들이 우리 반대편인 것을 알아채자 피했습니다. 도로와 건물 사이 여기저기를 뛰고 걸었습니다. 살아남기 위해 우리는 모르는 사람의 집에 뛰어들기도 하고 시계탑 안에 숨기도 했습니다. 간신히 피해서 호텔로 온 뒤 우리는 일명 '스쿱(scoop)'이라고 하는 특종 기사를 썼습니다. 2주간 이렇게 일을 하자 나는 다시 병이 났습니다. 베이징을 떠나 상하이의 요양 병원에 입원하며 몸이 회복되긴 했지만 다시 기자 생활을 하는 것은 절망적이었습니다. 내 도전하는 삶의 종말이었습니다. 내 인생이라는 이름의 연극은 막이 내렸습니다.

아버지의 말이 옳았습니다. 아버지는 나 같은 애를 외국에 보내면 돈 낭비고 전혀 득이 안 된다고 했습니다.

모이라 부인은 내게 귀국해서 '인생이라는 이름의 연극'이라는 제목의 소설을 써서 태국인들에게 마리아 그레이에 대한 내 사랑을 알리라고 제안했습니다. 그래서 나는 이 글을 끝까지 쓰려고 합니다.

2

신문사에 처음 들어갔을 때 나는 풀럼에 있는 해리스 부인의 하숙집에서 나와 얼스코트 로드에 있는 3층집에서 아널드와 함께 살았습니다. 3층집의 2층에 살았는데, 작은 침실이 두 개, 응접실 하나, 서재, 그리고 화장실이 있어 독신 남성이 살기에 알맞았습니다. 나와 아널드는 아주 친해졌습니다. 어딜 가도 함께 갔고, 시간이 있으면 신문사에서 일하는 사람을 초대해서 브리지 게임도 하고 춤도 췄습니다. 매우 즐겁고 편했습니다.

여러분이 런던의 진면목에 정말 관심이 있다면, 세계의 유명한 수도가 다 그렇겠지만 여러 가지 위험이 도사리고 있음을 금방 알게 될 것입니다. 런던 사람 일부는 화를 잘 내는 충동적인 성격으로, 그들은 부끄러운 줄 알아야 합니다. 인간은 경쟁, 용감함, 불의가 있는 삶에 도전하고 대항합니다. 런던에서 유명한 아름다운 장소나 거리는 런던 사람들의 잘못된 꿈과 광신, 그리고 자신감을 감추는 가면이라고 해도 될 것입니다.

한번은 메이 페어에 있는 멋지고 화려한 주택에 사는 한 젊고 아름다웠지만 남성 편력이 심한 여성이 살해되었다는 뉴스가 있었습니다. 살인범은 아무것도 훔치지 않고 유유히 사라졌는데, 순찰 경찰이 마침 발견하고 골목골목을 따라 추적했지만 캄캄한 밤에 택시를 타고 사라졌다고 했습니다. 살인범은 택시 안에서 운전 기사에게 총을 겨누고 '좀도둑들이 몰려 사는' 이스트 엔드[30]로 가자고 협박했고, 현행범을 잡아야 하는 경찰은 다른 택시를 잡아타고 그 뒤를 따라가서 살인범이 탄 택시를 잡았습니다. 하지만 기사는 살인범이 벌써 도망갔다고 대답했다고 합니다. 경찰이 그 후 여러 시간 동안 살인범을 찾아 수색했지만 허탕이었습니다. 다음 날 새벽 관련 기사가 일간지마다 실렸고, 부편집장은 나와 아널드에게 경찰의 살인범 추적이 어느 정도 진척되었는지를 취재하라고 했습니다. 그 살인범이 어디 사는 누구인가를 알아내면 큰 상을 주겠다고 했습니다.

나와 아널드는 사건을 취재하기 위해 '좀도둑 소굴'로 가서 조사했습니다. 4일이 지났는데도 런던 경찰은 살인범의 실마리를 하나도 찾지 못했습니다만 우리는 이리저리 조사하고 캐서 결국 뭔가를 알아냈습니다. 보 스트리트에 있는 중앙경찰서 앞에는 유명한 여성을 죽인 살인범이 어디 사는 누구인지를 경찰청장에게 알려주는 경찰에게 1천 파운드의 상금을 건다는 현수막까지 걸렸지만, 2~3일 후에도 사건에 대한 새로운 소식이 없었습니다. 대담한 신문들은 일제히 큰 활자로 '언제 그 살인범을 잡나? 1천 파운드라는 거금이 부족한가?'라는 헤드라인을 달았습니다.

---

30   전통적으로 노동자 계층이 사는 런던 동부 지역.

살인 사건의 특종을 찾아다닌 일주일 동안, 런던의 이스트 엔드에 형성된 좀도둑 소굴에 관심을 갖게 되었습니다. 나와 아널드는 자주 그곳을 찾았고, 거기서 차르 시대에 시베리아에 있는 감옥에서 탈출한 러시아인들이 아직도 쇠사슬을 비롯해 여러 가지 형구의 흔적을 지닌 것을 보았습니다. 그들의 팔과 다리에 채찍 자국과 다른 흔적이 여전히 남아 있었습니다. 8년 전 대혁명 때 볼셰비키들에게 구금되었던 러시아인도 보았습니다. 겁에 질려 이곳에 숨어 사는 중국인과 인도 검둥이도 있었습니다. 아침이면 언어와 민족이 다른 여성들이 길가에서 빨래를 했습니다. 이스트 엔드나 화이트 채플에 사는 사람들의 빈궁한 모습에 나는 가슴이 아팠습니다.

살인범을 쫓으며 메이 페어와 이스트 엔드에 있는 대형 상점들이 런던 부자들이 주문한 물건을 이곳으로 보내 바느질하게 한다는 것도 알게 되었습니다. 이곳 사람들은 지저분한 공정으로 그런대로 쓸 만하게 세탁합니다. 이 옷들은 적지 않은 세균이 묻어 부자의 손에 배달될 것입니다. 이스트 엔드에는 수천 명의 남성과 여성이 믿기지 않을 정도로 손을 빠르게 움직여서 일하는 담배 공장이 있습니다.

밤이 되면 우리는 이스트 엔드를 떠나 콘티넨털 식당이 있는 작은 동네 소호로 특종을 찾으러 갔습니다. 그곳 음식은 런던에서 맛있기로 유명하고 값도 손님의 주머니 사정에 맞게 여러 등급이 있습니다. 그래서 소호에는 부자는 물론 보통 사람도 갑니다. 프티 리슈 레스토랑을 나와 워도 스트리트와 올드 콤프턴 로드의 사잇길을 걸으면, 발레, 팬터마임과 런던 내 극장에서 사용할 여러 색깔의 알록달록한 꽃과 꽃다발, 꽃 목걸이를 만드는 프랑스 소녀들이 항상 보였습니다.

특종을 위해 소호에서 홀번의 레더 레인 골목으로도 갔습니다. 이곳은 이탈리아인이 많이 거주해서 마치 작은 나폴리 같습니다. 색색으로 현란하고 냄새가 지독하며 더러운 지역입니다. 그 길 뒤쪽의 주택가에서는 이탈리아 여성들이 무리 지어 빨래를 합니다. 모두 잘생긴 아름다운 여성들입니다. 그들을 보면 라파엘의 마돈나를 떠올립니다. 이 여성들은 아름다운 목소리로 노래를 하면서 빨래합니다. 가끔 어린애들이 나와 빨래통 옆에 둘러서서 노래를 듣습니다.

여기서 조금만 더 걸으면 작은 빵집이 나타나는데, 구걸하는 사람들이 매일 손풍금을 켜면서 노래를 들려주는 곳입니다. 조금만 더 걸으면 두세 명의 불쌍한 소년이 모자를 들고 구걸합니다. 돈을 받으면 고맙다는 인사를 하고 먼저 있던 곳으로 뛰어가서 축음기를 틀고 있는 어른 옆에 섭니다.

이 근처에는 하얀 옷을 입은 어른 한 명이 회반죽을 사용해 나폴레옹, 넬슨, 빅토리아 여왕, 고든 장군, 비너스, 헤르메스처럼 역사적으로 유명한 사람들의 모습을 만들어 죽 세워

놓고 있습니다. 팔뚝 크기의 인형처럼 만드는데, 매일 러드게이트 힐로 가져가서 판매합니다. 나는 이 인형 만드는 사람을 보고 있었습니다. 그런데 누군가 와서 내 어깨를 두세 번 치면서 다정하게 '바비'라고 불렀습니다.

3

내가 고개를 돌리니 뜻밖에도 거기에는 마리아가 웃고 있었습니다. "안녕, 마리아. 지금 런던에 있는 줄 몰랐습니다."

"2~3일 전에 로마에서 왔어요. 여기서 뭐 하는 거예요?" 마리아가 물었습니다.

"여성 살인범에 대한 기삿거리를 찾고 있었습니다."

"마리아, 그런데 왜 이 근처를 서성대고 있어요?" 아널드의 물음이었습니다.

"아널드, 여성 살해범에 대해 에디에게 못 들었어요? 경찰청으로 가야 하는 거 아니에요? 에디 말이 경찰이 오늘 9시경에 그로브 스트리트에 있는 집을 포위하고 체포한다고 했어요."

"벌써 9시가 다 됐네요. 우리도 거기 가야 하는 거 아닐까요?" 아널드가 말했습니다.

"아니, 그 소식을 여태 몰랐어요?"

"몰랐습니다. 얼른 가는 게 좋겠군요." 내가 말했습니다.

"마리아, 우리랑 같이 갈래요?" 아널드의 말이었습니다.

"그럼, 가야죠."

즉시 우리는 홀번에서 버스를 타고 화이트 채플로 갔습니다. 그로브 스트리트를 찾는 동안에 우리는 경찰로부터 "누구요? 신문사에서 나왔어요?"라는 질문을 수없이 받았습니다.

"맞아요." 우리가 대답했습니다.

"무슨 신문?"

"타임스."

"가세요. 서둘러요."

그로브 스트리트는 아주 좁은 도로지만 예전에는 주민들이 빨래를 널었을 것 같은 공터가 여러 곳 있었습니다. 우리가 도착했을 때는 경찰들이 아직 움직이지 않고 있어서 조용했습니다. 우리는 걸어서 좀도둑이 몰려 살고 있음직한 작은 집까지 갔습니다. 주위를 돌아보고 있는데 커다란 승용차 한 대가 오더니 집 앞에 섰습니다. 차에서 두세 명의 불한당이 내려서 집 앞에 서서 수근댔습니다. 잠시 후 두목 같아 보이는 인물이 문을 열더니 함께 온 부하들을 안으로 들여보냈습니다. 이 집은 겉에서 보기에도 어딘지 음침하고 어두운 게 안에 뭔가 숨기는 게 있는 듯했습니다. 창문은 다 닫혀 있었고 조용했으며 달빛도 거의 비치지 않았습니다. 금방 뭔가 작은 소란이 일어날 것 같은 예감이 들었습니다. 우리는 커다란 나무 뒤에 숨어서 상황을 지켜봤습니다.

좀 있으려니 경찰 두 명이 문 앞으로 가서 두세 번 문을 두드렸습니다.

"왜 그래요?" 안에서 말소리가 들렸습니다.

"브라이언과 머도프를 잡으러 왔다." 경찰의 대답이었습니다.

"그런 사람은 여기 없소."

"없어도 문 열어. 안을 조사해야겠어."

문이 천천히 열리자 경찰 두 명이 허둥대지 않고 집으로 들어갔습니다. 3~4분 뒤에 집에서 총소리가 한 방 났습니다. 그러자 수십 명의 경찰이 안으로 몰려 들어갔습니다. 그들은 권총 등 무기를 들고 있었습니다. 한참 동안 총소리가 요란하게 들리더니 조용해졌습니다. 두세 명의 경찰이 나와 급히 전화기를 찾았습니다. 경찰이 이겼습니다. 우리 셋은 사건이 벌어진 집으로 들어가서 구석구석 살폈습니다. 방에는 사람들로 꽉 차 있었는데, 경찰 세 명이 총에 맞아 사망했고, 심하게 부상당한 불한당 여러 명은 이를 갈며 참고 있거나 신음하고 있었습니다. 처참한 그 모습에 소름이 끼쳤습니다. 총격전이 벌어졌던 방에 가니 브라이언과 머도프는 체포된 상태였는데, 얼굴에 혈흔이 낭자했습니다. 브라이언은 수염을 기른 무섭게 생긴 40대 남성이었고, 머도프는 하얀 얼굴이 돋보이는 10대앳된 남성이었습니다. 수갑이 채워진 두 범인이 집 앞으로 나가자 젊은 여성 한 명이 달려와 머도프의 목을 안고 키스하며 측은함과 회한의 눈물을 좍좍 흘렸습니다. 경찰은 그 젊은이에게서 여인을 떼어냈고 밖에 대기하고 있던 경찰차에 태웠습니다.

경찰차와 범인이 다 떠난 다음 우리는 그 여성을 위로했습니다. 그녀는 부근 담배 공장에서 담배를 마는 여성으로, 이름은 낸시 스미스였습니다.

"나는 그를 사랑해요. 머도프를 사랑해요." 낸시가 울면서 말했습니다.

"왜 머도프가 그 여성을 살해했나요? 스미스 양." 마리아였습니다.

"1년 전에 나는 머도프와 콘월에서 일했어요. 우리는 그 돌아가신 여성분이 그곳에 오기 전까지 행복하게 살았는데, 그녀가 머도프를 꾀어서 함께 여기, 런던으로 데리고 왔어요. 한 2~3개월 같이 지내더니 싫증이 났는지 머도프를 내쳤고요. 머도프는 몹시 상처를 받았나 봐요. 내게 함께 살자고 편지를 줘서 나는 런던에 왔어요. 런던에 와보니 머도프는 진작 불한당이 되어 있었어요. 런던은 사랑하는 사람의 성품마저 버려놨고, 그녀는 우리 행복을 짓밟았어요.

사건이 있던 날, 무슨 이유인지 모르겠지만 머도프가 잠깐 볼일을 보러 간다고 해서 나갔는데, 그가 돌아올 때 경찰이 따라온 걸 봤어요. 그가 도와달라고 해서 내가 침실에 숨겨줬어요. 나중에 물으니 그 여성을 살해했다고 하더라고요. 우리 행복을 다 망쳤기 때문에 죽였다고 했어요. 제발 도와주세요. 머도프는 사형될까요?" 우리는 한동안 그녀를 위로했습니다.

"난 그가 사형되지 않도록 하느님께 기도할 거예요. 10년 형만 받게 되면 좋겠어요. 죽을 때까지 사랑하는 머도프를 기다릴 거예요." 낸시의 애원이었습니다.

경찰의 보고에 따르면 아주 잔인한 성품의 머도프는 낸시 스미스의 지극한 사랑을 받았습니다. 낸시는 그가 어떤 사람인지와는 관계없이 믿음으로 그를 사랑했습니다. 그 도둑 소굴에는 깨끗한 사랑을 간직한 낸시라는 사람이 있습니다. 남의 것을 훔칠 줄 모르고, 다른 사람의 막강한 부를 탐내지 않고, 오직 사랑하는 머도프 한 사람만 원했습니다. 하지만 머도프는 낸시의 지고한 사랑을 받을 자격이 없었습니다. 재판부는 그에게 사형을 내렸습니다.

4

지금 말씀드린 사례는 기자가 겪는 극히 작은 삶의 일부분입니다. 이 넓은 세계에서 일어나는 인간과 얽힌 사례를 보여주는 예는 끝도 없이 많습니다. 행복과 불행은 부유함과 측은함입니다. 부자가 고통을 받고, 측은한 사람이 행복하다 해도 그건 바로 인간이 사는 모습입니다. 그러므로 세상사는 언어, 민족, 상황을 가리지 않고 이 세상 모든 이에게 골고루 일어나며… 이런 일을 알리는 게 신문이 해야 할 일입니다.

아널드와 함께 일한 6개월 동안 나는 거지, 가난한 사람, 부자, 상류층의 일을 찾아다녔습니다. 영국에서 벌어지는 크고 작은 파티에도 참석했고, 댄스홀이나 도박장 같은 유흥장과 오락장에도 가서 평가했으며, 인생이라는 이름의 극장에서 벌어진 연극을 보았습니다. 무대 뒤는 바로 프리트 스트리트 양쪽에 있는 인쇄소와 신문사 사무실입니다. 이 근방의 모습이 여전히 생생히 떠오릅니다. 24시간 동안 쉬지 않고 계속 생기는 일거리는 우정과 연대를 샘솟게 합니다. 우리가 아파도 신문은 항상 돌아가야 합니다. 한순간이라도 정지하면 절대로 안 됩니다. 사고가 나서 신문사가 하루라도 문 닫는다면 세계 여러 나라에서 움직이는 기자들의 명예가 실추되어 얼굴을 어디에서도 들 수 없는, 그런 망신스러운 날입니다. 유럽과 미국에서 신문의 힘은 바로 국력입니다. 그래서 기자들은 장관이나 대통령, 또는 한 나라의 안위를 책임지는 인물로 수없이 선출되기도 합니다.

입사 첫날, 나는 신문사에서 항상 사람이 바뀌는 중요한 책상의 주인으로 배정받았던 사실을 기억하고 있습니다. 창문 밖으로는 수백 개의 인쇄기에 인쇄할 신문지를 계속 넣는 사람들이 보였습니다. 시끄럽고 소란스러웠습니다. 밤이고 낮이고 아무 때고 간에 취재하고 오면 그런 시끄러운 소음 속에서 책상에 앉아 기사를 썼습니다. 처음에는 시끄러워서 기사를 쓰지 못했고, 정말 창피하게도 어떻게 해야 정신을 집중시킬 수 있는지를 몰랐습니다. 하지만 오래 있다 보니 그 소음에 익숙해져서 기사를 쓰다가 졸기도 하고 빛을 가리기 위해 마스크를 쓰기도 합니다. 부편집장이 전화로 "바비, 언제 기사를 넘길 겁니까?"라고 하면 나는 "5분이면 됩니다"라고 대답합니다. 그러면 그는 이렇게 말합니다. "뭐라고요? 5분이나? 2분 내에 끝내요. 벌써 밤이 깊었어요. 바비, 난 기사를 읽어본 뒤에 넘기고 자러 가야 합니다."

일이 끝나 집에 가면 곧바로 자는데, 침대에 누운 지 10분도 안 되어 세상모르게 잠이 들어버립니다. 늘 이렇게 잠이 들다가, 죽음이 바로 열반이라고 믿게 되었습니다. 이것이 바로 지고한 행복이고 미래에는 고통이 없다는 생각이 들었습니다. 죽음 그 자체는 무섭고 잔인한 것이 아니라 아무 느낌이 없다고 말입니다. 느낌이 있는 한 윤회에서 벗어날 수 없고, 행복은 고통의 일부며, 고통도 역시 행복의 일부입니다.

아침 9시나 10시경에 행복감에서 깨어나 다른 날과 마찬가지로 내 자신이 매일 돌아가는 기계의 일부가 되는 세상을 봅니다. 세상은 몰인정하게 돌아갑니다. 사는 것보다 더 잔혹한 일이 있을까요? 세상은 우리를 기계 일부로 만들고, 그 속에서 뭔가를 느끼게 만듭니다.

내가 세수하고 양치하고 목욕할 때쯤이면, 아널드가 보통 내 차까지 타서 두 잔을 양손에 들고 내 방으로 들어옵니다.

"잘 잤어요, 친구? 기분 괜찮아요?"라며 아널드가 말을 겁니다. 한집에서 살수록 아널드가 점점 좋아졌습니다. 내 일상사에 대한 그의 관심과 보살핌, 순수하고 사심 없는 우정, 친구로서 믿고 존경하는 것 등등은 내가 절대로 잊지 못하는 아널드의 장점들입니다. 잘 모르는 사람에게 그는 어색해하고 말을 하지 않는 통에 사귀기 힘들어 보이지만, 가까운 사람인 내게 그는 내가 알고 있는 영국인 중에 가장 좋은 사람이었습니다.

마리아가 다른 나라로 출장을 가지 않을 때면 마리아와 나는 프레스 클럽에서, 우리 집에서, 혹은 음식점에서 자주 만나 데이트했습니다. 벡스힐 해변에서 둘이 쌓아 올린 사랑, 꿈, 그리고 궁전은 이미 예전의 그것이 아니었습니다. 그렇다고 마리아와 헤어진 것은 절대 아닙니다. 그녀는《런던타임스》특파원의 자격으로 유럽 여러 곳을 취재 다니면서 많은 경험을 했고, 그런 경험은 그녀를 성숙하게 만들었습니다. 그녀는 겉으로 다 드러내는 사람이 아니어서, 누구를 사랑하든 가슴속 깊이 간직했습니다. 나는 그녀가 여전히 나를 사랑하고 있다고 믿습니다. 그녀는 자기만 생각하는 이기적인 여성이 아닙니다. 《런던타임스》의 특파원으로 세계를 여행할 때 나를 편하고 자유롭게 해주었습니다.

우린 여전히 사랑하고 있지만, 보통 사람이 보기에는 좀 이상한 관계입니다. 얼음보다 더 쿨합니다. 보통 연인들이 팔짱을 끼고 다정히 산보하는 공원이나 장소를 우리도 즐겨 갑니다만 자주 헤어져 있기도 합니다. 마리아가 프랑스, 독일, 호주 등으로 취재를 갈 때 나는 런던에 있습니다. 우리는 신문사에 소속되어 있으므로 신문사의 일에 따라 헤어지기도 하고 만나기도 하는 그런 인생입니다.

14. 옛 친구 쁘라딧의 충고

1

6개월이 훌쩍 지났습니다만 나는 여전히 부편집장이 시키는 일을 말끔하게 해내는 훈련을 하고 있었습니다. 외부에 있는 사람들은 정말 소수만이 《런던타임스》신문사 내에서 기자와 특파원의 차이를 압니다. 특파원은 신문사의 이름으로 세계 유명 인사와 인터뷰를 할 수 있는 영광을 누립니다. 유명 인사와 함께 대화할 정도로 역사에 대한 해박한 지식이 있는 사람이어야 합니다. 인터뷰하는 도중에 틀릴까 봐 대범하지 못한 언행을 해서는 안 됩니다. 신문사의 지침을 정확히 파악해야 하며 대화 내용을 잘 알고 있어야 합니다. 기자는 매일 이리저리 발로 뛰면서 기삿거리를 찾아 신문사로 보내는 일을 합니다. 기자에서 특파원으로 승진하는 것을 기자들은 큰 영예로, 자기가 하는 일에서 성공한 것으로, 또 월급이 오르는 것으로 간주합니다.

내가 기자에서 특파원으로 승진하자 인쇄소와 프레스 클럽 친구들은 각기 돈을 추렴해서 소호에 있는 프티 리슈 레스토랑에서 축하해주고 기뻐해주었습니다. 승진으로 나도 마리아처럼 외국으로 취재를 나갈 수 있게 되었습니다. 무솔리니, 푸앵카레, 쿨리지 대통령, 바론, 다나카, 장제스[31] 등과 인 터뷰할 수 있는 영광을 누리게 되었다는 것을 동시에 의미합니다.

어느 날 아널드를 인쇄소에 혼자 남겨두고 나는 피커딜리에 있는 라이언스로 차를 마시러 갔습니다. 좀 앉아 있으니까 회색 털 상의를 입고 주름 잡은 모자를 쓴 여성이 들어오더니, 내가 앉아 있는 테이블로 와서 오래전부터 아는 사이인 양 미소를 지으며 물었습니다. "위쑷 씨, 날 기억하시겠어요?"

나는 아직 그녀가 누구인지 생각이 나지 않았지만, 여성에 대한 예의로 얼른 일어나서 맞으며 "안녕하세요?"라고 하고 맞은편 자리에 앉도록 권했습니다. 그녀는 파란 눈의 갸름한 얼굴에, 입술이 얇고 코가 작았으며 모자 사이로 늘어뜨린 머리카락은 금발이었습니다. 이윽고 생각이 났습니다. 바로 쁘라덧이 사귀던 인형 같은 여성이었습니다.

"캐슬린 마일스 양이시죠? 오랜만입니다. 얼른 알아보지 못해 미안합니다."

"왜 집으로 놀러 오지 않으셨어요? 우리가 뭐 언짢게 했던 게 있나요? 쁘라덧과 무슨 일이 있었나요?"

"아닙니다. 쁘라덧과는 아무 일도 없었습니다. 바빠서 시

---

31   당시 세계 각국의 정치가들.

간을 낼 수가 없었습니다." 내가 좀 딱딱하게 대답했습니다.

"당신의 일을 좀 알아요, 위쑷 씨. 내가 이디스 마셜과 아는 사이거든요."

"《데일리크로니클》의 이디스 마셜 말인가요?" 내가 되물었습니다.

"맞아요. 이디스가 두 번 날 데리고 프레스 클럽에 갔었지만 아쉽게도 당신을 만나지 못했어요."

"거기서 당신을 못 만난 게 퍽 유감스럽네요. 이디스 마셜과 한 두세 번 대화한 적이 있는데 아주 재미있는 분이더군요. 두 분이 친한가 봅니다."

"어려서부터 동기 동창이에요."

그때 동료 잭 파커가 급히 와서 말했습니다. "에디가 어제 쓴 기사를 인쇄소로 보내라고 했습니다."

"그 기사는 찢어버렸는데요."

"뭐라고요! 그럼 다른 거 있어요?" 잭 파커가 놀라 물었습니다.

"있어요, 한 2천 자짜리. 당신이 에디에게 갖다 주면 안 될까요?"

"돼요. 내가 할게요. 내일은 에디가 찰스 에저턴과 인터뷰하고 빨리 기사를 써서 보내라고 했습니다."

"그렇게 할게요." 나는 2천 단어짜리 뉴스를 안주머니에서 꺼내 잭 파커에게 주면서 말했습니다.

"마일스 양, 내 친구 잭 파커를 소개하겠습니다. 잭, 이분
은 마일스 양이에요." 두 사람은 악수를 했고, 잭 파커는 급히
인사를 하고 떠났습니다.

"당신은 아주 유명한가 봐요? 친구분이 당신을 바비라고
부르던데, 그 이름은 어디서 났어요?"

"다 잊었습니다. 어떻게 그런 이름을 갖게 되었는지 모르
겠군요."

"당신은 쁘라딧에게 화가 나 있군요!"

"아닙니다. 우린 친구입니다."

"당신이 영국에 온 후 겨우 두 번 정도 만났다고 내게 말
하던데요."

"만나서 특별히 얘기할 게 없어서 그렇게 됐습니다, 마일
스 양."

"오늘은 시간이 있지 않으세요? 혹시 함께 우리 집에 가
실래요?"

"오랫동안 시간이 없어서 영화를 못 봤는데 오늘 보려고
합니다. 리앨토에서 재미있는 영화를 많이 해요. 함께 가겠어
요?" 내가 점잖게 물었습니다.

"가요, 바비. 바비라고 불러도 되죠?"

"됩니다, 마일스 양."

"날 캐슬린이라고 부르세요."

2

무슨 우연인지 모르겠습니다만, 캐슬린 마일스와 걷고 있을 때 만나고 싶지 않은 사람은 다 만났습니다. 우리가 사람이 붐비는 거리를 팔을 끼고 걷다가 제일 먼저 만난 사람은 쁘라딧 분야랏이었습니다. 쁘라딧이 온갖 의심을 하고 날 괴롭힐까 봐 걱정되어 아주 깜짝 놀랐습니다만 캐슬린 마일스 양은 전혀 아무렇지도 않은 듯 천연덕스러웠습니다. 쁘라딧은 불쾌한 기색을 보였습니다.

"안녕, 캐슬린. 위쑷, 잘 지냈어? 어디 다녀오는 거야?" 그는 놀라움을 감추려고 노력하면서 말을 걸었습니다.

"내가 바비랑 놀러 다니는 게 이상해요?" 캐슬린이 물었습니다.

"이상하네요, 캐슬린." 진지한 기색으로 쁘라딧이 답했습니다.

"우린 예전부터 알고 지냈고 함께 놀러 다닌 지 오래됐어요." 캐슬린의 말이었습니다.

그때 만일 내가 예의 없는 사람이었다면 아마 노상에서 언성을 높이며 대들었을 것입니다. 캐슬린이 말도 안 되는 무례한 언사로 내 심기를 불편하게 한 데다가 그녀가 싫어졌기

227

때문입니다. 6개월여 전에 그녀 집을 방문한 뒤에 처음 만난 거니까요. 쁘라딧이 캐슬린의 말을 단번에 잘라버리는 걸 듣고 나는 놀람을 금치 못했습니다. "사실이 아냐, 캐슬린, 넌 거짓말을 하고 있어. 위쑷과 매일 만나 놀러 다닌 건 나야."

놀란 얼굴로 캐슬린이 나를 보며 "어! 바비, 쁘라딧을 2년여 동안 못 봤다고 말하지 않았어요?"라고 했습니다. 나는 웃으면서 말했습니다. "마일스 양, 우리 세 사람은 모두 거짓말을 하고 있는 것 같군요. 그러니 우리 셋이 함께 리앨토로 구경 가는 걸 제안합니다."

두 사람이 잠시 생각하길래 내가 "쁘라딧, 어때? 우리랑 영화 보러 안 갈래?"라고 물었습니다.

"다른 볼일이 있어 가야 해. 다음에 봐, 위쑷. 네가 어디서 일하는지 알거든." 쁘라딧의 대답이었습니다.

"그러자. 내일 5시에 차 마시자."

"좋아, 난 간다. 캐슬린, 잘 가." 인사를 마치고 우린 다시 걸었습니다.

"바비, 쁘라딧과 영화 보러 갔다면 내가 당신을 죽였을지도 몰라요."

"왜 쁘라딧에게 그런 거짓말을 했습니까? 당신은 그렇게까지 할 권리가 없는데요."

"난 쁘라딧이 미워요. 그는 지나치게 질투를 해요. 마치

자기가 남편이라도 되는 듯이요." 그녀가 화난 투로 대답했습니다.

"그를 용서하세요. 그는 태국에서 여기로 온 이후 다른 남성들과 교류하고 관계를 쌓을 기회가 별로 없었습니다. 그러니까 질투할 수도 있습니다. 왜 이해하도록 차근차근히 잘 말하지 않았습니까?"

"귀찮고 성가시니까요." 캐슬린이 말꼬리를 흐리면서 대답했습니다.

쁘라딧을 만난 게 정말 우연이었다고 이미 말했습니다만 극장 앞에 도착했을 때 우리는 마리아와 아널드를 만났습니다. 나는 또 한 번 놀랐습니다. 마리아가 쁘라딧처럼 행동할까봐 은근히 겁이 났습니다.

"안녕! 바비." 마리아가 예쁘게 웃으면서 다가와 인사를 하고 "어디 가요? 우리 함께 영화 보러 가요"라고 했습니다. 나는 세 사람을 인사시키고 표를 사서 극장 안으로 들어갔습니다. 영화를 볼 때 마리아가 "바비, 마일스 양은 당신 친구의 친구 아니에요?"라고 소곤대듯 물었습니다.

"역시 당신은 대단하군요. 어떻게 그녀를 알죠?" 내가 물었습니다.

"3~4개월 전에 당신이 저 인형 아가씨에 대해 말해준 거 기억해요? 난 기억해요. 근데 정말 인형 같네요."

"극장 앞에서 당신을 만나기 전에 런던 파빌리온 앞에서 그 친구를 만났습니다."

"어마나, 정말! 그래서 어떻게 됐어요?"

"근사했죠. 다음에 얘기해줄게요."

마리아는 내 팔을 끼고 계속 영화를 봤습니다. 좀 있다가 내가 물었습니다. "마리아, 당신은 아널드랑 왔는데, 아널드는 당신 친구의 친구 아닌가요?"

"아니에요, 아널드는 내 애인의 친구예요. 당신은 질투하지 않아요?" 속삭이듯 마리아가 대답했습니다.

"아니요, 내 사랑, 마리아. 우리 인생은 쓸데없이 서로 시기하고 질투할 만큼 길지가 않아요."

영화가 끝난 후, 나는 캐슬린을 퍼트니의 집까지 데려다줄 생각으로 택시를 불렀습니다.

"당신과 마리아는 정말 운이 좋아요. 연인 사이지만 두 사람 다 쿨하고 대범해요." 캐슬린이 느릿느릿 얘기했습니다.

그날부터 나는 마리아와 내 관계를 캐슬린이 어떻게 알고 있을까 하고 깊이 생각했습니다.

3

쁘라딧 분야랏이 다음 날 저녁에 우리 집으로 와서 이런저런 얘기를 나누었습니다. 그날은 아널드가 집에 없었으므

230

로 우리는 맘껏 대화했습니다. 이번에 만나보니 외국 생활이 쁘라딧을 조금도 달라지게 하지 않았다는 사실이 새삼스럽게 느껴졌습니다. 당연히 나은 방향으로 변했어야 했는데 말입니다. 태국에 있을 때 나는 쁘라딧이 인정 많고 마음이 넓다고 생각해서 늘 그럴 거라고 믿었었습니다. 게다가 외국 생활이 그를 더 훌륭한 사람으로 만들 거라고 생각했었습니다. 아마 바라는 바가 너무 크면 실망도 큰가 봅니다.

얘기하는 내내 쁘라딧은 내가 신문사에서 일하는 것에 대해 경고하고 충고했습니다. 나는 잠자코 주의 깊게 듣기만 했습니다. 반드시 뭔가 그럴 만한 이유가 있을 거라고 생각하면서요. 쁘라딧은 어떤 때는 지나치게 천하고 야비한 언사를 사용했지만 나는 웃음을 띠고 들었습니다. 쁘라딧 혼자 얘기하도록 내버려두었습니다…. 얘기를 하다하다 더 얘기할 게 없을 때까지 듣고만 있었습니다.

쁘라딧의 충고는 다음과 같았습니다. 내가 신문사에서 일하는 것은 영국에 와서 타락해서라는 것입니다. 유용하고 의미 있게 사용하라고 남겨준 아버지의 돈을 쓸모없는 곳에 다 낭비해서 후에 태국에 돌아가면 빈손으로 왔다는 말을 듣게 될 테고, 일하려고 해도 받아주는 곳이 없을 것이라고 했습니다. 그런 경우 과연 스스로 교육을 받은 사람이라고 할 수 있겠느냐? 장래는 어떻게 될 것 같으냐?

쁘라딧의 충고가 좀 심하긴 했지만, 쁘라딧의 직설적이고 솔직함을 칭찬하지 않을 수 없었습니다. 그는 태국에서 나를 도와준 적이 있었습니다. 내가 타락과 만용의 회오리에서 벗어나도록 도와주었습니다. 그러나 우리가 떨어져 있었던 2년여 동안 내가 세상 돌아가는 이치를 알게 되었다는 사실을 그는 몰랐습니다. 내가 훌륭한 사회에서 생활하며 배우며 듣고 본 바가 적지 않다는 것을 조금도 깨닫지 못했습니다.

"쁘라딧, 네 생각에 훌륭한 교육을 받은 사람은 어떤 사람이니?" 마침내 내가 질문했습니다.

"너처럼 기회를 가진 사람은 어떤 대학이든 갈 수가 있어." 그가 분명히 말했습니다.

"네 말은 기회가 있는 사람은 세상이 인정하는 대학에서 공부할 수 있다는 거니?"

"그래, 사실이야."

"그렇다면 돈 있는 사람만 훌륭한 교육을 받을 수 있고 가난한 사람은 그럴 수 없다는 말이니? 가난한 사람이 부자보다 수천수만 배 많은데, 없는 자가 훌륭한 교육을 받을 수 없다면 이 세상이 어떻게 해서 제대로 돌아갈 수 있겠니?"

"난 너랑 세상이니 뭐니 하는 그런 얘기를 나누고 싶지 않아. 네 개인의 일을 말하는 거야." 그가 단호하게 반박했습니다.

나는 담담하게 감정을 누르며 말했습니다. "쁘라딧, 이미 말을 많이 했으니, 나도 솔직하게 단도직입적으로 말하고 싶어. 화내지 말고 들어주었으면 해. 유명한 대학에서 공부하는 것이 내게 큰 도움이 되는 건 사실이야. 하지만 대학은 우리 인생에서 훌륭한 교육을 하는 여러 기관 중 하나에 불과해. 너도 데이비드 로이드 조지와 램지 맥도널드,[32] 짜오쿤 요마랏,[33] 짜오쿤 아파이라차[34] 등이 모두 훌륭한 교육을 받은 걸 알고 있을 거야. 그렇지 않았다면 장군이나 정승, 장관 등이 되지 못했겠지. 에드워드 마셜홀 경은 세계에서 제일 유명한 법률가인데, 훌륭한 교육 덕분이지. 안 그래?"

"그렇고말고."

"하지만 그들이 모두 대학에서 교육받은 것이 아니라는 사실을 알고 있니? 학사나 석사 같은 학위를 받지도 않았어. 장래 우리를 훌륭한 인물로 만드는 훌륭한 교육이나 업무의 성공은 대학에서만 배우는 게 아니야. 훌륭한 교육을 받은 사람은 대학 교육을 받은 사람만 말하는 건 아니야. 어디서든 배울 수 있는 사람이고, 선생님이 없어도 배울 수 있는 사람이

32　영국 정치가들.
33　라마 8세 때 내무상 등을 역임한 인물.
34　라마 6~7세 때 법무상 등을 역임한 인물.

233

며, 배울 수 있는 능력과 머리만 있으면 어디서든지 스스로 배울 수 있는 사람이야. 책이 길잡이이자 스승이거든. 외국에 가보지 않았어도 옥스퍼드나 케임브리지에서 공부한 사람보다 더 박식한 태국 사람이 많아. 많은 수의 옥스퍼드나 케임브리지 학생들이 거의 태국어나 영어로 책 저술은 못 하지만 그들은 관료가 되지.

짜오쿤 아파이라라차 같은 사람이 나보다 더 많이 알고 있다고는 생각하지 않아. 그런데 어떻게 법무상을 했지? 아마도 너나 내가 모르는 게 있는 게 분명해. 어쩌면 아주 고상한 품위가 있을지 모르고 경외심을 비롯해 두려움, 사랑을 받았을지도 모르고 또 일을 완성하는 뛰어난 능력을 갖췄을지도 모르지. 그런 게 바로 내가 말하는 훌륭한 교육 혹은 박학다식하다는 거야."

"위쑷, 학위가 장래에 도움될 거란 사실은 인정하지?"

"인정해. 하지만 학위가 우리가 장래에 할 공직에서 성공을 가져다준다고 넌 믿고 있지만, 우리가 총장이 되고 장관이 되는 게 오로지 학위 하나 때문이겠니?"

"그건 나도 모르겠어. 난 오로지 너를 위해서 말하는 거야. 네가 귀국해서 공직에 있으려면 학위증이 있어야 한다는 거지. 요즘은 많이 변했어. 아파이 대군이나 요마랏 장군이 누렸던 그런 기회가 전보다 적어졌거든."

"내 친구 쁘라딧, 지금의 인생에 대해 난 만족하고 있어. 난 바라던 기자의 꿈을 이뤘어. 지금은 물론 앞으로도 기자 이력이 날 도울 거라고 믿어. 그 어떤 학위증보다 더 도움이 될 거라고 믿어. 이게 바로 내가 기자의 길로 들어선 이유야."

"그렇지만 네가 태국에 가서 공직을 맡으려면 학위가 없어서 맨 밑바닥부터 시작해야 할 거야."

"그건 다 아는 사실이지. 인생에서 한 번은 시작을 해야지. 우리가 계단 맨 위까지 올라가려면 밑바닥부터 올라가야 실수가 없어."

4

그날 밤 나는 쁘라딧과 마리아를 초청해서 함께 바클리에서 저녁을 먹고 세인트 제임스에서 연극을 보기로 했습니다. 쁘라딧은 먼저 풀럼의 집으로 돌아가서 야회복으로 갈아입고 왔습니다. 나는 전화로 택시 한 대를 불러서 쁘라딧과 타고 나이츠브리지에 있는 마리아 집으로 그녀를 데리러 갔습니다. 쁘라딧을 차에서 기다리게 하고 나는 마리아네로 올라갔습니다. 올라가면서 아까 두 사람을 소개시킬 때 마리아는 그냥 친구를 소개받듯 아무렇지도 않게 담담하게 인사했는데, 쁘라딧은 만나기 전에 설명을 들었음에도 불구하고 흥분한 태도를 보였던 것이 생각나서 혼자 웃었습니다. 음식점으로 가는 동

235

안 마리아가 가운데 앉고 우리는 양쪽에 앉았습니다. 쁘라딧은 자꾸 마리아를 흘깃흘깃 봤습니다. 쁘라딧이 그러는 것은 마리아가 아름다워서는 아니라고 생각했습니다. 그날 마리아는 평소보다 더 우아하고 교양 있게 처신했고, 말까지도 귀엽고 예쁘게 했습니다. 그녀는 대학에서 공부하지 않았지만 훌륭한 교육을 받았고 천성적으로 매력이 있어 사람들의 눈과 마음을 빼앗았습니다.

"쁘라딧 씨, 바비는 2~3일 후에 파리로 가는데, 그동안 보고 싶지 않겠어요?" 쁘라딧은 웃기만 할 뿐 아무 대답도 하지 않았습니다.

"런던 대학교에서 공학을 공부하니 수학에는 아주 뛰어나겠어요?"

"그저 좀 할 줄 알지요, 그레이 양."

"당신 같은 왕실 유학생에겐 다른 곳을 여행할 기회가 있나요?"

"그럼요. 내가 이번 시험에 통과하면 파리 여행을 보내주겠다고 공사님이 약속하셨습니다."

"한 번도 시험에 떨어진 적이 없었나 봐요?"

"아니요. 전 두 번이나 떨어졌답니다, 그레이 양."

"시험에 떨어지는 게 당연하다고 생각해요, 쁘라딧 씨. 영어가 모국어가가 아니잖아요. 모국어가 영어인 영국인 학생들도 많이 떨어져요. 그래도 졸업하고 사회에 나가면 모두 출세해요. 바비 말이 당신은 왕실 장학금을 받았다고 하던데, 그 사실 하나만으로도 얼마나 뛰어난 학생인지 알 수 있지요.”

다들 침묵을 지키자 마리아가 다시 말했습니다. “쁘라딧 씨, 소문에 태국에서는 남성이 아내를 몇 사람이고 둘 수 있다는데, 맞아요?”

“태국에서는 아직 그렇지요, 그레이 양.”

“남성에게는 꼭 가볼 만한 나라겠네요. 그런가요?”

“아닙니다, 마리아. 태국에서도 맘만 먹으면 여성도 남성처럼 할 수 있어요.” 내가 대신 대답했습니다.

바클리에서 식사는 순조롭게 진행되었습니다. 늘 그랬지만 손님들이 붐볐고 음식도 훌륭했습니다. 나는 쁘라딧이 마리아에게 접근하는 것을 그대로 두었습니다. 오랜만에 느끼는 쁘라딧의 행복을 훼방 놓고 싶지 않아서입니다. 식사를 끝낸 후 우리는 연극을 보러 갔는데, 마리아와 쁘라딧은 친근하게 이야기를 나눴습니다. 여태까지 내가 목숨처럼 사랑하는 마리아를 다른 사람이 중간에 채 간다는 생각은 한 번도 한 적이 없었습니다. 순간적이고 일시적인 행복은 쁘라딧도 느낄 수 있지만 마리아의 순수한 사랑은 영원히 내 것이어야 했습니다. 연극을 보고 나서 나는 쁘라딧을 피커딜리역까지 전송한 뒤 마리아를 차에 태워 나이츠브리지에 있는 그녀의 집까지 바래다주었습니다.

"쁘라딧은 참 괜찮은 사람이더군요, 바비. 정말 측은해 보여서 그가 좋아진 것 같아요."

2~3일 후 프레스 클럽에서 마리아를 만나 큰 메인홀에서 잠깐 이야기를 나눴는데, 그녀가 편지 한 통을 주면서 말했습니다.

"읽어봐요, 바비. 정말 이상한 편지예요."

편지를 받아 읽었습니다. 쁘라딧이 마리아에게 쓴 편지였습니다. 다음 수요일 밤에 단둘이 만나 함께 식사를 하고 영화를 보자며, 수요일 9시에 집으로 마리아를 데리러 가겠다고 간청하는 내용이었습니다. 편지를 읽으면서 내 가슴은 놀라서 뛰었지만 이내 진정시키고 물었습니다.

"그래서 갈 생각이 있습니까?"

"바비, 내가 갈 거면 왜 당신에게 편지를 보여주겠어요?"

클럽에서 헤어진 뒤 마리아는 집으로 돌아갔고, 나는 인쇄소로 돌아갔습니다. 수요일 9시에 쁘라딧이 마리아를 데리러 집에 갔을 때, 일하는 분이 마리아는 진작 오래전에 나가서 없다고 했습니다.

나는 쁘라딧에게 그 편지 얘기를 하지 않았습니다. 이 세상이 다 소멸한다 해도 말하지 않겠다고 마음먹었습니다. 그렇게 하기엔 쁘라딧을 좋아하기 때문이었습니다.

다시 일주일이 지난 뒤, 아널드와 나는 에디의 명을 받아 비행기를 타고 파리로 갔습니다.

15. 위대한 파리

1

런던을 떠나 파리로 온 후 파리를 사랑하게 되었습니다. 특히 새벽녘과 황혼의 파리는 무척 아름다웠습니다. 센강 양쪽에 있는 가장 가난한 지역과 부유한 지역을 비롯해 파리의 모든 것을 사랑하게 되었습니다. 솔직하게 말하자면, 파리는 내 오감을 자극하는, 흥미로운 곳이었습니다. 나는 아름다운 것을 좋아하고, 프랑스 사람들을 좋아하며, 파리라는 도시의 귀신까지도 좋아합니다. 정말 이 도시를 잘 알려면 우선 프랑스의 역사를 비롯해서 차곡차곡 쌓여온 프랑스의 인문학을 알아야 합니다. 그래야 어디를 가도 혼자 외롭다는 생각을 하지 않습니다. 당통이 있었던 곳이며, 로베스피에르가 기요틴으로 수천 명을 죽이겠다고 선포한 곳이자, 마리 앙투아네트의 비참한 인생의 최후가 있었던 곳인 생-오노레 거리를 걸어봤습니다. 카미유 데스물랭이 파리와 파리인의 관계를 상징하는 깃털 대신에 나뭇잎을 따서 모자에 꽂았던 장소인 팔레 루아얄에도 갔습니다. 천 년의 사원인 노트르담에도 갔는데, 프랑스인의 종교에 대한 믿음, 사랑, 복수와 발전, 그리고 프랑스의 현재 모습과 미래가 이 사원의 돌 하나하나에 새겨져 있

240

었습니다. 거기를 가로질러 똑바로 가자, 파리인의 발길이 끊이지 않는 거리이자 앙리 왕이 살해범을 만난 곳인 퐁네프가 있었습니다. 착한 사람과 나쁜 사람, 선인과 악한, 아름다운 여성들이 왕래했습니다. 센강의 왼쪽은 작은 책방들이 책을 늘어놓고 팔고 있는데, 작가와 학생들이 즐겨 찾는 곳이었습니다. 가방을 손에 든 사람도 있고, 어깨에 멘 사람도 있었습니다. 이들은 모두 자신이 옳다고 생각하는 것은 글로 옮겨 세상의 발전과 선함, 그리고 아름다움을 위해 생명을 바치려는 욕망으로 가득했습니다. 계속해서 옛 성곽이 있는 카르티에라탱 쪽으로 올라가면 수백 년간 학생들이 공부하며 성공한 삶과 당시 생활을 볼 수 있습니다. 짧지만 아름다운 사랑을 꿈꾸던 젊은이들이 술을 마시면서 삶과 죽음은 물론 이 세상을 조롱했던 그런 장소입니다. 더 올라가면 파리의 조직폭력배들이 어두운 곳에 숨어 자신들의 잔인함을 과시했던 몽마르트르 언덕이 있습니다. 젊은 남녀들이 데이트하는 장소인 뤽상부르 공원에서는 어린아이가 장난치며 놀고 새들이 날개를 움직이며 날아다닙니다. 식물들은 한창 싹을 틔우고 있었습니다. 싹은 점점 자라서 무르익고, 그러다 시들 것입니다. 시들었다가 죽을 것입니다. 사람들의 사랑도 이와 같아서 성숙했다가 늙고, 그러다가 죽음에 이릅니다.

위대한 파리!

파리는 건축 박물관뿐만 아니라 의상을 구입하는 데도 최상의 장소입니다. 다르타냥과 손잡고 가면 아름다운 붉은 망토를 입은 리슐리외 추기경을 보고, 마르그리트 드 발루아[35]가 연인과 밤참을 즐기던 모습을 바라보며, 프랑수아 비용[36]을 따라 찬바람을 맞으며 가서는 마담 데팡과 마담 조프랭[37]의 아파트를 방문하고, 시인 롱사르의 노래를 듣습니다. 위대한 파리는 뒤마, 빅토르 위고, 에리크만 샤트리앙,[38] 외젠 쉬,[39] 기 드 모파상, 그리고 미슐레[40]의 도시입니다. 프랑스의 역사, 전설과 민담, 시를 읽으면 파리를 이해할 수 있고, 파리가 어떤 곳인지 알 수 있습니다. 또한 파리는 사랑의 도시이기도 합니다.

이미 파리를 다녀간 수백만 명이 느꼈던 것과 마찬가지로, 내게도 역시 파리는 마음을 마구 흔들어놓는 매력적인 곳입니다. 그러나 신문에 기사를 보내야 하는 특파원의 입장이었으므로 나는 사방으로 뛰면서 인생살이의 참모습을 취재했

---

35 1553~1615, 프랑스 왕비.
36 1431~1463, 프랑스 시인.
37 살롱 문화를 이끌었던 사교계 유명 인사들.
38 프랑스 작가 에밀 에리크만(1822~1899)과 알렉상드르 샤트리앙(1826 ~1890)이 공동 작업할 때 사용한 집필명.
39 1804~1857, 프랑스 소설가.
40 1798~1874, 프랑스 역사가.

습니다. 취재 내용 모든 것에 파리의 아름다움, 화려함, 그리고 매력이 깊이 숨어 있었습니다.

여러분은 프랑스라는 나라의 수도 이야기를 들을 준비가 되어 있겠지요? 파리는 청춘 남녀들 사이에서 쾌락의 도시로 알려진 곳이라는 것도 벌써 알고 있겠지요? 사실 파리는 남성의 도시입니다. 그래서 여성분들이 좋아합니다. 쾌락의 결과는 눈물입니다. 행복의 결실은 불행입니다. 이것이 바로 파리입니다!

파리에 도착해서 우리는 생-로크 거리에 있는 크로핀이라는 이름의 작은 호텔에 투숙했습니다. 나폴레옹이 아직 중위였던 시절에 자주 들렀다고 합니다. 아널드와 나는 거의 매일 파리에 있는 음식점과 극장을 누볐습니다. 고급스러운 장소에서부터 아주 싼 곳까지 찾아다녔습니다. 목숨이 위태로울 정도로 위험한 적도 있었지만 두렵다거나 지루하지는 않았습니다. 잠을 설쳐도 후회하지 않았습니다. 쉬지 않고 뒤지듯이 돌아다녔고 기사를 썼습니다. 나는 막 새로운 인생과 즐거움에 눈을 뜬 새내기였습니다. 아직 힘이 넘쳤고, 살 집도 있어서 아주 건강한 청년 모습이었습니다. 우리는 여러 나라 민족과 알게 되었고, 상류층에서 하류층까지 골고루 알았지만 사람만 알았지 이름과 성은 몰랐습니다. 이것이 파리 사람의 일반적인 원칙이었습니다.

내가 보고 느낀 런던과 파리의 차이점은 이랬습니다. 런던은 영국 시민다운 성품을 갖게 교육시키고, 파리는 세계인다운 성품을 갖도록 교육시킵니다. 파리에는 어딜 가든 외국인들로 붐비고 있었기 때문입니다.

2

우리가 프랑스에 도착한 지 두 달쯤 되었을 때, 프랑스는 경제난에 봉착했습니다. 금융 시장은 거의 붕괴 직전에 있어서 프랑스인들은 하루아침에 헐벗은 거지 신세가 되었습니다. 정권은 바뀌고 또 바뀌었습니다. 브리앙과 에리오가 번갈아 정권을 장악했습니다만 오래 견디지 못했습니다. 내각은 자꾸 바뀌었고, 국회에서는 하루도 거르지 않고 다툼과 폭력이 난무해서 혼란스러웠습니다. 화폐 가치는 가슴이 철렁철렁 내려앉을 정도로 매일 떨어졌습니다. 100프랑은 그 가치가 80, 60, 50, 40, 20, 마침내는 10프랑까지 하락했습니다. 혼란에 휩싸인 파리는 곧 내란이라도 일어날 것 같았습니다. 시민들은 의회 앞에서 매일 저녁 대규모 집회를 벌였고, 2~3일 내에 수상인 에리오를 사형에 처할 준비를 하고 있었습니다. 에리오는 볼셰비키 당원이었는데 프랑스를 붕괴시키려고 러시아의 뇌물을 받았다는 비난을 받았습니다.

"에리오를 내놔라!" 고함이 울렸습니다. "배신자를 이리

내보내라! 무슨 이유로 그를 보호하느냐? 나라를 팔아먹은 배신자! 우리 함께 그를 센강에 빠뜨리자!"

각료 회의가 끝나자 총을 든 경찰 서너 명이 장갑차를 호위하고 와서 에리오를 차에 태워 집으로 데리고 갔습니다. 집에는 이미 무기를 소지한 50명의 경찰이 상시적으로 호위하고 있었습니다. 에리오는 아마도 더 살 권리가 있었는지 조국을 배반했다는 증거가 나오지 않았습니다. 그러나 시민들의 흥분과 광기는 달아오를 대로 달아올랐습니다. 에리오가 얼마나 더 목숨을 부지할 수 있을까요? 당시 파리가 풀어야 할 문제가 바로 이것이었습니다.

경제가 위기에 처했을 때 프랑스 사람들의 빈곤과 고통은 정말 눈 뜨고 볼 수 없었습니다. 정부 각 부서의 직급이 낮은 사람들은 매일 빵과 치즈로 때워야 했습니다. 전기료를 아끼기 위해 오후 5시부터 잠자리에 들었습니다. 그렇지 않으면 그나마 빵도 못 먹기 때문이었습니다. 물가가 하늘 높은 줄 모르고 치솟아서 평소 10상팀[41]이면 살 수 있었던 빵 한 덩어리 값이 8~10배 올랐습니다.

외국인에게는 그때가 가장 적은 비용으로 파리를 즐길 수 있는 절호의 기회였습니다. 집에서 보내주는 적은 액수의 돈

41　1상팀은 1프랑의 100분의 1이다.

이면 파리에서는 부자가 되었습니다. 영국 돈 1파운드가 1차 세계대전 전에는 25프랑밖에 안 했는데, 그때는 220프랑이 나 되었습니다. 댄스홀이나 백화점에서는 프랑스 돈을 받지 않고 영국 돈이나 미국 돈을 받았습니다. 이런 일은 범법 행위 에 해당되어 경찰은 외국돈을 받는 상인을 체포했는데, 정부 의 이름으로 체포하는 게 아니었습니다. 정부는 진작 붕괴되 어 없어졌습니다. 그래서 프랑스와 대통령 두메르그의 이름으 로 체포했는데, 제대로 체포하지는 못했습니다. 그 이유는 그 런 범법 행위가 너무나 많은 곳에서 이루어졌기 때문입니다. 외화를 받은 상인은 그 외화를 외국 은행에 영국 돈이나 미국 돈으로 저축했습니다.

마침내 프랑스 화폐 가치가 가장 밑바닥을 쳤을 때, 프랑 스는 세계대전 때 나라를 구했던 연로한 정치가 푸앵카레에 게 수상직을 제의하고 내각 구성을 부탁했습니다. 각 정당의 정치가들이 합심해서 나라를 구하겠다고 했습니다. 프랑스인 들은 이 푸앵카레를 경외하고 존경하고 사랑합니다. 그분이 수상직을 수락하고 재무상직을 겸임하자 프랑스 사람들은 세 계대전 때처럼 나라를 도탄에서 구해낼 것이라고 믿고 모두 기뻐했습니다. 이 소망은 한 달여 만에 현실화되어 좋은 결실 을 맺었고, 내각도 굳건해졌습니다. 화폐 가치도 천천히 상승 했습니다. 푸앵카레는 두 번이나 나라 경제를 살려냈는데, 이런 사람은 그분뿐입니다.

프랑스가 아직 혼란스러웠을 때 나와 아널드에게는 기삿거리가 무척 많았습니다. 기사를 써서 번 돈으로 우리는 파리에서 편히 지냈습니다. 우리는 호텔에서 리요테 거리에 있는 아파트로 집을 옮겼습니다.

어느 늦은 밤, 외국인들이 즐겨 찾는 몽마르트르의 노트르담 거리를 돌아다닐 때였는데, 미국인처럼 보이는 사람들이 우리를 보고 영어로 "헤이, 두 사람 어디 가고 있어요?"라고 하는 말이 들렸습니다. 우리 신문사의 잭 파커 목소리라는 것을 금방 알아차렸습니다. 4개월 전 쁘라딧의 하숙집 딸, 인형같은 마일스를 만나고 있을 때 나를 찾아왔던 사람 말입니다.

"헤이 잭, 친구! 여기 있는 줄 몰랐어요." 아널드가 말했습니다.

"무슨 소리, 아널드. 파리에서 당신들이 갈 데가 여기 아니면 또 어디 있겠어요? 멍청이처럼…."

"여기 돈 쓰러 온 것 말고 또 다른 일이 있어요?" 아널드가 물었습니다.

"있어요, 나 신혼여행 왔어요. 2주 전에 결혼했거든요."

"축하해요, 파커 씨. 신부는 어디 있습니까?" 내가 물었습니다.

"난 당신들을 데리러 왔어요. 아내를 보면 놀랄 거예요,

바비, 당신이 잘 아는 여성이거든요."

"그래요? 누구예요?"

"좀 있으면 알게 될 거예요. 조금만 기다려요."

그는 우리를 데리고 사람이 붐비는 카페 에밀로 갔습니다. 커피숍 왼쪽에 있는 테이블에 갔을 때 숨이 막힐 정도로 너무 놀랐습니다. 그 여성은 쁘라딧의 여자 친구였던 캐슬린 마일스였습니다.

"여긴 내 친구 둘, 또 이쪽은 내 아내."

우리는 기쁘게 악수를 나누었습니다. 캐슬린이 이야기를 재미있게 늘어놓는 사이, 나는 쁘라딧을 생각했습니다. 파리에 있는 동안에 쁘라딧의 편지는 한 통도 없었습니다. 캐슬린이 잭 파커와 결혼했으니 쁘라딧의 마음은 어떨까요?

3

파리는 청춘 남녀에게 행복의 전당입니다. 누구든 파리지앵과의 달콤한 행복 혹은 파리의 행복을 맛보려는 생각으로 파리에 갑니다. 이미 다녀온 사람들은 기회만 닿으면 또 가려고 합니다. 파리는 여성, 특히 파리 여성의 세계입니다. 나는 파리에 다녀왔던 남성의 한 사람이었습니다. 그 결과 지극한 행복의 전당을 경험했고, 마음에 맞는 경험을 했으며, 파리지앵의 사랑도 경험했습니다.

여러분이 이해하고 있는 것처럼, 파리는 비엔나와 부다페스트와 마찬가지로 매춘 여성의 도시입니다. 이 세 도시에는 수준으로 본다면 하급, 중급, 그리고 고급, 3단계의 여성들이 있습니다. 아무래도 여성 이야기를 해야 할 것 같습니다.

카페 에밀은 몽마르트르의 노트르담 거리에 있는 작은 댄스홀입니다. 여기서 나는 오데트 마세라라는 고급 여성을 만났습니다. 파리에 도착한 첫날, 아널드와 함께 간 에밀에서 만난 레몽드의 소개로 여성 한 사람을 알게 되었습니다. 레몽드는 우리에게 오데트라는 친구가 있는데, 파리에 있는 창녀 중 가장 예쁘고 날씬하다고 했습니다. 머리카락과 눈이 검고 키가 크며 계란형 얼굴이고 또 목소리도 달콤하다고 했습니다. 우리가 그 친구를 당장 우리 테이블로 데리고 오라고 했더니, 레몽드가 한창 춤추고 있는 사람들 틈으로 들어갔다가 그녀를 금방 데리고 왔습니다. 얼굴로 보아 스물두 살은 넘지 않은 것 같았습니다.

"아널드, 저 여성 어때요?" 내가 영어로 작게 물었습니다.

"안 돼요. 난 오늘 밤 1시에 카페 상-프루아에서 다른 사람을 만나기로 했거든요. 당신이 같이 가요. 그녀는 아주 미인이니까 놓치지 말고 꼭 붙잡고요. 여기 파리에서는 모두 그렇게 하니 괜찮아요." 아널드의 대답이었습니다.

"혼자서 저 여성과 어딜 간다는 게 두렵네요. 어떻게 시작해야 좋을지 모르겠습니다."

그때 오데트가 내 팔을 끼면서 물었습니다. "베트남에서 오셨나요?"

"아닙니다. 난 태국 사람이에요."

"태국인." 그녀는 내 말을 되받아 발음하더니 "나는 태국 사람을 좋아해요. 전에 한 분과 사귀었는데, 거의 매일 춤을 즐겼어요. 한 6개월 전의 일인데… 혹시 태국의 왕자님을 아세요?"

"알지만 친하지는 않아요. 오데트."

"그분은 이 세상에서 제일 멋진 왕자님이에요." 그녀가 감탄조로 말했습니다.

아널드가 내게 말했습니다. "거의 1시가 다 되어가니 난 가야 해요. 안녕." 그리고 두 여성에게 인사를 하고 카페를 나갔습니다.

오데트가 말했습니다. "옆에서 들으니 당신 친구가 당신을 바비라고 부르던데, 아주 쉬운 이름이네요. 내가 당신 친구가 될 수 있을까요?"

"그럼요."

"그럼 이제부터는 바비라고 부르겠어요. 괜찮죠?"

"그래요, 오데트."

나는 밤늦게까지 이 여성과 춤을 췄습니다. 이 여성은 쉴 새 없이 재잘대며 돈 얘기는 조금도 하지 않고 내 맘에 드는 말과 행동만 했습니다. 그녀는 파리에서 자기 생활이 어떤지 얘기했습니다. 그녀의 집은 리옹이라는 지방에 있는데, 파리에 온 지 한 1년이 되었다고 했습니다. 에밀에서 나온 후 그녀는 자동차를 타고 자기와 시내 드라이브를 하자고 했습니다. 댄스홀 앞에 서서 꽃을 파는 노파에게서 꽃다발 하나를 사달라고 조르길래, 나는 한 다발을 사서 그녀에게 선사했습니다. 해달라는 대로 다 해주었습니다. 한밤에 근사한 차를 한 대 세내어 그녀와 파리 거리를 누볐습니다. 샹제리제, 에투알 광장, 불로뉴 공원에도 갔습니다.

나는 오전 3시까지 놀다가 기요토 거리에 있는 그녀의 집까지 바래다주었습니다. 이 여성은 묘하게도 만나서 집에 바래다줄 때까지 돈 얘기는 한마디도 하지 않았습니다. 내가 200프랑을 건네자 그녀는 "난 그런 여성이 아니에요"라며 받지 않았습니다. 집에 도착해서 차에서 내리기 전에 그녀는 "내일 밤 9시에 에밀에서 만나요, 바비"라고 했습니다. 물론 나는 동의하고 숙소로 돌아갔습니다.

타락하지 않으려는 생각으로 파리에 가는 남성들은 바로 그 결심으로 파리를 이겨냅니다. 하지만 그것은 젊은이들이 아직 파리에 가보지 않았을 때, 아직 파리가 어떤 곳인지 몰랐을 때 얘깁니다. 파리는 이 방면에서는 여태까지 이 세상 어느 누구에게도 져본 적이 없습니다!

　아널드와 함께 얻은 새 집은 아주 조용한 거리에 있었습니다. 나는 아널드가 깰까 봐 조심조심하면서도 재빨리 10분도 채 안 걸려 방에 들어갔습니다. 다음 날 아침에 일어나 양치하고 세수하고 나서 아직 잠옷도 벗지 않았을 때, 방문을 노크하는 소리와 함께 "바비, 벌써 한낮이에요. 나와서 뭐 좀 먹어요. 음식이 다 준비됐어요"라는 아널드의 말이 들렸습니다.

　나는 얼른 문을 열고 식당으로 내려갔는데, 식당에서 멋진 파리지앵 한 사람을 보고 깜짝 놀랐습니다. 그 여성이 우리 집에서 화려한 분홍색 비단 잠옷을 입고 난로 옆에 서 있었기 때문입니다.

　"내 아내예요, 바비." 그리고 아널드가 여성 쪽으로 고개를 돌리더니 "이본, 내 동료이자 친구, 바비예요"라고 말했습니다.

　처음에 나는 정말 놀랐습니다만 금방 정신을 차리고 이본과 악수하고 식탁에 앉아 아침 식사를 했습니다. 한낮에 아침을 먹었습니다.

　인생이라는 이름의 연극입니다. 여러분! 파리에서 있었던 인생이라는 이름의 연극 한 장면이었습니다.

4

외국에서는 남성 둘이 한집에 살면 비용을 반씩 냅니다. 둘 중 하나가 계획에 없는 일을 하면 상대방에게 먼저 알려주어야 합니다. 그래서 몇 사람이 함께 사는 집은 즐겁고 행복한 장소이기도 하지만 동시에 서로 배려하고 조심하는 공간이기도 합니다. 미리 말 한마디도 하지 않고 이본과 같은 여성을 데리고 와 잔 것에 대해, 처음에는 아널드에게 화가 났습니다. 이본이 어떤 여성인지 세상 사람들이 다 압니다. 그러나 나는 감정을 숨기고 아널드에게 조금도 내색하지 않았습니다.

하지만 파리는 조금도 변하지 않아서 항상 파리입니다. 우리가 이본과 같이 지낸 지 2~3일쯤 되자 이본이 내가 생각하는 그런 여성이 아니라는 사실을 알았습니다. 거지 왕국에 거지왕이 있듯이 파리 매춘녀에게도 이본 같은 사람이 있었습니다. 그녀는 아주 성품이 좋았으며 언행도 틀가지가 반듯해서 언제나 우리를 먼저 생각했고, 우리가 먹을 요리도 했습니다. 집도 깨끗하게 정리했습니다. 그녀는 우리가 행복하게 지내도록 마음을 썼습니다. 이달에 아널드가 그녀의 남편이라면 다음 달에는 누구일까요? 이본의 하는 행동 하나하나는 그녀가 아널드를 진정 사랑하는 것처럼 보였습니다. 그래서 아내로서의 도리를 다해 남편을 행복하게 해주었습니다.

오데트를 만난 지 4일이 되었습니다. 늘 파리에 있는 레스토랑에서 그녀를 만났습니다. 그녀의 외모는 물론 행동과 말씨가 모두 우아해서 오데트도 이본과 같은 부류의 여성이라고 생각했습니다. 나도 행복해지고 싶고 보살핌을 받고 싶은데, 왜 오데트를 집에 데리고 가서 함께 지낼 수 없을까요?

"바비, 오데트를 이리로 데려와서 이본과 지내게 하지 않을래요? 그러면 더 편할 텐데. 우리가 사무실에 나가 일하는 동안 이본도 심심하지 않을 거고요"는 아널드의 제안이었습니다. 아널드의 제안에 동의한 나는 그날 밤으로 오데트를 집으로 데려왔습니다. 이본처럼 교양 있고 우아한 오데트는 이본과 잘 맞았습니다.

아널드와 나는 임시지만 현지처를 아름답게 꾸며주었습니다. 우리는 버는 돈의 수십 퍼센트를 할애했습니다. 스크리브 거리에 있는 사무실에 나가지 않는 날이면 우리는 두 여성을 데리고 드 라 페 거리와 그랑 불바르에 가서 옷과 장신구를 사주었습니다. 사준 옷을 입은 여성들은 공주처럼 아름다웠습니다. 밤에는 오페라 코미크 극장에 가서 연극을 보았습니다. 가끔 폴리 베르제르 극장이나 카지노 드 파리 공연장에 갔습니다. 즐겁게 파리 생활을 했습니다. 저녁에는 차를 타거나 걸어서 파리에 있는 공원을 거닐었습니다.

오데트와 오래 지내면서 여기서는 누구든 돈만 있으면, 마음에 드는 현지처를 구할 수 있다고 생각했습니다. 시중도 잘 들고, 말도 잘하고, 이기적이지 않은 아내를 구하는 남성은 이 세상에서 정말 운이 좋은 사람입니다. 오데트는 나를 잘 알고, 내가 요구하는 것도 잘 알고, 무엇보다도 파리지앵처럼 나를 매우 사랑했습니다. 그녀의 말 한마디 한마디는 향기로운 약입니다. 가끔 거북한 말도 했지만 그 말은 내 맘을 녹여주고 다듬어주는 약이 되었습니다. 매일 아침 내가 눈뜨면 늘 옆에 있었는데, 먼저 일어나서 내가 마실 커피를 준비해두고 있었습니다. 한 번도 내가 오데트보다 먼저 눈을 뜬 적이 없었습니다. 그녀는 나보다 먼저 일어나 화장을 예쁘게 했습니다. 화장실에 가면 치약 등은 물론 내가 씻을 더운물과 수건, 집에서 입는 편안한 바지가 늘 준비되어 있습니다. 다 씻고 화장실에서 나오면 내가 선택해서 입도록 옷가지가 침대 위에 얌전히 놓여 있었습니다. 옷을 다 입으면 이본과 오데트가 식당으로 들어가서 주섬주섬 우리가 먹을 아침밥 준비를 합니다. 두 여성은 요리하는 법은 물론 우리의 입맛과 좋아하는 요리를 다 압니다. 준비하기 전에 우리에게 묻거든요. 《런던타임스》는 스크리브 거리에 우리 사무실을 하나 마련해주었습니다. 우리는 매일 적어도 네 시간 정도 사무실에 나가 일했습니다. 우리가 퇴근하면 오데트와 이본은 현관 앞에 나와 마중했습니다. 그 순간 피곤함은 한순간에 눈 녹듯이 사라져버렸습니다.

그녀는 나를 행복하게 해줄 줄 알았습니다. 우리 시중을 잘 들고, 우리의 맘에 들게 행동하여 우리를 기쁘고 즐겁게 해 주었습니다. 여러분! 행복… 청춘 남녀들이 만끽하는 행복! 위대한 파리!

우리의 이런 행복은 약 3주간 지속되었습니다. 어느 날 집안일을 하는 분이 명함 한 장을 가져왔는데, 흘깃 바라본 순간 온몸이 얼어붙는 듯했습니다. '런던타임스 특파원 마리아 그레이'라는 글자가 보였기 때문입니다.

16. 몬테카를로에 가다

1

나는 그 명함을 들고 아널드에게 가서 함께 상의한 뒤 이 본과 오데트에게 마리아에 대한 이야기를 하기로 했습니다. 내가 설명하자 두 사람은 금방 이해했습니다.

"우선 방 밖에서 그분과 얘기하세요. 우리는 이 방에 있을 게요"라고 이본이 말했습니다. 나는 아널드가 거실을 정리하는 동안 뛰어 내려가서 마리아를 맞았습니다. 그녀는 나를 보자마자 전에 그랬듯 달려와 안겼습니다. 마리아는 변치 않고 나를 사랑했습니다. 그녀를 바꿀 것은 이 세상엔 없었습니다.

"늘 보고 싶었어요, 바비." 내 품 안에서 그녀가 한 말이었습니다. "파리에서는 여전히 잘 있었죠? 여전히 착한 내 사랑이겠지요?" 우리가 포옹을 풀었을 때 나는 놀랐습니다. 마리아 외에 모이라 부인이 집주인인 내 환영 인사를 받으려고 기다리고 있었기 때문입니다. 우리는 기쁨에 넘쳐 악수를 했습니다. 모이라 부인을 만난 지 2년여가 지났지만 그녀는 여전히 아름다웠습니다. 그 순간 나는 영국 헤이스팅스에서 함께 춤추던 때가 떠올랐습니다. 나한테 마리아의 행복을 위해 런던이든 어디서든 다시는 마리아와 만나지 말라고 했던 것이

257

떠올랐습니다. 부인은 인도 왕자와 결혼한 친척이 있었는데, 당시 6개월 전에 자살했다고 했었습니다. 그 생각이 나자 나는 놀란 마음을 진정시키지 못하고 잠시 서서 불안정하게 부인의 눈을 쳐다봤습니다. 동거하던 파리지앵을 그녀가 알아챌까 봐 두려웠습니다. 그렇게 되면 일이 어떻게 될까요?

"여전히 착한 내 사랑이겠지요?"라는 마리아의 말이 귓가에서 떠나지 않았습니다.

"왜 그래요? 바비. 내가 그렇게 놀라게 했어요? 언제 우리를 2층으로 안내하겠어요?"

"아닙니다, 부인. 전혀 놀라지 않았습니다만 다시 부인을 뵐 줄은 생각도 못 했을 뿐입니다. 여기서 다시 뵙게 되리라고는 꿈에도 생각지 않았거든요. 어서 올라오십시오. 아널드가 위에서 기다리고 있습니다."

내가 두 사람을 안내하여 2층으로 가서 우리 숙소의 문을 열자, 까만 비로드로 만든 여성 모자가 나란히 벽에 걸려 있는 게 눈에 들어왔습니다. 깜짝 놀란 내가 모이라 부인을 바라보았는데 부인은 조금도 이상하다는 기색을 하지 않고 그저 웃기만 했습니다. 마리아를 쳐다보니 얼굴이 새하얘졌고 눈에는 슬픈 기색이 분명했습니다. 아널드가 두 여성과 인사를 하고 그녀들이 벗은 외투를 받아 벽에 걸었습니다. 그리고 응접실로 두 여성을 안내해서 기다란 의자에 넷이 앉았습니다.

"무슨 냄새가 나는데, 플뢰르 드 라 비 향수 향이네요. 그렇지 않아요, 아널드?" 모이라 부인이 말했습니다. 잠시 우물쭈물하던 아널드가 "그렇습니다. 모이라"라고 대답했습니다.

"모이라, 플뢰르 드 라 비는 파리지앵들이 즐겨 사용하는 향수 아니에요?" 마리아가 의아하다는 듯 물었습니다.

"바비, 맞죠?" 부인이 물었습니다.

"네." 내 대답이었습니다.

잠시 침묵을 지키던 마리아가 입을 뗐습니다. "바비, 여기서 지내는 게, 파리 생활이 즐거웠어요?"

"아주 좋았습니다, 마리아." 평상시의 목소리로 대답했습니다.

"파리가 좋아요?"

"네."

"다른 데로 옮길 생각은 없어요?"

"꼭 그럴 필요가 없다면 가고 싶지 않아요."

잠시 생각에 잠겨 있던 마리아가 "파리에 오니 당신도 다른 남자랑 똑같아졌군요. 난 당신이 보통 남성들과는 다르다고 생각했는데… 당신에게 많은 걸 바라지 않았어야 했는데, 내 잘못이네요. 파리는 변하지 않으니까"라고 정말 실망했다는 듯이 말했습니다.

"우린 서로 자유롭다고 하지 않았어요? 마리아, 당신이 어떻게 말했는지 난 기억하고 있어요."

"다투지 말아요. 우린 바비에게 볼일이 있어서 온 것뿐이에요. 에디가 파리에 있는 두 사람에게 가라고 해서 왔어요. 도착하자마자 우린 사무실로 갔는데, 거기서 두 사람이 여기 산다는 걸 알았고요. 에디는 다음 수요일에 몬테카를로로 한 사람이 갔으면 하고, 우리에게 두 사람 중 한 사람을 정해서 보내라고 했어요. 누가 가든 상관없는데 누가 가겠어요?"

"모이라, 당신이 하라는 대로 할게요. 누가 에디에게 더 적합한지 알잖아요." 아널드가 대답했습니다.

"누가 가도 상관없다고 생각하지만, 아널드는 리비에라에 여러 번 갔었고 바비는 아직 못 가봤으니까, 바비가 갔으면 해요. 바비, 에디와 제네바 국제연맹에 갔다가 베를린, 비엔나, 부다페스트, 스칸디나비아를 돌고 올 거예요. 이번 기회는 매우 유익한 기회가 될 거예요." 모이라 부인이 나를 보고 한 말이었습니다.

나는 풀 죽은 눈으로 아널드를 바라본 뒤 말했습니다. "모이라 부인, 내가 가는 게 낫다고 생각하시는 데 아무런 이의가 없습니다. 기자의 임무를 잘 알고 있습니다."

"바비, 단둘이서 얘기하고 싶은데, 괜찮아요? 꼭 얘기할 게 있어요"라며 아널드를 향해 "미안해요, 아널드. 내가 매너 없다고 생각지 말아줘요"라고 했습니다.

"그러세요. 괜찮다면 여기 들어가서 이야기하시지요"라고 아널드의 방을 가리키며 내가 말했습니다. 모이라 부인과 방으로 들어가는데 심장이 쾅쾅 뛰었습니다. 막 해가 떨어져서 어둠이 내릴 때라 전등을 켜고 방문을 닫은 다음 부인에게 책상 옆 의자를 내주고 나는 침대 끄트머리에 앉았습니다.

2

"바비, 마리아가 당신을 사랑하고, 또 얼마나 훌륭한 여성인지 잘 알고 있죠? 그런 마리아의 사랑에 맞게 처신을 잘했는지 궁금하네요." 모이라 부인이 단도직입적으로 물었습니다.

나는 기이하게 생각하며 잠시 부인을 바라보다가 대답했습니다. "모이라 부인, 이런 말씀을 하실 자격이 있다고 생각지 않습니다. 런던에 있을 때 마리아와 있었던 일과 우리가 무슨 약속을 했는지도 모르시잖아요. 만일 친구 입장에서 말하신다면, 스스로가 바르게 처신했다고 믿습니다."

그녀는 좀 더 부드러운 어조로 말을 이었습니다. "바비, 마리아가 당신을 이 세상 무엇보다도 더 사랑하는 걸 알지 않나요?" 내가 중간에 모이라 부인의 말을 잘랐습니다. "그렇지 않습니다, 모이라 부인. 런던에 있을 때 마리아를 진정으로 사랑했지만, 마리아는 나를 친구처럼 사랑했습니다. 마리아는 자유롭고 싶다며 내게도 자유롭게 지내라고 했습니다. 기자 생활이 어떤지 잘 알시잖습니까? 마리아는 부인이 생각하는 그런 의미에서 날 사랑한 적이 없습니다."

"당신을 사랑하는데도 불구하고 마리아가 그렇게 말한 건 자기 생각은 하지 않고 오직 당신만을 생각해서라고 생각해 보지 않았어요? 마리아는 당신이 행복하기만을 바라요. 당신 행복을 위해 자기 전부를 희생할 준비가 되어 있는 애예요."

"어찌 그렇게 잘 아십니까?"

"마리아가 말해주었으니까요."

갑자기 눈이 침침해지며 방 안 모든 것이 쉬지 않고 빙빙 도는 느낌이 들었습니다. 머리도 아팠습니다. 아무것도 생각 할 수 없었습니다. 조지 버나드 쇼는 우리가 오래 살게 되면 될수록 여성에 대해 아는 바가 적어진다고 했습니다. 이 세계 적으로 유명한 작가는 80세에 가까웠을 때에야 비로소 여성 과 사귀는 것을 잊었다고 합니다.

"나는 마리아가 한 말을 잘 기억하고 있습니다. 부인은 3년 전에 헤이스팅스의 알렉산드라 댄스홀에서 춤을 추었던 때를 기억하는지요? 당시 부인은 마리아의 행복을 위해서라 면 런던이든 어디서든 마리아가 나와 만나지 않게 하겠다고 했습니다. 그러면서 인도 왕자와 결혼한 친척이 있고 그분은 자살했다고 했습니다. 난 부인의 요구대로 하려고 노력했습니 다. 미들 템플에서 법률을 공부하던 중에 거의 끌려가다시피 프레스 클럽으로 가서 회원이 되는 걸 강요받았지요. 부인은 알고 있는지요? 그때도 나는 부인과 마리아를 되도록 피하려고 했습니다. 부인이 제안한 대로 하려고 한 것은 마리아의 행복을 위해서였습니다. 마리아를 그토록 사랑했습니다."

모이라 부인은 나를 빤히 응시하더니 엷게 미소를 띠고 입을 열었습니다. "당신이 그런 사람이니 어떻게 마리아가 사랑하지 않을 수 있겠어요, 바비."

그때 갑자기 노크 소리가 들려서 왜 그러냐고 물었더니 이본의 목소리가 들렸습니다. "바비, 음식을 준비했는데 함께 드실 생각인가요?"

서 있던 나는 놀라서 주저앉을 뻔했습니다. 이본과 오데트가 침실에서 나와서 아널드, 마리아와 거실에서 한데 어울려 얘기하고 있던 것이었습니다. 이거 정말, 대단히 크게 웃을 일 아닙니까?

"고마워, 이본. 좀 이따 나갈게요." 내가 대답했습니다.

나는 모이라 부인에게 함께 식사할 것을 권했습니다. 처음에는 사양했지만 재차 권하자 부인은 동의했습니다. "우리랑 함께 식사하셔야만 합니다. 그래야 내가 어느 정도로 나쁜 사람인지 아실 테니까요." 내가 모이라 부인에게 한 말이었습니다.

나는 부인을 식당으로 안내했습니다. 벌써 모두 식당에

모여 있었는데, 이본과 오데트가 반갑게 맞았습니다. 파리지앵 두 명은 화려하게 차려입고는 플뢰르 드 라 비 향수 향을 풍기고 있었습니다. 식사를 하기 시작했을 때 마리아와 모이라 부인은 이본과 오데트를 매우 싫어하는 것처럼 보였습니다. 하지만 시간이 지나면서 파리지앵 두 명이 교양 있고 우아한 말과 태도로 거리낌 없이 두 영국 여성을 편안하게 해주었으므로 모이라 부인과 마리아도 함께 대화하며 즐겁게 어울렸습니다. 저녁을 다 먹은 후 우리는 밤늦도록 포커를 즐겼습니다.

3

숙소에서 4일을 더 머문 후, 나는 몬테카를로로 갈 준비를 했습니다. 오데트의 이별은 정말 눈물겨웠습니다. 이별이 슬펐어도 오데트는 몬테카를로로 가지 말라고는 하지 않았습니다. 그녀는 내 입장과 내 생활을 이해했습니다. 내 임무를 잘 알고 있었고, 과거에 수십 명에 달하는 남성과 지내며 사랑했던 그 정도로만 나를 사랑했을 뿐이었습니다. 한 달여 같이 지내며 나를 보살펴주고 사랑했던 그녀가 나랑 헤어지면 슬퍼하고 눈물을 흘리는 것은 직업상 의무였으며 뛰어난 연극 배우의 역할이었습니다. 이런 생각에 미치자 나는 고통 없이 쉽게 파리와 오데트를 떠날 수 있었습니다. 나는 세상을 보았고, 여러 도시를 봤습니다. 이 기회가 없었다면 프랑스와 파리는 내 평생 가볼 수 없는 나라고 도시였습니다. 리비에라라고 칭하는 남프랑스는 가장 화려하고 풍요롭고 아름다운 곳이라고 할 수 있었습니다. 베를린, 비엔나, 부다페스트는 순간순간 내 마음속에 박혀 지워지지 않았습니다. 나는 기자이자 여행가며 모험가이기도 해서 내 인생살이는 한곳에 매이거나 쉬는 일 없이 항상 움직였습니다. 내가 사랑하고 좋아하고 아끼는 사람과 고통스럽거나 연연해하지 않고 헤어지는 것에 익숙해지도록 훈련하는 것은 내 임무 중 하나가 되었습니다.

어느 날 저녁, 파리를 떠나 몬테카를로로 가기 전에 나와 오데트는 불로뉴 공원을 걸으면서 이별의 말을 나누었습니다. 오데트가 말하는 내내 나는 그녀가 연극을 한다고 생각했습니다. 내가 떠나면 그다음 날 다른 남성을 구할 것이라고 생각했습니다. 나 역시 25년을 살아왔기에 연극을 잘했습니다. 우리는 연극을 했습니다, 인생이라는 연극을 했습니다!

그런데 오데트의 말은 전부 나를 깜짝깜짝 놀라게 만들었습니다.

"바비, 당신이 떠나간 후 나는 오직 당신만을 위한 삶을 더 살 수 없어요. 그러면 나는 굶어 죽을 거예요." 나는 아무 대꾸도 하지 않았습니다. '당신이 떠나간 후 나는 오직 당신만을 위한 삶을 더 살 수 없어요'라는 말은 정말이기 때문입니다. 내가 떠나면 그녀는 다른 사람을 위한 삶을 살 거고, 그게 보통 있는 일이니까요.

"만일 파리에 다시 오면, 카페 에밀에서 만났던 내 친구 레몽드에게 내가 어디 있냐고, 어떻게 되었냐고 물으세요." 오데트가 한 말이었습니다.

다음 날 아침부터 오데트는 자기 물건을 챙겨 커다란 여행 가방에 담아 떠날 준비를 했습니다. 너무 슬퍼서 역으로 나를 전송하러 나가지 못하겠다고 했습니다. 나는 택시를 불러 하숙집 건물 앞에 대기시켰다가 오데트의 짐을 실은 후 작별 인사를 했습니다. 차는 파리 거리를 질주해서 조용히 사라져 버렸습니다. 나는 생각했습니다. 이번 생에서 우리가 다시 만날 수 있을까?

4

그날 저녁에 아널드와 이본은 나를 리옹역까지 전송해주 었습니다. 스크리브 거리 사무실의 지시에 따르면, 혼자서 몬 테카를로 델마 호텔로 가서 부편집장인 에드워드 벨 벤슨을 만나라고 했습니다. 그래서 기차 안에서 누구를 만날 거라는 생각은 하지 않았습니다. 하지만 이 예상은 완전히 빗나갔습니다. 기차가 역에서 출발하기 1분 전에 가방을 하나씩 든 모이라 부인과 마리아가 급히 달려오는 것을 보았기 때문이었습니다. 두 여성이 기차에 오르자마자 기차는 출발했습니다. 솔직히 말하자면, 다시 이 두 여성을 만난 나는 기분이 편치 않았습니다. 그날 우리가 서로 다른 길로 헤어진 후 마리아가 전처럼 나를 사랑하는지 미워하는지 전혀 예상할 수 없어서 였습니다. 확실한 것은 그녀는 순수하고 티 하나 없는 깨끗한 영혼을 가진 여성이라는 점이었습니다. 그녀에 비하면 나는 깨끗지 못한, 오점이 많은 사람입니다. 나는 여러 잘못을 저질 렀습니다. 사나이로서 지켜야 하는 명예라는 원칙을 지키지 못했습니다. 그 실수를 내가 자발적으로 했습니다. 오데트 마세라, 그런 여성을 누가 마다하겠습니까?

기차는 점점 속력을 내서 달렸습니다. 아널드와 이본이 흔드는 손수건이 아득해지더니 보이지 않게 되었습니다. 내가 고개를 돌려 기차 복도를 보니, 두 명의 여성 친구가 곧바로 내게로 오고 있었습니다. 마리아가 앞서고 모이라 부인이 뒤따라왔습니다.

"안녕, 마리아!" 내가 먼저 말을 걸었습니다.

"안녕, 바비." 그녀는 인사하더니 나를 지나쳐 앞으로 갔습니다.

"안녕하세요? 모이라 부인." 내가 인사했습니다.

"안녕, 바비." 부인은 인사를 한 뒤 내 앞에서 멈추더니 "그동안 잘 있었어요?"라고 정색하며 물었습니다.

"잘 있었습니다. 고맙습니다. 어디 가는 중이십니까?"

"우린 휴가를 받아 니스로 놀러 가요. 한 2주 가요."

"어떠세요? 어떻게 지내십니까?" 내가 부인에게 안부를 물었습니다.

"우리 삶이라는 게 다 제각기 편한 대로 사는 거 아니겠어요?" 약간은 슬픈 듯이 모이라 부인이 대답했습니다.

나는 잠시 생각에 잠겼다가 웃음을 띠고 악수하려고 손을 내밀면서 "알겠습니다. 부인이 말한 삶을 살도록 노력하겠습니다"라고 대답했습니다.

작별 인사를 나누고 우리는 각각 떨어져서 앉았습니다. 내가 앉은 맞은편 창가 좌석은 예약석이었습니다. 나는 밤늦도록 책을 읽다가 기차 안내원이 만들어준 침대에 누워 생각에 잠겼습니다. 그러다가 나도 모르게 잠이 들었나 봅니다. 깨니 날은 벌써 훤히 밝아 있었습니다. 나는 모이라 부인과 마리아의 좌석이 어디인지 몰랐습니다. 8시 반경, 아침 식사를 할 때 식당차에서 두 사람을 만났으나 우리는 한마디 인사도 나누지 않았습니다. 서로 모르는 척했습니다. 11시 반경 기차가 마르세유에 도착하자 내가 타고 있던 칸에 타고 있던 손님들 모두 내리고 혼자만 남았습니다. 그날 낮 동안 나는 두 여성의 얼굴을 보지 못했습니다. 밤에 전날 밤처럼 독서를 하려고 책을 들었는데 밖에서 "어때요? 바비. 심심해요?"라고 묻는 소리가 들려 고개를 들어보니 모이라 부인이었습니다.

"심심하지 않습니다. 책을 여러 권 가지고 왔습니다. 좀 읽으시겠어요?"

"고맙지만 괜찮아요, 바비"라면서 내 맞은편에 앉더니 "마리아에게 사과를 했으면 해요. 적어도 미안하다는 말이라도…"라고 했습니다.

"아니요. 부인은 오해하고 계시는군요. 나는 그러고 싶지 않습니다."

"왜요? 바비, 당신은 좀 변했어요"라며 좀 시큰둥하게 말하고 자리에서 일어섰습니다.

"안녕히 주무세요, 부인."

모이라 부인이 간 뒤 계속 책을 읽고 있는데 문득 누군가가 옆에 와 있다는 느낌이 들었습니다. 천천히 눈을 들어보니 슬픈 눈으로 나를 주시하고 있는 마리아가 보였습니다. 나는 책을 내려놓고 얼른 일어나 그녀가 앉도록 했습니다. 하지만 마리아는 자기 옆에 앉으라며 옆자리를 내주었습니다. 내가 선선히 그녀 말대로 하자 "내가 니스에서 내리고 당신이 계속해서 몬테카를로로 가면, 오래 있어야 만날 수 있을 거예요. 어쩌면 1년, 2년… 3년이나 있어야 할 거예요. 바비, 우리가 정말 헤어져 아주 남남이 되느니 친구가 되는 게 더 낫겠죠."

나는 뭐라고 대답할지 몰라서 아무 대꾸 안 하고 그녀의

269

손을 잡고 손에 키스했습니다. 그녀를 좋아하는 마음을 가득 담았습니다. 마리아는 내 가슴에 머리를 파묻었습니다. 지난 일은 모두 잊자… 잊자… 인생은 참 이상합니다. 오래 살면 살수록 인생에 대해 아는 바가 점점 줄어듭니다.

기차가 니스에 도착하자 모이라 부인과 마리아는 하차했고, 나는 기차를 더 타고 갔습니다… 몬테카를로로 갔습니다.

17. 유럽을 취재하며 여행하다

1

에드워드 벨 벤슨 씨의 임시 개인 비서를 하면서 유럽 전역을 여행할 수 있었던 건 인생에서 정말 큰 행운이었습니다. 그것도《런던타임스》부편집장이자 런던의 헤이마켓 프레스 클럽 회장과의 동행이라니요. 벤슨 씨는 매우 유명한 분이어서 어디를 가든 지인들이 마중 나와 영접했습니다. 업무인 비서 일은 그리 어렵지 않았습니다. 벤슨 씨의 자애로운 보살핌 하에서 냉철한 마음으로 처리하면 모든 것이 순조로웠습니다.

이렇게 쓰다 보니 내가 '인생이라는 이름의 연극'을 너무 길게 늘여간다는 느낌을 떨칠 수 없습니다. 1년여 동안 수행했던 여행은 끝이 없었습니다. 방문했던 도시와 나라를 비롯해 내가 직접 보고 경험했던 일들을 자세하게 표현하기에 지면이 너무 부족합니다.

남부 프랑스의 해변은 이탈리아의 보르디게라 해변과 이어졌습니다. 우리가 '리비에라'라고 부르는 지역에는 칸, 니스, 몬테카를로, 망통, 모나코가 있었습니다. 리비에라의 풍광은 세상에서 가장 아름다웠습니다. 유럽 부자들과 이 세상에 있는 민족과 언어가 다른 재산가들이 모두 모이는 곳이었습니

271

다. 한대와 열대에서 자라는 식물들이 숲을 이루고, 높은 산과 구릉, 언덕, 건물, 관광 장소나 유흥 장소, 가장 유명한 카지노, 최고급 레스토랑이 있었습니다. 부자와 지위가 높은 사람들에게 어울리는 장소였습니다. 날씨는 겨울이나 여름 가리지 않고 1년 내내 맑고 상쾌했습니다. 세상에서 가장 감미로운 음악도 있었습니다. 리비에라는 바로 천국이었습니다.

리비에라에서 우리는 세계의 유명 인사들을 만났습니다. 소설가, 시인, 수공예가, 정치가, 과학자 등등을 만났습니다. 세상에서 아름답다는 여러 나라의 여성들이 와서 즐기고 있거나 여행 중이었습니다. 그 여성들 일부는 돈을 찾아서, 일부는 남편감을 찾아서 왔다고 했습니다. 밤만 되면 서로 모르는 남녀들이 산재해 있는 무도장에서 만나 춤을 추며 사귀었습니다. 몬테카를로에는 이런 장소들이 정말 많았습니다. 어떤 부류는 스포츠맨십으로 일시적으로 즐겼지만, 또 어떤 부류는 사귄 후 자기 나라로 귀국해서 결혼할 정도로 진지했습니다.

몬테카를로에는 아주 다양한 종류의 직업을 가진 사람들이 있었는데, 가장 많고 유명한 것은 지골로와 지골레트였습니다. 지골로는 외모가 빼어난 젊은 댄서로, 중년에서 노년으로 접어드는 여성이나 늙었어도 아직 자기 나름대로 새로운 즐거움을 추구하는 여성의 춤 상대를 하거나 함께 즐기는 남성을 의미합니다. 지골로는 그런 여성과 춤을 추고, 함께 놀러 가고 즐기면서 그 여성이 가진 것을 다 뜯어냅니다. 지골레트는 지골로 일을 하는 여성을 가리킵니다. 지골로가 하는 방식대로 늙은 남성의 돈을 갈취하는 여성입니다.

몬테카를로에는 도박 하나로 돈을 벌어 집을 사고, 커다란 건물을 사며, 처자식을 거느리는 전문 도박꾼들이 적지 않습니다. 이들은 가족과 2~3년에 한 번씩은 세계 여행을 즐길 만한 재력이 있습니다. 반면 이곳에는 재산과 명예, 그리고 살고자 하는 희망을 다 잃어버려 자살하는 도박꾼도 있습니다. 몬테카를로에는 거지나 어렵게 사는 하류 인생이 없습니다.

이곳에는 바람기가 아주 심한 사람도 많습니다. 아내나 남편이 있는데도 자기가 누릴 수 없는 즐거움을 누리고자 하는 사람들이죠. 그래서 리비에라에는 자신에게 맞는 짝을 찾을 수도, 연인과 헤어지거나 결별할 수도, 또 결혼할 수도 이혼할 수도 있는 모든 원초적 근원이 내재해 있는 곳입니다.

솔직히, 몬테카를로의 이런 행태는 세계 모든 수도에서도 마찬가지로 일어납니다. 런던, 파리, 베를린, 방콕에서도 행복과 불행이, 선한 사람과 악한 사람이 다 같이 있습니다. '가산을 모두 잃어 파산이라는 종말로 귀결되는' 현상이 세계에서 가장 많이 발생하는 세계적인 명소가 몬테카를로라는 것이 사실이긴 합니다만, 이런 현상은 다른 수도나 도시에서도 있는 게 아니겠습니까? 도박이나 노름은 태초부터 인간이 물려받은 유산입니다. 물론 두뇌가 영민하거나 예리한 통찰력을 갖춘 사람은 파산에서 자유로울 수도 있습니다. 우리 인간은 모두 도박을 하고 있고, 하고자 합니다. 나라 법이 금지하고 있다면 몰래 숨어서라도 합니다. 만일 태국의 관리가 정말로 도박꾼을 잡고자 한다면 감옥이나 유치장이 모자랄 것입니다. 몬테카를로! 인생과 몬테카를로! 사람이 사는 세상, 몬테카를로!

2

유명한 신문 기자의 절친한 비서로서 나는 벤슨 씨와 함께 에드거 월리스를 비롯하여 주로 탐정소설류를 더 많이 쓴 필립 오펜하임 등을 만났고 이들 사이의 대화를 들을 기회가 있었습니다. 이들을 가리켜 어떤 신문에서는 '동시대 작가'라고 했습니다. 조지 버나드 쇼, 홀데인 경,[42] 필립 기브스 경[43]을 비롯해 유명한 극작가인 아이버 노벨로, 글래디스 쿠퍼, 유진 그리고 페이 콤프턴[44] 등도 알게 되었습니다. 뿐만 아니라 미국의 대부호인 밴더빌트 씨를 인터뷰하기도 했습니다.

---

42 1856~1928, 영국 정치가.

43 1877~1962, 영국 언론인이자 작가.

44 1894~1978, 영국 배우.

에디와 나는 카지노궁에서 4분 거리에 있는 데물랭 거리의 델마스 호텔에 묵었으므로 틈만 나면 쉽게 카지노궁 경내에서 산보를 즐길 수 있었습니다. 아름다운 화단을 지나 정교하게 다듬은 관목 숲에서 화단과 잔디밭 사이에 있는 테라스까지 걸어 다녔습니다. 건물 한쪽에는 그 유명한 '카페 드 파리'라는 이름의 작은 식당이 있었는데, 이 식당에는 노천 식탁이 있어서 우리는 늘 그 의자에 앉아 한밑천 벌어보겠다고 와서 다 털린 도박꾼들을 보았습니다. 그들의 얼굴에는 그들의 운이 어땠는지 분명히 나타나 있었습니다. 다만 한 10만 프랑을 잃었어도 눈 하나 깜짝하지 않을 정도로 부자라서 항상 웃음을 잃지 않는 도박꾼들은 물론 예외입니다. 건물 뒤에는 비둘기 사격장이 있었습니다. 사격 솜씨를 뽐내고 싶은 사람을 위해 마련된 장소로 사격수로부터 약 20미터 떨어진 곳에 비둘기가 네 마리씩 들어 있는 새장이 나란히 있었습니다. 사격수가 어떤 단추를 누르면 비둘기장이 열리고 비둘기가 날아오르는데, 그 순간에 쏘는 것입니다. 당시 건물 안에는 또 하나의 특별한 휴게실이 있었는데, 이 방은 보통 노름꾼의 자살 장소로 사용되었습니다. 총으로 자살할 경우, 총소리가 울려도 아무도 이상하게 생각하지 않습니다. 사람들은 그 총소리를 비둘기 사격장의 총소리로 여겼습니다. 가진 돈을 다 잃었지만 자살할 용기가 없는 사람은 카지노궁 매니저에게 가서 말하면 죽지 않고 귀국할 방법이 생깁니다. 매니저가 고향으로 돌아갈 차비를 주기 때문입니다.

건물 안에는 거실, 극장, 룰렛이나 바카라를 위한 도박장이 있습니다. 각 방은 마치 천국에 있는 방처럼 화려하게 꾸며져 있습니다. 건물 앞에는 바다를 향해 옥상이 있는데 항시 그곳을 활보하거나 산보하는 여성의 모습이 보입니다. 건물 앞 해변에는 특별한 유리 욕조와 안마기, 마사지기, 지압기 등이 갖춰져 따뜻한 온탕을 즐기며 몸을 편히 쉴 수 있습니다. 바닷물 목욕도 할 수 있습니다. 바로 이 카지노궁 주변에서 우리는 그 유명한 분들과 인터뷰를 했습니다. 대화 내용은 영국에서 발행되는 신문에 실려 세계 곳곳으로 퍼져나갔습니다.

한가한 주말이면 에디가 숙소에서 혼자 쉬는 동안 나는 카지노궁에서 전차를 탔습니다. 해변을 따라 올라가 터널을 여러 곳 통과하여 망통과 이탈리아에 간 것입니다. 거기서 나는 카미타 델 크로스에서 차를 한잔 즐기고 왔습니다. 전차를 타지 않는 날에는 다른 여행객들과 관광버스를 타고 구경하러 갔습니다. 한번은 버스 안에서 알게 된 브린덴 하브루츠크 백작 부인과 대화하는 도중에 우리가 같은 숙소에 묵고 있다는 것을 알게 되었습니다.

그날 숙소로 돌아오니 마리아의 편지가 한 통 기다리고 있었습니다. 진작 사무실의 부름을 받아 니스에서 출발해 런던으로 갔다고 씌어 있었습니다. 나는 벤슨 씨와의 인터뷰 여행이 언제 끝날지 기한이 없었습니다. 1년이 될 수도 있고 2년이 될 수도 있습니다. 벤슨 씨는 내게 기한을 말해주지 않았는데, 내 생각에는 자신도 모르는 것 같았습니다. 나는 언제 돌아가냐고 묻거나 공연히 예측할 것이 못 되었습니다. 마리아도 역시 회사의 지시에 따라 사방으로 취재를 다닐 것입니다. 우리는 언제나 다시 만나게 될까요?

3

델마스에 한 달여 묵는 동안 백작 부인과 날로 친해졌습니다. 대화도 하고 밤늦게까지 단둘이서 방에 있기도 했습니다. 영화도 함께 보러 다녔고 연극도 봤습니다. 백작 부인은 성품이 좋은, 아주 귀여운 친구였습니다. 내가 쓸쓸해 보이면 그녀가 와서 친구가 되어주었습니다. 그녀는 내게 서른에서 서른두 살쯤 된 아직은 젊고, 눈과 머리카락이 검은, 지혜로운 여성일 뿐이었습니다. 그녀는 이미 많은 세상을 경험한 헝가리 사람으로, 7년 전 오스트리아의 브린덴 하브루츠크 백작과 결혼했다고 했습니다.

그 백작 부인과 친하게 지낸 지 꽤 오래되었을 땐데, 호텔에 묵고 있는 장교 한 사람이 백작 부인의 바람기에 대해 알려주었습니다. 바람기가 심하고 여행을 즐기는 부인은 남편을 오스트리아에 남겨두고 혼자 와서 즐기고 있다고 했습니다. 남편은 늘 홀로 오스트리아에 남아 공무를 본다고 했습니다. 백작 부인은 할아버지로부터 유산을 많이 받은 재산가고 남편을 손에 쥐고 흔드는 대가 센, 강한 여성이라고 했습니다. 백작 부인이 친하게 지내는 남성은 나 하나가 아니지만, 내가 그녀가 사귄 첫 번째 이방인이고 피부가 누런 동양인이라고 했습니다. 그 말을 듣고 처음에는 무척 놀랐습니다. 나와 백작 부인은 친구 이상의 사이가 아닌데, 만일 남편 되는 사람이 아무 말 없이 여기 와서 날 보게 되면 내가 중시하는 내 명예는 무엇이 되겠습니까? 내가 일하는 신문사의 이름은 또 무엇이 되겠습니까?

같은 호텔에 묵는 분들이 내게 조심하라고 경고해주었습니다만 어떤 사람들은 날 만나면 은근히 알 듯 말 듯한 미소를 보내며 계속 즐기라고 응원했습니다. 나와 백작 부인의 친숙함과 우정은 기계의 톱니바퀴처럼 돌았습니다. 가끔 나는 그분과의 관계가 좀 선을, 명예를 중시하는 사람들이 지켜야 하는 예의라는 매너의 선을 넘은 게 아닌가 하는 생각도 해봤습니다. 백작 부인은 듣기 좋게 말하자면 재미있게 이야기하는 사람이고 또 유혹도 잘하는 사람이었습니다.

서른이 넘었다 해도 백작 부인은 체력 관리를 잘해서 여전히 젊음을 유지하고 있었고, 아름다웠으며, 아직은 그녀를 늦게 할 자녀도 없었습니다. 나는 스물다섯이 채 안 된 젊은이였습니다. 아름다운 백작 부인은 바람기가 센 여성이라, 언제 나는 백작 부인의 매력에 빠지게 될지 몰랐습니다. 그녀의 남편인 백작은 나 같은 아무것도 볼 줄 모르는 장님이 겪을 미래의 상대입니다.

어느 날 밤, 침실에서 자고 있을 때였는데 누군가 와서 방문을 가볍게 노크하는 소리가 들렸습니다. 잠자리에 든 지 15분밖에 안 지난 11시였습니다. 항상 전보를 가져다주는 호텔 보이가 갑자기 회사에서 보낸 급한 소식을 가져왔을 거란 생각에서 문을 열었더니… 이게 웬일입니까? 내 앞에 잠옷을 입은 백작 부인이 서 있었습니다… 잠옷 위에 두꺼운 비단옷을 걸치고 향수 냄새가 진하게 풍겼습니다. 바로 이게 인생입니다. 내가 보고 경험한 인생이었습니다.

두 달이 지났을 때 몬테카를로를 떠나게 되었습니다. 벤슨 씨를 수행하여 제네바의 국제연맹으로 가게 된 것이었습니다. 백작 부인과의 작별은 내가 경험했던 오데트와의 이별과 같았습니다. 좀 슬프기도 했습니다. 백작 부인은 기차역까지 배웅하며 "우리가 살아 있다면 다시 만날 수 있을 거예요"라고 했습니다. 마지막 인사였습니다.

4

제네바에는 기자들 여러 명이 마중 나와주었습니다. 세계의 평화를 위해 만들어진 이름에 걸맞게 조용하고 깨끗한 도시였습니다. 기차역에서 나와 택시를 타고 그랜드 호텔로 갔습니다. 대략 오후 4시경이었습니다. 날씨는 상쾌했고 춥지 않았습니다. 우리가 탄 택시는 값비싼 컨버터블 오펠 쿠페였습니다. 가면서 보니, 도로 양옆으로 크고 작은 건물들이 죽 늘어서 있는 모습이 매우 인상적이었고 아름다웠습니다. 기차를 오래 타고 와서 그런지 나는 좀 피곤하고 어지러운 게 금방이라도 기절할 것 같았습니다. 눈에 보이는 건물과 사물들이 제멋대로 빙빙 돌고 있었습니다.

"에디, 몸이 좀 불편합니다. 너무 머리가 아프고 어지럽네요. 사방이 빙빙 돌아요." 내가 말했습니다.

"너무 피곤했나 보군요. 금방 숙소에 도착하니 얼른 가서 쉬면 곧 나을 겁니다." 벤슨 씨의 말이었습니다.

그랜드 호텔에 도착하자 벤슨 씨는 나를 부축해서 크고 화려한 방에 눕히고, 메이드에게 잘 돌보라고 부탁했습니다. 메이드가 죽은 듯이 누워 있던 나를 깨우면서 저녁을 먹으러 가야 한다고 했을 때는 7시가 지난 시각이었습니다. 아래층에서 벤슨 씨와 식사를 하라고 했습니다. 아직도 조금은 어지러웠지만 얼른 일어나 세수하고 옷을 입고 아래로 내려가 벤슨 씨와 대형 홀에서 식사를 했습니다. 홀의 한쪽에 앉아 있는데, 세 명의 정상들, 즉 프랑스의 브리앙, 독일의 슈트레제만, 그리고 영국의 오스틴 체임벌린[45]이 들어와 미국의 여러 신문사를 소유한 허스트와 식사를 했습니다. 그 방에 있는 동안 나는 몸이 불편했습니다. 눈앞에 있는 모든 것이 빙빙 돌고, 열병에 걸린 것처럼 오한이 났습니다. 우리는 그 네 명이 식사하는 자리에서 2미터도 안 되는 가까운 거리에 있었습니다만, 아무리 그 '시대를 주무르는' 세 사람의 얼굴을 보려고 해도 선명하게 볼 수가 없었습니다. 하는 수 없이 증세를 벤슨 씨에게 말했고, 내 말을 들은 벤슨 씨는 매우 놀랐습니다.

"모레는 국제연맹 총회가 열리는 날인데, 이렇게 아프니 뭘 볼 수 있겠습니까?" 아쉽다는 듯이 벤슨 씨가 말했습니다.

"내일은 낫겠죠." 내가 마음을 강하게 먹고 대답했습니다. 나는 먹어야 병이 얼른 나을 거라는 생각으로 식사를 끝까지 했습니다. 내가 비틀거리자 여러 사람이 주시하는 가운데 벤슨 씨가 얼른 부축했습니다.

다음 날 아침, 나는 몸 상태가 좋아진 대신 열이 38.9도나

---

45 각국의 정치가들. 아리스티드 브리앙과 구스타프 슈트레제만은 1차 세계 대전 이후 평화 외교를 추구한 공로로 1926년 노벨 평화상을 공동으로 수상했다. 오스틴 체임벌린 또한 1925년 노벨 평화상 수상자다.

되었다가, 저녁에는 40도나 되어 벤슨 씨를 모시고 총회에 참석하는 게 어렵게 되었습니다. 밤에 의사가 와서 진찰하더니 나를 생라몽 병원에 입원시켰습니다. 나는 그 병원에서 15일간 입원해 있었는데, 그동안에 국제연맹 총회와 사무위원회가 다 끝나버렸습니다. 결국 세계에서 제일 큰 국제회의를 볼 기회를 놓쳤습니다. 제네바를 떠난 우리는 스위스 수도인 베른으로 가서 일주일간 있다가 베를린으로 갔습니다.

벤슨 씨는 여전히 독일인을 싫어하는 영국인이었습니다. 지난 세계대전에서 독일군의 횡포로 동생 둘을 잃었기 때문입니다. 독일인들이 전쟁을 일으킨 장본인이었으며, 독일이라는 나라는… 수도가 베를린인데, 그가 가장 혐오하는 곳이어서 꼭 필요한 경우가 아니면 절대로 가지 않았습니다. 베를린에 도착한 뒤 벤슨 씨는 나와 아무 곳도 가지 않고 숙소에 일주일 있다가 오스트리아의 수도, 비엔나로 출발했습니다.

오스트리아가 독일의 연맹국이긴 했지만, 벤슨 씨는 오스트리아인에 대해서는 독일인만큼 반감이 심하지 않은 듯 보였습니다. 오스트리아인은 성품이나 예의 면에서 천성적으로 우아하고 따뜻했으며 귀여운 구석이 있는 것 같았습니다. 비엔나는 물가가 아주 높았지만 재미있었고 음악은 단연 세계 최고였습니다. 아방가르드한 연극과 영화는 이상한 감이 없지 않았으나 그런대로 괜찮았습니다. 우리는 비엔나에서 헝가리의 수도인 부다페스트로 갔습니다.

부다페스트는 로맨스와 달빛의 도시, 희망이 가득한 오아시스였습니다. 여기서 3주 동안 놀고 즐기다가 다른 곳으로 출발했습니다. 이렇게 벤슨 씨와 1년여를 여행했습니다. 파리를 여행과 일의 중심에 두고 유럽에 있는 나라를 모두 다녔습니다. 일을 다 마치고 우리는 다시 파리로 갔다가 다시 이탈리아, 스페인 등의 다른 도시를 취재했습니다. 그동안 나는 파리에 여러 번 들르게 되었습니다. 간혹 밤에 놀러 다닐 기회가 있었으나 오데트나 레몽드를 만난 적이 없었습니다.

런던으로 돌아가기 전 어느 날, 카페 에밀에서 레몽드를 만나서 오데트에 대해 물었는데 그가 "오데트는 오래전에 죽었는데 몰랐어요?"라고 아주 진지하게 대답했습니다. 다시 2~3일이 지난 후, 나는 에르미타주에서 한 미국인 남성과 춤을 추고 있는 오데트를 봤습니다. 그녀는 내게 말을 걸지 않았습니다. 레몽드가 거짓말을 한 것이었습니다. 레몽드는 "당신에게 오데트는 죽은 거나 마찬가지잖아요. 내 말을 믿지 않는군요"라고 했습니다. 그 말에 나는 웃으면서 그에게 "잘 있어요!"라고 인사했습니다. 다음 날 나는 벤슨 씨와 런던으로 귀환했습니다.

18. 미국 유학길에 오르다

1

우리는 칼레와 도버를 거쳐 런던에 도착했습니다. 정거장에 기차가 멈추었을 때, 플랫폼에 마리아와 아널드가 서 있는 것을 보았습니다. 우리를 마중 나온 것이었습니다. 나는 너무 기쁜 나머지 기차에서 내리자마자 한달음에 달려가 마리아를 안았습니다. 18개월여 못 만나는 동안 마리아는 약간 달라졌습니다. 키가 컸고 좀 통통해졌으나 여전히 예뻤습니다. 얼굴은 여전히 생기가 넘쳐흘렀고 양 볼도 볼그레했습니다. 눈동자도 총명함을 빛내고 있고 순수함이 느껴졌습니다. 그녀와 대화하는 동안에 나는 그녀가 여전히 순결한 내 유일한 천사라는 것을 실감했습니다.

"마리아, 몽 부와르 향수를 사용해요? 내가 제일 좋아하는 향수입니다. 정말 향기롭죠."

"파리에 다녀오더니 많은 걸 배웠군요. 몽 부와르와 플뢰르 드 라 비의 향을 구별할 줄 아는 걸 보니 말이에요." 마리아가 웃으면서 놀렸습니다.

마리아의 이 말은 파리에서 있었던 옛일을 떠올리게 만들었고, 아울러 나는 마리아에 비해 순결하지 못한 남성이라는 생각을 했습니다. 나는 마리아를 지긋이 쳐다보며 웃음을 띠었을 뿐 아무 대꾸도 하지 않았습니다. 그런 후 옆에서 인사를 나누려고 기다리던 아널드 쪽으로 돌아서서 힘주어 악수를 했습니다. 우리 우정은 여전했습니다. 벤슨 씨는 내게 아널드와 마리아와 가라고 하고, 당신은 마중 나온 다른 기자들과 갔습니다.

아널드가 "바비, 우리가 런던을 너무 자주 비워서 함께 있을 숙소가 없어요"라고 했습니다. "그럼 어디로 날 데리고 갈 겁니까?"

"클럽으로 갈 거예요. 그곳에서 1~2주 머물면서 찾읍시다. 거기를 좋아하죠?"

런던은 전혀 변하지 않았습니다. 예전과 똑같았습니다. 공기는 축축하고 쌀쌀한 게 추웠습니다. 택시를 타고 이동하면서, 나는 마리아와 아널드가 전과 다르게 더 친해졌음을 느꼈습니다. 마리아의 맘속에 있던 내 자리를 아널드가 이미 빼앗아 갔다는 생각이 들었습니다. 전에는 내가 유일한 주인이었다면 지금은 아니었습니다. 이 느낌은 런던에 있는 동안 더 강하게 와 닿았습니다. 마리아와 아널드가 사랑하는 사이가 되었을까요? 만일 연인 사이인 이 두 사람이 결혼해서 한집에 살면 나는 어떤 감정이 들까요? 솔직히 말하면, 나는 사방을 취재 여행하며 이미 인생이 무엇인지 알아버렸고, 이 경험을 글로 옮겨 신문에 수차례 발표했습니다. 인생이라는 이름의 연극에 얽힌 의미 있는 사실을 말입니다. 그래서 사랑은 희생이라는 생각으로 내 속내를 다스릴 수 있을 테고, 또 그래야만 합니다. 나는 인생 모험가였고 여성 편력을 한 바람둥이였으며 기자였습니다. 아널드도 우리와 다를 바 없이 행동했지만, 나와 달리 조용하고 신중한 사람이라 마리아가 그를 선택했다는데, 그게 뭐 어떻습니까? 나는 태국인이고, 앞으로 그녀와 함께 얼마나 오래 기자 생활을 할지는 미지수입니다. 아널드는 영국인이고 건강해서 항상 변하는 어려움을 무릅쓰고 왕성하게 일할 수 있는 사람입니다. 마리아가 아널드와 정말 결혼한다면 마리아는 행복할 거라고 믿습니다. 이런 생각을 깊이 하다 보니 나는 내 감정을 주체할 수 있었습니다. 두 사람의 진정한 친구로 처신하려고 노력할 것입니다. 그래도 나는 여전히 마리아를 사랑하고 있습니다.

런던에 다시 왔을 무렵은 세계에서 유명한 음악가들이 런던 로열 앨버트홀에서 거의 매일 공연하는 계절이었습니다. 이때 나는 마리아와 아널드, 두 사람을 크라이슬러, 파데레프스키, 쿠벨리크, 그리고 하이페츠 공연에 자주 초대했습니다. 여러 악기 중에서 나는 바이올린이 제일 좋습니다. 바이올린 소리를 들으면 인생의 부드러움과 달콤함, 그리고 쓰디쓴 맛을 다 느낄 수 있습니다. 나는 큐벌릭, 크라이슬러, 그리고 하이펫을 제일 숭배합니다. 이들의 연주를 듣고 있으면 행복했고, 아널드와 마리아가 사랑하게 되었다는 것을 참을 수 있었습니다.

당시 내가 맡은 업무는 '퍼스트라이터'로서 런던에서 하는 최초 공연을 보고, 다음 날 아침 신문에 그 공연을 비평한 기사를 쓰는 것이었습니다. 이외에도 팬시한 무도회 소식을 올리기 위해 회의에 참석했습니다. 거의 매주 열리는 상류층의 자선 모임에도 갔습니다. 이런 생활은 매우 즐거웠습니다.

2

내가 미국에 가는 사건은 전혀 예상하지 못했던 일로, 아주 갑작스럽게 일어났습니다. 런던에 3개월쯤 머물렀는데, 모이라 부인이 '리더라이터'라는 새 보직을 받아 승진을 축하하는 모임에 초대받았습니다. 이 보직은 특파원보다 한 단계 더 높은 직위였습니다. 우리는 전에 그랬던 것처럼 헤이마켓 프레스 클럽에서 즐겁게 먹고 춤추고 떠들썩하게 대화를 나누었습니다. 새벽 3시에 나와 아널드는 모이라 부인의 친구 두 분을 햄프스테드에 있는 그들의 자택으로 바래다달라는 부탁을 받았습니다. 클럽은 당시 구형의 모리스옥스퍼드를 한 대 사서 사용하고 있었습니다. 처음에 우리는 택시를 불러 숙녀 두 분을 데려다주려 했지만, 이렇게 즐거운 날이니까 모리스

옥스퍼드를 운전하는 것도 괜찮다고 생각해서 그 차를 이용하기로 했습니다. 아널드는 내게 운전하라고 했습니다. 그들의 집은 운전하기에는 너무 불편한 후미진 곳, 햄프스테드와 하이게이트 사이의 산 위에 있었습니다. 나는 스패니얼즈 워크를 따라가다가 산길을 여러 번 오르내린 후 그들의 집에 도착했습니다.

돌아오는 길에는 아널드와 나 둘뿐이었습니다. 클럽에서 마신 술기운과 젊은이의 혈기로 우리는 대담해졌습니다. 나는 40마일의 속도로 달렸습니다. 아널드는 아주 신나서 떠들었고, 늦은 밤이어서 지나가는 차도 없었습니다. 달도 컴컴했고 별빛도 없었으며 도로에는 가로등도 없었습니다. 비는 추적추적 계속 내려 노면이 미끄러웠고 울퉁불퉁한 데다가 언덕을 오르내려야 했지만 우리는 위험을 마다하지 않고 계속 달렸습니다. 그러다가 구부러진 길목 직전에서 오르막길을 오르는데 그때 갑자기 정유차가 반대편에서 언덕을 내려오고 있었습니다. 나는 그 정유 트럭을 피하려고 브레이크를 최대한 밟았습니다. 그러나 길은 좁고, 상대편 차는 어마어마하게 커서 가까워지자 놀란 나머지 순간 핸들을 놓고 말았습니다. 차가 큰 소리를 내며 부딪쳤습니다. 우리 차는 높은 언덕에서 바닥까지 굴러 내렸습니다. 나는 차 안에서 기절했습니다.

그런 일이 있고 다섯 시간 뒤에 눈을 뜬 나는 병원에 누워 있다는 걸 깨달았습니다. 처음에는 주변의 것이 모두 희미해서 하얀 가운을 입은 의사와 간호사 수십 명이 한 방 가득 있는 듯했습니다만 잠시 뒤에 서 있는 의사 한 사람과 간호사 두 명이 보였습니다. 그 외에 아널드, 모이라 부인, 마리아, 벤슨 씨가 앉아 있는 모습이 보였습니다. 아널드는 교통사고를 같이 당했는데도 멀쩡했습니다. 나는 머리가 깨지고 두 팔이 삐고 수십 군데 상처가 나서 한 달 이상 병원에 입원했다가 퇴원했습니다.

하지만… 병원에 입원해 있는 동안 마리아와 아널드가 번갈아가며 거의 매일 문병을 왔습니다. 누워 있는 내게 와서 마리아는 아널드 얘기만 했고, 아널드는 마리아 얘기만 했습니다. 내가 이 두 사람을 아주 좋아하긴 하지만 조금은 싫증 나고 성가시기도 했습니다. 이렇게 얘기 듣는 게 언제 끝나나 싶어서 마침내 결심을 했습니다.

병원에서 퇴원한 뒤 나는 몸이 날로 쇠약해졌습니다. 심약해서 쉽게 놀라고, 자주 아팠으며, 급기야는 가벼운 심장병까지 걸렸습니다. 기자 생활을 계속하기에는 힘이 부쳤습니다. 클럽에 있는 숙소에서 앓고 있을 때, 정말 이토록 무기력하게 누워 있는 내가 싫었습니다. 런던이 싫었고 친구도 싫었으며 나를 방문하는 사람 모두가 싫었습니다. 여기서 사라지고 싶었습니다. 영국에서 사라지고 싶었습니다. 마리아와 아널드로부터도 벗어나고 싶었습니다. 하지만 어디로 갑니까? 미국으로 가는 게 괜찮아 보였습니다. 미국… 나는 오랫동안 숙고했습니다.

독감에서 막 회복한 어느 날, 나는 벤슨 씨를 찾아가서 미국으로 6~8개월간 휴가를 갔다가 와서 다시 맡은 업무로 복귀하겠다고 했습니다.

"아직 완치되지 못했나 보군요, 바비." 벤슨 씨의 말이었습니다.

"만일 얼굴이 보이지 않으면 아직 낫지 않은 걸로 알고 계십시오." 내가 웃으면서 대답했습니다.

"돈은 충분합니까?"

"교통비까지 해서 1년간 쓸 돈은 충분합니다."

"우리 회사에서 뱃삯과 자동차 등 교통비를 대겠습니다."

"감사합니다만 안 그러셔도 됩니다. 어쩌면 건강이 완쾌되지 못할지도 모릅니다."

"알겠어요. 자비로 가요. 그렇게 합의합시다. 하지만 우리에게 돌아와야 합니다. 당신은 내 아들 같은 사람이랍니다, 잊지 말아요."

직책상 윗사람들에게 하직 인사를 한 뒤 나오다가, 벤슨 씨 방문 앞에서 마리아와 부딪쳤습니다.

"휴가 내서 미국으로 간다면서요? 바비, 얼른 나아서 다시 오기 바랄게요."

마리아에 대한 내 사랑이 조금밖에 남아 있지 않다 해도, 마리아의 천진스럽게 날 걱정해서 하는 말은 나를 기쁘게 했습니다. 날 염려해서 "얼른 나아서 다시 오기 바랄게요"라는 말 말입니다.

그날 저녁 숙소로 돌아왔을 때 보이가 태국 공사관 직원이 나를 찾아왔다가 진작 돌아갔다며 명함 한 장을 건넸습니다. 그 명함에는 이름 외에는 아무것도 없었으며, 연필로 "공사님이 가능한 한 빨리 뵙고 싶어 하십니다. 내일 아침이면 더 좋겠습니다"라고만 씌어 있었습니다.

공사가 만나고 싶어 한다는 말에 아주 의아했습니다. 또 무슨 일이 일어난 걸까요?

3

사우스켄싱턴의 애슈번 플레이스에 있는 공사관은 짜오쿤 쁘라파꺼라웡 공사가 있었을 때와 전혀 달라진 것 없는 여전한 모습이었습니다. 바깥에서는 날씨가 축축한 런던에 있는 보통 저택들처럼 오래되어 어둡고 침침해 보였습니다. 비서에게 찾아온 목적을 말하고 조금 있으니 사람이 나와 2층으로 안내했습니다. 공사를 만났습니다. 멈짜오 완와이타야껀 공사는 체구가 건장하고 단단한 기품이 넘쳤습니다. 피부가 하얗고, 얼굴은 활기가 넘치고, 한눈에도 학문이 깊어 보였습니다. 매우 능력이 있는 분인 것 같았습니다.

"위쑷 씨, 앉으세요. 알려줄 중요한 용건이 있습니다." 공사는 앞에 있는 의자를 가리키며 말했습니다.

나는 그분 말대로 했습니다.

"이미 알고 있겠지만, 현 왕께서 매우 나랏일에 관심이 크셔서 근면하고 학문에 진정한 이해와 견문이 있는 사람을 크게 키우려고 하십니다. 왕명에 따라 내가 여기서 공부 안 하고 노는 학생을 여러 명 귀국시킨 일을 알고 있을 겁니다. 그러면서 장래 나라의 동량이 될 훌륭한 학생을 물색 중이기도 해요. 이런 차원에서 난 왕실 장학금이 아닌 자비로 온 유학생 중 여러 명을 왕실 장학생으로 추천하기도 했습니다."

나는 조용히 듣기만 했습니다.

"나는 당신에 대해 잘 알고 있습니다. 유럽에 온 이후 무엇을 어떻게 했는지 다 알고 있어요. 당신이 한 일은 좀 유별나고 유익했습니다. 그래서 난 벌써 당신을 왕실 장학생으로 추천해서 보고했고, 그 결과 당신을 왕실 장학생으로 인정한다는 답변도 받았습니다. 당신이 반대하지 않고, 또 앞으로 더 공부할 의사가 있다면 나는 당신이 미국 조지타운 대학교에서 외교학을 배우도록 돕겠어요. 이 학문은 당신에게 잘 맞을 거라고 생각합니다."

공사관에서 나온 나는 꿈속을 걷는 것 같았습니다. 내가 왕실 장학생이 되다니…요. 나 같은 사람이 받다니! 프라야 위쎗 쑤팔락 집안의 한 사람이지만, 짜끄리 왕조의 역대 왕들이 이룬 국민을 위한 훌륭한 업적을 역사를 통해 공부했지만 아직 왕족을 한 사람도 알지 못하는 문외한인 내가 왕실 장학금을 받아 공부할 수 있다는 사실이 가슴 뛰게 했습니다. 태국인을 위해 쌓은 역대 왕과 왕족들의 훌륭한 업적 덕분에 태국은 자유와 독립을 누리고, 오늘날까지 태평성대를 이루고 있습니다. 앞으로도 짜끄리 왕조의 노력으로 국민은 계속 행복할 것입니다.

어려서부터 어려움을 겪었고, 성장해서는 외국에 와서 유럽인들과 맞부딪치며 생활해왔으므로 태국에서 일어나는 갖가지 상황들은 내 관심에서 점점 밀려나 있었고, 또 아무도 소식을 전해주는 사람이 없었던 데다가 태국어로 된 신문을 읽을 기회도 없었으므로 나는 라마 6세(1910~1925)가 붕어하시고, 라마 7세(1925~1935)가 즉위하셨다는 것만 알고 있을 뿐이었습니다. 라마 7세는 국민의 행복과 불행에 관심이 많으셔서 왕께서 누리셔야 할 재산의 일부를 태국인과 태국을 위해 내놓으셨으며, 의회를 창설하시고, 또 참신한 지식을 갖춘 사람을 등용하고 무능력한 관료를 제거하셨다고 들었습니다. 라마 7세 사진 한 장을 숙소에 걸어놓고 뵙는 것 외에는 개인적으로 알 기회가 전혀 없었습니다.

태국에서 나는 그저 두더지에 불과했습니다. 외국에 온 뒤 태국에서는 나를 잊었습니다. 나 같은 두더지가 무언가 해냈다는 사실을 믿는 사람이 태국에서는 아무도 없었습니다. 그런데 태국의 왕이 나를 능력 있는 사람으로 간파하시고 왕실 장학생으로 인정하신 것입니다. 이 영명하시고 훌륭하신 왕에게 과연 어느 누가 충성하지 않겠습니까?

나는 공사에게 왕실 장학생으로 미국 유학을 가는 데에 전혀 이의가 없고, 도리어 은혜에 감읍한다는 내용의 편지를 썼습니다. 그러고선 한 달 뒤에 유학을 떠날 준비를 했습니다.

4

왕실 장학생으로 미국에 가기로 결정한 다음, 회사에 사표를 내기 위해 벤슨 씨를 방문했습니다. 벤슨 씨는 내가 계속해서 기자 업무를 수행하기에 체력이 부족하다는 사실에 유감스러워하며 사표를 받아주었습니다. 그리고 미국이든 어디에 있든 기사를 써서 보내면 신문사의 방향과 맞는 범위 내에서 신문에 실어주겠다고 약속했습니다.

출발 2~3일 전에 글로스터 로드에 있는 벨리즈 호텔로 마리아가 찾아왔습니다. 그때가 밤 11시경이어서 투숙한 손님들이 거의 잠자리에 든 시간이었습니다. 우리 둘만 홀에 앉아 이야기했습니다.

마리아가 책망 섞인 투로 말했습니다. "바비, 왜 회사에 사표를 냈어요? 미국 가서 다시는 우리를 찾지 않는다면 당신은 제정신이 아닌 거예요."

"아니, 그렇지 않습니다. 마리아. 난 학생 신분으로 가는 겁니다. 미국에 가는 건 새로운 걸 더 보기 위해서예요. 새로운 삶을 살려고 해요. 옛날은 다 잊으려고 합니다. 신문사 일을 3년여 했더니 이젠 신물 나고 지쳤어요."

"그럼, 우리가 보기 싫어요? 나도 지겨워졌어요? 그렇지 않죠? 바비, 있을 수 없는 일이에요. 절대로 우리를 지겨워하지 않을 거죠. 우리를 사랑하잖아요. 그렇지 않아요?"

"당신을 사랑해요, 마리아. 그래서 여기를 떠나려는 겁니다. 당신이 행복했으면 해요. 당신이 사랑하는 사람과 행복하기를 바랍니다. 난 당신을 잊으려고 해요…. 기억했으면 하는 사람을 잊는다는 것은 정말 고통스러운 거라는 걸 압니까?"

"무슨 말을 하는 거예요?" 그녀는 내 눈을 뚫어질 듯 바라보며 화가 나서 물었습니다.

"아널드를 사랑하는 거 아닌가요?" 그녀의 눈길을 피하며 내가 작은 소리로 말했습니다. "아널드는 내가 믿는 제일 좋은 친구입니다. 나는 당신이랑 그 친구 둘 다 사랑해서 둘이서 날 잊고 행복했으면 합니다. 내가 당신에게 좋은 사람이 못 되었으니까 당신은 나를 쉽게 잊을 수 있을 겁니다. 나도 다른 기자들과 같아요. 어딜 가든 거기서 여자를 만나 사귀었고⋯ 당신에게 충직하지 못했어요."

그 순간 마리아가 내게 달려들더니 머리를 내 가슴에 묻고 울면서 푸념하듯 말했습니다. "바비, 날 어떻게 생각하든, 당신을 안 이후 난 다른 사람은 사랑한 적이 없어요. 죽을 때까지 당신만 사랑할 거예요. 허락해줘요. 내가 아널드 얘기를 한 건 당신을 즐겁게 해주려고 그랬던 거예요. 당신이 병상에 있는 내내 아널드가 당신의 최고 친구 아니었나요?"

출발하는 날, 나는 기차로 런던을 출발해 리버풀로 간 후, 거기서 배를 탔습니다. 마리아와 아널드가 배웅해줬습니다. 바다 한가운데서, 대서양 한가운데서 마리아를 생각할 때마다 눈물이 흘렀습니다. 그녀가 벨리즈 호텔에서 한 말을 하나도 빠짐없이 다 기억하고 있습니다. 그녀는 다른 사람을 사랑한 적이 없었습니다. 아널드를 사랑하지 않았습니다. 나 한 사람만 사랑했습니다. 그런데, 나는 그녀를 의심했습니다. 오⋯ 세상이여! 세상이여! 세상이여!

19. 꿈의 도시

1

아드리아호 승선 첫날, 아주 큰 선박이라 승객으로 배가 꽉 차서 사방에서 즐거운 대화들이 오갔지만 나는 좀 외로웠습니다. 나와는 아무 관계가 없는 사람들 사이에 혼자 있는 느낌이었습니다. 누구를 알 기회도, 사귈 마음도 없는 절망 그자체였습니다. 아침, 점심, 저녁, 밤, 배는 계속 달려서 나와 마리아 사이는 점점 멀어졌고, 이제는 결코 만날 수 없다는 생각이 들 정도로 멀어졌습니다. 바다는 잔잔해서 뱃전에 와 닿는 파도 소리만 들렸습니다. 나는 위층 갑판에 서서 배 몸체에 부딪치는 파도에 눈길을 주고 있었습니다. 어둠 속에서 샛별이 영롱하게 반짝였습니다.

"혹시《런던타임스》의 바비가 아니신가요?" 뒤에서 누군가 물었습니다. 고개를 돌렸습니다. 비록 갑판이 어둡긴 했으나 응접실 창문을 통해 비치는 불빛으로 그 사람이 잘 보였습니다. 그리 큰 체구는 아니지만 50세쯤 되는 머리 뒤쪽이 벗어진 남성이었습니다. 머리카락은 희끗희끗했고, 태도로 보아 매우 교양 있는 영국인 같았습니다.

"그렇습니다만, 어떻게 알아보셨습니까?"

"아니, 나를 모르겠어요? 당신이 처음 입회할 때 프레스 클럽에 같이 있었고, 파리에서도, 몬테카를로에서도, 또 마드리드에서도 만났는데 모르겠어요?"

"우리가 서로 대화를 나누진 않았지요?"

"못 했지요. 기회가 없었어요."

한동안 생각해보았습니다. 헤이마켓 프레스 클럽에서, 파리로, 몬테카를로로, 마드리드로… 마침내 떠올랐습니다.

"퍼시벌 험프리스 경 아니십니까? 이제 생각났습니다."

"바로 그렇습니다. 당신은 아주 뛰어난 기자죠."

"처음부터 알아뵙지 못해 매우 죄송합니다. 기자의 임무인데요. 위쑷 쑤팔락입니다."

"정말 부르기 어려운 이름이군요. 그냥 바비라고 불러도 되겠습니까?"

"그럼요. 부르기 편하면 그러십시오."

"왜 여기서 혼자 생각에 잠겨 있습니까? 안으로 들어가서 샴페인을 드십시다. 나는 샴페인 광이라 매일 세 병 정도는 마셔야 해요. 가요, 같이 갑시다."

나와 퍼시벌 경은 배의 앞쪽에 있는 응접실로 들어갔습니다. 응접실에는 승객들이 테이블에 앉아 브리지 등의 카드놀이를 즐기고 있었습니다. 퍼시벌 경은 나를 데리고 구석의 테이블로 갔습니다. 그 테이블에는 중년 여성 한 사람과 젊은 금발 미녀가 앉아 있었습니다.

"이 사람은 《런던타임스》 기자, 바비라고 해요." 퍼시벌 경이 나를 두 숙녀에게 소개했습니다. 이어서 "여긴 내 아내고, 저긴 내 딸인 폴리 더워드예요"라며 두 숙녀를 소개해주었습니다.

나는 그 두 숙녀에게 고개 숙여 인사를 하고 악수를 나누었습니다. 퍼시벌 경은 나를 당신 아내의 맞은편 의자에 앉도록 했습니다. 샴페인을 마시는 동안 퍼시벌 경이 "우리 폴리는 4년 전에 결혼했다가 바로 얼마 전에 이혼했어요. 결혼도 해봤고 이혼도 하고 다 해봤지요. 엄청나죠?"라고 유머러스하게 말했습니다.

"성함이 폴리입니까?" 웃으면서 물었습니다.

"폴리예요. 조지 왕의 앵무새예요.' 기억 안 나요?"

나는 그 말에 한참 웃었습니다. 프레스 클럽 앞에서 우리 기자들이 길렀던 앵무새가 갑자기 생각났기 때문이었습니다. 그 새는 누구를 만나든 "난 폴리예요. 조지 왕의 앵무새예요"라고 했습니다. 내가 폴리를 바라보면서 웃자 그녀도 마주 웃었습니다.

"퍼시벌 경, 나는 폴리가 이 세상에서 제일 좋은 이름이라는 데 한 표 던집니다. 조지 왕의 앵무새일뿐더러 우리의 앵무새고, 또 거대한 연극 무대의 앵무새이니까요."

"'거대한 연극 무대', 이 말은 우리도 이해해요."퍼시벌 경 부인이 옆에서 거들었습니다.

"이봐요, 바비. 날 퍼시벌 경이라고 부르는 게 싫군요. 몹시 거북해요. 오늘부터 친해졌으니 난 당신을 바비, 당신은 날 퍼시, 내 처는 퍼시벌 부인, 그리고 내 딸은 폴리라고 불러요. 만일 내 딸을 더워드 부인이라고 부르면 폴리가 당신을 때려죽일 거요."

"알겠습니다. 그렇게 하겠습니다. 영국을 떠난 후 심심하고 적적해서 친구가 정말 그리웠는데, 여러분을 만나서 다행이고 영광입니다."

"신문사에서 당신을 미국으로 보낸 건가요?"폴리가 물었습니다. 폴리는 말할 때 미국인처럼 약간 콧소리를 냈습니다.

"아닙니다. 유감스럽게도 신문사를 사직했습니다. 태국의 왕실 장학금을 받아 공부하러 미국으로 가는 길입니다. 워싱턴에서 외교학을 공부할 겁니다."

"뭐라고요? 왜 사직까지 했어요?"퍼시가 안타까움을 나타냈습니다.

"기자처럼 사방으로 뛰어야 하는 일을 감당 못 할 정도로 몸이 쇠약해졌거든요."

"하지만 기자 일은 무척이나 재미있을 텐데요, 바비."퍼시벌 부인의 말이었습니다. "폴리도 전에 신문사 특파원을 했었어요."

밤까지 대화하다가 너무 늦기 전에 우리는 서로 인사를 건네며 자러 갔습니다.

2

리버풀에서 미국의 뉴욕까지 항해하는 10일 동안 퍼시벌 경의 가족과 나와의 관계는 매우 깊어졌습니다. 자주 세계를 여행하는 이 가족은 당신들이 다녀온 나라에 대해 나와 많은 대화를 했습니다. 나도 그간 보고 경험한 것을 이야기했습니다. 우리는 호흡도 맞고 재미있게 잘 어울렸습니다.

퍼시벌 경은 세계적으로 유명한 골동품상이었습니다. 런던 뉴본 스트리트와 뉴욕 77번가에 본사를 두고, 도쿄, 상하이, 홍콩, 그리고 캘거타에 지부를 두었습니다. 직업 특성상 퍼시벌 경은 자주 여행하면서 상품을 조사하고 감정할 뿐만 아니라 이쪽에서 유물을 구입해서 저쪽에 팔고 있습니다. 세계대전이 끝난 뒤에 이 분야에 뛰어들어, 오늘날 우리가 부호라고 부를 만큼 성공했습니다. 아드리아호에서 둘째 날에, 퍼시벌 경이 전쟁 통에 한쪽 눈이 실명되었다는 사실을 알게 되었습니다. 그래서 그쪽은 가짜 안구, 즉 유리 안구를 넣어서 눈을 돌릴 수 없다고 했습니다.

퍼시벌 부인은 우아한 중년 여성으로 젊었을 때는 미인이었음이 틀림없습니다. 한때 아름다운 물결을 이루었을 금발은 지금 엷은 회색으로 변했습니다. 계란형 얼굴에는 잔주름이 보였고, 진한 파란색의 눈동자는 젊었을 때의 반짝임을 잃었습니다. 세월은 잔인해서 젊고 싱싱한 우리를 늙게 하고, 나중에는 죽음에 이르게 하여 다른 사람에게 그 자리를 내줍니다. 그러나 인생이 퍼시벌 부인에게 베푼 특별한 것은 결혼 생활의 행복이었습니다. 그녀는 남편과 불화한 적이 없었습니다. 낙관적인 삶을 즐기고, 말솜씨로 주위를 즐겁게 했으며, 성격 또한 고상하고 예의가 있었습니다.

폴리는 머리는 금발이고 눈은 갈색이며, 양 볼에는 보조개가 예쁘게 피고, 날씬하며, 이혼해서 독신으로 지내는 여성이었습니다. 그녀가 앞으로 무엇을 어떻게 하며 지낼지 알 수 없었습니다. 세상은 스물일곱 살 여성이 갖출 수 있는 최대한의 경험과 지식을 주었습니다. 그녀는 담배를 피우고, 술을 마시며, 도박도 즐깁니다. 그녀는 남성을 친구 이상으로 사랑하기에는 세상을 너무 많이 알아버렸습니다. 폴리는 응석받이입니다. 그녀와 나는 배에서 함께 여러 가지 게임을 했습니다. 그녀는 나를 '바비' 혹은 '동생'이라고 불렀고 나는 그녀를 '폴리' 혹은 '누나'라고 불렀습니다.

배 안에서 나는 이 세 사람과 행복하고 편했습니다. 한 가족처럼 식사도 함께했고, 이야기도 함께 나누었으며 뭐든지 함께해서 퍼시벌 경을 보면 벡스힐의 아빠가 생각났습니다. 퍼시벌 부인은 엄마를, 그리고 폴리는 스테파니를 연상시켰습니다. 폴리는 나이가 많았지만 아직 어린애 같아서 정말 바로 위의 친누나라는 생각이 들었습니다.

퍼시벌 경 가족이 샴페인을 즐긴 덕분에 나도 샴페인을 마시게 되었습니다. 대서양을 항해하는 동안 우리는 선상에서 매일 즐거웠습니다. 샴페인을 마시고, 탁구와 골프를 치고, 다른 게임도 즐겼습니다.

어느 날, 퍼시벌 경이 "당신네 나라에 있는 백상(白象)은 정말 하얀가요? 면화 솜이나 뭐 그런 것처럼 하얗습니까?"라고 물었습니다.

"아닙니다, 그 정도로 하얗진 않아요. 퍼시. 회색과 검은색이 섞여 있어서 좀 더 하얗게 보이는 것뿐이에요."

"고향을 떠나 객지에서 지낸 지 하도 오래되어 백상의 색깔을 잊어버린 건 아닌가요? 백상은 온통 하얀 코끼리이니 면화 솜처럼 하얗겠지요"라며 놀렸습니다.

"거짓말이에요, 퍼시." 내가 웃으면서 반박했습니다.

"당신이 태국으로 돌아가기 전에 내가 백상 한 마리를 사다 줄게요. 집에 가면 지인들에게 자랑해요." 퍼시벌 경이 약속했습니다.

"어디서 사실 건데요?"

"일본에서 한 마리 봐두었답니다."

그날부터 나는 태국에 귀국하기 전에 받을 선물, 솜처럼 하얀 백상을 기다렸습니다.

3

이틀 뒤면 배가 꿈의 도시 뉴욕에 도착합니다. 미국에서 제일 화려하고 제일 발전했다는 도시, 신천지입니다.

미국 이민국의 관리는 정말 철저하고 적극적으로 일합니다. 배가 도착하자 관리가 먼저 승선하여 전염병에 걸린 사람, 마약이나 술 등 반입 금지품 등을 철저히 조사합니다. 한 시간 동안 조사한 다음 승객을 배에서 내리게 합니다. 배에서 내리면 관리가 기다리고 있다가 여권을 조사하고 개개인의 하는 일 등에 대해 자세히 묻습니다. 그러고는 여행 가방을 풀거나 열어 옷 등 자질구레한 것까지 조사해서 이민국을 벗어날 때까지 또 한 시간을 소요합니다. 그다음에 퍼시벌 경 가족과 나는 근사한 택시 한 대를 불러 월도프 애스토리아 레스토랑으로 갔습니다. 그 식당은 뉴욕에서 제일 크고 화려하며 값도 제일 비싼 곳입니다.

나중에 안 사실인데, 공사관에서 참사관 한 사람이 날 마중 나왔지만 서로 어긋나서 만나지 못했습니다. 퍼시벌 가족은 내게 함께 호텔서 하루 이틀 묵으면서 뉴욕을 구경하고 천천히 워싱턴으로 가라고 권했습니다.

　미국이라는 나라에 대해, 뉴욕이라는 도시에 대해 생각만 해도 가슴이 울렁거렸습니다. 마치 천상의 나라에 있는 것 같아서 가볍게 흥분했습니다. 내가 가봤던 런던, 파리, 로마, 베를린, 기타 유럽의 수도 등등은 뉴욕과 전혀 달랐습니다. 하늘을 찌를 듯이 높은 마천루는 도대체 몇 층인지 셀 수조차 없이 높았고, 도로도 아름다웠으며, 사람들도 많아 도시 전체에서 생기와 부가 넘쳐흐르는 것이 보였습니다. 5번가, 브로드웨이 등등과 대낮처럼 밝은 가로등은 말로 표현할 수 없을 정도로 넘치는 즐거움을 맛보게 했습니다. 우리가 사는 세상이 이토록 발전할 수 있다는 것을 꿈에도 생각지 못했습니다. 전에 〈메트로폴리스(Motropolis)〉라는 독일 영화를 본 적이 있는데, 뉴욕이 곧 영화 속의 도시처럼 될 거라는 생각이 들었습니다.

　나는 3년여 신문사에서 일해서 그런지 뉴욕에 오니 감정 속에 있던 예전의 불꽃이 다시 불길로 타올랐습니다. 뉴욕을 구경하면서 나는 신문에 실을 글의 소재를 많이 찾았습니다. 퍼시벌 경은 뉴욕에 있는 기자들과 안면이 많았습니다. 그래서 나를 데리고 다니면서 뉴욕에 있는 신문사를 거의 다 구경시켜주었습니다. 정말 많이 보고 배웠습니다.

　《뉴욕타임스》 사무실에서 영국에 있을 때 동료 기자였던 길버트 앨런 호프를 만났습니다. 내가 신문사를 사직한 것을 모르는 길버트는 나를 보자 아주 반가워했습니다. 펄쩍펄쩍 뛰며 다가와 포옹하며, 자기 마음대로《런던타임스》에서 취재차 나를 파견했다고 여겼습니다.

"마침 잘 왔습니다. 정말 심심했거든요. 여기 오래 있을 거예요?" 길버트가 물었습니다.

그때는 퍼시벌 경이 뒤에 서 있었으므로 나는 예의를 갖춰 길버트에게서 떨어졌습니다. 그리고 "길버트, 퍼시벌 경을 알아요?"라고 물으며 소개하려 했습니다.

"안녕하세요? 퍼시벌 경." 나는 길버트의 친밀한 태도에 묘한 기분이 들었습니다.

"우리 안 지 오래되지 않았습니까? 프레스 클럽에서 만난 것으로 기억합니다만… 아주 오래전이죠."

"그렇군요, 길버트. 우리 친했었지요."

길버트는 우리를 데리고 슈워츠 찻집에 가서 차를 마시면서 헤어져 있던 동안에 있었던 이야기를 나누었습니다. 내가 특파원직을 사직한 것을 알자, 놀란 길버트는 화를 내며 말했습니다.

"여기 뉴욕에서는 동료가 여러 명 있어요. 줄리아 앤허스트, 밥 헨릭슨, 그리고 다른 이들. 우리는 언젠가 당신을 만날 거라고 얘기한 적이 있습니다. 삼총사는 뉴욕에서 만날 거라고요. 우리가 당신이랑, 마리아, 아널드를 뭐라고 불렀는지 압니까? 삼총사라고 불렀어요."

"알고 있어요."

"당신 세 명이 헤어질 수 있다고 생각해보지 않았어요. 하지만 마리아가 당신과 아널드 중에서 당신을 선택할 거라고 믿습니다. 언제 결혼할 겁니까? 내가 신랑 들러리를 설게요."

"결혼⋯ 아마 없을 거예요. 인생이라는 이름의 연극은 진작 막을 내렸어요, 길버트."

"왜요? 당신들 싸웠어요?"

"아니에요. 내가 신문사에 사표를 내고 나왔잖아요. 난 이제 왕실 장학생입니다. 2년 뒤에 귀국하기로 결심했어요."

"귀국해서 '인생이라는 이름의 연극'을 쓰려고요⋯?"

"맞아요, 길버트."

20. 쭈라이와 쁘라팟

1

길버트를 만난 다음 날 나는 퍼시벌 가족과 이별한 뒤, 워싱턴의 주 미국 태국 공사관의 짜오쿤 위칫웡우티끄라이 공사에게 인사하려고 뉴욕을 떠났습니다. 약 여섯 시간을 달려 기차는 워싱턴에 도착했습니다. 뉴욕을 출발하면서 나는 언제 어디로 도착한다는 소식을 공사관에 미리 알리지 않았습니다. 오래된 기자 생활에서 밴 습관, 어디서든 길을 잃지 않고 찾아갈 수 있다는 자신감 때문이었습니다. 또한 공연히 폐를 끼치는 게 싫기도 했습니다. 워싱턴은 상주 인구의 수가 적어서인지 길 찾기가 다른 곳보다 쉬웠습니다. 기차에서 내리자 나는 사람을 불러서 짐을 택시에 싣고, 카를로라마 로드에 있는 공사관으로 가자고 했습니다.

수도 워싱턴은 깨끗했고, 정돈된 느낌이 드는 조용한 도시였습니다. 도로는 넓고 평평했으며 행인이 적어서 한적하다 못해 쓸쓸해 보이기까지 했습니다. 눈에 띄는 길가의 건물 역시 사람이 살지 않는 집처럼 조용했습니다. 공원이나 운동장도 같은 분위기였습니다. 하지만 누구든 잘 지켜보면 조용한 생활을 즐기는 사람에게는 최적의 도시라는 걸 알 수 있었습니다. 의회나 정치가가 살기에는 가장 알맞은 도시였습니다.

기차역에서 택시로 한 20분쯤 달려 공사관에 도착했는데, 낮은 언덕 위에 있는 3층 건물이었습니다. 건너편에는 비행사 린드버그 환영 모임의 회장인 해먼드의 호화로운 저택이 있었습니다. 공사관 앞에 택시가 서니, 안에서 사람이 나와서 맞았고 또 짐도 안으로 날라주었습니다. 그리고 공사가 지금 건물 옆 잔디밭에 있다고 일러주었습니다.

짜오쿤 위칫 공사는 연세가 쉰이 좀 넘었고, 마른 체구에 키가 컸습니다. 성품이 호방하고 선량해서 잠깐 대화를 했는데도 나는 이분이 좋아졌습니다. 그때 공사는 공사관 직원들과 담소 중이었습니다. 비서관과 참사관이 있었으며, 잔디밭에서 공놀이하는 두세 명의 유학생이 보였습니다. 나는 공사의 건강이 그리 좋지 않음을 금방 알아챘습니다. 창백한 얼굴로 계속 기침을 했고, 옆에는 의사에게 보낼 침과 가래가 담긴 작은 유리병이 보였기 때문입니다. 공사는 2~3주에 한 번씩 필라델피아에 있는 의사에게 가서 목 안의 상처를 검사하고 소독한다고 했습니다. 건강이 이렇게 안 좋은데도 불구하고 국사를 돌보는 열성과 의지, 그리고 인내력이 존경스러웠습니다.

136 B 애비뷰의 숙소에서 다른 유학생과 지내게 되었을 때, 나는 내 미래가 어떨지, 행복할지, 아니면 불행할지를 도

무지 확신할 수가 없었습니다. 과거 기자 생활을 하면서 자유롭게 취재를 다녔고, 또 신문사에서 제법 괜찮은 직위에까지 올랐었는데, 지금은 배우는 학생의 신분이라 위에서 지켜보고 감독하는 사람의 지휘를 받아야 한다고 생각하니 묘하게도 마음이 답답해졌습니다. 미국 유학생들은 영국 유학생들과 달리 부유하거나 지체 있는 집안의 자녀들이 아니었습니다. 미국인 부호들의 적극적인 유학 자금 후원을 받는 유학생이 많았습니다. 유학생이 묵는 집은 상당히 넓었고 깨끗했으며 편리했습니다. 그러나 때가 되면 밖에 있는 음식점에서 끼니를 해결해야 했습니다. 워싱턴에는 유학생이 겨우 두세 명밖에 없어서인지 항상 공사관에서 만났습니다.

　나는 조지타운 대학교에서 공부할 준비를 하고 왔습니다만, 도착했을 당시는 2학기가 거의 끝나던 시기라 신학기가 시작될 때까지 기다려야 했습니다. 그동안에 공사는 보스턴 근처에 있는 케임브리지, 하버드 대학교에서 2개월간 특강을 듣게 해주었습니다. 미국 대학교는 그때 여름방학이었습니다만 수학을 원하는 학생들에게 특강을 마련하고 있었습니다. 나는 미국 역사와 문학, 두 과목을 등록하고 수강했습니다. 그동안 나는 보스턴의 엘 애비뉴에 있는 케이 부인 집에서 하숙했습니다. 그곳은 하버드에서 지하철로 20분 거리였습니다.

　보스턴에서 이리저리 다니면서 식사를 하다가 태국 사람

들을 많이 알게 되었습니다. 영국의 옥스퍼드와 케임브리지처럼 하버드 대학교의 경쟁 대학교인 MIT 유학생들도 알게 되었습니다. MIT와 하버드 대학교는 아주 가까이 있어서 걸어도 10분이면 도착했습니다.

각 대학교는 여름방학 특강을 열어 수학하고자 하는 학생에게 수강할 기회를 주었습니다. 남녀 학생이 함께 수강했으므로 교정에서는 1년 내내 무리 지어 다니는 학생들을 쉽게 볼 수 있었습니다. 미국에서 대학교는 공부하는 장소이면서 배우자를 찾는 장소이기도 했습니다. 내가 수강한 미국 역사 과목과 문학 과목에도 어린 남녀 학생들이 많았는데, 그들과 아주 친해졌습니다. 학교에 있을 때는 즐겁게 지냈고, 휴일인 일요일에는 서너 명씩 보스턴에서 영화를 봤습니다. 영화를 본 다음에는 보스턴과 케임브리지를 가로지르는 찰스강의 잔디밭에 앉아 놀았습니다.

2

6주간 공부한 뒤 우리는 시험을 봤습니다. 나는 전에 배운 적이 있었던 문학 과목에서는 2등을, 미국 역사에서는 11등을 했습니다. 하버드 학기가 끝난 후의 워싱턴은 매우 더웠는데 나는 글로스터의 배스록 해변에 있는 집에서 공사와 지냈습니다. 한여름이면 공사관은 매년 임시로 글로스터로 이사해서 더운 여름을 났습니다. 배스록에 있는 공사관에서 유학생 여러 명과 지냈는데 그중 여학생이 한 명 있었습니다. 보스턴 대학교에서 의학을 공부하는 그녀의 이름은 쭈라이 쑤완나와닛이었습니다.

쭈라이는 미국 유학생 중에서 유일한 여성으로 키는 좀 작았지만 피부가 하얗고 예쁜 처녀였습니다. 공부도 잘했고 말도 조리 있게 했으며 농담도 잘했습니다. 검은 눈에는 총기가 살아 있었고 옷을 예쁘게 입을 줄 알았습니다. 열아홉 살인 그녀는 열 살 때부터 미국에 와서 살았지만, 태국인 학생들과 항상 교류했기 때문에 태국어가 유창했습니다. 그래서 태국인 남성 유학생은 거의 모두가 그녀와 사귀고 싶어 했습니다. 언젠가는 스스로 그녀의 사랑이라는 이름의 노예가 되겠다는 바람으로 눈독을 들이고, 공도 들였습니다. 이러는 이유는 아마 유학생은 가난한데 미국 물가가 비싸서 영국이나 프랑스만큼 쉽게 여학생을 사귀기 힘들기 때문이 아닐까요?

쭈라이는 영리해서 스스로 자신을 지킬 줄 알았습니다. 그래서 남학생들이 친구 이상으로 접근해 오는 것을 허락하지 않았습니다. 만일 남학생이 열을 올리며 달려오면 그녀는 같이 얘기를 나누지도 다니지도 않았습니다. 그런 남학생과는 거리를 두고 멀리했습니다. 소문에는 태국으로 귀국한 애인이 그녀가 오기를 기다린다고 합니다. 나는 늦게 미국에 왔기 때문에 그 남성을 보지는 못했습니다. 어떤 소문에는 그녀가 놀기 좋아하고 쉽게 남성을 사귄다고 하기도 하고, 또 다른 소문에는 그녀가 아주 지독해서 누구에게도 곁을 주지 않는다고도 하지만, 모두가 그녀를 최고의 여성이라고 꼽았습니다. 어느 말을 믿든 여러분의 선택입니다.

글로스터에서 나는 새로운 인물이었지만, 영국에서 내가 무엇을 했는지를 쭈라이가 조금 알게 되었는지 내게 관심을 보였습니다. 그녀는 나를 사랑의 노예로 만들려는 생각이었을까요? 하지만 나는 나이가 있고 세상 물정을 많이 경험한 어른 입장이었습니다. 쭈라이를 사랑한다는 것은 거의 불가능했습니다. 그녀는 내게 그저 어리고 예쁜, 영리하고 귀여운 학생에 불과했습니다.

"위쑷 씨." 어느 날 공사관 복도에서 그녀가 나를 불러 세우더니 물었습니다. "세상 구경을 많이 하고 기자 생활도 하셨다는데, 인생이 어떤 거라고 생각해요? 재미있나요?"

그녀가 이렇게 물은 것은 뭔가 얘기하고 싶어서라는 것을 나는 잘 압니다. 그녀는 인생을 살아가는 얘기에서 진실을 찾아내려는 사람이 아니니까요.

"인생살이는 궁극적으로 배울 수 있는 게 아니에요, 쭈라이. 세상을 많이 보고 알면 알수록 스스로 점점 모른다는 생각이 들어요."

"슬픈 건가요?" 부드러운 눈길로 나를 바라보면서 물었습니다.

"슬픈 거라···." 내 대답이었습니다.

"내가 보기엔 삶은 제일 근사하고 멋져요. 나는 태어나면서부터 운이 좋아서 원하는 건 모두 손에 넣었거든요."

"미국에 온 지 9년 되었다면서요? 어려서부터 뜻대로 안 돼서 안타까웠던 적은 없어요?"

"그런 적은 없었어요. 나는 미국을 아주 좋아해요. 정말 즐거운 곳이에요."

"아마도 아름다운 데다가 자유롭고 유일한 태국 여학생이라 그런가 봐요. 태국 유학생 중에서 단연코 스타라면서요?"

"그럴지도 몰라요." 그녀가 인정했습니다.

나와 쭈라이는 공사관 직원들이나 비서관들과 즐겨 놀러 다녔습니다. 글로스터만에서 배를 빌려 낚시질을 했고, 부호 해먼드의 요트 손님으로 초대받아 뱃놀이를 즐겼으며, 차를 타고 보스턴이나 매그놀리아 디스트릭트를 드라이브하기도 했습니다. 내가 놀기를 좋아하고 말도 재미있게 잘하고 또 얘깃거리가 많자 쭈라이는 나와 친하게 지냈습니다. 새벽에는 아주 가끔이지만 단둘이 해변을 걷기도 했습니다. 그 결과 그곳 유학생들은 우리 관계를 의심하게 되었습니다. 아무 사이도 아니었으나 유학생들은 쑥덕거렸습니다. 우리는 각자 자기가 할 일을 잘 알고 있는 유학생이자 어른인데도 말입니다.

3

여름 방학이 끝날 무렵, 나는 공사관 직원들과 글로스터를 떠나 워싱턴으로 갔습니다. 다른 유학생들은 각기 원래 있던 곳으로 갔습니다. 쭈라이는 보스턴으로 갔습니다. 워싱턴에 도착한 지 3~4일 후에 학교는 개강을 했습니다.

내가 공부하려는 조지타운 대학교의 외교학은 4년 코스였습니다. 그런데 신입생들 대상으로 실시한 기초 교양 과목 시험에서 탁월한 성적을 거둔 나는 다행스럽게도 심사위원의 결정에 따라 2학년부터 공부하게 되었습니다. 이로써 3년 안에 학업을 마칠 수 있게 되었습니다. 영어, 엄밀히 말해 미국어 과목은 작문(에세이 쓰기), 국가 간 주고받는 서신 쓰기, 그리고 비서 업무로 구성되어 있었습니다. 나는 진작 유럽에 있는 신문사에서 모두 익힌 것들이라 수강할 필요가 없었고, 수강해야 하는 과목은 프랑스어, 독일어, 세계 통신, 세계 경제, 세계사, 국제 관계, 국제법, 심도 있는 미국 역사였습니다.

나는 영국, 프랑스, 독일, 이탈리아에서 대학과 학교를 보았고 런던의 대학에서 공부한 경험도 있었기에, 조지타운 대학교에서 하는 공부가 어떤지를 거침없이 말할 수 있습니다. 미국은 신생국입니다. 주체할 수 없는 부를 간직한 국가고, 거

315

대한 통신망과 상업망을 구축하고 있다 해도 학제를 체계 있게 만들 여력이 아직은 없었나 봅니다. 조지타운 대학교에는 학문이 높고 훌륭한 교수들이 많아도 아무도 수업을 체계 있게 정리하지 못했습니다. 배우는 과목은 그리 어렵지 않았습니다. 나는 여러 과목을 동시에 들었고, 또 건강은 고려하지 않고 공부와 일을 했습니다. 배운 과목을 함께 얘기하고 토론할 모임도 없었고, 다른 대학에서처럼 학생들이 만날 수 있는 협회도 없었습니다. 신입생인 데다가 1학년 과정을 건너뛴 나는 수업을 따라가려면 다른 학생들보다 더 열심히 해야만 했습니다. 처음 2~3개월 동안 너무 신경을 쓰며 열심히 한 나머지 피곤함이 몰려와 다시 심장병이 도졌습니다. 밤낮을 가리지 않고 책을 본 결과 결국 병이 났고, 이번에는 시력에 문제가 생기고 말았습니다.

나는 미국인 학생들이 좋았습니다. 그들은 친절하게 굴었습니다. 그들은 내가 피부가 누런 외국인 학생이어도 견제하지 않고 어울려주었습니다. 그래서 나는 학교에서 친구 여럿을 사귀었습니다.

4

조지타운 대학교에는 태국인 학생이 나 말고 한 명 더 있었습니다. 그는 나랑 성이 같은 친척뻘이었습니다. 이름이 쁘라팟이었는데, 제일 친하게 지냈습니다. 이번 생에서 쁘라팟

만큼 좋은 친구는 없을 것 같습니다. 우리는 서로 아꼈고, 한 방을 사용했습니다. 우리는 마음이 잘 맞았습니다. 쁘라팟은 다른 사람을 배려할 줄 아는 선량한 성품이었고 어느 한편만 생각하지 않는 중립적인 사람이었습니다. 그는 내게 어른 대접을 해주었습니다. 내가 견문이 많다고 여겨서 나를 스승처럼 대했습니다. 나는 쁘라팟을 좋은 친구로, 그리고 이 세상에서 가장 믿는 유일한 동생으로 여겼습니다. 쁘라팟의 성격은 쁘라딧과 달랐습니다. 부드럽고, 영민했으며, 공부도 잘했습니다. 이 친구의 미래는 자기가 구상하고 있는 평화의 전당처럼 평탄하고 순조로울 것입니다.

어느 날 집에서 쁘라팟이 말했습니다. "위쑷, 쭈라이 편지를 너무 자주 받는 것 같아요. 방해가 안 될까 싶네요."

"그냥 평범한 편지예요. 별거 없어요. 모두 책장 서랍에 넣어두었으니 당신도 봐도 돼요."

"지난달에 뉴욕에 갔을 때, 싸릿네 집에서 쭈라이를 만났어요. 쭈라이 말을 들으니까 그녀가 당신을 사랑하는 것 같더라고요."

"사랑이요?"

"당신이 그녀를 여기로 부르고 싶으면 오라는 내용의 편지 한 통만 보내면 될 거예요. 편지를 받은 다음 날로 이리 달려올 테니. 그녀는 다음 달에 태국으로 돌아간다네요."

나는 웃기만 하고 대답하지 않았습니다. 겨우 두세 달 그 녀를 알았지만 그런 몰상식한 행동을 할 여성으로는 보이지 않았기 때문입니다. 한참 동안 잠자코 있다가 물었습니다.

"쁘라팟, 내가 공부를 열심히 해야 한다고 생각하죠? 만 일 어느 날… 내가 병들어서 아주 많이 아프고, 나으려면 학업 기간보다 더 오래 걸려서, 결국 공부를 못 하고 태국에 가야 할 때가 오면 내가 떠난 다음에 당신은 다 잊어버리겠죠?"

"당신 좀 이상하네요. 우리가 알게 되고 친구로 함께 지내 면서 당신을 정말 좋아하고 있어요. 난 아무도 당신을 잊지 않 을 거라고 믿어요."

"당신은 그럴 거라고 믿어요."

"세상에 태어나서 당신만큼 좋아하고 사랑한 친구는 아직 당신밖에 없어요."

"아마 다른 사람들은 나처럼 당신을 알고 함께 지내지 못 해서겠지요…."

"아니에요. 그렇지 않아요." 그는 내 말을 중간에서 끊더 니 담배를 깊이 한 모금 빨고 나서 "나는 태어나면서부터 가난 한 불행한 아이였어요. 태국에서 부모님과 살았을 때는 불운 한 가난뱅이였어요. 뭐라 말할 수 없이 가난했어요"라고 했습 니다.

그 말은 들은 나는 멍하니 코네티컷 애비뉴를 왕래하는

차들을 바라보았습니다. 슬픕니다!

세상이여, 세상이여!

21. 인생의 파멸

1

워싱턴에 있는 대학교에서 외교학을 공부하면서, 급우들을 따라잡기 위해 밤낮 가리지 않고 공부하면서 나는 내 미래가, 거대한 미래가 펼쳐지는 것을 느꼈습니다. 태국의 공직 사회에서 출세할 수 있다는 희망… 꿈으로 나는 행복했습니다. 힘든 줄도 몰랐습니다. 열심히 몰두하면 잊어야 할 것은 모두 잊게 됩니다. 가장 좋은 방법입니다. 나는 마리아도, 쭈라이도, 또 지난 과거의 인생도 생각지 않으려고 했습니다.

학교 공부는 잘 진척되었고 발전했습니다만 하면 할수록 내 성품이나 역량이 공부와 맞지 않는다고 느꼈습니다. 내 인생과 행복은 결코 평탄하지 않은가 봅니다. 인생에는 많은 장애와 좌절, 그리고 파멸과 죽음이 있습니다. 게다가 책을 읽으면 읽을수록 두 눈이 아파졌습니다. 날로 그 통증이 심해졌습니다. 내 증세를 공사에게 말했더니 비서관을 시켜서 의사에게 진찰을 받게 해주었습니다. 의사는 보스턴에 있는 안과 병원을 추천하며 큰 수술을 해야 할지 모른다고 염려했습니다.

"당신의 눈 증세는 비교적 중증이라고 판단됩니다. 잘 치료하지 않으면 시력을 잃게 될지도 모르겠습니다. 미국에서 가장 유명한 안과의를 찾으세요. 이렇게 한 3주간 아무것도 보지 않고 누워 있어야 하고, 수술 후에 완쾌되려면 1~2년간 일하지 말아야 합니다. 뭘 보려 하면 모두 두 개로 보일 겁니다. 시신경이 20초 이상 사물에 초점을 맞출 만큼 충분히 건강하지 못합니다." 나를 진찰한 의사의 소견이었습니다.

여러분, 파멸입니다. 이게 바로 내 인생의 파멸이 아니고 무엇이겠습니까? 눈 수술을 해야 하고, 3주간 눈을 가리고 있어야 하고, 적어도 1~2년간은 책을 볼 수도 없고. 그래서 학교는 1년간 휴학하거나 무기한으로 휴학해야 한다…. 조지타운 대학교의 역사상 그렇게 길게 휴학을 허가한 적이 없습니다. 그렇게 오래 휴학해야 한다면 학교에서는 학업을 마칠 정도로 신체가 건강하지 않은 사람을 자퇴시킬 겁니다. 오! 운명… 내 운명은 왜 이럴까요?

나는 요약해서(길게 쓸 수가 없기 때문에) 불운한 사정을 퍼시벌 경에게 편지를 썼습니다. 그런 후에 비서관과 보스턴에 있는 안과 병원으로 갔습니다. 병원에서는 내게 14층에 있는 특별한 병실을 배정해주었습니다. 비서관은 스타틀러 호텔에 묵었습니다. 입원한 다음 날, 안과 전문의 와이엇이 수술을 했습니다. 의사는 낮 12시에 깨어나게 할 생각으로 내게 아침 8시에 전신 마취약을 주사했습니다만 초저녁까지 나는 깨어나지 못했습니다. 깨어났을 때 나는 눈에 심한 통증을 느꼈습니다. 신음이 날 정도로 아파서 두 시간에 한 번씩 진통제를 맞았습니다. 진통제를 열두 번쯤 맞고 나니 통증이 덜해졌습니다. 나는 맥없이 3주 동안 아무것도 보지 않고 침대에 누워만 있었습니다. 그사이 쭈라이가 과일과 꽃다발을 들고 자주 문병을 와주었지만 꽃향기만 맡았습니다. 퍼시벌 경은 소식을 듣고 보스턴으로 와서 매일 문병을 와주었습니다.

병원에서 눈을 가리고 있는 동안, 쭈라이, 퍼시벌 경, 퍼시벌 부인, 폴리가 병문안을 오지 않았다면 내 마음은 어찌 되었을지 모릅니다. 아마 미쳐버렸을지도 모릅니다.

병원에 있는 동안의 내 상황을 설명하기에는 시간도 부족하고 지면도 없습니다. 단지 보고 싶은 사람 한 사람에 대한 내 끓어오르는 감정만 쓰겠습니다. 그녀도 날 생각하고 있을 것입니다. 마리아, 내 연인 마리아!

쭈라이는 하루도 거르지 않고 나를 방문했습니다. 내가 그런 그녀를 사랑하지 못하는 이유 혹은 쭈라이가 나를 사랑하지 못하는 이유는 우리 두 사람의 삶이 다르기 때문일 것입니다. 또는 내가 마리아를 사랑하고 쭈라이는 누군가를 사랑하기 때문일 것입니다.

2

내가 쓴 《인생이라는 이름의 연극》이라는 소설을 인쇄소로 보내기 전에 읽어보게 한 지인들이 있었는데, 그들은 한결같이 내 인생이 뭐라 할 수 없을 만큼 묘하게 외로운 인생이라고 입을 모았습니다. 사실, 내 인생은 조금도 외롭지 않았습니다. 어쩌면 우리 인생처럼 슬프기는 해도 외롭지는 않았습니다. 내게는 친구가 많습니다. 선량한 친구, 사랑하는 친구, 순수하게 나를 좋아해주는 친구들입니다. 이 친구들은 앞으로 알게 될 겁니다.

병원에서 퇴원하고 나왔을 때도 아직은 사물이 겹쳐 두 개로 보였습니다. 앞에 서 있는 사람도 두 사람으로 보여서 누군지 알아볼 수 없었고, 눈이 제대로 초점을 잡지 못해 사물을 봐도 얼보였습니다. 의사는 내게 한쪽에 검은 유리를 댄 안경을 쓰게 했습니다. 한쪽은 너무 흐려서 볼 수가 없었습니다. 한쪽 눈으로 사물을 보는데 침침해서 녹내장에 걸린 눈으로 보는 듯했습니다. 걸을 때도 조심해서 발을 떼어야 했습니다. 퍼시벌 가족이 병원으로 와서 우선 나를 뉴욕 집으로 데려가 함께 지낼 수 있게 해주었습니다. 나는 6개월간 거기서 치료하고 요양했습니다. 매우 행복했습니다. 가끔 태국 학생과 공사관 직원들이 찾아와주었습니다. 쭈라이는 보스턴에서 기차를 타고 한 달에 한 번 왔고 쁘라팟은 워싱턴에서 자주 왔습니다. 내가 전에 무얼 어떻게 했기에 퍼시벌 가족으로부터 이런 융숭한 대접을 받았는지 모르겠습니다. 나는 171 B 애비뉴의 저택 뒤편에 있는 호화롭고 큰 방을 사용했습니다. 퍼시벌 가족은 내게 개인적인 간병인을 붙여서 시간에 맞춰 내 손을 잡고 저택 뒤의 정원과 공원을 산보하도록 했습니다. 저녁에는 가끔 자동차를 타고 지붕을 연 상태에서 뉴욕 근교를 드라이브하다가 시장하면 길가에 차를 세우고 샌드위치와 차를 마셨습니다. 인생살이는 우리가 참을 수 없을 만큼 쓰디쓰고 고통스러운 것은 아니지 않습니까? 뉴욕에 퍼시벌 가족이 있다는 사실이 내게는 행복이었습니다.

이 세 분의 은혜를 갚을 길이 내게는 없습니다. 태국에 오더라도 이들을 맞이하고 환영할 집이 내게는 없습니다. 아무것도 없습니다. 그런데도 그들은 나를 가족처럼 사랑하고 아끼고 치료해주며 보살폈습니다. 이를 생각하며, 어쩌면 내 성격 어딘가가 좋은가 보다 하고 으스대봅니다. 그러니 이렇게 사랑받는 것 아닐까요?

어느 날 퍼시벌 경이 내게 "적어도 1년여쯤 후에는 완쾌될 텐데 학교에서 받아주지 않는다면 어떻게 할 겁니까?"라고 물었습니다.

"집으로 돌아갈 생각입니다, 퍼시. 이젠 나이가 많이 들었다는 생각이 들어서 더 공부하고 싶은 생각이 없어졌어요."

"집에 가면 뭘 할 건가요?"

이 질문은 나를 깜짝 놀라게 했습니다. 마치 바늘이 가슴을 찌르는 것 같았습니다. 잠시 생각하다가 자포자기한 상태에서 말했습니다. "모르겠어요, 퍼시. 아마 얼마 있다가 죽겠지요?"

"아니, 바비. 그러면 안 됩니다. 사는 게 현실 이상으로 가혹하다고 생각할지 모르지만, 당신보다 더 힘들고 어려운 사람이 이 세상에 아주 많다는 사실을 잊지 말아요. 당신은 수십 가지를 할 수 있고, 하려고만 들면 유명해지고 크게 될 수 있습니다. 당신은 학교에서 배운 지식도 많고 또 견문도 넓은 사람입니다"라면서 몸을 죽 펴서 안락의자에 길게 누웠습니다.

"퍼시, 내게 가장 많은 배움을 준 사람이 누구라고 생각하세요? 이 세상을 더 살아가는 데 필요한 지식을 준 사람이 누굴까요? 바로 당신입니다. 내게 인생을 사랑하라고 가르치셨고, 사람을 사랑하고, 내가 살고 있는 세상을 사랑하라고 가르쳐주셨어요. 내 삶과 주변의 모든 것이 점점 근사해졌는데, 그건 바로 당신, 퍼시벌 가족 세 분 덕분입니다. 더 살아야겠다는 생각을 하고 있습니다. 스스로를 행복하게 만들어서 장래에 큰 사람이 되고자 하는 꿈이 생겼습니다."

"당신처럼 말하는 사람이 가장 현명하고 깨인 겁니다."

"나는 집으로 가려고 합니다. 가면 일을 할 겁니다. 기회가 되면 큰 사람이 되려고 노력할 겁니다. 눈이 좋아지면 귀국하려고 합니다."

"그러는 게 좋겠습니다. 우리도 그쪽 방향으로 갑니다. 일본과 중국으로요. 당신이 귀국할 결심이 서면 함께 가도록 일정을 잡겠습니다. 우리랑 일본에서 한두 달 머물고, 중국으로 함께 떠납시다."

예전이라면, 일본과 중국을 방문한다는 사실만으로도 기쁨에 넘쳐 껑충껑충 뛰며 좋아할 테지만 당시 내 마음은 나무토막 같아서 어떤 일이든 기뻐하거나 슬퍼하지 않았습니다.

"나는 꼭 태국으로 돌아갈 겁니다, 퍼시. 당신과 일본도 가고 중국도, 또 다른 곳 어디라도 가겠습니다. 우리 동반 여행이 끝나면 당신과 헤어져서 집으로 갈게요."

"알았어요, 바비. 일정을 짜겠습니다."

3

퍼시벌 경은 미국에 골동품 상점을 여러 곳 두고, 가족과 미국 전역을 여행하며 물건을 사고파는 일을 했습니다. 당시는 눈에 아무런 차도가 없어서 복학할 수 없는 상황이었으므로, 공사관에서는 퍼시벌 가족과 지내도록 허락해주었습니다. 그래서 나는 퍼시벌 가족과 시카고, 샌프란시스코, 로스앤젤레스, 할리우드 등을 여행했습니다. 가끔 뉴욕으로 돌아왔다가 다시 필라델피아, 볼티모어, 워싱턴에 있는 상점에도 들렀습니다. 내게는 매우 유익한 여행이었습니다. 나는 퍼시벌 경의 사업을 이해하기 시작했고, 신문에 내는 광고 문안과 상점 간판 등에 아이디어를 보태기도 했습니다. 광고 문안에 내 새로운 아이디어를 많이 반영했습니다. 우리가 함께 다닌 6개월 동안 나는 10여 종류의 새로운 안을 퍼시벌 경에게 제안했습니다.

우리가 뉴욕을 오랫동안 떠나 있다가 171 B 애비뉴에 있는 집으로 돌아왔을 때, 워싱턴을 경유해서 온 편지 한 통을 받았습니다. 영국에서 부친 편지였습니다. 마리아의 편지임을 단박에 알았습니다. 편지 봉투 위에 우체국 소인이 찍혀 있었는데, 미국에 도착한 지 2개월이 지난 날짜였습니다. 떨리는 마음을 억누르고 봉투를 찢어 편지를 읽었습니다.

내 사랑, 마리아가 프레지던트 윌슨호를 타고 8월 27일 뉴욕항에 도착한다고 했습니다. 그날이 22일이었으니까 5일 뒤였습니다. 나는 날아갈 것처럼 기뻐서 편지를 들고 퍼시벌 경에게 달려가서 알렸습니다.

"우린 마리아 양을 잘 압니다. 우린 런던의 프레스 클럽은 물론 이탈리아에서도 만난 적이 있어서 아주 친해요. 마리아 양이 결혼했다는 소식이 있던데… 사실인가요?"

"아니, 아직요. 아직 결혼하지 않았어요, 퍼시."

그날 밤 나는 마리아와의 관계를 퍼시벌 가족에게 자세하게 말했습니다. 우리가 벡스힐, 앤드루 대위 댁에서 처음 만난 순간부터 프레스 클럽에서의 만남 등등. 이야기를 들은 퍼시벌 부인과 폴리는 내 입장과 심정을 이해해주었습니다. 폴리는 내가 마리아와 결혼해야 한다고 했습니다만 퍼시벌 경은 해서는 안 된다고 했습니다. 마리아는 유럽인이고 나는 평범하고 가난한 태국 사람이므로 후손들을 생각하면 안 된다고 했습니다. 싱가포르와 페낭에 있는 혼혈아, 그들의 사회적인 지위와 처지를 생각해보면… 그 지역에 사는 서양인들은 편협해서 혼혈아를 혐오한다고 했습니다. 퍼시벌 경은 만일 내가 지체가 높거나 부자라면 사람들이 우리를 어느 정도 대등하게 봐주기는 하겠지만, 내가 보통 사람이므로 자제해야 한다고 했습니다. 그러면서 나한테 마리아도 고려해야겠지만, 결혼한 뒤 낳을 아들과 딸의 장래와 행복을 생각해보라고 했습니다.

"마리아를 여기에서 영접했으면 해요. 마침 침실도 하나 비어 있습니다. 도착하는 날 뉴욕항으로 마중 나갑시다. 어때요? 좋죠? 우리 식구는 마리아에게 그런 대접을 할 수 있을 정도로 친합니다." 퍼시벌 경의 제안이었습니다.

"당신이 마리아와 바비의 결혼에 찬성하지 않으면, 마리아를 이리로 데리고 오는 건 반대해요. 공연히 바비만 곤란하게 만들 테니까요"라며 퍼시벌 부인이 반대 의견을 냈습니다.

"괜찮습니다. 부인, 나는 아무렇지도 않습니다. 이미 마리

아와 마리아의 인생에 대해 많이 생각해와서 퍼시와 같은 의
견입니다."

"그렇다면 좋아요. 마리아가 오면 즐겁게 지내요, 우리."

4

프레지던트 윌슨호는 8월 27일 오전 11시에 뉴욕항에
도착했습니다. 마리아가 배에서 내려올 때까지 폴리가 내 손
을 잡고 서서 기다렸습니다. 내가 한쪽은 희고, 한쪽은 검은
안경을 쓰고, 지팡이를 짚고 있는 것을 보고 마리아는 깜짝 놀
라 달려왔습니다. 내가 장님이 된 줄로 알았나 봅니다.

"바비, 당신 눈 어떻게 된 거예요? 눈이 왜 그래요?" 양손
으로 나를 포옹하며 큰 소리로 물었습니다.

"아무 일도 아니에요, 마리아. 눈이 좀 아파서 수술한 것
뿐이에요. 한두 달 지나면 다 나을 겁니다." 대답하는 내 목이
뜨끈해짐을 느꼈습니다.

"미국에서 건강한 당신을 만났으면 했어요. 밝은 얼굴에
가장 공부 잘하는 학생을 말이에요."

"두세 달만 있으면 바비 눈은 다 나을 거예요, 마리아. 우
리 집에 가서 같이 지내요. 벌써 방도 다 준비해놨어요. 바비
도 요즘 우리랑 지내고 있어요. 즐겁게 치료하고, 치료받고 있
어요. 난 아침마다 눈을 씻겨주는 일을 해요." 폴리가 옆에서

거들었습니다.

퍼시벌 부부가 재차 요청하자 마리아는 마지못해 받아들였습니다. 부두에서 걸어 나올 때 마리아는 내 손을 잡고 걸었습니다. 폴리는 다른 쪽에 서서 걸었습니다. 차를 타고 171 B 애비뉴의 집 응접실로 들어가자 퍼시벌 가족은 양해를 구하고 우리 둘만 남겨두었습니다. 그때쯤은 아무 일도 하지 않고 가만히 앉아 있거나 누워 있을 때는 안경을 벗어도 되었습니다. 여전히 물체가 두 개로 보이긴 했지만, 마음먹고 집중하면 하나의 흐릿한 그림자처럼 보였고 시간이 한참 지난 후에는 분명히 볼 수 있었습니다.

마리아는 여전히 아름다운 마돈나였으며, 온갖 선량함과 행복, 그 자체였습니다. 그녀 눈동자에는 여전히 사랑과 순수함이 넘쳤습니다. 그녀는 나를 사랑하고 있고, 이 세상 그 어떤 강한 힘도 그 사랑을 해치지 못할 것입니다. 그녀는 나랑 한 의자에 찰싹 붙어 앉아 예전의 친밀감을 그대로 느끼게 해 줬습니다.

"당신이 미국에 간 뒤에 정말 보고 싶어서 미칠 것 같았어요. 매일 당신 생각을 했어요. 우리가 헤어질 때 내가 한 말을 오해할까 봐 걱정도 많이 했고요. 그때 난 당신을 사랑한다고 했죠. 이 세상에서 당신만 사랑한다고 했죠. 당신이 어떤 사람이든 간에, 우리가 결혼하고 안 하고는 상관없이 당신만을 사랑한다고 했어요. 물론 우리 사랑을 해칠 장애가 있을 수 있겠지만."

이 말이 매우 상냥하고 달콤하게 들렸으나 내 머릿속은 여전히 혼란스러웠습니다. 퍼시벌 부인의 말처럼 마리아는 내 마음을 찢어지게 했습니다. 사랑하는 이 여성의 달콤한 이 말보다 내 삶을 생각하게 만든 말은 없었습니다. 나는 1년여는 있어야 나을 수 있는 시각 장애인이었습니다. 가난한 학생이기도 했습니다. 스스로 돈을 벌 수 있는 기자가 아니었습니다. 공부를 다 끝내지 못한 학생이니 귀국한다 해도 빈손이 됩니다. 빈 지갑뿐입니다. 나는 그녀를 사랑할 자격이 없습니다. 나는 태국인이고, 내 집은 방콕에 있습니다…

우리는 서로 안고 키스했습니다. 조금 있다가 내가 말했습니다. "난 태국으로 돌아갈 겁니다, 마리아. 돌아가서… 거기서… 집에서 죽을 거예요. 여행할 수 있을 정도로 눈이 회복되면 출발할 거고요." 말하는 내 목소리가 떨렸습니다.

"바비, 날 데리고 태국으로 가줘요. …당신 집에 같이 가요. 거기서 살다가 같이 죽어요." 내 눈은 전면에 있는 텅 빈 벽을 바라보았습니다. 쉴 새 없이 흐르는 눈물을 손수건을 꺼내 닦았습니다.

"안 돼요, 마리아. 내게는 돈은 없고 산처럼 쌓인 많은 고통만 있습니다. 앞날에 밝은 빛이라고는 없습니다. 당신을 내

고생스런 삶으로 끌어들일 수는 없어요. 당신은 당신의 행복을 찾을 수 있지만, 나는… 이미 절망한 상태입니다. 제발 날 이해해주고, 용서도 해줘요."

그녀는 의자에서 일어나더니 창문 앞으로 걸어가 등을 보이고 섰습니다.

"아널드가 세 번 청혼했지만 난 매번 거절했어요. 내가 거절한 이유를 잘 알고 있겠지요?" 나는 마리아에게 걸어가서 그녀의 손을 잡고 키스한 다음 손을 꼭 잡았습니다.

"당신이 내 입장을 이해해주기를 바라지 않아요, 마리아. …내 사랑, 퍼시벌 경에게 가서 그 이유를 물으면 잘 대답해줄 겁니다"라고 간청했습니다.

"나도 알아요, 바비."

그 후 마리아는 내 눈이 되고 길잡이가 되어 어디든 함께 다녔습니다. 우리가 나란히 걷는 동안 두 사람의 심장에서 피가 방울방울 떨어지는 것을 이 세상에서 그 누가 알겠습니까? 인생의 파멸! 거대한 인생극장!

22. 미국이여, 안녕!

1

나는 혼자서 뉴욕을 떠나 워싱턴으로 갔습니다. 눈이 아프고 나서 혼자 여행하는 것은 처음이었습니다. 공사를 만나 조지타운 대학교에서 더 수학할 기회가 없게 되어서 부득이 귀국해야 한다는 인사를 올렸습니다. 이미 8개월 동안 휴학 중인데, 앞으로 적어도 6개월 내지 7개월 더 쉬어야 다시 공부를 할 수 있다고 설명했습니다. 그분은 마음씨가 너그럽고 따뜻했으나 밖으로 표현하지 않는 사람입니다. 공사는 엷은 미소를 띠고 물었습니다.

"왜 다른 분야의 공부는 할 생각을 하지 않습니까? 법률도 있고, 상업도 있고, 다른 분야도 많은데요. 당신은 머리가 명석한 사람입니다, 위쑷. 미국에 있는 것이 태국에 있는 것보다 낫다고 생각하지 않나요?"

나는 활활 타고 있는 난로를 보며 잠시 생각하다가 대답했습니다. "지금이 태국에 돌아갈 때라고 생각합니다. 공사님이 말씀하신 걸 많이 생각해봤습니다만, 지금 귀국한 뒤에 겪을 고통이 어느 면에서는 훨씬 나을 것 같습니다. 교훈이 될 거고… 마음에 경종을 울려주는 경구가 될 것입니다. 또 하나

333

이제 공부에 지쳤습니다. 올해 제 나이가 스물일곱입니다. …
시키는 대로 배우기에는 너무 나이가 많습니다."

"나중에 후회하지 않겠습니까? 제대로 배운 게 하나도 없
이, 누구에게 제시하거나 보여줄 학위나 증서도 없는 게. 신문
학은 아직 태국에서는 전혀 도움이 안 될지도 모르는데 말입
니다."

"공사님 말씀은 잘 알아듣겠습니다. 하지만 제게는 큰 도
움이 될 겁니다. 법률이나 다른 과목을 배우지 않은 것은, 솔
직하게 말씀드리면 후회해본 적이 없었습니다. 사실 다행이라
는 생각이 들기도 합니다. 신문학 이상으로 훌륭한 학문이 없
다고 믿기 때문입니다. …제 인생과 제 장래에는 큰 도움이 될
것입니다."

"더 공부하지 않고 귀국하기로 확실히 결심했나요?" 잠시
생각하더니 공사가 물었습니다.

"확실히 결정했습니다."

"당신 일을 왕실에 올려 처리하겠습니다."

"귀국할 때는 퍼시벌 경과 가도록 허락해주시기 바랍니
다. 퍼시벌 경이 싱가포르까지 책임지고 데려다주겠다고 했습
니다."

"그건 잘됐군요. 전혀 반대하지 않습니다. 귀국 비용을 퍼
시벌 경에게 전하겠습니다."

공사에게는 다른 나라에 상주하는 공사와 마찬가지로 유학생을 보살피는 임무가 따릅니다. 유학생 관리는 공사가 하는 일 중에서 중요한 부분입니다. 그분은 학업을 마치지 못한 태국인 유학생들을 여러 번 겪었습니다. 어느 사례는 뭐라 형언할 수 없을 만큼 슬프기도 했으나 마음을 강하게 먹고 처리해왔습니다. 정말 안 된 경우라 해도 항상 웃음을 띠면서요. 유학생의 불운을 측은하게 여기는지 않는지 하는 문제에 대해서는, 내 생각으로는 마음속 깊은 곳에서는 측은하게 생각한다고 믿습니다.

나는 공사에게 감사 인사를 전한 다음 아래층으로 내려왔습니다. 계단을 내려오는데, 누군가 피아노로 어빙 벌린 곡을 치는 소리를 들었습니다. 피아노 치는 솜씨가 뛰어난 연주였습니다.

2

공사관을 나가기 전에 문간에 서 있던 나는 뭔가 쑥스럽게도 연주자가 누구인지 알고 싶어졌습니다. 발소리를 죽여 응접실로 가서 연주자를 본 나는 그만 그 자리에 멈추고 말았습니다. 바로 쭈라이였습니다. 그녀는 일어서서 나를 반갑게 맞았고 악수를 했습니다. 그녀는 "피아노 치지 말라고 하러 왔어요? 너무 시끄러웠나요?"라며 놀렸습니다.

"아니, 쭈라이. 피아노 연주를 더 들으려고 왔어요. 당신이 치는 피아노 소리를 이젠 더 못 듣게 되었거든요."

"아니, 왜요?"

"집에 가거든요. 태국으로 돌아갑니다."

"눈이 그렇게 불편하게 하나요? 당신이 무척 보고 싶을 거예요. 당신이 가고 나면 여기 남아 있는 친구들도 당신을 그리워할 거예요." 안됐다는 눈빛으로 내 눈을 유심히 바라보면서 그녀가 한 말이었습니다.

"그렇게 생각해줘서 고마워요, 쭈라이. 당신이 있어서 즐거웠고 좋았어요." 그러고 나서 우리는 왕의 초상화 밑에 나란히 앉아 대화했습니다.

"당신은 태국에 안 갈 생각이에요?" 내가 넌지시 물어봤습니다.

"난 귀국할 수 있는 당신이 행운아라고 생각해요. 공부를 끝내지 못했어도 당신은 지식이 많고 보고 듣고 경험한 것이 많잖아요. 나도 당신처럼 그런 기회가 있었으면 좋겠어요."

"그렇게 되면 태국으로 돌아가고 싶어요? 미국에 있는 게 좋은가요?"

"모르겠어요. 여기 오래 있으니까 지겹기도 하고… 태국서 오는 훌륭한 분들을 만나기는 하지만요. 당신은 내게 태국을 많이 생각하게 했어요. 그러면서 태국에도 당신처럼 멋지고 좋은 사람이 적지 않게 있을 거라는 믿음을 갖게 했고요."

"난 아주 운이 나쁜 사람 중 하나입니다, 쭈라이. 태어날 때부터 운이 별로 따라주지 않았어요. 아마 죽을 때까지 그럴 거라고 생각합니다. 당신이 나를 행운아라고 생각하는 것은 내 사정을 잘 몰라서 그럴 겁니다…. 그렇지요? 내 얘기는 너무 슬프고 길어서 들려주고 싶지는 않네요. 들으면 지겨울 테니까요." 잠시 멈추었다가 계속 말을 이었습니다. "난 공부를 못 끝냈어요. 전문적인 지식 없이 귀국합니다. 태국에 가면 어렵겠지요. 일자리 찾는 것도 정말 쉽지 않을 겁니다."

"우리가 아는 게 있고 부지런하다면, 증서나 근거가 없어도 압박할 사람은 없다고 생각해요. 당신은 부지런하고 지식도 풍부하니 크게 될 거예요."

"태국 사람 모두가 당신처럼 생각했으면 좋겠습니다. 그러면 내게도 기회가 있을 테니까요."

"쓸쓸하고 외로워요? 바비."

"조금 그래요, 쭈라이. 우리가 알고 지내면서 함께 놀러 간 적은 없죠? 오늘 식사하고 연극 보러 갈까요?"

"연극은 좀 비쌀 거예요. 나는 영화를 좋아해요. 값도 싸고요."

"난 영화를 보지 못해요, 쭈라이. 아직 영화를 볼 정도로 눈이 낫지 않았거든요. 연극을 보러 갑시다. 내게 돈이 있어요."

"가요. 저녁 7시에 데리러 오세요. 오늘 밤 즐겁게 지내자 고요. 잊지 말고 프로그램 근사하게 짜 와야 해요."

나는 워싱턴에 일주일 머물었습니다. 폴리가 데리러 오기 전까지 거의 매일 쭈라이와 놀러 다녔습니다.

3

여러 달 동안 미국 각 주를 여행했습니다. 비행사 린드버그는 대서양 횡단 비행에 성공해서 프랑스와 영국에서 대대적인 환영을 받고 샌프란시스코로 갔는데, 거기서도 마찬가지였습니다. 할리우드에서도 많은 사람들이 와서 이 비행사를 환영했습니다. 조용하고 수줍은 성품의 린드버그는 혼자서 대서양을 건넌 최초의 비행사였습니다. 린드버그는 뉴욕에도 왔는데, 나는 이 대대적인 환영식을 구경했습니다. 린드버그 외에 체임벌린, 버드 대령, 미스 루스 엘더, 그리고 하와이의 파인애플 거물인 돌이 후원하는 경기에 참여하려고 태평양을 횡단해온 사람들로 대성황을 이루었습니다.

마침내 일본으로 떠날 날이 다가왔습니다. 퍼시벌 경은 프로그램을 아주 잘 짰습니다. 마리아도 같은 배를 타게 되었습니다. 부편집장이 마리아에게 일본 취재를 지시해서 함께 가게 된 것이었었습니다. 신요마루호에는 퍼시벌 부인을 제외하고 모두 탔습니다. 퍼시벌 부인은 보스턴에 있는 본사를 관

338

리해야 해서 동행하지 못했습니다.

우리가 탄 배가 뉴욕항을 출발할 때 나를 전송 나온 태국인은 한 사람도 없었습니다. 쭈라이는 수업이 있어서 못 나왔습니다. 그녀는 외국에서 처음이자 마지막으로 함께 놀러 다닌 태국 사람으로, 마치 동생 같았습니다. 배는 6일간 달려 하와이에 도착했습니다. 여덟 시간 정박해 있는 동안에 우리는 하와이를 구경했습니다. 하와이를 출발하여 일본 요코하마를 향해 곧바로 달렸습니다. 10일 동안 신요마루호는 잔잔한 물결을 헤치고 달렸습니다. 우리는 배 안에서 편안하게 중국, 서양, 그리고 일본 음식을 먹었고, 일본인과 중국인 여러 명과 교분을 쌓았습니다. 그들은 일본에 도착하면 자기네 집에서 묵으라고 했습니다.

마리아와 앞으로 평생 이별해야 할 시간이 점점 다가오고 있었습니다. 내 가슴속의 심장이 갈래갈래 조각나는 것만 같았습니다. 우리 두 사람의 사랑이 조금이라도 퇴색되지 않도록 순간순간 애썼습니다. 우리가 함께했던 사랑, 천국, 즉 함께 사랑하고, 마음을 모으고 했던 지난날을 돌이켜 모두 기억하려고 했습니다. 배 안에서 우리는 떨어지지 않고 지냈습니다. 마리아는 내가 처한 상황을 잘 이해했고 받아들였습니다. 왜 내가 그녀와 결혼할 수 없는지도 이해했습니다. 오! 천지신명이시여, 부디 사랑하는 마리아가 꼭 행복하게 해주십시오.

내 곁을 떠난 다음에 이 세상에서 제일 행복한 여인이 되게 해 주소서. 우리가 저지른 모든 죄와 앞으로 마리아가 지을 죗값은 제가 다 받겠습니다. 고통과 행복을 함께하며 슬퍼하고 좋아했던 마리아! 이 세상에서 내가 사랑했던 여인이 마리아 말고 또 누가 있겠습니까?

배가 요코하마에 도착하자 우리는 그랜드 호텔에서 짐을 풀었습니다. 일본 대지진이 일어난 후 새로 지은 유일한 신식 호텔이라고 했습니다. 이틀간 요코하마에 머물면서 우리는 골동품 가게를 한 곳도 빠짐없이 둘러보고 도쿄로 갔습니다. 요코하마에서 급행 열차로 한 시간 거리에 있었습니다. 일본의 수도는 해안에서 가까웠습니다. 여러 해 전에 있었던 대지진에서 위기를 모면했지만, 요코하마에서 도쿄로 가는 도중에 지진으로 입은 피해를 사방에서 보았습니다. 우아함과 아름다움을 자랑했을 도로와 건물은 붕괴되고 파손된 채 그대로 있었습니다. 사람들이 일본에서는 지진이 평균 일주일에 한 번꼴로 일본 전역에서 발생한다고 했습니다. 잔해를 보면서 그 말이 맞을 거라고 생각했습니다. 임페리얼 호텔에 묵고 있는 동안에도 오전 5시경에 지진이 있었습니다. 그때 자고 있던 방 안의 등이 그네처럼 흔들리더니 정전이 되고 수도가 망가져서 여섯 시간 동안 물이 나오지 않았습니다.

대로를 걷는 일본 사람들이 전혀 차를 피하지 않는 모습은 매우 이상했습니다. 그들은 뗏목을 타고 가듯 무리 지어 천천히 걸었습니다. 우리가 탄 차가 경적을 울려도 아무 소용이 없었습니다. 일본 사람들이 다 건너가거나 지나간 뒤에야 차로 지날 수 있었습니다. 퍼시벌 경은 하도 지진을 잇달아 경험해서 사람들이 그냥 저렇게, 위험에 호들갑 떨며 급히 움직이지 않게 되었다고 설명해주었습니다.

해외에 있는 동안 나는 신경이 강철처럼 무딘 일본 사람을 여러 명 사귀었습니다. 영국, 프랑스 혹은 다른 나라에서 만난 그들은 갑자기 일어난 위험이나 나쁜 상황에서도 절대 놀라지 않았습니다. 그중 한 일본인 친구가 자기가 살던 일본의 도시에 지진이 나서 집이 무너지고, 아내가 사망했다는 전보를 아주 담담한 태도로 보여주던 일이 떠올랐습니다.

그때 그 일본인 친구가 "우리 일본 사람들은 이런 사건에는 아주 익숙해요. 우리의 운명이나 악업이 아닌지 하는 생각도 하지만 모르겠어요. 얼른 일본으로 돌아가서 새집을 구하고, 결혼도 새로 하고, 그리고 돈도 벌어야겠어요. 다시 시작하려고요. 우리는 늘 이렇게 살아요"라고 했습니다.

나는 전부터 무엇이 일본을 동양에서 가장 발전하고 강한 나라로 만들었는지 이유가 몹시 궁금했습니다. 일본의 군사력과 정치력은 주변 약소국에게 위협적이라 감히 대항하지 못했습니다. 어느 민족도 일본을 괴롭히거나 핍박하지 못했습니다. 이번에 일본에 와서 나는 고민했던 이 문제에 대해 답을 얻을 수 있었습니다.

동양에서 일본인의 지위와 사는 모습, 그리고 성격은 유럽에서 영국인의 지위와 사는 모습, 그리고 성격과 똑같습니다. 비록 식생활은 일본이 다른 나라에 의존할 정도로 부족했지만, 일본과 영국은 나라 발전의 원동력이 되는 철과 석탄이 풍부했습니다. 수백 년 수천 년 동안 따로 떨어진 섬나라였던 결과, 이 두 나라 사람들은 인내심이 강한 민족으로 성장해야 했습니다. 작은 자기 나라와 민족을 적으로부터 보호하기 위해 싸우고 투쟁해야 했습니다. 솔직하게 이 두 나라에 대해 이야기하자면, 어느 나라도 영국과 일본을 좋아하지 않습니다. 이 두 나라도 역시 다른 나라를 좋아하지 않습니다. 일본인과 영국인은 모두 섬 민족이라서 다른 나라 사람을 사랑하고 생각하기에는 자기애가 강하고 지나치게 이기적입니다. 이 점은 생각할 것도 없는 사실입니다. 나는 퍼시벌 경과 폴리와 일본의 여러 도시를 3주간 돌아보고 다시 도쿄 임페리얼 호텔로 와서 마리아를 만났습니다.

23. 잘 있어요, 내 사랑!

1

"바비, 퍼시벌 경이 여기 한 달 더 머물다가 상하이로 간다는데 당신도 여기 있을 건가요?" 호텔에서 마리아가 물었습니다.

"난 퍼시벌 경의 손님이니 그가 상하이로 가기 전까지 여기 있어야 합니다. 그런데 왜 그런 걸 물어요?" 그녀의 어깨에 손을 얹으며 대꾸했습니다.

"다음 금요일에 상하이로 가라는 지시를 받았어요. 난 당신이랑 가고 싶어요. 우리 함께 베이징으로 가요. 가면 거기서 아널드와 잭 파커를 만날 거예요." 내 양손을 잡으면서 마리아가 의견을 물었습니다.

"마리아, 우리는 조만간에 헤어질 운명이에요. 다시는 만나지 못할 거니까요." 마리아를 이해시키려고 했습니다. 당시 우리는 멕시칸 스타일로 건축된 호텔 서재 복도에 앉아 있었습니다. 아주 견고하게 지어져서 지진에도 견딜 수 있는 건물이었습니다. 마리아는 창가 안락의자에 앉아 있었는데, 창문으로 호텔 뒤쪽에 있는 꽃밭과 정원이 보였습니다. 나는 안락의자 팔걸이에 앉아 마리아의 허리를 안았습니다. 그녀는 슬폼이 담긴 눈으로 나를 바라보고 있었는데, 이윽고 눈물이 양 볼을 타고 주르륵 흘러내렸습니다. 우리의 사랑은 슬픕니다. 여행 중에 벌어진 마리아와 나 사이의 일이었습니다. 외국 유학을 한 태국 학생들이라면 연인이 있었을 테고, 연인과 헤어지는 일을 다 겪었겠지만, 그들이 나와 다른 점은 마리아처럼 순순한 사랑을 지닌 여성을 만난 적이 없을 거라는 겁니다.

그녀의 두 눈은 계속 내 얼굴만 보고 있었습니다. 나는 몸을 굽혀 그녀의 입술과 볼과 눈썹에 키스했습니다. "우리가 살아 있는 한, 우리는 희망이 있어요, 바비. 내 사랑. 우리가 헤어지지만, 아주 헤어지는 건 아니에요. 삶이라는 게 우리에게 그렇게 가혹하지는 않을 거예요. 분명히 다시 만날 거고, 만나서 사랑하며 함께 살 수 있을 거예요." 마리아가 작은 목소리로 속삭이듯 말했습니다.

"태국에 가 있다 보면 거기 생활이 싫증 나서 우리를 다시 찾을 거예요. 당신이 좋아했던 기자 생활을 다시 하게 될 거예요, 바비." 그녀는 내 머리를 가까이 끌어당기며 "언제고 우리랑 지내며 일하고 싶거나 돈이 떨어지면 프레스 클럽으로 나나 아널드에게 편지해요. 우리가 돈을 모아 교통비를 보낼 테니 와요. 우린 당신이 오기를 바랄 거예요. 항상 당신을 기다릴 거예요"라고 했습니다.

"살아 있는 한, 우리 희망을 가져요. 당신이 한 말을 기억하고 있을게요. 그리고… 다시 만나길 고대할 겁니다…."

"바비, 나랑 상하이에 가요. 베이징에 갔다가 퍼시벌 경과 상하이에서 만나면 되잖아요. 난 혼자 가기 싫어요."

"요코하마에서 상하이까지는 익스프레스호로 28시간이면 도착해요, 마리아…."

"알아요. 함께 가면 재미있지 않겠어요? 당신이 태국으로 가기 전에 난 당신을 보고 싶어요…. 할 수 있는 한 오래 당신을 보고 싶어요. 그리고 상하이에서 우리 헤어져요. 바비, 우리가 헤어지는 장소로 도쿄보다 상하이가 더 적합해요. 꼭 당신이랑 가고 싶어요."

2

다음 날 아침 나는 퍼시벌 경과 마리아와 상하이로 먼저 가는 문제를 상의했습니다. 처음에는 좀 반대하는 입장이더니, 내가 꼭 함께 가야 한다고 설명하자 일이 순조롭게 풀렸습니다. 내가 퍼시벌 경과 폴리와 여행할 때, 그 두 분이 얼마나 나를 필요로 하는지를 이야기를 나누면서 깨달았습니다. 우리는 여행을 시작한 뒤 한 번도 일주일 이상 떨어져 있었던 적이 없었고, 일본에 와서는 늘 함께 지냈습니다. 셋이 다니는 게 매우 즐거웠습니다.

"바비, 3주 후엔 우리가 상하이에 도착하니 다시 만날 수 있어요. 우리가 없는 동안 기자들과 베이징과 다른 도시들을 다닌 이야기는 만나면 들려줘요."

"폴리는 우리랑 중국을 여행하고 싶지 않아요?" 하고 내가 물었더니, 폴리는 "무슨 얘기예요. 괜히 따라가서 방해하고 싶지 않고, 또 내가 가면 아빠가 적적하실 거예요. …일본에 혼자 계시잖아요. 우리 상하이에서 만나는 걸로 해요. 한 3주 뒤예요"라고 놀리는 투로 대답했습니다.

"바비, 마리아를 태국에 데리고 가지는 말아요. 힘들 테니까"라며 퍼시벌 경이 놀렸습니다.

"데리고 갈 수 없습니다. 방법이 없거든요. 이탈리아나 영국 같은 외국에서 마리아를 다시 만날 수는 있을 겁니다. 돈을 모을 거예요. 우리가 생명이 붙어 있는 한 희망은 있어요."

"내일 당신과 마리아를 위한 송별 디너를 마련할게요. 기념으로 줄 선물도 있고요. 전에 솜처럼 하얀 백상에 대해 얘기하니 당신이 절대로 없다고 했던 걸 기억합니까? 내일 나와 폴리가 한 마리 끌고 갈게요. 반드시 당신이 그 코끼리를 배에 싣고 상하이로 가게 하겠어요. 할 말 있어요?"

"기꺼이 태국까지 데리고 가겠습니다."

다음 날 저녁, 퍼시벌 경과 폴리는 마리아와 나를 위해 임페리얼 호텔에서 성대한 송별연을 해주었습니다. 일본과 유럽 상관의 상인과 관장 여러 명도 초대되었습니다. 화기애애

한 분위기 속에서 송별주도 마셨고, 인사도 나누었습니다. 송별연이 거의 끝날 무렵, 퍼시벌 경이 반짝반짝 윤이 나는 상자를 집어 식탁 위에 올려놓은 다음 뚜껑을 열고 속에 있는 솜을 꺼내 수북하게 쌓아 놓았습니다. 그리고 폴리에게 안에 든 솜처럼 하얀 백상을 꺼내게 하더니 내게 주었습니다. 그 백상은 일본인의 정교한 솜씨로 만든 것이었습니다. 모습이 진짜 코끼리와 조금도 다르지 않았습니다. 기념품으로는 정말 최고의 것이었습니다. 하얗고 아름다운 코끼리는 "도쿄에서 우리의 사랑하는 친구 바비에게 드립니다"라고 쓰여 있는 검정색 받침대 위에 서 있었습니다. 그곳에 참석한 모든 사람들이 우리 사이의 우정에 대한 증인으로 서명을 했습니다. 형언할 수 없을 만큼 기뻤습니다. 지금도 내 책상 위에 그 코끼리가 놓여 있습니다. 내가 살아 있는 한 최고의 기념품으로 간직할 것입니다.

나는 벌떡 일어나서 그곳에 와서 축하해준 모든 분에게 감사의 인사말을 했습니다. 그런 뒤에 우리는 퍼시벌 경이 다음 날 새벽까지 빌려 특별히 마련한 댄스홀로 갔습니다.

나는 태국 사람입니다만 이상하게도 일본에 도착하면서 태국 공사관은 나를 보살피지도, 만나주지도 않았습니다. 당시 짜오쿤 짬농 공사가 '공사관 문을 닫고' 내게 공사관 근처에도 얼씬하지 못하게 했습니다. 물론 만나려고도 하지 않았습니다. 내가 마치 추방당한 태국인인 것처럼 대했습니다. 사실 나는 짜오쿤 짬농 공사가 내 개인적인 일을 봐주는 것을 원치 않았습니다. 공사관을 방문하려던 것은 인사를 나누고 여권에 비자를 받으려는 목적이었습니다. 일본 사람으로부터 들은 이야기인데 짜오쿤 공사는 일본을 거치는 태국인 유학생들에게는 다 그런다고 했습니다. 그런 일을 당했지만 나는 아무렇지도 않았습니다. 세상에는 여러 부류의 사람들이 있기 마련이니까요. 나는 기자고 그분은 공사일 뿐입니다.

여러분이 이미 알고 있는 바처럼, 외교관의 임무는 정부를 대신해서 고향을 떠나 외국에 있는 태국인들의 생활이 어느 선 안에서 편안하도록 돌봐주는 것입니다. 나는 짜오쿤 공사가 태국 정부를 대신하여 자신의 임무를 잘 수행하기를 바랍니다. 그런데 공사는 일본에 있는 태국인 유학생을 도와주는 임무를 자신의 임무라고 여기지 않는 것 같았습니다. 왜 그는 남의 입장을 배려하지 않는 좁은 마음을 가졌을까요? 그 유학생은 아직 어린 데다가… 학생이고… 낯선 객지에 있는 태국인인데 말입니다. 그 공사는 지금은 승진해서 이탈리아 공사로 가 있다고 합니다. 이제 연세가 있는 그분이 지금은 임무를 잘 파악하셨기 바랍니다. 나는 세계 거의 모든 나라를 취재 여행하면서 알게 된 태국 공관의 외교관들과 교분이 두터울 뿐 아니라 모두 사랑하고 존경하고 있습니다. 그러나 짜오쿤 짬농, 이 사람만은 적지 않게 유감스럽습니다.

3

우리, 나와 마리아는 하고니마루호를 타고 고베를 떠나 28시간 만에 상하이에 도착했습니다. 우리가 탄 배는 쾌속선이었습니다. 상하이 부두에서 마중 나온 기자들 여러 명과 만났습니다. 아널드와 잭 파커도 기다리고 있었습니다. 중국에서 경험한 일들은 특별했고 이야기하자면 무척 깁니다. 때가 되면 자세히 이야기하겠습니다. 이번에 나는 다시 특파원이 되어 베이징, 상하이, 홍콩 등을 다니며 중국을 취재했습니다. 여러 번 매우 위험한 지경에 이르렀었지만, 어느 것에도 견줄 수 없을 만큼 재미있었고 편했습니다. 예전에 했던 일들을, 영국에서 일했던 시절을 다시 떠올렸습니다. 여러 나라를 여행하며 낯선 민족과 언어 속에서 공존하며 기자 친구들과 지냈습니다. 집에 돌아가기 전에 마지막으로 그렇게 해보고 싶었습니다. 일단 귀국한 다음에는 죽을 때까지 또다시 이런 즐거움을 누릴 수 없을 거라고 생각했거든요. 그때 나는 무모하게도 목숨과 체력, 가지고 있는 돈을 모두 걸고 중국에서 하고 싶은 일을 하려고 애썼습니다. 그런 모험을 하다니 미쳤었나 봅니다. 어쨌든 중국에서 태국으로 무사히, 신체 보존하고 별 탈 없이 귀국한 것은 정말 행운이었습니다.

베이징은 이상한 도시였습니다. 도시 곳곳이 매우 뒤숭숭하고 혼란스러웠지만, 우리 같은 모험꾼들이 즐거움을 누릴 수 있는 장소와 시간을 제공했습니다. 베이징은 어딜 가든 신체 불구자와 기근에 허덕이는 사람들이 비틀거리며 걸어 다니거나 사방에 누워 있었는데 발에 차일 정도로 많았습니다. 자주 콩 볶는 듯이 총성도 울렸습니다. 외국인은 중국 본토인들의 혐오 대상이었습니다. 우리가 어쩌다 낙오되어 위기를 모면하려고 중국인들 틈에 끼어들면 도리어 목숨이 위태로워졌습니다. 그들은 우리를 안전하게 막아준다고 에워쌌지만… 죽음을 모면하기 어려웠습니다. 우리 기자들은 모험가처럼 피를 흘리며 매일 밤 일반 시민들 사이에 들어갔다 나왔다 하며 함께 뛰었습니다. 어떤 경우에는 3~4일 종적이 묘연했다가 돌아오기도 했습니다. 나도 마리아를 영국 영사관과 붙어 있는 로널드 스마일 씨 집에 두고 여러 번 아널드, 잭 파커와 취재를 나갔습니다. 우리가 위험에 처하지 않았나 하고 마리아가 두려워했을 만큼 돌아다녔습니다.

우리가 목격한 바로는, 베이징 밖과 안에서 벌어진 만행은 정말 잔혹하고 야만적이었으며 폭력적이었습니다. 이런 만행을, 당시 현실의 진면목을 대중에게 알릴 신문이 전혀 없었습니다. 전신망을 통해 유럽과 미국 신문에 보도된 중국에 대한 기사는 모두 짜고 치는 카드와 같았고 빙산의 일각에 불과했습니다. 중국이 외국인들에게 어떻게 했고, 또 일부 외국인들이 중국인에게 어떻게 했다는 내용을 신문기사로 싣기에는 이미 정상적인 것을 초월했기에 불가능했습니다. 직접 눈으로 본 사람 외에는 그 진실을 알 수 없다고 할 수 있습니다.

나는 베이징 취재를 한 일주일 넘게밖에 못 했습니다. 하루도 거르지 않고 위험을 무릅쓰며 어려움을 극복해야 하는데, 먹을 것도 부족하고 자는 것도 불편한 상태라서 그만 병이 났기 때문입니다. 미국 치외법권 지역의 의사는 고열이 계속되는 내 병이 심장판막증인데, 신체가 너무 허약해서 지탱을 못 한다며, 전처럼 회복되려면 오래 있어야 한다고 했습니다. 내전 상태의 베이징은 물자가 매우 귀하니 내게 상하이에 있는 요양 병원으로 가라고 권했습니다. 하는 수 없이 몸이 안 좋은 상태임에도 불구하고 아널드, 마리아와 상하이로 갔습니다. 천신만고 끝에 상하이에 도착했습니다.

링웰 로드에 있는 세인트 피터 개인 병원은 작은 회색 건물이었지만 의사와 간호사가 훌륭했습니다. 아널드와 마리아는 번갈아가며 나를 찾아와주었습니다.

"조만간에 아널드가 결혼한다는데, 알고 있어요?" 어느 날 마리아가 말했습니다. "베이징에서 만난 여성인데, 이름이 준 프레이저래요. 여기, 상하이에서 결혼한대요."

"아널드가 말했어요. 마리아, 당신은요? 당신은 언제 결혼

351

할 건가요?"

한동안 있더니 그녀가 마지못해 대답했습니다. "해야지요, 바비. 내가 해야겠다고 마음먹을 때 할 거예요. 지금은 사랑이, 내게서 사랑하는 마음이 다 죽어버린 것 같아요."

병상에 누워서 앓고 있던 내가 흘깃 쳐다보니 마리아는 울고 있었습니다. 나는 다른 쪽으로 고개를 돌려버렸습니다. 우리가 헤어져야 할 날과 시간이 점점 임박해왔습니다.

4

병원에 누워 있을 때 퍼시벌 경과 폴리가 상하이에 도착했습니다. 그 두 사람은 마리아와 아널드와 병실로 왔습니다. 폴리는 들어오자마자 내게 아이스크림을 먹여주었습니다. 우리 둘은 여전히 오누이처럼 친했습니다.

"바비, 당신이 여기 와서 이렇게 누워 있을 줄 알았으면 먼저 보내지 말 걸 그랬어요." 그러고는 마리아를 향해 "마리아, 억지로 바비를 우리에게서 떼어내 데리고 왔으니 당신 잘못이 커요" 하고 말했습니다. 그러자 마리아가 웃으면서 "그건 당신 잘못이에요, 폴리. 바비를 나랑 가라고 했잖아요"라고 했습니다.

"우리는 모레 인도로 출발하려는데, 바비, 그때까지 낫지 않겠지요?" 퍼시벌 경의 말이었습니다.

"바비는 적어도 일주일은 더 병원에 있어야 한다고 해요. 먼저 가시면 나와 아널드가 할 수 있는 데까지 보살피겠습니다." 퍼시벌 경에게 마리아가 대답했습니다.

"마리아가 그래 주겠어요?" 책망하듯이 퍼시벌 경이 말했습니다.

"그러겠습니다, 퍼시벌 경."

"우리 다시 만나요. 바비, 내가 태국으로 한번 갈 테니 당신도 외국으로 한번 와요. 우리 꼭 만납시다."

"그럼요, 퍼시."

이틀 뒤에 내가 사랑하는 두 사람은 일본 배를 타고 떠났고, 아널드와 마리아는 나를 혼자 남겨두고 나가서 전송했습니다. 나는 걱정과 슬픔, 그리고 외로움 속에서 병실에 있으면서 "우리 다시 만나요. 내가 태국으로 한번 갈 테니 당신도 외국으로 한번 와요. 우리 꼭 만납시다"라고 한 퍼시벌 경의 말을 곰곰이 생각했습니다.

병이 나아 병원에서 퇴원한 지 3일 뒤, 나는 신랑 아널드 베링턴과 신부 준 프레이저, 두 사람의 결혼식에 신랑 들러리로, 마리아는 신부 들러리로 불려갔습니다. 성 베드로 성당의 종소리가 상하이로 맑게 울려 퍼졌습니다. 나는 기품 있는 거구의 신부님 앞에 서 있는 신랑과 신부를 뚫어지게 쳐다보며 속으로 유감스럽기도 했습니다. 왜 마리아는 아널드와 결혼하지 않았을까요? 아널드는 내가 아는 젊은이들 중에서 가장 멋지고 마리아와 가장 잘 맞는 남성이었는데. 만일 마리아가 아널드 같은 남성과 결혼하면 정말 행복할 텐데 말입니다. 언젠가 마리아도 꼭 맞는 남성을 만날 날이 올 것이라고 확신했습니다.

마리아와 정말 이별해야 하는 날이 다가왔습니다. 마리아는 뉴욕 주재원으로 발령이 났고, 나는 태국으로 돌아가야 했습니다. 우리 이별은 슬펐습니다. 마리아가 타고 일본을 거쳐 미국으로 가는 프레지던트 태프트호가 상하이를 출발하기 전날, 우리는 애스터 호텔에서 지냈습니다. 자기 전에 우린 2층 응접실에 있는 안락의자에 앉아 있었는데, 공기가 눅눅했고 앞에 있는 창문은 활짝 열려 있었습니다. 밖은 캄캄해서 아무 것도 보이지 않았습니다. 우리는 우리가 처한 불운에 대해 서로 하소연하고 들어주었습니다. 우리 둘 사이의 순수하고 정직한 사랑을 확인했습니다. 우리 사랑이 중간에 장애가 좀 있긴 했지만 그래도 잘 넘어가서 순조로웠다고 얘기했습니다. 달콤했고 서로 힘이 되었다고 했습니다. 이번 생에 다시 만날 수 있다는 기약도 없이 이별해야 하지만 우리 사랑은 우리 기억 속에 각인되어 있으니 영원히 잊지 않을 거라고 했습니다.

다음 날 아침, 프레지던트 태프트호는 내 사랑을 싣고 떠났습니다. 나는 그녀가 탈 배까지 올라가 이별 인사를 하고 키스했습니다. 종이 울려 배웅하는 사람들의 하선을 알리자, 우리 둘의 가슴은 마구 뛰었습니다.

"잘 가요, 내 사랑. 마리아." 떨리는 목소리로 내가 인사했습니다.

"잘 있어요, 바비. 안녕, 내 목숨 같은 바비. 난 당신을 사랑해요. 죽을 때까지 당신만 사랑할 거예요."

"안녕, 마리아." 그러고는 뒤로 물러서서 계단을 내려왔습니다. "나도 당신을 사랑해요. 죽을 때까지 사랑해요."

선원들이 재촉하는 바람에 내려온 나는 배가 천천히 움직이는 모습을 지켜보았습니다. 마리아는 갑판 위에 서서 손수건을 흔들고 있었습니다. 나도 마주 손을 흔들었습니다. 이 모습이 우리 둘의 마지막 이별이었습니다.

마리아가 떠나고 이틀 뒤, 나는 하고사키마루호를 타고 태국으로 돌아왔습니다. 홍콩을 거쳐 싱가포르에서 내렸습니다. 싱가포르에서는 델리호를 타고 방콕으로 곧장 왔습니다.

24. 인생이라는 이름의 연극이 막을 내리다

1

나는 법률을 공부하러 자비로 영국까지 갔다가 시험을 보지 않아 영국 법학사 자격증을 받지 못했습니다. 태국에 돌아가야만 할 때, 태국에서 당면할 내 행복과 내 생활에 대한 아무 희망도 없이 빈손으로 돌아와야 했습니다. 나는 뭔가 제대로 해낼 마음이 없었고, 인내심도 부족했습니다. 살아가려는 마음도 멸망의 구렁텅이에 빠져 있었습니다. 사실 나는 세상을 살아가려는 의지가 전혀 없었습니다. 이 소설 서두에서 말씀드린 것처럼 나는 어려서부터 꿈을 많이 꾼, 욕망이 많은 몽상 소년이었습니다. 그런 경향은 지금도 이어져 나는 생각을 많이 하고, 꿈도 많이 꾸며, 잘되었으면 하는 욕망도 강합니다. 아직 희망이 보이면 꿈을 꾸려고 합니다. 할 수 있을 때까지 욕망도 가져보려고 합니다. 조금이라도 벗어날 기미가 안 보이면, 막다른 골목에 몰린 개처럼 삶의 멸망과 맞서 싸울 것입니다. 그래서 거의 무너져 주저앉을 삶을 이겨낼 것입니다.

내가 법률을 싫어해서 법률 공부를 끝내지 못한 것은 조금도 유감스럽지 않습니다. 그 대신에 신문에 대해 공부했고 지구에서 벌어지고 있는 인생이라는 이름을 연극을 보았고 겪었기 때문입니다. 세계를 다니며 취재했으므로 당시 외국에 나가 공부한 어느 태국 학생들보다 많이 배웠고 경험했습니다. 이런 사실들이 나를 고독하게 만들었습니다만, 앞으로 살아가야 하는 당당한 한 사람으로서 능력과 인내심을 갖추게 했고 다른 사람과 경쟁할 수 있게 했습니다. 그 결과 나는 삶을 사랑하고, 명예를 귀하게 여기며, 내 체면을 지키는 사람이 되었을 뿐 아니라 무엇보다도 조국을 사랑하는 사람이 되었습니다. 세계를 누비며 취재하러 다니는 동안 태국보다 다른 나라가 더 낫다는 생각을 단 한 순간도 해보지 않았습니다. 사실입니다. 다른 나라, 즉 선진국들은 우리보다 더 앞섰고 과학 각 분야에서 발전했고, 그 차이는 하늘과 땅 차이였습니다. 이렇게 된 것은 우리에게 운이 따라주지 않았고, 또 그들과 같은 기회가 없었기 때문입니다. 우리가 누구의 노예가 되지 않고 자유인의 삶을 누리는 것과 열악하다면 열악한 환경에서도 행복하게 살고 있는 것은 바로 우리의 능력, 즉 태국인의 능력이 어떠한지를 보여주는 지표입니다. 우리나라의 이웃인 인도, 캄보디아, 베트남, 버마를 한번 보세요.

　나는 평범한 태국인, 위쑷이라는 이름을 가진 한 남성에 불과합니다. 그동안 불확실성과 위험 속에서 살아왔지만, 뭔가 세상에 유익한 사람이 되려는 꿈과 희망을 지니고 있습니다. 조국인 태국을 위해, 우리 태국인이 오늘날까지 계속 독립국의 자유인으로서 행복한 타이 민족으로서 보듬어주고 감싸준 짜끄리 왕조에게 뭔가 힘이 되려고 합니다.

내가 외국 생활을 한 6년여 동안 태국은 조금도 변하지 않았습니다. 모든 것을 잘 기억하고, 보존하고 있었습니다. 태국은 여전히 태국이었습니다. 태국인끼리 힘을 합쳐 좀 더 낫게 손볼 곳이 수없이 많이 보였습니다. 학문이 높거나 많이 배운 사람을 필요로 하고 있었습니다. 이런 생각을 하면서도 나는 실망하거나 기죽지 않았습니다. 장래 내가 조국과 태국인을 위해 한몫할 기회를 갖게 된다면 내 지식과 선의를 보여줄 것입니다. 과거에 내가 쌓아올렸던 공중누각이 현실로 실현되겠지요. 태국이 올바른 생각을 갖춘 훌륭한 태국인을 필요로할지 과연 누가 알겠습니까?

2

6년여 동안 본가의 짜오쿤 위쎗, 다시 말해 아버지가 돌아가신 이후 집안에는 변화가 많았습니다. 아버지가 살던 본채는 기억도 할 수 없을 정도로 화려하게 바뀌었습니다. 내가 태국을 떠날 때 희끗희끗하던 어머니의 머리카락은 이제 새하얘져서 백발이 되었고 양 볼도 움푹 들어갔습니다. 연로하셨음을 한눈에 알 수 있었습니다만 여전히 단정하고 온화하며 냉철하셨습니다. 귀여운 분입니다. 어린 소년 소녀였던 형제들도 거의 결혼해서 일가를 이루고 있었습니다. 제각기 어른스러운 생활을 하고 있었습니다.

아버지가 살던 집에 사는 사람들과 나는 잘 어울렸습니다. 내가 했던 신문 기자라는 직업이 나를 사람들과 잘 어울리도록 훈련시켰기 때문입니다. 어디를 가도 형제들과 어울려서 갔고, 무엇을 해도 같이했습니다. 나와 그 형제들이 다른 점이 있다면, 그것은 바로 나 이외의 형제들은 모두 부유하다는 것입니다. 그들은 은행에 수만 수십만 바트의 예금이 있고, 집이 있고, 자가용이 있습니다만, 나는 가난해서 한 푼을 쓰려고 해도 생각하고 생각해야 하고, 내일의 삶을 걱정해야 합니다. 그래도 나는 기죽어서 지내지 않았습니다. 온 지구를 돌면서 경험한 아름다운 재산이 있고, 순수한 마음으로 세상의 불의를 비웃어줄 수 있으니까요. 내 자신의 몸과 마음을 행복하게 가눌 수 있습니다.

아직도 내게는 풀리지 않는 문제가 있습니다. 그것은 아버지가 왜 내가 태어날 때부터 날 밉게 봤을까 하는 문제입니다. 나를 못된 놈, 도움이 안 되는 놈으로 보고 미워했습니다. 그래서인지 뭘 배우든 잘 안 될 거라며 아버지는 내게 학자금을 전혀 남겨놓지 않았습니다. 아예 처음부터 배울 기회를 없애버리고, 당신 아들의 한 사람으로서 누릴 수 있는 안락함도 빼앗았습니다. 내가 받아야 할 정당한 권리인데도 말입니다.

이런 상황에서 과거에 내가 저지른 잘못이 모두 나 혼자만의 탓이라고 할 수 있을까요? 하지만… 여러분은 세상에 정의라는 게 없다고 하겠지요? 법이라는 존재에서조차 정의를 찾아보기 힘듭니다. 행운이 따라주지 않는 나는 죽을 때까지 참아야 합니다.

조국에 계신 젊은 독자 여러분, 여러분은 장래에 자녀를 둘 것입니다. 여러분이 이 자녀들을 훌륭한 사람으로 양육한다면 자녀들은 조국을 위해 엄청난 일을 할 것입니다. 여러분에게 선의를 가지고 있는 한 사람으로서 부탁드리는데, 태어나는 자녀가 당신의 자녀라는 지위에 걸맞게 모두 공정한 기회를 누리도록 양육하길 바랍니다. 자녀가 혹 인물이 빠지거나 언행이 좀 이상해도 그 아이들만의 잘못이 아닙니다. 그 아이들은 적어도 측은지심에서 보살핌을 받아야 합니다. 여러분은 그 아이를 그 아이에 맞게 보살필 의무가 있습니다. 나는 여러분이 이 애는 미워하고, 저 애는 예뻐하지 않기를 바랍니다. 당신의 편견은 장래 아이들에게 큰 영향을 줄 것입니다. 커서 정신 질환이 있는 아이들은 대체로 그런 아이들입니다.

나는 뛰어난 능력이 있는 사람을 사랑하고 존경한다고 이미 말씀드렸습니다. 아버지는 태국에서 가장 뛰어난 사람 중 한 사람이었습니다. 나는 아버지를 사랑하고 존경하고, 그분의 위업을 자랑스럽게 생각하고 있습니다. 아버지의 극히 개인적인 면을 여기에 쓰는 이유는 악의에서 쓰는 게 절대 아닙니다. 나는 아버지의 위업에 해가 되는 일을 할 의도가 전혀 없습니다. 내가 아버지를 사랑하고 존경하지만, 한편으로는 장래 우리를 대신해서 일을 해나갈 태국의 소년 소녀들이 측은합니다. 이 아이들의 일부는 나 같은 업보를 가지고 태어났을 수도 있을 텐데, 그중 몇이 나처럼 기자가 되어 세상 구경을 하게 될까요? 나 말고 또 누가 '인생이라는 이름의 연극'을 쓸 수 있을까요? 이 소설은 내가 진심으로 행복하기를 바라는 사랑하는 조국과 태국인을 위해 쓰는 것입니다.

3

람쭈언과 까몬 중위의 초대를 받고 나는 람쭈언의 집을 방문했습니다. 람쭈언은 아이들 두 명과 마당까지 나와 나를 맞았습니다. 그녀는 결혼한 지 거의 7년이 되었습니다만 전보다 더 젊어 보였습니다. 얼굴은 윤이 났고 피부는 하얬습니다. 머리는 굽실굽실했습니다. 눈은 여전히 매력이 넘쳤습니다. 그녀가 검은 상복을 입고 있길래 부모님이 돌아가셨나 하고 의아해했습니다.

"어서 오세요, 위쑷 씨, 우리 집에는 안 오는 줄 알았어요. 이 아이들이 우리 아이들인데 보세요." 람쭈언이 웃으면서 두 아이를 내게 인사시켰습니다. 그러곤 딸을 보고 말했습니다.

"싸와이, 아저씨께 인사드려라. 아저씨를 안아드리렴." 소녀는 엄마가 시키는 대로 했습니다. 나는 그 애를 끌어올려 안았다가 내려놓았습니다. 그리고 아들에게도 똑같이 했습니다.

"집으로 들어가요." 그녀가 앞장서고 나는 뒤따라갔습니다. 집으로 들어가기 직전에 짜오쿤 반르 부부를 만났습니다. 람쭈언이 친부모 상을 당해 상복을 입은 것이 아니면 누구 상복을 입었을까요?

나는 응접실에서 잠시 람쭈언의 부모님과 대화를 나누었습니다. …까몬이 내려오지 않는 게 이상했습니다. 그런 생각을 하면서 우리는 커다란 방으로 들어갔습니다. 그 안에서 커다란 단상 위에 관과 많은 기물이 갖추어진 것을 보자 가슴이 철렁했습니다. 무척 놀랐습니다. 람쭈언은 남편 까몬 찟쁘리디의 상복을 입고 있는 것이었습니다. 오! 아직 젊은데….

까몬 중위의 죽음은 람쭈언에게 그리 큰 슬픔이 아닌 듯 보였습니다. 7년간 결혼 생활을 하면서 람쭈언은 많은 것을 터득했고, 신식 여성이 되었습니다. 신식 여성이 어떤 것인지는 람쭈언 스스로가 잘 알고 있으리라고 믿습니다. 아이가 둘씩이나 있지만, 아직 젊고 아름다워서 남성들의 구혼이 적지 않을 것입니다. 얼마 있으면 재혼한다고 했습니다. 사는 게 그렇게 나쁘기만 한 것은 아닙니다. 그렇죠, 여러분?

내 인생이라는 이름의 연극은 까몬 중위의 죽음과 함께

끝났습니다. 나는 아직 주거가 불분명하고, 앞으로 더 살아가는 것이 아무런 의미도 없습니다. 옛날 일은 모두 지나갔고 끝도 났습니다. 나는 인생이라는 이름의 연극을 잊겠습니다. 나의 새 인생이 막 시작되려는 찰나에 있습니다. 그 새 인생이 전처럼 슬프지 않기를 바랍니다.

《인생이라는 이름의 연극》은 왕족 작가인 멈짜오 아깟담 끙 라피팟이 1920~1930년대의 태국과 유럽을 무대로 태국 상류 사회의 변화를 반영한 매우 사실적인 소설이다. 너무 사실적이어서 작가의 자서전이 아니냐는 설도 분분한 작품이다.

소설의 배경인 19세기 초는 중국의 영향하에 놓여 있던 동남아 여러 나라들이 줄줄이 유럽 열강의 식민지로 전락하던 시기였다. 이 와중에 라마 4세와 라마 5세 등의 현명한 군주가 외교적 대처를 능동적으로 하고, 영국과 프랑스가 동남아에서 세력 다툼을 벌이면서 태국은 완충 지대로 남아 독립을 유지할 수 있었다. 《인생이라는 이름의 연극》의 주인공인 위쑷은 작가와 마찬가지로 조상과 동남아에서 거의 유일한 독립 국가인 조국에 대한 긍지가 대단한 인물이다.

여러분은 〈왕과 나(The King And I)〉(1956) 혹은 〈애나 앤드 킹(Anna And The King)〉(1999)이라는 영화를 아는가. 이 영화들의 주인공인 왕은 라마 4세고, 열다섯 살 왕자로 등장하는 아이가 나중에 라마 5세가 된 황태자다. 영화에서 라마 4세는 영국으로부터 가정교사 애나를 초빙하여 왕실 학교를 열고 황태자 쭐랄롱꼰과 자녀들과 부인들에게 영어를 익히게 했다. 또 애나를 통해 서양 문물이, 특히 영국 상류층 문화가 태국 왕실에 도입되었다. 실제로 라마 4세는 왕자 시절에 서양 선교사들로부터 교육받아 영어를 구사할 수 있는 태국 최초의 군주였다. 이로써 국제 질서의 변화를 알고, 세계를 중국이 아니라 유럽과 미국 등이 주도하고 있음을 터득했다. 라마 4세는 즉위하자마자 세계 질서에 순응하여 1855년 태국인들이 불평등 조약이라고 여기는, 소위 '바우링 조약'을 유럽 열강들과 체결하고 문호를 개방하여 중국 대신 서양과 교류했다. 이후 태국은 경제적 변화를 시작으로 사회적 · 정치적 변화를 겪기 시작했으며, 마침내 1932년 해외 유학파 관료와 민간인이 주축이 되어 전제 군주제가 폐지되고 입헌 군주제가 도입되었다.

이렇게 19세기 중반부터 왕 주도하에 영어 교육으로 시작된 태국의 근대화는 바로 서구화를 가져왔다. 조약 체결 이후 서양으로부터 자본주의를 비롯해 체신, 해운, 철도, 자동차, 태양력 등 신문물이 도입되었고, 갑작스러운 변화에 대응하기 위해 관료 양성 학교가 만들어졌으며, 국민을 깨우칠 목적으로 서양식 학교가 설립되어 종래 사원 학교를 대신했다. 또한 왕실 장학금 제도가 신설되어 매년 우수한 학생과 관료를 해외에 유학시키는 등 태국 정부는 고급 인재 양성에 힘썼다. 서양 여러 나라와 외교 관계를 맺으면서 외교관의 가족 단위 해외 생활이 시작되었으며, 경제가 발전하자 자본을 축적한 부유한 관료와 상인이 자녀를 해외로 보내 자비 유학생의 수도 증가했다.

1920년대 중반 이후, 교육의 보급이 어느 정도 결실이 나타나면서 전근대성 탈피에 대한 욕구가 태국 사회 전반적으로 커졌다. 신식 교육의 보급과 부모의 자녀 교육에 대한 열성은 방콕을 중심으로 한 대도시부터 시작되어, 새로운 고등 교육이 곧 신분 상승의 한 방법이 된다는 인식이 서민층과 지방까지 확산되었다. 영어와 부족한 과목을 보충할 수 있는 학원이 생길 만큼 교육열이 대단히 높아졌다.

국민의 의식 변화와 자녀에 대한 교육열은 해외 유학생과 신지식인이 만든 잡지와 신문을 매개로 더욱더 확산되었으며, 특히 작가와 언론인이 선두에 서서 여론을 형성하고 사회적 개혁을 주도해나갔다. 국민은 서양에서 유학생들에 의해 도입된 소설이라는 문학 형식에 열광했고, 독자는 신문이나 잡지에 실린 연재 소설을 애독했다. 그에 따라 언론인이나 기자는 젊은이들과 새로운 지식인들이 가장 선호하는 직업으로 떠올랐다. 글 쓰는 사람은 배를 곯아야 하는 가난한 서생이라는 과

거의 인식에서 벗어나 당당한 직업으로 자리 잡기 시작함에 따라 작가의 수도 증가했다.

　라피팟은 젊은이들과 신지식인의 이러한 열광에 부응하여 소설 작중 인물 위쑷을 '바비(Bobbie)'라는 서양식 이름을 가진 기자, 그것도 영국의 대표 신문사 격인《런던타임스》기자로 설정하여 독자의 호기심과 관심을 끌었다. 하지만 작가는 기자직이 결코 녹록치 않은 직업인 데다 다방면에 걸친 교양과 체력, 인내심이 필요하다는 점을 강조했다.

　태국에서 소설은 일찍이 해외에서 돌아온 유학생들의 유학 기록이나 문물 소개로 시작되었는데, 마침내 1929년 태국 최초의 장편 소설이 발간됨으로써 현실화되고 구체화되었다. 당시 문학의 새로운 지평을 연 작품으로 세 편의 소설이 꼽힌다. 바로 멈짜오 아깟담꽁 라피팟의《인생이라는 이름의 연극》, 꿀랍 싸이쁘라딧(필명 '씨부라파')의《사내대장부》, 그리고 멈루엉 붑파 님만헤민(필명 '덕마이쏫')의《그녀의 적》이다. 왕족 작가인 라피팟이 외국 유학을 한 왕족 남성을 주인공으로 설정한 데 비해 서민 출신 작가인 씨부라파는 국내에서 신식 교육을 받은 서민 남성을, 고급 관료의 딸로 서양인이 운영하는 학교에서 공부한 덕마이쏫은 신식 교육을 받은 여성을 각각 주인공으로 설정하여 신식 교육의 필요성 등을 역설했다.

　라피팟은《인생이라는 이름의 연극》에서 당시 신지식인

의 한 사람으로서 태국 교육의 문제점을 지적한다. 주인공 위 쑷은 태국 명문인 텝씨린 학교를 졸업한 뛰어난 인재였음에 도 불구하고 신분과 뜻에 맞는 직업을 구하는 데 어려움을 겪 는다. 그가 원하는 직업은 모두 해외에서 공부하고 온 유학생 들의 차지였다. 이것은 위쑷이 유학을 결심한 가장 중요한 계 기로 작용한다. 이러한 모습을 통해 라피팟은 상류 사회가 해 외 유학생을 무조건적으로 선호하는 풍조를 고발한다. 당시 직업 전선에서뿐만 아니라 결혼에서도, 특히 딸 가진 부모들 은 재력과 능력을 겸비한 유학생 사위를 선호했다. 상류층 부 모들이 딸을 신식 학교, 특히 외국인 수녀들이 운영하는 학교 에 보내는 것은 딸의 능력을 계발하기 위해서가 아니라 유학 생 사위를 보기 위한 조건을 충족시키기 위해서였다. 그 시대 에는 부모가 정해준 남성과 결혼하는 것이 태국 여성의 최대 의 미덕이었다. 작품에서 람쭈언도 예외는 아니다. 그래서 위 쑷은 태국 교육의 질보다 태국인의 외국 것을 선호하는 가치 관에 자존심이 상한 나머지 그 원인을 외국에서 직접 찾고자 외국 유학을 결심한다. 그리고 라피팟은 소설에서 외국 유학 의 장점을 인정하지만, 근본적으로는 학위보다 개개인의 인성 을, 인격의 반듯함을 강조한다.

　　라피팟은 모이라와 마리아를 남성 보호자의 동반 없이 해 외 취재까지 다니는《런던타임스》기자로 설정하여, 태국 여성도 자신에게 맞는 직업을 가질 수 있는 사회를 예고했다. 실제로 그 시대에 일을 하는 여성은 하녀 등 하층민이나 가난한 여성이었다. 상류층 여성이 직업을 갖는 것은 부모나 남편의 체면과 직결된 문제로 간주되어 용납되지 않았다. 부모나 오빠, 남편 등 남성 보호자의 동반 없이는 외출조차 허용되지 않던 시절이었다.

당초 라피팟은 《인생이라는 이름의 연극》을 'The Circus of Life'라는 제목의 영어 소설로 발표할 생각이었으나 주위의 권유에 따라 태국어로 옮겨 발표했다. 이 작품에는 '태국 최초'라는 수식어가 많이 붙는다. 첫째로 이 소설은 태국에서 최초로 신문이나 잡지의 연재를 건너뛰고 곧바로 단행본으로 출간된 소설이다. 그 시절에는 보통 신문이나 잡지에 연재되어 독자의 사랑을 받으면 단행본으로 출간할 수 있었다. 둘째로 이 작품은 현재까지 40쇄 이상이 인쇄된, 태국에서 가장 많이 인쇄된 소설이다. 초판 책값은 3바트 50싸땅(현재의 약 1천 바트에 해당)으로 다른 책보다 열 배 가격이었음에도 불구하고 8개월도 안 돼 2천 부가 매진되었으며, 이후 쇄를 거듭할 때마다 더 많은 부수를 찍고 있다. 마지막으로 이 작품은 태국에서 최초로 외국을 무대로 쓰여진 소설이다. 주인공 위쑷이 바비라는 이름으로 서양인들과 소통하고, 서양인들 여럿이 주인공으로 등장하는 이국적인 내용으로 후배 작가에게 많은 영향을 주었다.

이 소설이 태국인의 사랑을 많이 받은 이유는 무엇보다도 신지식인들이 위쏫의 불운과 행운으로 점철된 고독에 공감했고, 라피팟이 늘 염원하는 나라 사랑과 나라 발전에 대한 인식을 같이했기 때문일 것이다. 이외에도 발전되었다고 인식되는 서양 여러 나라의 문물을 소개해주고 해외 여행이나 해외 유학에 대해 다루어 이 작품을 읽는 독자가 대리 만족을 할 수 있었다. 위쏫의 유럽에서의 경험과 사랑은 특히 태국의 젊은 독자에게 신선하고 경이로운 사건으로 생생하게 전달되었고, 그들은 위쏫과 같은 경험을 직접이든 간접이든 할 수 있을 거라는 희망을 얻었다.

이 작품은 작가 라피팟의 '자전 소설'로 평가받기도 한다. 소설 속 위쏫과 아버지의 관계, 부모의 이혼, 영국의 법률 학교인 미들 템플 유학, 왕실 장학금으로 미국 조지타운 대학교 유학 등의 설정이 작가 본인의 일생과 매우 유사할뿐더러 소설에 나오는 지명과 인명이 실제와 대부분 일치한다. 이에 대해 라피팟은 "내가 가장 잘 아는 이야기를 썼다"고 밝혔는데, 자신이 가장 잘 아는 태국 사회의 전근대적인 요소-처첩제, 유학생에 대한 편견, 유학의 목적, 태국인의 외국인에 대한 인식, 그리고 서양 여러 나라의 적나라한 모습-를 소설에 반영했다고 할 수 있다. 그는 실제 이야기처럼 생명력을 넣는 테크닉으로 태국 발전의 걸림돌이 무엇인가를 설파하고, 모두가 이 걸림돌을 제거하는 앞장선 사람이 되기를 갈망했다.

　나는 이 작품을 대할 때마다 작가에 대한 연민을 금할 수 없다. 적나라하게 표현된 1920~1930년대 태국 상류층의 정서와 당시 신지식인들의 나라 사랑이 가슴에 와 닿는다. 라마 5세의 손자인 작가의 아버지 '프라짜오버롬마윙트 프라옹짜오 라피 팟타나싹 끄롬루엉 라차부리디렉릿'은 태국에서 손꼽히는 재력과 권세를 겸비한 인물로 아름다운 거대 저택의 주인이었다. 그의 긴 이름은 공식 명칭인데 왕족 신분, 왕족의 이름(라피 팟타나싹), 직함(끄롬루엉 라차부리디렉릿)으로 이루어져 있다. 이처럼 라피팟은 명문가의 아들로 태어났다. 하지만 아버지의 사랑을 받지 못하고 집안 식구들로부터 투명인간 취급을 받았다. 그는 소설 주인공 위쑷의 처지를 자신과 똑같이 설정했다. 이 같은 상황을 업보로 받아들여야 했던 어린 위쑷은 남성 본위 사회가 낳은 희생의 전형이다. 자존심과 가문에 대한 자긍심이 누구보다도 강했던 작가는 자신의 삐뚤어진 어린 시절을 아버지의 편애 탓으로 돌리고 모든 아버지에게 자녀를 공평하게 사랑할 것을 당부한다.

　전제 군주제에서 왕이 한 나라의 지존이듯 남성 중심 사회에서 가장인 아버지는 한 가정의 지존이다. 이러한 사회에서 측실을 들이는 것은 남성의 권한이었고 권위의 상징이다. 가정의 구성원은 모두 가장에게 복종해야 한다. 소설에서 위쏫의 집안도 마찬가지다. 위쏫의 아버지는 탄탄한 재력가여서 20년간 사랑하며 동고동락하던 정리를 생각하여 이혼하는 아내에게 살림집을 지어 분가하도록 허락한다. 이에 비해 그럴 형편이 못 되는 람쭈언의 어머니는 집안에서 모두 감내하며 지내고, 이 사실은 조숙한 람쭈언의 가슴을 아프게 한다. 옛 시절 명문의 딸들은 부모 간의 사랑과 처첩 간의 갈등과 시샘, 정실의 가슴앓이를 모두 지켜보며 체념을 배웠다. 태국 사회에서 보통 명문의 정실이 람쭈언의 어머니처럼 살았다면, 위쏫의 어머니는 이와 다르게 살았다. 아마 특별한 이유가 있었을 것이라는 생각을 하게 한다.

위쏫은 사랑하는 마리아와 결혼할 수 없는 이유를 본인의 빈곤과 문화 차이, 태국의 기후와 전근대성 등으로 드는데, 이보다 더욱더 부각되는 것은 마리아와 결혼했을 경우 태어나는 자손에 대한 배려다. 16세기부터 태국에는 무역과 선교를 목적으로 포르투갈인, 네덜란드인, 프랑스인, 영국인 등 유럽 열강의 상인과 종교인이 유입되었다. 이들과 현지처 사이에서 출생한 아이의 사회적 처지와 지위를 라피팟은 퍼시빌 경의 입을 빌어 말하며 위쏫에게 결정을 심사숙고하라고 권한다. 신분과 체면을 중시하는 태국 사회에서 허울만 있는 가난한 왕족이 외국인 여성과 낳은 혼혈인 자녀가 받을 고통을 어찌 감당할 것인가. 이와 같은 맥락에서 태국 사회에서 처첩의 자녀들은 아버지가 같더라도 어머니 신분에 따라 가정과 사회에서 다른 대우를 받는다는 사실이 람쭈언의 말로 언급된다.

당시 태국의 해외 유학생은 현지 적응과 언어 습득을 위해 공사관의 주선으로 일정 기간 동안 현지인 가정에 위탁되는 것이 통례였다. 아버지에게 냉대받던 위쑷도 영국 런던의 미들 템플에 입학하기 전에 한 영국인 가정에서 생활하게 된다. 남부 벡스힐의 '여왕 별장'이라고 불리는 저택에 사는 앤드루 씨 가정이었다. 이 가정에서 위쑷은 부모의 사랑과 가족애, 가정의 안락함이 어떤 것인지를 처음으로 깨닫는다. 그는 위탁 가정에서 부모의 사랑을 받으며 가장인 아버지, 앤드루로부터 영국 상류 사회의 신사로 교육을 받는다. 라피팟은 위탁 가정의 따스함과 사랑을 방콕 본가의 가정과 가족애와 비교하며 친아버지가 자기에게 한 행동과 그 영향을 고발한다. 뼛속까지 왕족이고 가문을 사랑하기에 아버지가 나라를 위해 큰 공적을 이룬 점은 존경한다고 말하지만. 이러한 점에서 혹자는 이 작품은 라피팟이 자기 아버지를 고발한 소설이라고도 평가한다.

소설에서 위쑷은 사랑과 학업에 실패한 채 빈손으로, 하지만 머리와 가슴에 기자로서의 경험을 가득 담고 귀국한다.

이는 라피팟도 마찬가지였다. 스스로 불행하고 고독하다고 생각했던 그는 1929년《인생이라는 이름의 연극》을 발표하고 작가로서 성공했으나, 실연 후 홍콩으로 떠난 지 얼마 안 되어 쓸쓸하게 저세상으로 갔다. 안타깝게도 라피팟의 사망 원인은 분명하게 밝혀지지 않았다. 말라리아에 걸려 고열로 고통받다가 사망했다거나(홍콩 당국 발표), 가스 자살이라거나(함께 살던 태국인 증언), 급성 췌장염으로 고열에 시달리다가 고통을 잊기 위해 과도하게 아편을 복용한 탓이라거나(부검 담당 의사 소견), 그때 오한과 고열에 시달리던 그가 난방을 하려다가 가스에 중독되었다거나(지인들 증언) 아직도 분분한 이야기가 오가고 있다. 작가여, 삶은 공수래공수거라고 하지 아니했던가….

태국 평론가 한 사람은 "이 작가의 일생은 세상을 잠깐 밝혀주는 번개와 같은 삶"이라고 했다. 중등학교 시절 라피팟과 절친한 문학 동료였던 씨부라파는 "그는 갔어도 대표작《인생이라는 이름의 연극》은 현재까지도 문학계 샛별이 되어 태국인에게 감동을 주고 자긍심을 느끼게 한다"고 술회했다. 소설 내내 작가가 반복해서 언급하듯 이 작품은 작가가 사랑하고 행복하기를 원하는 태국인과 타이족을 위해 집필된 것이 분명하다. 바로 태국에 대한 애국심을 고취하면서, 태국의 미래를 책임지고 이끌어갈 젊은이들에게 태국에서는 좀처럼 알수 없는 태국 밖의 현실을 일깨워 나라의 발전을 이루려는 염원과 맞닿아 있다. 그런데 라피팟은 태국이 아시아에서 당시 강대국이던 일본과 어깨를 견줄 수 있는 국가로 발전하기 바라면서도, 정치 체제의 변화에는 소극적인 견해를 보인다. 그런 모습이 왕족 신분인 작가의 한계가 아닐까 한다.

1905년   11월 12일 방콕 쌈쎈 라차부리궁에서 출생. 본명은 멈
          짜오 아깟담꽁 라피팟. 라마 5세의 손자인 아버지 프
          라짜오버롬마웡트 프라옹짜오 라피 팟타나싹 끄롬루
          엉 라차부리디렉릿(라피팟 가문의 시조)의 열한 명의 아
          이들 중 여섯째로 태어남. 어머니는 멈언.
1918년   부모의 이혼으로 어머니와 함께 따로 살림을 남. 어쌈
          션 학교에서 초등학교 3년 과정을 마치고 중등학교 3
          학년까지 다님. 당시 태국의 학제는 초등 3년, 중등 8
          년 과정이었음.
1920년   중등 4학년 때 텝씨린 학교로 전학.
1923년   〈에니바 쎙크루어〉를 번역한 글이 교지《탈랭깐 텝씨
          린》에 실렸고, 문예지《쌈타이》에 '워라싸웻'이라는 필
          명으로 쓴 단편 소설이 게재됨. 동급생인 꿀랍 싸이쁘
          라딧과 함께 학급지《씨텝》을 만드는 등 교내에서 문
          학 활동을 함.
1924년   학년 승급 시험에서 낙제하자, 다른 명문가 자녀처럼
          중퇴하고 유학길에 오름. 영국 런던의 미들 템플에서
          법학 공부를 시작했으나 학업에 열중하지 못하고 신
          문사 기자들과 어울리다가 학업을 포기.《런던타임스》
          기자 활동 중에 본래 약했던 건강이 악화됨.
1927년   건강상 문제로《런던타임스》사직. 라마 7세의 왕실
          장학금을 받아 미국 조지타운 대학교로 유학을 떠나
          외교학(국제 관계)을 전공. 빨리 학업을 마쳐 나라에 보

은하려는 의도로 열심히 공부하여 좋은 성적을 올렸
으나, 과로로 눈에 이상이 와서 수술을 하고 실명 위기
로 결국 학문을 중도에 포기하고 학위 없이 귀국.

1928년   체신청에서 잠시 근무하다 내무부 산하 위생청으로
자리를 옮겼고, 이때 《인생이라는 이름의 연극》 집필.
라피팟이 어려서부터 살던 라차부리궁과 가까이 살던
멈짜오잉 싸왓왓타나돔 쁘라윗(필명 '두엉다우')을 사랑
해서 청혼했으나 당사자가 결혼에 관심이 없다는 이
유로 거절.

1929년   내무부 장관이던 쏨뎃프라짜오버롬마윙트 짜오화 버
리팟쑤쿰판 끄롬 나컨싸완워라피닛의 후원으로 《인생
이라는 이름의 연극》을 책으로 발간. 일반적인 책값이
35싸땅이었으나 3바트 50싸땅이라는 높은 가격을 매
겨 팔았고, 그럼에도 불구하고 초판 2천 권이 8개월
만에 매진.

1930년   소설 《피우르엉 피우카우》 발표. 《인생이라는 이름의
연극》의 자매작이라고 평가되는 이 작품은 독립국인
태국 출신의 주인공 위쑷의 시선으로 본 영국 등 유럽
의 백인(피우카우)과 이들 국가의 식민지에서 온 아시
아계 국민(피우르엉. '황인종'이라는 뜻) 간 문제와 인식
을 주제로 함. 《인생이라는 이름의 연극》에 나오는 위
쑷과 마리아가 주인공이며 《런던타임스》 기자들 역시
등장.

1931년   〈탕로끼〉, 〈와이싸왓〉, 〈짜오 마이미 싼〉, 〈싸마콤 찬
쑹〉 등 단편 소설 네 편을 모은 단편집 《위만 탈라이》
와 중편 소설 모음집 《크립 짝끄라완》 발표. 쌘쑥 싸따
랏에게 청혼했으나 약혼 직전에 상대 집안에서 경제

적 상황을 문제 삼아 거절. 파혼당한 뒤에야 이 사실을 알고 매우 실망한 라피팟은 사표를 내고 1월 말 홍콩으로 떠남. 홍콩에서 신문과 잡지에 글을 기고하며 쎄실 호텔 허름한 셋방에서 태국인 폰과 근근이 생활.

1932년   11월 19일 홍콩의 병원(Goverment Civil Hospital)에서 사망. 이후 방콕 루엉 와라타버핏 사원 내 왕립 묘소의 라피팟 가문의 유골탑에 안치.

1972년   본인이 라피팟이라고 주장하는 사람이 나타나 언론의 조명을 받고 라피팟 문중 회의가 열림. 태국 남부, 쏭클라 싸다우군의 빠나레 마을에서 방콕까지 상경한 해당 남성을 조사했으나 거짓임으로 판명 나 해프닝이 일단락됨.

1997년   《인생이라는 이름의 연극》이 1868~1976년 태국인이 발표한 작품들을 대상으로 한 '태국인 필독서 100권'에 선정. '청소년 필독서 500권'에도 선정.

옮긴이 김영애

한국외국어대학교 명예교수. 한국외국어대학교 태국어과를 졸업하고 동 대학원에서 석사(지역정치학)를 마친 뒤에 태국 쭐랄롱꼰 대학교에 수학하면서 태국 역사와 문학에 관심을 가지기 시작했다. 귀국한 뒤 모교에서 후학을 양성했으며, 한국과 태국 문학 비교로 성신여자대학교에서 박사 학위를 받았고, 태국학회회장을 역임했다. 지은 책으로《태국사》가 있고,《짬렁, 내 삶의 이야기》,《무지에 의한 단죄》,《라덴 란다이》,《쿤창 군팬 이야기》,《프라아파이마니》등 태국 문학서와 에세이를 다수 번역했다.

인생이라는 이름의 연극

1판 1쇄 인쇄 2022년 1월 3일
1판 1쇄 발행 2022년 1월 10일

지은이 · 아깟담끙 라피팟
옮긴이 · 김영애

펴낸이 · 조영수
펴낸곳 · 한세예스24문화재단

편   집 · 눈씨
디자인 · STUDIO BEAR

출판등록 · 2018년 4월 3일 제2018-000044호
주소 · (07237) 서울시 영등포구 은행로 3 익스콘벤처타워 610호
대표전화 · 02-3779-0900 | 팩스 · 02-3779-5560
이메일 · foundation@hansae.com
홈페이지 · www.hansaeyes24foundation.com